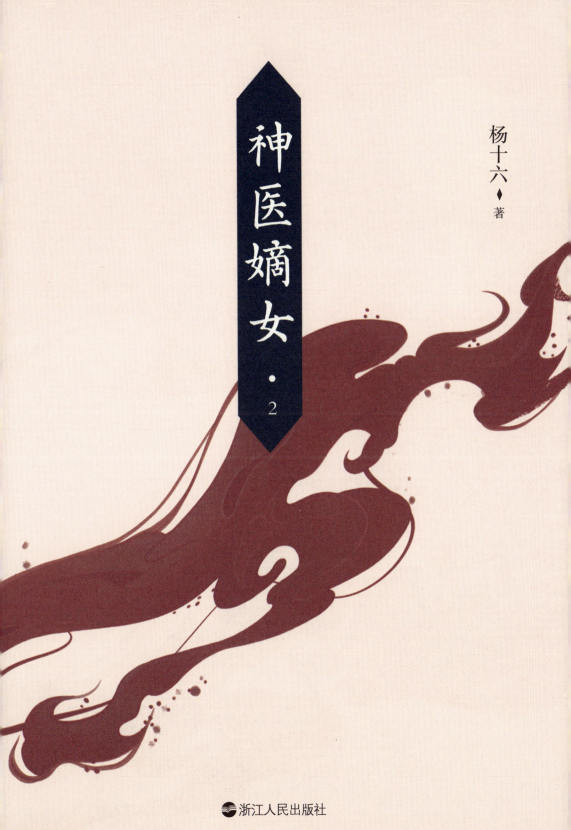

神医嫡女·2

杨十六 ◆ 著

浙江人民出版社

目 录

第十章

凤府风波

凤沉鱼终于在听说七皇子玄天华也会出席定安王妃寿宴后，含羞地答应也会往定安王府走一趟。

她这一脸娇羞的表情可没逃过凤羽珩的眼睛，再想想那玄天华一副悠然若仙的模样，无论如何跟凤沉鱼都是不搭调的。

参加寿宴的事总算是定了下来。因这个宴会，凤羽珩倒是想起了那天在寺里玄天歌曾提起的中秋宫宴，便叫来忘川道："看看玄天冥送来的那些个好料子，瞧着哪个适合做秋装，给我做上一套准备中秋的时候穿。"

忘川见凤羽珩终于想起来用那些料子了，可算是松了一口气："小姐再不用那些料子，奴婢就得提醒您一下了。"

"怎么呢？"凤羽珩不解，"那些不都是很名贵的布料吗？我是真没舍得用。"

忘川告诉她："再名贵那也是对旁人来说，这天下还没有殿下想要却得不来的东西。既然殿下把这些好东西送给了小姐，那自然是希望小姐能用上穿上的，总不能压箱底吧？小姐您就放心穿吧，料子用没了殿下还能再弄来。"

凤羽珩点点头："行，我瞅着那些布料也的确是好看，那你就挑能做成秋装的做两套吧。哦对了，别忘了留出边角料做两条帕子，我答应了给想容和粉黛的。"

忘川提醒凤羽珩："小姐您还答应了三小姐一双鞋，说是给她出嫁的时候穿。"

凤羽珩这事倒是没忘："她才十岁，出嫁早呢，现在做了也是白做，等到十五岁脚又长了，到时候穿不了。要不这样，你再挑着哪个料子适合想容的年纪穿，就给她也做套衣裳吧。"

忘川也不觉得心疼，反正这些东西九皇子是真的有路子能弄来，小姐想送礼就尽管去送，到底还是十二岁的孩子，在这个憋屈的凤府里能有个玩伴总是好的。

"三天后去定安王府祝寿，小姐要不要准备礼物？"忘川很细心。

凤羽珩却摇了摇头。"这些东西凤家都会给准备的，咱们不用操心。"想了想又补了句，"我这里的东西可没有一样舍得送给别人家。"

忘川想想也是，那定安王家的清乐郡主可不是什么好姑娘。当年她在明知九皇子已经与凤家二小姐定亲的情况下，还厚着脸皮让她父亲去跟皇上请求赐婚就能看出来，一个姑娘家，脸皮是厚到了什么程度。如今自家小姐不给她脸，那也是应该的。

三天后的清晨，老太太安排给三位小姐做的新衣裳也由下人分别送到了各院里。

凤羽珩瞅着送来的五套秋装，倒是挺满意地点了点头："看来老太太是下了些本钱的，这要换了沈氏还在，指不定拿什么破料子来糊弄我。"

忘川一边帮着她选衣裳一边说："老太太毕竟活到这把年岁了，孰轻孰重还是能分清楚的。总不能像沈氏那般好贪小便宜吃大亏。"

二人选来选去，选中了一套天青色的衣裳，薄锦的面料，正适合刚刚入秋的季节。

再从玄天冥送来的首饰里挑出一套搭配这衣裳的配件儿，凤羽珩让忘川给绾了个像样的发髻，再插了枚兰花簪子，整个人看起来十分清新养眼。

就是在化妆这个问题上小小地纠结了一下，凤羽珩不太习惯古代的这些化妆品，总觉得化上去会显得像是个假人，可参加宴会又不能素面朝天地就去。

她想了想，便打发了忘川，自己一头钻进空间里，从抽屉里翻出了化妆包，从化妆水到打底乳液，再到护肤霜、CC 霜，直到拍完干粉和淡淡的肉色腮红，这才从空间出来。

至于其他的彩妆，凤羽珩一向是很少化的。而且在她看来，十二岁的皮肤，稍微打理一下就很不错，根本不用刻意去装饰。颜色用得多了，倒显得老气横秋，失了本真。

即便这样，从房间出来的凤羽珩还是让忘川狠狠地惊艳了一下。她想不明白她家小姐到底是用什么东西收拾的这张脸，为何看起来就像没有化妆，可是又的的确确比原先精致了不少。

忘川忍着好奇没问，她跟着凤羽珩越久就越发现有很多东西都是自己不能理解的，她家这位小姐总是能鼓捣出奇怪的东西，特别是药材。送到百草堂的那些奇怪的药丸和据说是冲着开水就能喝的甜的药，她以前连听说都没听说过。反正不管是什么，二小姐都说是从那位波斯奇人处学来的，慢慢地，忘川便将一切不合理的事情都归因于那波斯奇人。

凤羽珩一切收拾妥当，就准备带着忘川出发。刚走到同生轩与凤府连接处的小月亮门时，看到想容正往这边走来。

凤家给那孩子做的是一套橘色的秋装，同色系的腰带束着，很显腰身。

见凤羽珩出来了，想容很开心，赶紧快走了两步跟她行礼："二姐姐！想容正想去找你。"

凤羽珩笑着拉过想容的手："三妹妹这身衣裳不错。"

想容有些不好意思地说："这都是沾了二姐姐的光。要不是二姐姐在祖母那里替想容说话，只怕祖母是不会给想容做衣裳的。"

凤羽珩拍拍她的手背安慰道："没事。你在娘家才几年光景，且忍忍，好日子在后头呢。"一边说一边问忘川："我说用殿下送来的料子做的衣裳，可有叫人剪裁？"

忘川赶紧道："待小姐从定安王府回来，就会有御王府的专用裁缝上门给您量身。奴婢挑了良人锦的料子，做出来正好合季节，小姐马上就能穿。"一边说一边看着想容道："二小姐吩咐给三小姐和四小姐留的做帕子的料子也够，另外奴婢又挑了一匹水云缎，专门用来给三小姐做一套秋装，等裁缝来时还要请三小姐到同生轩一趟，一并就量了。"

想容一听就傻了，水云缎？那可是五宝之一啊！

"二姐姐……"她是又惊又喜，"二姐姐是说给我做一套衣裳？"

凤羽珩点头："对呀。"

"不不不！"虽然十分喜欢那料子，但想容还是觉得太奢侈了，"五宝是多贵重的东西想容知道，二姐姐能用角料给想容做条帕子，想容就已经很感激了。将来不管想容嫁给谁，有这么一样东西，那都是很体面的。想容不敢要那么好的衣裳，很费料子的。"

凤羽珩叹了口气："想容，你是我妹妹，虽然不是一个娘亲肚子里钻出来的，可就冲着姐姐三年前离府时，安姨娘偷偷往子睿脖领子里塞了一把碎银子，这份恩情姐姐就谨记着。"

想容还是不依："一把碎银子怎么跟那五宝料子比。二姐姐，想容不要，你留着多做些好看的衣裳，将来嫁到御王府脸面上也好看。"

一听这话，忘川都笑了起来："三小姐，您真是多虑了。咱们二小姐这还没过门儿呢，御王殿下就舍得把那么多好东西送过来，你还怕二小姐过了门受气不成？再说，御王殿下是皇子，父皇和母妃都在宫里呢，二小姐过去那就是府里唯一的主母，上不用看公婆眼色，下面殿下也没收过通房妾室，那王府里就是二小姐一个人说了算的。"

忘川如此说，一面是给想容听，一面也是告诉凤羽珩，九皇子干干净净的一个人，绝对没有养女人的爱好。

想容很聪明，一下就听明白忘川的用意，笑着看凤羽珩，直叹道："二姐姐真是好福气。"

凤羽珩也笑了起来，是那种不受控制的笑。但嘴上还是不饶人："他就是养了小妾，我也会一个一个地打出去！"

忘川和想容又取笑了她一会儿。在凤羽珩的坚持下，想容也不再提不要衣裳的话了，只是感激地对凤羽珩说："虽然想容人小言轻，在家里也帮不上二姐姐什么忙，但二姐姐若有用得着想容的，哪怕是体力活儿，想容也是愿意做的。"

凤羽珩笑她傻，到底是个大家千金，怎么可能会让她做体力活儿。不过对于想容，凤羽珩倒真觉得这孩子很聪明，一直在府里养着实在是浪费了，若有机会，是得多带她出去见见世面。

几人一路说笑着就到了凤府的大门口，她们到时，凤沉鱼也刚刚从院里走出来。

门外停着两辆马车，一辆是普通的，一辆是用紫檀木做成的。想容小声跟凤羽珩解释："那是大姐姐的专用马车，上次去寺里进香因为父亲说要低调，一切从简，她才没坐。"

凤羽珩点点头，她听说过沈氏给沉鱼和子皓都配备了专用的马车，只不过今天还是头一次见到。果然高端大气上档次啊，可不是她跟想容能比得了的。

再看那沉鱼，今日竟穿了一身艳粉色的华服，外披同色纱衣，领口开得不小，颈项曲线和锁骨清晰可见，线条优美，皮肤细嫩腻白。那华装的裙摆极长，轻泻于地面，后头足足拖了三尺有余的长尾，衬得凤沉鱼的步态愈加雍容柔美。她一头秀发没有绾髻，只用发带轻拢了一下，垂在胸前，配着面上精致的妆容，整个人就好像是蝶中皇后，让人一看便觉眼前一亮。

只是这样的装束怎么看都不像是去参加别人的寿宴，倒像她自己是宴席主人一般。特别是这衣裳的颜色和身后的拖尾，好看是好看，却总让人觉得有点不符合她的年龄和身份。若换作宫里年轻的娘娘这样穿，那便真是要令人叫绝了。

凤羽珩看了沉鱼一眼，心里就琢磨起了一句话：不作死就不会死。这凤沉鱼是把那点儿野心都给穿到身上了。她实在是很期待，那定安王妃和清乐郡主见到这一身打扮的沉鱼时，会是什么样的表情。

不过这沉鱼穿成什么样可不关她凤羽珩的事，她拉着想容就往那辆普通的马车处走去。准备进车厢时，听到沉鱼说了句："两位妹妹不如与我同坐吧，左右宽敞得很，那一辆就让下人们坐好了。"

凤羽珩挑挑眉，这意思是说现在这辆普通的车只配下人坐？

"多谢大姐姐相邀，但不必了，我们小小庶女，跟下人们挤一挤就好。"她扔下这句话，挑帘进了车厢。想容也冲着沉鱼俯了俯身，跟着凤羽珩进去。后面是忘川和想容带的丫头，四人都进了车厢，直把个沉鱼晾在车外。

凤沉鱼握了握拳，隔着帘子往那车厢里瞪了一眼，愤愤地上了自己那辆紫檀马车。

两辆马车同时往定安王府驶去。想容第一次出席这样的场合，有些紧张，坐在马车里一直拧着帕子。

凤羽珩则是两眼一闭，干脆补觉。实际上她一直在想，改天要画个样子出来，用那广寒丝做两套睡衣穿。她穿一套，再给姚氏一套。

想着想着，定安王府就到了。

她们来时，已经有好些夫人、小姐早早地就聚在门口唠嗑。一见凤家的马车到了，纷纷停下往这两辆马车处看过来。

两辆马车的帘子是同时挑起来的，想容跟在凤羽珩身后，依然是那副怯生生的样子，头都不敢往起抬。

凤羽珩倒是没觉得有什么，挑开帘子在下人的搀扶下下了车，然后撇头去看凤沉鱼。

就见这位大小姐的架子不是一般大，先是车夫在车下面给她垫了踩脚的凳子，然后是两个丫鬟倚林和倚月先下车，一边一个把人给搀扶下来，倚月再回过身去拖她那坠地的裙尾。

凤羽珩瞅着这架势，就想起了二十一世纪的西式婚礼。不由得抽了抽嘴角，凤沉鱼还真是自己作死啊。

凤家的三位小姐是第一次参加定安王府的宴会，说起来，也算是凤家第一次把女儿正式往外放。

从前凤羽珩不在京中自然是无法参加，想容和粉黛年纪小也没有资格；而凤沉鱼则是被凤家当宝一样藏在府里，外面只听到风声说凤家有个绝代风华的嫡小姐，却从来没见过真容。

如今三人往府门前一站，立时吸引了一片倒抽气的声音。

当然，这声音是送给凤沉鱼的。

凤沉鱼极美，这种美既不妖艳也不清淡，刚刚好卡在所有人审美观的中心点，让人一看就忍不住惊呼。

特别是今日经过如此精心打扮，第一次正式亮相的凤沉鱼，着实让所有人惊艳。

一时间，有人忍不住小声议论起来："那就是凤家的大小姐吗？我的天，那还是人吗？怎么可以这么好看？"

还有人说："凤家这个女儿，据说生下来的时候就有霞光盖天，自然是与众不同的。"

"听说以前是个庶女，后来她娘亲上了位，这才成了嫡女的。"

"那原来的嫡女呢？"

话题终于转到凤羽珩身上，有了解凤家这一段辛秘往事的人指着凤羽珩小声说道："那个才是原本的嫡女。可惜她外祖家里招了祸，凤家怕受牵连，一夜之间就将原本的大夫人赶下了堂，把凤沉鱼的母亲扶上了位。"

"嗯。"有人附和道，"我也知道这个事。姚家以前就与我们府上挨着住，当年多么风光的姚家啊，如今门口的灰吊子都结了老长。"

"姚府没有新人住？"

"没有。听说府邸还是姚家的，并没有被皇上收回。"

"你们是来给我母妃祝寿的，都不进院子里去办正事儿，在门口站着乱嚼什么舌根子？"众人的议纷被这样一个声音打断，回头一看，就见那清乐郡主正从府里往门外走出来。

清乐郡主的一句话，说得在场众人都闭了声，一个个赔着笑进了府门。有些胆子大点的一边走一边回头往后面瞅，生怕错过了一场已经在揭锅的热乎好戏。

凤沉鱼看着清乐郡主，面上含笑，主动上前走了两步，道："沉鱼见过清乐郡主。"微俯了俯身，既不失礼节，也不失身份。

清乐毫不客气地冷哼一声，上下打量起沉鱼这身打扮，半晌，终于开口道："原来是凤府的大小姐，我还以为是哪家的新娘子想来我们定安王府这里讨点赏钱呢。"话说得讽刺至极。

凤沉鱼被她说得脸上滚烫，心里有气却又不好发作，只得尴尬地道："郡主真会说笑。"

而那清乐则已经把目光从沉鱼身上转移，投向凤羽珩。

仇人见面分外眼红，自从仙雅楼一事后，凤羽珩对于这位清乐郡主来说，就不只是情敌那么简单，还有打脸的仇恨。

两人一对视，清乐郡主的目光中立时迸射出几许火光，凤羽珩却像朵棉花，将那狠厉的目光尽收其中。然后她款步上前，也不参拜，站得笔直地与清乐说话："好久不见啊！你这脸蛋已经不肿了，好多了啊。"

清乐气得牙根都发麻，两只手早就握起拳，特别想一拳头挥到凤羽珩脸上，但她又觉得自己实在是打不过人家。

"凤羽珩！"清乐在磨牙，"你给我等着，敢来我定安王府，有你好受！"

"行啊。"凤羽珩耸耸肩，"等着就等着。"说着话，抬了步就往府门里走，边走边又道："定安王府啊，久仰大名，我总得来看看当年被我那未婚的夫君烧完之后变成了什么样子。"

她不提这句还好，一提这个清乐脸上就更挂不住了，眼瞅着就要冲上去跟凤羽珩拼命，却听到沉鱼又小声地同她说了句："请郡主见谅，我这二妹妹就是这个脾气，家里人也拿她没办法呢。"

这一句话，意味着告诉了清乐：凤家人也不喜欢凤羽珩的脾气，所以你若有什么招数尽管使出来，凤家是不会为她撑腰的。

清乐自然听明白了，瞥眼看了看沉鱼，点了点头："如此，便多谢凤大小姐提醒了。"

说完，跟着凤羽珩的脚步也进了府。倒是留下沉鱼，也没个人接待，只能悻悻地自己进去。

门口那一幕把想容给吓坏了，她紧走了两步到凤羽珩身边小声问："二姐姐，咱们好像把定安王府家的郡主给得罪了。"

凤羽珩点头："是啊！大姐姐穿得像个新娘子似的，哪里像是给人祝寿的样子。"

想容急着问："那怎么办？"——好像二姐姐你也跟郡主闹得挺不愉快吧？

"凉拌呗。"凤羽珩笑嘻嘻地告诉她，"别怕，天塌下来有大姐姐顶着呢，我们不过是小小庶女，没人刻意同我们过不去。"

有王府的丫头领路，几人一路说着话就到了定安王府的花园里。

有好多人已经聚集在此，桌案、瓜果也摆到了花园中心的圆场上。想来，今日的寿宴是要在这里举办了。

凤羽珩瞅着那些围在一起的夫人、小姐，只见好多人的目光都往她这边投了过来。然后有胆子大的就又议论开来："你们说的山野千金是不是就是那位？我瞅着长得还行，不像是外面传的那样是个山村孩子。"

"当然不像，好歹人家以前也是凤大人家正儿八经的嫡女。"

凤羽珩无意听这些没营养的话，拉着想容四处去转。转了一圈下来，发现她新认识的那几位姐妹一个也没来，就连品阶最低的白芙蓉都没露面。想来真就像玄天歌所说的，不屑给这异姓王府面子吧。

再转转，她就发现了一个很有趣的现象——似乎今天来祝寿的人都比较接地气。

就比如一个打扮得花枝招展的女孩走过来同她跟想容打招呼，说："不知道两位是哪家的小姐？我们认识一下吧，我是京里梅安坊的女儿，我叫李心。"

凤羽珩想了半天也没想明白梅安坊是个什么地方，倒是想容替她答了话："原来是梅安坊的女儿，我很爱吃梅安坊做的点心呢。"然后拉着凤羽珩快步走开了。

凤羽珩抚额："点心铺子吗？"

想容点头："还不太大，点心做得倒是挺好吃的。"

不多时，又有个女孩走过来："两位是凤府的小姐吧？哎呀，我可算是见到大官员家的小姐了！你们好你们好，我家是开八宝斋的，我叫平安。"

凤羽珩小声问想容："八宝斋是卖什么的？"

想容告诉她："一间专门做素食的饭庄。"

凤羽珩无语。

再碰到的几个，几乎都是生意人家的女儿、夫人，再不就是四品以下的小官员家眷。

两人总算走到个清静地方停住脚，凤羽珩不由得感叹："好歹也是个王府，怎么请来的人都这么上不了台面啊？"再拽拽自己的这身衣裳，"我觉得祖母给咱们做的衣裳还是有点太好了，跟这场合不配套啊。"

想容也有这感慨。"昨天金珍姨娘还说送帖子的人提到七皇子，"她说到七皇子的时候脸也红了红，"可这种场合怎么配七皇子到场。"

凤羽珩用胳膊肘碰了碰想容："小丫头，动春心啦？"

想容脸更红了："二姐姐你说什么呢！"而后别过脸去，佯装生气。

凤羽珩笑了她一阵，就见之前散开的人群又往她这边聚拢过来，隐约听到有人说："在那里在那里！凤相家的女儿。虽说是庶女，可那也是一品大员家的庶女呀！咱们快过去套套近乎。"

还有人说："可不。那位穿得像是办喜事的嫡女，咱们是别指望能说上话了。长得像天仙似的，我只看着就觉得有距离感。"

于是就这样，凤羽珩和凤想容再度被包围了。

不过，这一次的话题凤羽珩倒是感兴趣，就听那梅安坊家的姑娘伸出手在四周画了一圈，然后道："看到没，这片花园全部都是翻修过的，原来的据说比现在气派好多倍，可惜啊，被九皇子一把火给烧了个干干净净！"

就因为这一句话，凤羽珩便多看了这园子几眼，然后给出的评价就是：俗！忒俗了！

想来这定安王一家也是没什么品味的，种些大众口味、俗能赏、雅完全入不了目的破花破树也就算了，还偏偏颜色都配不明白。大红、大粉的凑在一处，怎么看怎么闹腾。也不知道她们说的从前比这好几倍的花园是个什么样，玄天冥那把火放得也太大了些。

提到九皇子，立即就有人羡慕地看向凤羽珩，一脸谄媚地道："凤二小姐真是好福气，那天九皇子往凤府下大聘，京城里的人都知道了，听说九皇子还送了二小姐一座宅子？"

凤羽珩但笑不语。

又有人道："光是宅子算什么啊，听说聘礼中有广寒丝、良人锦、水云缎、若耶纱和软烟罗这五宝啊！而且不止一匹，有很多！"

女孩子家家的，都喜欢好看的衣料，一听说五宝，一个个眼睛都发直了。

凤羽珩不愿与她们过多讨论自己的聘礼，于是主动开口，又引回刚才的话题上："你们说这花园是被烧了之后重建的，那定安王就平白地被烧了王府，也没不乐意？"

有一个据说是个四品官员家的嫡小姐知道些内幕，主动开了口："当然不乐意啊！当年那定安王很气愤地进了宫，一纸御状就把九皇子告到了皇上面前。"

"皇上怎么说？"好奇的人同时问。

那四品嫡小姐继续道："皇上就对那定安王说，你连一个王府都看不住，还好意思上朕这儿来告状？"

"哈哈哈哈！"这话把在场所有人都逗笑了，凤羽珩都跟着笑了起来。

"还有还有呢！"那位小姐见大家都捧场，也来了兴致，"定安王因为皇上这一句话，回去之后便下令招了好多侍卫看管王府，据说有几百人吧！然后皇上又治了他个私屯兵将之罪。"

噗！

凤羽珩这回直接笑喷了，她总算知道玄天冥跟玄天歌那性格随谁了，敢情这是血脉遗传啊！

她们这边说说笑笑的好不热闹，而对面回廊里，凤沉鱼正跟清乐面对面站着不知道说些什么。凤羽珩望去，就见沉鱼站在廊下，双臂抱在身前，显然是冻着了。

想想也是，入了秋的天气，在阳光下站着还好，一旦站在阴凉处，可就真的会冷了。偏偏沉鱼为了好看，穿的还是薄料子的衣裳，领口还开得不小。而清乐也不知道是在跟她说什么，没完没了的，说了半天也没见要放沉鱼离开的意思。

想容扯了扯凤羽珩的衣角，小声问："二姐姐，她们都是来给定安王妃祝寿的，这样子背地里议论人家府里的事，好吗？"

凤羽珩摊手："想来每年都是这么过来的。不然你看那些王府里的丫鬟，明明都听见了，也没见谁过来管，连异样的表情都没有。"

想容叹了一声："看来这定安王的名声实在是不好。以前我不常出门，也没有认识的朋友，没想到外面的世界跟家里……还真是一模一样。"

凤羽珩笑了："是啊，家家都有权斗之事，凤府终日不得安宁，这定安王府也好不到哪儿去。若他们过得好，怎么可能招来这些非议。"

她往后靠了靠，倚在一棵小树上，抬手扯了两把边上的花枝，看着凤沉鱼和清乐，心道这二人凑至一处，只怕没商议什么好事，八成又是与她有关。凤沉鱼这些日子以来积累的怨气总要有个突破口发泄一下，不知道清乐与她会不会一拍即合。

廊下那边，清乐与凤沉鱼的谈话其实已经到了尾声，只是凤沉鱼几次想走，都被清乐以这样那样的琐事为由留了下来。

沉鱼心里有数，虽说敌人的敌人就是朋友，但这清乐明显对她也有不小的敌意，两人只怕可以共事，却无法共处。

她别过头，不想看清乐，目光却在花园里四处寻觅起来。

清乐看着凤沉鱼这副找寻的模样，不由得问道："你找什么呢？"

沉鱼赶紧收回目光，敷衍地回了句："没什么。"

初秋的花开得很艳，特别是定安王府里种的这些花，全部都是大艳的颜色，再配上今日来此的无数娇小姐、贵妇人，一时间真是晃得人眼生疼。

定安王妃的寿宴已经准备开席，众人由府里的丫头引领着到各自的位置坐了下来。

想容和凤羽珩被安排到一起，而沉鱼则是被安排至另一边。

凤羽珩听到身边一个不认识的女孩嘟囔了一句："唉，对面的都是嫡女。"这才明白，原来"嫡庶有别"这四个字在古代有多么根深蒂固。

这一场寿宴，男宾、女宾都有宴请，女宾落座在花园，男宾则在前院。

直到所有人都坐好，有小丫头又把每桌的瓜果茶点重新摆了一遍，凤羽珩惊奇地发现，别的桌都是水果点心茶水尽有，唯独她这桌，只有少量的水果和点心，没有茶水。而且那些水果还个个都长得难看，像是特地挑出来的歪瓜裂枣。

见想容皱了眉毛，她笑着安慰道："不怕，且看看这定安王府能耍出什么幺蛾子来。"

她话音刚落，就听到有个丫鬟的声音喊了起来："定安王妃到！"

随着这一声，主位侧方的一条小道上，一位盛装打扮的贵妇在一众下人的簇拥下缓缓走来。那步子稳得就跟唱戏的故意亮台步一样，短短的小路，愣是让她走了半炷香的时间。

直待那王妃登上主位，众宾这才齐齐起身，向主位的方向下拜，齐声道："参见王妃，祝王妃年年有今日，岁岁有今朝。"

定安王妃十分满意这种万众参拜的盛况，特别是今日来宾里面有当朝一品大员的嫡女，这让她觉得倍儿有面子。不由得端着架子享受了好一会儿，才恋恋不舍地抬了下手："都平身吧。"

凤羽珩失笑，平身？她还真敢用词。

落座后才腾出空来端详那王妃，一眼看去她差点儿没哭了。

这是清乐郡主的娘？怎么比她们凤家的老太太长得还老啊，不但老，面色也黄，人又瘦，白瞎了这一身盛装，完全撑不起场面来。

想容也觉得这王妃实在难看了些，不由得偏过头去不想再看。

同样是王妃，这定安王妃与文宣王妃，气势差得实在是太多了。

就在这姐妹二人观察定安王妃的同时，定安王妃也在留意着第一次来参加她寿宴的凤家的孩子。当然，最主要的是凤家的嫡女。

可就在定安王妃的目光在一个艳丽无比的粉色身影上落下时，她那两道本来就不好看的眉毛瞬间就拧到了一起，一句话不经大脑地就蹦了出来："那是谁家的新娘子？"

有正在喝水的小姐一口水没等咽下去就直接被这句话给搞喷了。

新娘子！王妃的比喻真贴切，就跟清乐郡主的形容是一样一样的。

凤沉鱼知是说她，脸色沉了沉，再次起身道："臣女凤沉鱼。"

定安王妃愣了一下，凤沉鱼？她就是凤家的嫡女？

再仔细去看，不由得心中暗赞，长得实在是太好看了，连她一个对同性向来都带着十分挑剔的人都觉得这凤沉鱼实在是太好看了。

可她长得再好看，在别人的寿宴上穿成这样也是有点过分吧？

定安王妃的面色也不好看："原来是凤家大小姐，凤大小姐穿成这样子出门，凤大人都没拦着点儿吗？"

随着定安王妃的话一出口，下面坐着的夫人小姐们也开始纷纷议论了。"凤家大小姐把自己打扮成这样，这明摆着就是不给定安王妃面子嘛！""她长得好也就罢了，定安王妃又老又丑，凤沉鱼再穿成这样子上门，分明就是故意羞辱人家王妃的。"

凤沉鱼也委屈，她头一次见定安王妃，鬼知道堂堂王妃会长成这个奶奶样。再说，她穿得好些那是凤家的脸面，更何况，也不是给这老太太看的。

"家里对王妃寿宴十分重视，临行前特地嘱咐我们姐妹三人一定要盛装出席，这才算是对定安王府的尊重。"沉鱼也不傻，她从小就帮着沈氏打圆场打惯了，这种场面话她还是驾轻就熟的。

果然，话一这么说，定安王妃就爱听了。赶紧招呼着沉鱼快快落座，然后冲身边小丫头示意一番，场上歌舞表演就开始了。

凤羽珩挑了两个不算太差的果子，自己吃了一个，递给想容一个，然后透过众人去看沉鱼那边的热闹。

有一些坐得近的夫人、小姐正上赶着跟沉鱼套近乎，她们可不管沉鱼到底是给定安王妃脸还是打定安王妃脸，她们只知道这是当朝一品大员家的嫡女，巴结是必须的。

于是一个敬茶，另一个递果子，还有送点心的，甚至还有送银票和玉饰的。一时间，沉鱼成了场内最热门人物，直看得那定安王妃的眼睛是红了又红。

凤沉鱼对于这些主动找上门来的人，均报以和善无害的笑，落落大方，菩萨脸又摆了起来。

可凤羽珩却从她的眼中看出了不耐烦之色。

可不是嘛，都是些商贾之家，再不就是四五品的官员家，凤沉鱼能看得上才怪，只不过她为了维持自己的形象不好意思翻脸。

但她再能忍，到底还是在一个胖得跟沈氏有一拼的妇人开口说了一句话之后霍然起身，然后直指着那妇人高声喊了句："大胆！你这种人怎么也能混进王府来？"

凤沉鱼这一嗓子，让她瞬间又成为全场焦点。

定安王妃一早就意识到自己的风头被沉鱼抢了，眼下见她又发难，不由得面色再沉了沉。

坐在定安王妃旁边的清乐郡主拧着手指头恶狠狠地嘟囔了句："凤家果然都是贱人。"

再说那被沉鱼指着骂的胖妇人，此刻面子上也挂不住了，叉着腰顶着沉鱼说："你是凤府的大小姐没错，可我家夫君也是朝廷的三品官。我见你长得好，这才好心好意想给你说门好亲事。我那在云麓书院年年考试都能排进前五十的儿子，指不定来年科考的时候就能拿个状元回来，到时候你想高攀我们还不要呢！"

凤沉鱼被她气得脸都青了，就想说你儿子将将能挤进前五十还想拿状元？就算是拿了状元，我父亲依然是丞相，你们家这辈子都翻不过身来！

可话都到了嘴边，却目光一瞥，就见一个白袍身影从花园与前院交接的回廊里走了过来。到嘴的话便又咽了回去，面上换了浓浓的委屈，眼泪都在眼眶里打转了："这种事情讲求父母之命媒妁之言，夫人虽说是好意，可沉鱼毕竟是个未出阁的姑娘，夫人这般与我提起这种事情，叫我的脸面往何处放？"

沉鱼这张菩萨脸一上演梨花带雨，立刻俘获了一片同情心。

人们一想，也是啊，人家一大姑娘，你要说媒你去人家里跟大人说啊，跟个姑娘家直接谈这个，这可不合规矩。更何况……

有个好打抱不平的夫人开口替凤沉鱼说话了。"田夫人，"她叫那胖女人，"你儿子能不能拿状元还是个未知，人家凤大小姐可是当朝丞相的女儿，你们一个三品官员想高攀正一品大员的亲，是不是太不知好歹了些？"

"我呸！"胖女人不乐意了，"你一个四品官员的填房，有什么资格嫌弃我家官小？"

"哟！"那打抱不平的夫人又道，"田夫人你忘了吧？昨日我家夫君刚刚被皇上官升正三品，比你们的从三品可是高出一截儿呢！"

下方的吵闹终于让定安王妃看不下去了，只听"啪"的一声，她一掌拍在面前的桌子上，震得瓜果都散了一地。歌舞也因王妃的发怒而停了下来，一时间，现场寂静无声。

"你们到底是来干什么的？"定安王妃黑着脸瞪向凤沉鱼，"凤大小姐，我劝你日后出门还是把面遮起来，省得四处惹人惦记。"不等凤沉鱼有反应，便又转而向那两个吵架的妇人道："你们家老爷在官场上的恩恩怨怨，愿意闹就回家去闹，少在这定安王府给我逞威风！"

一见定安王妃发怒，这两位官夫人也没了气焰，纷纷起身行礼赔罪："王妃教训得是。"

沉鱼亦睁着一双泪汪汪的眼给定安王妃行礼："都是沉鱼的错，请王妃责罚。"

却在这时，就听有个温雅和沐的声音说了一句："定安王妃大寿之日，怎谈责罚。"

人们纷纷闻声去看，就见花园的小道上，有一翩翩公子带着两名侍卫，正负手而来。他一身白袍，头束白玉发冠，面上扬着温和的微笑，那么儒雅温润，让人一眼看去，心都跟着静了下来。

凤沉鱼眼中闪出一丝向往，那定安王妃却已经站起身来拉着清乐郡主就要走下主位。

只见那人一摆手，冲着定安王妃道："本王是代表皇家来给定安王妃贺寿的，王妃无须客气。"

清乐郡主也扯了扯定安王妃的袖子，小声说："你位分又不比他低，干吗要放低姿态？"

定安王妃这才稳下心来，冲着来人笑着说道："多谢淳王殿下赏光，真是令定安王府蓬荜生辉啊！"

来人不是别人，正是淳王玄天华。

凤羽珩看看玄天华，再看看凤沉鱼，就觉得此刻的凤沉鱼终于有了点十四岁女孩该有的娇羞，而且还不是像以往那般硬装出来的姿态。

不由得感叹，凤沉鱼看上了玄天华，不知道这份情愫若是被凤瑾元发现，又会作何感想。沉鱼的任务是做皇后，这玄天华……与皇位搭边儿吗？

怎么看都是不搭边儿的，一个儒雅至此的人，怎么可能稀罕那个天子之位。

凤羽珩耸耸肩，又挑了个果子啃了一口。

而这时，在场所有夫人小姐再度齐齐起身，开始给玄天华行礼。

她不得不放下手中果子也站起身来，跟着众人一齐道："淳王殿下千岁千岁千千岁。"然后斜眼一瞥，似乎看到了一片被玄天华俘获的少女少妇心。

玄天华早就见惯这种场面，丝毫不为所动，只微一抬手，语气温和地道："都起吧。"

人们这才起身，那些平日里矜持有加的小姐此刻也顾不上脸面了，纷纷将炽热的目光往玄天华身上投去。更有一些胆大的夫人也跟着凑热闹，冲着玄天华唰唰放电。

凤沉鱼看着这些人，心里憋着一句话差点儿就没喊出来——"你们真不要脸！"她不甘心，主动上前两步，冲着玄天华浅施一礼，娇声道："多日不见，淳王殿下一切可好？"

这话一出口，立即收获了一众嫉妒的目光。

如此模棱两可的话，听在旁人耳中，那就是两人原本便熟识，而且前不久还是见过面的。

京里谁人不知淳王殿下是九位皇子中最温雅的一个，他在这些夫人、小姐心中那就是天上神仙，可以远观，不可亵玩焉，你凤沉鱼凭什么亵渎神仙？

就在所有人都在腹诽凤沉鱼时，淳王玄天华却认真地看着对面这个同他说话的女子，目光带着探究，竟也是看了许久。

想容有些按捺不住了，偷偷地扯了凤羽珩的袖子，担忧道："七皇子不会是看上大姐姐了吧？"

其实这样的心思不只想容有，其他夫人、小姐也同样担心。七皇子虽说为人和善，可对着一个姑娘研究这么老半天，可是从来没听说过的。

凤羽珩对着想容摇头。"不可能。据我对这七皇子的了解，他这人虽然看起来无害，但你绝对不能把他面上表现出来的和实际要说的做的混为一谈，不信——"她朝着玄天华努了努下巴，"你看。"

果然，玄天华上一刻的探究很快就有了结果，就听他冲着凤沉鱼很是不解地问了句："请问您是哪家的小姐？本王与你可曾相识？"

噗！

想容都乐喷了。

她大姐姐说了那样含糊的话，本以为这位淳王爷好歹给美人个面子，却没想到人家根本就没想起来她是谁。

其他夫人小姐也松了口气，再看向凤沉鱼的目光里便带了些同情。

凤沉鱼面上也有些挂不住，可总不能跟玄天华发火，只能努力调整自己的情绪，又紧着说了句："我是左相凤府家的嫡女，我叫凤沉鱼。淳王殿下前些日子到府，我们是见过的。"

她一提起这事，人们就想起来了，是啊！前些日子这淳王是去过一趟凤府，可人家是陪着御王一起去的，好像是送御王的未婚妻回家。

玄天华也想起来了，于是笑着点了点头："小姐如此说，本王就记起来了，凤大小姐今日也是来给定安王妃贺寿的吗？"

凤沉鱼一见玄天华与她聊了起来，心下十分高兴，不由得又上前了两步，热络地道："是呀！不知殿下今日也要过来，沉鱼应该早些去给殿下问安的。"

玄天华只淡淡地道："凤大小姐多礼了。"他紧接着四下张望了一番，疑惑地道，"凤家就只有大小姐一人前来吗？本王那弟妹可曾到访？"

一听玄天华提起凤羽珩，沉鱼的面上便冷了冷，却还是道："二妹妹和三妹妹也来了。"毕竟不甘心就这样把话题转移到凤羽珩身上，沉鱼赶紧向玄天华发出邀请，"殿下既是来为定安王妃贺寿的，那就请上座吧！"

她这话倒是让定安王妃十分满意，对嘛！今日她才是主角，你们凤家的人赶紧给我闪一边儿去！

玄天华也点了点头，同定安王妃道："每年王妃寿宴，父皇都会派我们兄弟其中一人来给王妃贺寿。今年本王过来，同样带了父皇和母后亲自备下的寿礼，已交由前院掌司，祝王妃福寿安康。"

定安王妃笑得脸上都开了花，原本就皱纹满布的一张脸此刻更丑上几分，她却浑然不觉，只一味地堆着褶子猛笑。"多谢皇上和皇后娘娘，也多谢王爷！王爷快请上座吧！"她一边说一边就侧了身，要将自己的主座让给玄天华。

玄天华却并未上前，只客气地道："今日王妃是寿星，理当上座。本王原也是在前院与王爷同席，过来给王妃道个寿，讨口茶水喝就回去了。王妃且安坐便好，本王在下面同弟妹攀谈几句。"他说完，头一扭，准确地找到凤羽珩所在的位置，抬步走了过去，边走边道："临来时九弟还同我说要给你些宫里新来的御厨做的点心，我出门时就让下人送到你的同生轩去了。"

一句话，不但表达了他与凤羽珩才是真正的熟识，更告诉众人，他的九弟对这位未过门的王妃有多么重视，连宫里新厨子做了好吃的点心这种小事都惦记着带给她。

凤羽珩也笑着对他答话:"多谢七哥。"一声七哥,关系再近一步。

这些夫人、小姐的嫉妒心瞬间由凤沉鱼处转至凤羽珩处,可嫉妒了一会儿便又觉得这两人其实是亲戚关系,九皇子跟七皇子本就都是云妃娘娘带大的,同胞兄弟的感情,自然与凤羽珩要亲近些。

于是刚刚转移的嫉妒又转了回去。

偏偏这时,凤沉鱼还厚着脸皮离开了她原本的位置,顶着一张既兴奋又带着娇羞的脸往凤羽珩那边蹭了过去。

此时场内歌舞继续,只是人们的目光再也无法往那些绝美舞姬身上集中,都在猜淳王玄天华到底在跟凤家二小姐说些什么。两人谈笑风生,好生让人羡慕。

而实际上,玄天华却是正在问凤羽珩:"为什么你这桌上连盏茶水都没有?"

凤羽珩答得理所当然:"不招人待见呗。"

说起来,她与玄天华也不过第二次见面而已,却自然而然地亲近热络。玄天华那种与生俱来的、出尘的距离感似乎并未给他们的相处造成丝毫影响。她叫他七哥,叫得仗义又自然。

玄天华将下人送上来的茶水推到凤羽珩面前,又倒了一碗,递给凤想容。

想容没想到玄天华还能顾及她,一时间惊慌失措,接茶碗时手都抖了。

凤羽珩无奈抚额:"想容你给我争点气。"

想容懊恼地低下头,她也想争气,可一对上玄天华,根本就争不起来气。

玄天华倒不觉得有什么,面上依然是那种和煦的笑,直笑得想容脸颊越来越红。

凤羽珩觉得自己应该说点什么打破尴尬的局面,于是开口问玄天华:"给定安王妃祝寿是你们皇子轮着来的吗?今年刚好轮到你?"

玄天华摇头。"也不是轮着来,是谁也不愿意来,但又总归是得有个代表,我便来了。"他轻声解释完,又对她道,"冥儿让我跟你说,这定安王府的寿宴没什么劲,你要喜欢热闹,还是月夕节的宫宴好一些。"

"我听天歌说过。"她喝了一口茶,目光斜了一下,凤沉鱼已经走到近前了。

"殿下。"沉鱼走得有些急,停住时还微喘着,也顾不上调整气息便与玄天华打起招呼。

玄天华点了点头,笑容没有丝毫变化:"凤大小姐。"

"殿下不必这样客气,叫我沉鱼就好。"有小丫头给她搬了一把椅子来,沉鱼坐下,又特地往玄天华那边挪了挪。

可玄天华显然没有同她攀谈的意思,仍然继续着之前与凤羽珩间的话题:"天歌自小就跟冥儿一样，是个惹祸精，我们这些哥哥也没少给她收拾烂摊子。"

凤羽珩笑笑："哥哥疼妹妹是应该的。哦对，那天我在仙雅楼看到七哥了，就是跟天歌还有芙蓉她们去吃饭的时候。"

玄天华点点头："我也看到你了。能为自家伙计撑腰，的确是个好主子。"他指的是那日她掌掴清乐的事。

还不等凤羽珩答话，就听沉鱼插了嘴，很不拿自己当外人地道："二妹妹跟殿下叫七哥啊！那我自然也是要跟着叫七哥的，七哥不会介意吧？"

玄天华一愣，看向凤沉鱼，目光中透着不解："阿珩叫我七哥，是因为她跟冥儿的关系。本王只有两个弟弟，凤大小姐的意思是……你与我那八弟……"

"没有没有没有！"凤沉鱼一下就急了。当然，她着急并不是因为想到凤瑾元曾嘱咐过她，在凤家确定立场之前，绝对不可以与任何一名男子表示任何态度。她只想到对着心仪的男子怎么可以扯上其他人，紧着向玄天华表达心迹："沉鱼跟八殿下见都没见过，七哥一定要相信沉鱼。"

玄天华却还是不解："你让本王相信你，可你为何叫七哥？本王早说过，阿珩叫七哥那是因为她是本王的弟妹，你若没了这层关系，那就是攀附皇亲，本王要回宫请示一下父皇。"

凤沉鱼急得脸都红了，只觉得这淳王殿下看起来面和心善，但话语间却丝毫都不留余地。她纵是有心见缝插针，也根本寻不出缝隙来。

沉鱼觉得实在尴尬，站了起来，冲着玄天华俯了俯身，转身就走。

谁知刚走两步就被玄天华叫住，然后弯腰下去捡起地上掉下的一个荷包递给沉鱼："凤大小姐东西掉了。"

沉鱼脸红得都快要滴出血来，也不伸手去接，只很小声地道："是送给殿下的。"然后提了裙摆就往人群里钻。

玄天华无奈地摇摇头，将那荷包递给凤羽珩："拿回去还她，或者给你父亲，就说这次的事本王可以不与她计较，若再有下一次，请凤相大人亲自来与本王说话。"

凤羽珩点点头，接了过来，拿在手里上下看了一番，不由得撇撇嘴。"凤家对她寄予了那么大的希望，怎么也不着人好好教教她女红。"说着便给想容参观，"你看这针脚，粗大得都能看到里面的东西。"她一边说一边还真就扒起针脚的缝隙想往里面看。

玄天华失笑："你还真是八卦。"

想容却给她解了惑："女红都是从小就学起的，大姐姐小时候只是个庶女，纵是长得别的孩子漂亮些，家里也没对她有什么指望，更谈不上培养。"

凤羽珩想了想："也是。那时候倒是有各种各样的先生终日里围着我转，可惜，我对那些东西都不感兴趣。"

玄天华对这个倒是知道些："只怕你的兴趣都在你外公那里。若是姚神医多在京中待些年头，只怕你会更受益些。"

他听玄天冥讲过当初在大山里遇了凤羽珩的事，也对这小小年纪的女孩能掌握如此精湛医术很是惊奇。只是对什么遇到波斯奇人的话倒只是一听一过没放在心上，只当她这一手医术是得自外祖真传。

两人说话间，场上的歌舞已然换了几番。此时上场来的这十名舞姬明显与之前不同，不论是从服饰还是气质上都略高一筹，若不是此刻站在场中等待表演，随便挑出一个往人堆里一送，完全不输给在场的大家闺秀。

凤羽珩见这些舞姬站在场上迟迟不动，眉毛便挑了挑，直觉告诉她，只怕是有好戏要上场了。

玄天华无意再留于花园女眷这边，与凤羽珩打了个招呼，悄然离场。

而那定安王妃，目光一直未离玄天华左右，此时见他离场，也未与自己打声招呼，心里便又不痛快了些。看了看凤羽珩，直觉得今日凤家来的孩子实在是一个比一个碍眼。

她喝了一口清茶，再往下方看了一眼，见多数来宾都对场上突然停下来的歌舞心生奇怪，这才浮上一个诡异的笑，开口道："诸位觉得，场上这十名舞姬，如何？"

听她这样问，立时便有人谄媚地回话道："这是定安王府自家养的舞姬吧？自然是不俗的。"

旁边有人附和："可不！瞧瞧这一个个的小模样，真是好看呢。"

定安王妃对这样的捧场很满意，得意地点点头，再道："这些舞姬从三岁起就养在王府，平日里什么活计都不用做，只一门心思地练习歌舞。说是舞姬，其实也跟家养的小姐没什么区别了。"

下面人都跟着点头，王府里养舞姬，这不算什么怪事。

这时，有两个丫鬟合力抬出一张七弦琴来，放到了舞场旁边。

就听定安王妃再道："但说到底，奴婢就是奴婢，再把她们娇惯着养，也养不出千金小姐们的多才多艺。别看她们舞跳得好，但要说弹琴，那可就不行了，所以接下来这支舞啊……"她在场中环视了一圈，目光落在凤羽珩的身上，"请凤家二小姐弹奏一曲为舞姬们伴乐可好？"

众人哗然。

让一个相府的二小姐给舞姬弹琴？虽然那二小姐是个庶女，可你王府的奴婢也不能跟相府的庶女比啊！

凤羽珩倒没多大反应，只暗里"哦"了一声，原本是在这儿等着她呢。

她依然坐着喝茶水，人倒是往定安王妃那处看去，却没接话。

定安王妃等了一会儿，见凤羽珩没什么反应，不由得皱起了眉，不快地问："凤二小姐，能为我定安王府的舞姬伴乐是你的福气，你可不要不知好歹。"

凤羽珩还是没理她，倒是注意到清乐与凤沉鱼对视了一下，然后互相点了点头。她便知，只怕这馊主意是那俩女人鼓捣出来的。

她站起身，没往前走，只是开口问了定安王妃一句："王妃的意思是说，今日若能弹奏一曲，是天大的荣耀？"

定安王妃点头："自然。"

凤羽珩恍然大悟："原来是这样。虽说我倒真没觉得给一群奴婢弹琴有什么可值得荣耀的，不过既然王妃这样说了，那想来应该是荣耀吧！"然后再看向凤沉鱼，道："大姐姐，那就请吧！"

"嗯？"凤沉鱼一愣，没明白她什么意思。

凤羽珩为她解释，也是在座所有人解释："打从我回到京城，父亲就经常嘱咐我说，我是家中庶女，不管是在家里还是在外面，凡事都不可以跟大姐姐争。好的都要给大姐姐，脸面都要留给大姐姐，荣耀自然也是要让大姐姐来享的。既然王妃一口咬定这是一件荣耀的事，那大姐姐就别客气了，这是父亲的叮嘱。"她说完，不忘又问了定安王妃一句："王妃应该不会与我父亲为难吧？"

定安王妃被堵得不知道怎么接，如果她一定要让凤羽珩来弹，那就是与凤瑾元为难。虽说她是王妃，可定安王没钱、没权，又不招皇上待见，人家凤相可是有实权在手的丞相啊！

思及此，不由得看了一眼清乐郡主。

清乐可不管那些个，直接就站了起来冲着凤羽珩道："让你弹是给你脸面，凤羽珩你别给脸不要脸！"

她这话说得极难听，想容都听不下去了，张口就想替凤羽珩回一句，却被她拦住了。就听凤羽珩又道："我刚才也说了，家父早有叮嘱，不管是在家里还是在外面，脸面都要留给凤家嫡女，也就是我的大姐姐。既然清乐郡主再一次强调这弹琴一事是给脸面，那我就放心了，让给大姐姐准没错。"她瞪了一眼清乐，目光中带着轻视，继续道："定安王府的郡主，似乎没有驳回一国丞相授意的权力。王妃，您说呢？"

定安王妃能说什么？就像凤羽珩说的，清乐没有跟凤瑾元对抗的权力。既然凤羽珩把凤瑾元抬了出来，她们再坚持只怕就不太好了。

于是她改了口："那就请凤家大小姐弹奏一曲吧！"

凤沉鱼恨不能马上就离开这里，她身为凤家嫡女，何曾受过这等屈辱？

不过，她并不认为这屈辱是定安王府给的，一切的错，全都在凤羽珩。

沉鱼恶狠狠地瞪了凤羽珩一眼，站起身，带着一脸委屈走向那张七弦琴。琴声一起，她苦练了这么多年、就等着在一个盛大场合艳惊四座的琴艺，就这样献给了一群舞姬和一帮上不去台面的夫人、小姐。

凤羽珩可不管她委不委屈，自己作的孽总得自己受。

凤沉鱼的琴技相当好。凤家这么多年对凤沉鱼才艺的培养多半失败，却唯独这琴技独树一帜。

到底是一品大员家的嫡女，平时这些上不了台面的夫人、小姐连见上一面都不容易，就更别提能亲眼见到、亲耳听到沉鱼弹琴了。

这原本准备留着在人前艳惊四方的琴声就这样为一群舞姬弹了出来，沉鱼的琴声中满含哀怨和仇恨。

凤羽珩，你今日给我的屈辱，来日一定加倍奉还。

却在这时，在凤羽珩这边，有个小丫头端着茶点走过来，似要往桌上放，却不知怎的，手一偏，洒了想容一身。

想容一下惊跳起来，赶紧用手去拍身上的水渍，却还是晚了一步，茶水全部浸到衣料里。

"奴婢知错，请小姐饶恕奴婢吧！"那小丫头倒也利索，直接跪到地上求饶，一边求饶一边磕头，直磕得想容心软。

"行了，起来吧。"想容无奈地让那丫头起来，再看自己这一身水，一时间不知怎么办才好。

凤羽珩看着那跪着的丫头，直觉告诉她，这并不是一起意外事故。凤沉鱼跟清乐那两人一计不成总是要再生一计的，只怕这一计就用在了想容身上。

果然，那丫头才一起来就开口道："小姐这身衣裳是不能穿了，现在天气凉，穿着湿衣裳会染风寒的。请小姐随奴婢去后堂换一身吧。"

想容有些为难，看了看凤羽珩，见凤羽珩冲着她点头，这才跟着那丫头走了。

凤羽珩依旧坐在桌前吃水果看舞蹈，余光看向清乐郡主时，发现对方也正向她望来。那道目光中带着一副看好戏的姿态，似乎料定了凤羽珩这一跟头一定会栽下去。

她自然不知道清乐又捣什么鬼，却有些期待，很想看看这位郡主害人的智商到底有多高明。

不多一会儿，又有个陌生的丫头走了过来，就在凤羽珩的身边停下，行了一礼，小声道："您是凤家二小姐吧？刚刚那位去换衣裳的小姐说请您过去帮她一下。"

凤羽珩心道：说来就来了。

很好。她起身，扭过头冲着清乐郡主挑唇轻笑，再对身边的忘川小声说："你且在这里等着，我自己过去。"而后便随着这丫头往适才想容离开的方向而去。

两人一路走到花园后面的一排堂屋，领路的丫头一直低垂着头，也不说话，一直走到倒数第三间屋时终于停了下来，转过头跟凤羽珩道："那位小姐就在里面，请凤二小姐进去吧。"

凤羽珩看看她，忽然就笑了："我这三妹妹啊，从小就胆子小，想来是不习惯被陌生的丫鬟侍候，这才唤我来的。"

见她主动说话，那丫头也不好不答，于是赔笑着道："是啊，凤二小姐跟三小姐姐妹情深，凤三小姐说在家里的时候就常受二小姐照顾，所以换衣服这种事还是由二小姐帮忙比较好。"

凤羽珩点点头，主动伸手推门，一边推一边说："可是我自小便离开京城，如今回了府里，与这三妹妹也只是晨昏定省时才能见上一面，她见到我时总是怯生生地离着好远，真不知道眼下哪儿来的胆子居然找我给她换衣裳。"

她这话说完，抬步就往屋里走，也不管身后的丫头面色白了又白，只在心中算计着接下来到底会有什么事情发生。

那引路的丫头并没有跟着凤羽珩一起进屋，反倒是在她进屋后从外面把门关了起来。

凤羽珩"嗯？"了一声，回过头时，却又听到外头落锁的声音。

她失笑，原来打的是这个主意。

"你们为何要锁门？"她将戏做足，还回过身去拍了几下门，"快把门打开！"

可惜，门外哪儿还有人，那丫头早就提着裙子跑远了。

凤羽珩回过身来，嘴角含笑，在这屋里四下环视一圈，最终将目光落在里间的一面屏风后头。

隐隐见那屏风后面似有雾气笼罩，她轻步上前，穿过外堂走至里间，在屏风一角停了下来。探头去望，就见一只冒着热气的大浴桶中，有名男子正全身无衣闭目而坐。衣衫褪了一地，鞋袜扔得到处都是。

凤羽珩想到刚刚自己与那丫鬟说话，而且还拍了门板，这男子居然还保持闭目状态。再看他呼吸均匀，手指还一下一下有节奏地律动着，想来应该不是被人下了迷药。

那就是早设计了这一出戏，就等她上钩了。

她冷笑，故意在屏风外弄出些响动。

果然，那浴桶里的男子神色动了一下，有紧张，也有些向往。

她站着没动，却将这里间屏风周围的环境尽收眼底，然后心下用步子丈量起距离。

不多时，就听门外有急匆匆的脚步声由远及近。凤羽珩耳朵尖，闻声分辨，来人分作两批，前面两人是先锋，后面跟着的才是大部队。

想来，应该是始作俑者带着围观群众来看热闹了。

很快，脚步声在门外停住，门锁被人打开，就听清乐的声音首先扬了起来："你说凤二小姐在这里干什么？私会男人？可恶！当我定安王府是什么地方？居然能干出这种龌龊事来！"

那清乐一边说一边往屋里冲，浴桶里的男人有些慌了！事先安排好的剧情还没走完，那女的还没到他面前来，清乐郡主怎么就进来了呢？他一心急，光想着完成任务，记得刚才听到屏风后面有声音，想来那女的应该就站在那里，于是干脆从浴桶里站起来要伸手去抓凤羽珩。

可手探了过去，却什么也没抓到，明明刚才睁眼时还看到有人影晃动，可他手伸过去竟然抓了个空。

男人心说奇怪，可这时，清乐的脚步却近了，一边走还一边说："不是说私会男人吗？人呢？"

然后有丫头回话："郡主要不要到里间看看？"

清乐提高音量，用能被所有人听见的声音喊了句："里间？那不是卧寝吗？凤二小姐私会男人都会到床榻上去了？"

眼见清乐就要过来，那男人没办法，只能又缩回浴桶里。

他刚刚才坐回去，清乐就已经到了近前。可哪儿还有凤羽珩的影子，她不由得皱起了眉，小声问那男人："人呢？"

男人摇头："属下不知道，还没看见人呢郡主您就来了。您是不是来早了？"

清乐转问身边丫头："她到底进没进来？"

丫头赶紧答："进来了，奴婢亲眼看着凤二小姐进来的，还从外面落了锁。"

清乐急声道："快，在屋子里找找。"

小丫头点头，转身奔回了外间。

清乐就准备回过身来跟那男子再嘱咐两句，可就在她回身的工夫，突然被人狠推了一下。

不只是被人推了一把，竟还有人从身后快速地扯去了她衣服上的腰带，然后又扯了一把头发，还拽了她的衣领子。

清乐就觉得只一晃神的工夫，自己好像被鬼缠住了一般，衣衫凌乱头发披散，最要命的是领口好像被扯坏了，露出一大片雪白肌肤。

然后那只"鬼手"加了把力，她一个没站稳，直奔着那只大浴桶就跌了过去。

只听"扑通"一声，清乐郡主整个人栽进了浴桶里面，与那男子正面相撞，被那人直接拥在怀里。

二人大惊，仔细去看，却连个鬼影子都没看着。

那在外间搜找凤羽珩的小丫头听到动静正往这边跑，边跑边问："郡主你怎么啦？"

可就在这时，门外的大批看客到了。由定安王妃牵头，后面跟着凤沉鱼等一众来宾都到了这间屋里，能听到沉鱼的声音说："二妹妹不会做出那种事的，请王妃相信我。"

定安王妃冷哼一声："我只相信自己的眼睛！凤家二小姐不在席面上好好看歌舞，跑到这后堂来干什么？"

说话间，众人就已穿过外间奔到了里间。就见到一个小丫头正站在屏风旁，双手捂着眼睛，似被什么东西吓得花容失色。

定安王妃大喝道："大胆奴才，你在干什么？"

凤沉鱼心里一喜，这小丫头的表现与她们设计的一样，正是应该看到凤羽珩同一个男子共同沐浴时的样子。

她赶紧跟着道："你看到了什么？"

那丫头都吓傻了，哆哆嗦嗦地说不出话来，只指着屏风后面，脸上全是惊恐。

定安王妃心急，提步就走上前去，身后的沉鱼以及众女宾都跟着挤过去看。

这一看不要紧，所有人都大吃一惊。

只见定安王府的清乐郡主湿发贴面，衣衫半褪，正与一无衣男子相拥着浸泡在一只大浴桶中。那画面、那动作、那表情，简直……太引人遐想了。

"这……"定安王妃彻底傻眼了！

不是告诉她来捉凤羽珩的奸吗？为什么到了这里却变成了她的女儿？

随着众人一并而来的忘川见里面的人不是凤羽珩，不由得暗松了口气。凤羽珩走时不让她跟着，她还真怕出事，回头御王怪罪下来，那就是死罪啊！

"母妃！"清乐一脸委屈，想站起来，可又觉得形象实在不雅观，不得不在水下调整了个姿势继续待着。

可她这一动，却偏偏碰到了那男人最不该碰的一个地方。就听浴桶里的男子一声闷哼，面色涨红了起来。

围观的女宾一个个偏过头去，不由得深吸了一口气。这清乐郡主的胆子也太大了！

"你赶紧给我起来！"定安王妃快气炸了，一把将身边的丫头推上前去，"赶紧把郡主给我拉起来，披上衣服。"

可谁手里会拿着衣裳啊，丫鬟们一个个也束手无策。

就听清乐喊了声："我是被人推进来的！有人推我！"

可是谁信哪！这屋子她们进来的时候除了一个站在屏风边的丫头外，哪里还有别人？

清乐喊完也意识到这点，眼珠一转，马上将狠厉的目光投向那个丫鬟："就是她！"她伸手直指，"就是她把我推到水里的！"

小丫头吓坏了，哪能想到清乐反咬一口，赶紧辩解："不是的！郡主，不是奴婢推你！根本就没有人推你啊！"

众女宾也不是傻子，一个小丫头再厉害，还能把向来嚣张跋扈身上还带着几分功夫的清乐推到水里？那不瞎说嘛！

可清乐想找替死鬼，谁也不好揭穿，只能一个个瞪着眼睛看这一出好戏。

定安王妃自然也知道是清乐在找人顶罪，于是赶紧配合演戏："来人！把这大胆的丫头给我押下去！乱棍打死！"

那小丫头"哇"的一声就哭了："奴婢冤枉！奴婢是冤枉的啊！郡主让奴婢在外间找凤二小姐，然后奴婢就听到里面有声音，一进来就看到郡主已经在水里了啊！不关奴婢的事！奴婢冤枉啊！"

"赶紧带走！"定安王妃简直气疯了，瞪着清乐一口一口地喘着粗气。

凤沉鱼也奇怪为何事情会变成这样，她左右张望，焦急地在人群中搜寻。

有位不知是哪家的小姐看到她这样子，不由得问了句："凤大小姐这是在找谁呢？"

沉鱼随口就道："我那二妹妹不知去了哪里？"

她话音刚落，就听到门外有个声音随之扬了起来："大姐姐，我跟想容在这里呢。"

众人回头，只见凤羽珩正伴着换过衣裳的凤想容往这边款款而来，身后各跟着一名王府里的丫头和凤想容的丫头。

忘川赶紧迎上前："三小姐的衣裳换好了？"

凤羽珩点头，又回头瞪了一眼那个定安王府的丫头："定安王府的下人真是毛手毛脚，一盏茶水全都洒在我三妹妹身上，还好府里有事先备好的新衣裳，这才不至于让我三妹妹太丢人。"她再看向定安王妃，道："多谢王妃准备的衣裳，我三妹妹穿着正合适呢。"

她这话让定安王妃都不知道该怎么接，又气愤又尴尬。

沉鱼这时却开了口，是问那个跟在凤羽珩后面的定安王府丫头："你们刚才在什么地方？"

那丫头怯怯地答："就在隔壁堂屋。"

沉鱼再问："凤家二小姐也在里面？"

那丫头点头："二小姐来帮三小姐换衣裳。"

"大姐姐是想得到什么样的回答呢？"凤羽珩看向沉鱼，"想容的衣裳脏了，我帮她去换，当时大姐姐正在弹琴，不方便叫你。"

一提到弹琴，沉鱼的脸色又黑了几分，看向凤羽珩的目光毫不掩饰地透出憎恨。

这时，有丫头取来披风，终于将清乐郡主从浴桶里救了出来。

清乐一出水，冻得直哆嗦，却也不忘找凤羽珩算账，指着她就开骂道："你个不要脸的贱人！一定是你推我进来的！本来在这屋子里的人应该是你！"

凤羽珩十分不解地道："我一直在隔壁帮着三妹妹换衣裳，郡主为何要这般冤枉我？"说着，就问身后那丫头："你可曾看到我中途出来到这间屋子？"

那丫头摇头："凤二小姐自从进屋就再没出去过。"

清乐气得差点没背过气去："你到底是谁家的丫头？你帮着谁说话呢？"

那丫头吓得扑通一下就跪下了："郡主，奴婢什么也不知道啊！青莲姐姐只告诉奴婢要故意将茶水打翻在凤家三小姐的裙子上，然后带三小姐来这边换衣裳，别的也没嘱咐奴婢啊！"

这话一出口，众人皆是"哦"地拖了一个长音，只道原来是这么一回事。

"信口雌黄！"定安王妃瞪着那个丫头，"拖出去，打死！"

那丫头吓傻了，不明白为何要把她打死，不停地磕头求饶命。

可惜，这种时候谁会饶她的命，定安王妃巴不得把替死鬼找齐了为清乐遮掩。

可这事又岂是那么容易就能平的？

"清乐郡主可怎么办呢？"凤羽珩看着清乐，幽幽地说了这么一句话，"郡主与人私会也不挑个没人的时候，如今这么多双眼睛都看着呢，想来要封住所有人的口，不太好办吧？"

有看不惯清乐的人跟着插话："按说这种事情发生了，郡主怕是只能下嫁于那人了。"

凤羽珩摇摇头："自然是还有另一条路。"

又有人插话："可另一条路就是一头撞死啊。"

"你们都给我把嘴闭上！"

清乐快要疯了，扭头指着那桶里的男人道："你怎么还在这里？"再扬声大喊："来人哪！把这贼人给本郡主拖出去，砍头！砍头！"

"定安王妃大寿的日子，是谁在这里说着如此血腥的话？"就听屋外一个声音响起，也不见得有多用力，却偏偏在这混乱之势下入了所有人的耳中。

众人回头，只见七皇子玄天华正带着一众男宾踱步而来。伴在七皇子身边的人，正是年过五旬的定安王。

见男宾们到了，有一个声音瞬间就在清乐的脑子里炸开了——"完了！"

就见定安王怒目圆睁，几步上前，对着清乐"啪啪"就是两个耳刮子扇了过去。他年轻时是武将，力道极大，这两巴掌不但把清乐打倒在地上，更是嘴角打得渗出血来。

清乐委屈地看着他："父王，我是冤枉的。"

"本王的脸都被你们丢尽了！"定安王气得一把掀了屏风，那还泡在浴桶里的男人吓得差点儿没把自己给淹死。

"来人！"定安王一声令下，立即有两名侍卫上前。

他指着桶里的男人道："把这人拖出去，五马分尸！"

"王爷饶命！"那男人吓傻了，"王爷！这不关我的事啊！都是郡主安排的，属下也不知道郡主为何自己跳了进来！王爷，属下守卫王府多年，请王爷饶属下一命吧！"

"定安王。"玄天华又开口了，一句话就将气场又全部集中到他的身上，"不管这人是死是活，清乐郡主的声誉都已受重创。依本王看，不如成全了两个小儿的美事，也算今日定安王府双喜临门。"他一边说一边看向定安王妃："王妃请放心，此事本王自会向父皇禀明，并请父皇亲自赐婚，王妃和王爷就等着为郡主筹备喜宴吧！"

他话说完，一抖衣袖，转身就带着下人离了场。

定安王有心将玄天华叫回来，可清乐却死死地拖住他的衣袍哭闹道："父王！女儿不要嫁给他！女儿喜欢的是御王殿下，请父王成全啊！"

凤羽珩气乐了："清乐郡主这是当我凤家没人了是不是？你都与人这般了，百十双眼睛都看着呢，连淳王殿下都亲眼所见，你居然还巴望着御王？敢问郡主，你是想跟我争那御王正妃之位，还是甘愿做个小妾？"

清乐此时头脑早就不清楚了，下意识地就答她："本郡主自然是要做正妃！"

凤羽珩怒目直视那定安王，声音现了凌厉："王爷可听到了？可要我现在就去将淳王殿下追回来，让淳王在皇上面前把话改一改，就说清乐郡主虽已与其他男子共浴，但她还是心属御王，请皇上做主将她赐给御王为正妃，同时，请御王亲自上门与我凤家解除婚约？"

清乐死扯着定安王的袍子苦苦哀求："父王快答应她！"

定安王气得抬起一脚，猛地将清乐踹了出去。

定安王妃吓得快步上前将清乐抱住，同时与清乐一起发难："你自己的女儿被欺负了，你居然还打她？有你这样做父亲的吗？"

定安王哪里有心思跟这娘俩胡搅蛮缠，只看着凤羽珩，着急地道："凤家小姐，此事万万不可！清乐说出这番话来是本王教导无方，请凤家小姐莫往心里去，也莫要当真。"

"凭什么不当真？"清乐哭闹着道，"我就是要嫁给御王，我从小就喜欢御王，父王你为什么不让我嫁？"

清乐这般胡闹，在场的夫人、小姐都看不下去，纷纷出言为凤羽珩抱不平："虽然你是郡主，可也不能这么不讲道理。莫说御王跟凤二小姐已经订下婚约，就算是没有，你自己如今这等模样，又怎么配得上御王殿下。"

"就是，定安王府也太欺负人了。"

凤羽珩亦冷下脸，看着那定安王，冷哼一声："一直听闻定安王神武，却不想今日第一次见却是这般场面。阿珩不才，得御王殿下垂青，却惹得清乐郡主如此憎恨。王爷，今日之事我定会回府跟父亲明说，亦会派人告知御王殿下。我凤家虽不是王侯，却也不是任人欺压羞辱的。还有适才定安王妃逼着我们姐妹给一群奴才弹琴的事，我也都记着呢！"

说完，拉着想容的手，冲着身边两个丫鬟道："我们回府！"

凤羽珩觉得，既然定安王全家都不要脸，她也就没必要再给他们留脸。她不怕这事儿凤瑾元袖手旁观，毕竟这已经不只是针对她个人了，而是这座定安王府对凤家的挑衅。凤瑾元贵为丞相，岂有坐视不理的道理？

她的离开，相当于为定安王妃的寿宴画上了一个很不完美的句号。谁也没心思再去听曲看舞，人们纷纷上前与定安王妃行礼告辞，有个嘴快的妇人笑着说："今儿这一趟可真没白来，不但听到了凤家大小姐给舞姬弹琴，还撞见了清乐郡主的美事。"

马上就有人附和道："等郡主的喜事定下来，王妃可别忘了请我们吃杯喜酒。"

定安王妃气得大吼："滚！都给我滚！"

她这一骂不要紧，原本没吱声的人也不乐意了，人们纷纷表示："滚就滚！以后请我们来我们还不来呢！看你定安王府明年的寿宴能请到几个人，别到时连包子铺掌柜都不乐意让妻女来捧场了！哼！”

随着这一声冷哼，人们迅速散去，男宾亦与定安王拱手道别。眨眼间，这偌大的后堂只剩下定安王一家和几个奴婢。

定安王看着这一屋子狼藉，只觉眼前发黑，冥冥中有一种大势已去的感觉来袭。

他看着身边的妻女，特别是对上清乐那狼狈模样时，脚下又没忍住，再次一脚踹了过去。连着两脚，清乐被定安王踹到吐血。

定安王妃也傻了眼，见定安王是真的动了怒，连哭都不敢出声了。

“孽障！”定安王直指着清乐，“你就是来讨债的孽障！”

凤府舒雅园的正堂内，凤沉鱼此时正趴在老太太怀里号啕大哭，凤瑾元亦坐在旁边止不住地叹气。

凤羽珩和想容在他对面坐着，想容有些害怕，低着头不敢看父亲。

“祖母，父亲，一定要给沉鱼做主啊！”沉鱼一边哭一边倾诉在定安王府受到的屈辱，“沉鱼苦练琴技多年，为的是什么？父亲当初也说过，沉鱼的琴技绝不能轻易外露，那是要留给……可是今天，就在定安王府，二妹妹逼着我为一群舞姬伴乐。父亲，沉鱼觉得好委屈啊！”

沉鱼从未像此时这样哭得如此伤心，那种感觉就像快要活不下去了似的，上气不接下气，总觉得她下一刻就会倒地抽搐。

老太太心疼她，不停地帮着顺背，沉鱼却越哭越凶。

凤瑾元“砰”地一拍桌案，直瞪向凤羽珩：“你到底要干什么？”

凤羽珩皱着眉，十分不解地问她父亲：“父亲，您这话是什么意思？”

凤瑾元最见不得她装无辜的样子，恶狠狠地道：“自从你回来，咱们府里就没消停过。为父今日就问你，到底是想做什么？如果是想报三年前被赶出家门的仇，你冲着为父来，何苦为难你大姐姐？”

沉鱼出言道：“二妹妹，从前你是嫡女，我爱你敬你。就算后来你离了京，可那也并不关我的事，你为何要这样害我？”

凤羽珩看着这父女俩一唱一和的，心中升起烦躁。她放下手中茶盏，直勾勾地看着凤瑾元，好半天都没说话。就在凤瑾元被她盯得实在不自在想要再问一句时，她这才幽幽地开了口，却是道：“虽然这件事情很可笑，但我依然要提醒父亲，阿珩不是没有脾气的人。三年前任你们随意拿捏，三年后若还想继续黑白不分，那可就要给我一个合理的解释。”她一扭头，凌厉地看向凤沉鱼：“敢问大姐姐，什么叫我逼着你给舞姬弹琴？我且问你，父亲是不是有过话，说庶女不可以抢嫡女风头？"

沉鱼没答，倒是老太太接过话来："是有这么说过，可这给舞姬弹琴哪里算是风头。"

凤羽珩点头："祖母说得是，阿珩也是这样认为的，而且就这件事还与那定安王妃据理力争过，这一点在场任何一个人都可以证明。但那定安王妃偏偏就说她府里的舞姬与一般人不一样，是当小姐一样养着的，还说凤家的女儿能给她王府的舞姬伴琴，是得了天大的脸面。阿珩九岁那年就被送到山沟沟里，着实不知道京中已经有这样的变化，那定安王妃说得斩钉截铁，我不得不信。"

凤瑾元稳了稳心绪，问向沉鱼："定安王妃确如阿珩所述一般，有过那样的话？"

沉鱼愣了愣，无奈地点了头。她不能不认，这是几十号夫人小姐都亲耳听到的，凤瑾元只要随便一打听就能打听得出来。

"哼！"老太太怒了，"区区一个异姓王的女眷，居然敢放如此大话？"

凤羽珩再道："不仅如此。想来父亲和祖母还没有听说后来的事，那清乐郡主与一男子在后堂私会，被所有人撞破好事，大家进去时，那清乐郡主衣不遮体地与那男子泡在同一只浴桶里，那男的连衣服都没穿，清乐郡主居然还诬赖说是阿珩与人私会，说她是进去捉我的。"

"什么？！"这回凤瑾元也激动了，"她们当我凤府是摆设不成？"

"还有呢！"凤羽珩说得挺过瘾，"那好事不只女宾们撞见，男宾也都在场。七殿下临走时说会禀明皇上为清乐郡主同那男子赐婚，可清乐郡主却央求定安王，让他去跟皇上说，她不要嫁给那男子，她要嫁给御王，还是做正妃。"

"好大的口气！"老太太气得直抖，"御王正妃是我们家阿珩，哪里轮得到那个异姓郡主！"

"估计定安王府的意思是让御王府与我们凤家解除婚约吧！"凤羽珩轻叹了一声，十分无奈，又道，"到底人家是王府，想当年不也是在明知阿珩与九殿下有婚约的情况下还去请皇上赐婚吗？"

凤羽珩一番话，成功将对立方从自己身上转移到定安王府。

沉鱼眼睃着父亲和祖母从对凤羽珩的指责变成了对定安王府的声讨，不由得又抽了一下哭腔，委屈地叫了声："父亲。"

凤羽珩不等她父亲说话，紧跟着就问了一句："父亲，一个没有实权的王爷，怎么就敢这样子欺负当朝丞相的女儿？把凤家女儿与王府舞姬、奴才同阶而论，定安王府就把当朝的一品大员放在那个位置吗？请父亲为我们姐妹做主！"

凤瑾元点了点头，劝解着沉鱼："你放心，这一笔笔账为父都记得了。那座定安王府，我凤家与他势不两立！"

沉鱼想说我没让你记恨定安王府，我是让你记恨凤羽珩！但话到底不能这样说，既然她父亲已经认定是定安王府的错，她若一再将矛头指向凤羽珩，势必会造成她不友爱姐妹的局面。她不能在父亲面前有不好的表现，只能低着头，委屈地"嗯"了一声，再趁着凤瑾元不注意，狠狠地瞪了凤羽珩一眼。

老太太觉得怀中的沉鱼情绪不对劲，一低头，刚好看到她那记狠厉的目光，不由得心中一颤。

凤羽珩不是善茬儿，这是众人皆知的事。更何况凤羽珩压根儿就没有装样子的意思，谁让她不痛快、谁与她结仇，她一般当场就报了，绝不拖泥带水。

可沉鱼从来都是一副菩萨脸出现在人前，从前她觉得这个孙女最是好脾气、好性子，只有这样的慈悲心肠的人才配做一国之母。可如今，却发现这凤沉鱼竟也不是她想象的那般乖巧可人，背地里只怕有着与凤羽珩一样狠辣的心思。

老太太觉得有些瘆得慌，她倒不是怕沉鱼工于心计，如果今后注定要走上母仪天下的路，太善良又怎么能行。她怕的是这沉鱼有的不是心计，而是像沈氏那般不经大脑的歹毒心思。若真是那样，只怕她不是凤家的希望，反而会成为凤家的祸害啊！

今日之事，引得回了松园的凤瑾元好一阵深思。凤羽珩的话提醒了他，何以一个没有实权在手的异姓王都敢这般不将他凤府放在眼里？说来说去，不还是因为凤家没有一个明确的靠山。虽说凤羽珩与御王有了婚约，可那御王做的一桩桩、一件件好事都是直指凤羽珩个人的，对他凤家可是一点脸面都不曾给过。有明白其中道理的人甚至知道，御王府是不喜凤家的，别说凤家没事，就算将来有事，人家不落井下石就不错了，根本指望不上能搭一把援手。

他觉得，有些事情是时候该做个抉择了。

"来人，"凤瑾元低沉地叫了句，外头立即有小厮推门进来，"备车。"

小厮一愣，眼下已经至二更天，这大半夜的还要出门？可到底不敢多问，应了一声就去备车了。

在那小厮退下后，就听凤瑾元又低声叫了句："暗卫。"

立即有个人影闪现，于书房中站下。

"上次让你去查三皇子，可有查到动向？"

暗卫点头："三皇子五日前曾接触右相风大人，但风大人没见。两日后，风大人投了二皇子。另外，三皇子早有暗中蓄养兵马的意图，于外省多次征兵，如今据可靠消息，已经屯兵三万有余。"

凤瑾元点头："很好，是个有胆识的。"

"大人可是要去三皇子的襄王府？"

凤瑾元再点头："是时候往那边走一趟了，我凤家无论如何也逃不出这场夺嫡之战，若再不拿出个态度，只怕……为时已晚啊！"

暗卫不再多说，一闪身又消失在空气中。

凤瑾元连夜出府，悄悄地进了三皇子的襄王府内。

第十一章

种因得果

宫中乾坤殿内，天武帝手持卷宗，正问着跪于面前的钦天监监正："早些日子不是说凤星临世吗，如今星势走向如何了？"

那监正郑重地答道："凤星已入京城，星势渐亮，于凤轨中稳步行进，十年之内若无异动，可……进入主位。"

监正说到后面声音渐弱，新的凤星进入主位，就意味着原本的凤星要让出位置来。而这新凤星所对应的凰，却不是如今这个天武大帝，是指新主。

新主登基，旧皇……驾崩。

天武帝点点头："生老病死乃人生轮回，朕并不怕死，只是想再多要几年，好歹为那孩子铺一条平稳的路……你下去吧。"

"是。"钦天监监正躬身而退。

天武帝却放下手中卷宗，呢喃自语："冥儿，朕不知道你选的那个丫头到底有没有本事……如果一个凤家就能把她害了，想来，也成不了大事。"

忽有风动，天武帝挥了挥手，一众宫人退下。直到乾坤殿内只留他一人时，一道人影闪动间出现在大殿当中。

那人单膝跪地，禀报道："陛下，凤相进了襄王府。"

天武帝皱眉而怒："不知好歹的东西！有了一个冥儿还不够，还真妄想让他的大女儿攀上凤位吗？哼！朕倒要看看，他选中的老三到底有多大出息！"

再一挥手，那暗卫消失不见。

"来人！"天武帝站了起来，"摆驾月寒宫！"

这是天武帝这一年来第三十六次往月寒宫去，每一次他都记得清清楚楚，每一次回来他都会在昭和寝殿的柱子上划上那么一道。

一路上，天武帝坐着轿辇，以手撑着头，问身边的大太监章远："你说，这次云妃会不会见朕？"

章远抹了一把额头瞬间渗出的冷汗，回道："皇上，看命吧！"

啪！

天武帝一巴掌拍在章远头上："真是胆子越来越大了！你就不能盼着朕点儿好？"

章远很委屈："奴才哪能不盼着皇上好啊！奴才巴不得那月寒宫的大门天天为皇上敞开。可云妃娘娘那性子……您又不是不知道，这都多少年了，她给您开过一次门吗？"

"万一这次破了例呢？"

"所以奴才说要看命嘛！"章远一边说一边掰着手指头算计，"昭和殿您已经划满了七根柱子，现在正在划着的是第八根，这都入秋了，想来也快满了……"

啪！

又是一巴掌拍上去。

章远抱着头道："皇上，您要是把奴才打傻了，可就没有得力的人侍候您了。"

"那朕就把张广给叫回来！"

"哎哟皇上！您要把奴才的师父叫回来，那九殿下那头可就没人侍候了。"

天武帝闷哼了一声，瞪了章远一眼："那就再留你几日，等朕有一天老得上不了朝了，看你还有什么用。"

章远非常机灵，赶紧表态："反正不管皇上您在哪儿，奴才都跟着。"

天武帝难得被这奴才哄得露了几分笑，却又在轿辇接近月寒宫时，面色再度沉了下来。

"要不朕不去了吧……"天武帝开始犹豫。

想来章远早就习惯天武帝这番折腾，都不喊停轿，只习惯性地劝着他："试试吧，万一让进呢？"

天武帝点头："那就试试吧。"

可事实证明，是没有万一的。月寒宫的大门多年如一日紧闭着，不管章远上前叫了多少次，里面的小宫女都只答一句话："云妃娘娘说了，不见皇上。"

章远没了辙，只能退回来冲皇上摊摊手："皇上，咱昭和殿的柱子上又得多一道了。"

天武帝却不气馁，指挥着抬轿的大力太监："往西边儿去！绕到观月台那头儿。"

大力太监抬着轿辇就往观月台那边走了去，那处有个小门，天武帝记得有几次这里就没人把守，他如果动作能再小心些，不惊动月寒宫的暗卫，就能进去了。

他在小门前下了轿，屏退众人，独自往门口蹭去。果然今日又无人把守，天武帝正欣喜，就准备推门入内，却忽然从里面飘出一个白衣身影。

他后退几步，沉下脸来。

"哼！你可知你拦的是谁？"

那白衣身影站定，竟是个冷面女子，手中持剑，面无表情地看着天武帝。

"皇上。"

"既知朕是皇上，你还敢拦？"

"请皇上恕罪。在下只服从云妃娘娘一人，若皇上硬闯，只能踏着在下的尸体过去。"

天武帝挫败。

他不是不能硬闯，他自信自己的暗卫比月寒宫里的这些姑娘要强得多。可他也知道，一旦闯了，只怕云妃就不只是不见他。他可以忍受与心爱之人永生不见，却无法忍受与之成仇。他这一生驰骋沙场，纵横天下，可一语定乾坤、一笔镇江山，却唯独搞不定一个云妃。

"罢了。"他摆摆手，疲惫地坐回轿辇上，"你同云妃说，让她保重身体。如今天气转凉，没事儿就别老往观月台上站，也别总吃些生冷的东西。若有一天她想通了，想见朕了，即便朕已经到了坟墓里，也一定会为了她再爬起来。"这话说完，原本还神采奕奕的天武帝瞬间像是老了十岁，岁月匆匆袭上身来，老态尽显。

"皇上。"见天武帝要走，那白衣女暗卫叫了他一声，随即道，"娘娘有话让在下带给您。"

天武帝的精神一下又恢复过来，身子向前探，急声问："她要与朕说什么？"

白衣女子答："娘娘说，九殿下眼光不错，但她也只能帮到这里。"

天武帝愣了一下，而后怔怔地道："原来不是同朕说话。"落寞再度浮上心头，一扬手，轿辇掉转了方向。

"回去同你们娘娘说，只要她高兴，要朕做什么都行。冥儿朕会好好护着，连带着那个丫头。"

话说完，轿辇前行，一会儿的工夫就离开了月寒宫的范围。

章远一路上没再说话，他知道这种时候皇上需要的是安静，这种安静会一直持续到明日早朝才能恢复正常。

半个时辰后，馨兰宫。

贵妃步白萍正一勺一勺地往炉子里舀着香料，那香料也不知是用什么东西调制而成，闻起来总能让人沉浸在愉悦当中，几次便成了瘾。

在她身边有个太监正躬身禀报着："皇上又去了月寒宫，云妃还是没见。"

步白萍耸肩而笑："咱们这位皇上啊，就是喜欢那吃不着的葡萄。云妃也就是摸准了他那脾气，这么多年硬是撑着不见。"

那太监也跟着道："皇上等了这么多年，依奴才看，那云妃也没几年好日子了。"

步白萍"哼"了一声，突然将手中一整盒的香料全都扔到炉子里。一霎时，香气漫天，呛得人发晕。

有小宫女赶紧去拾掇香炉，步白萍一步步走回寝殿，于榻前坐下，自顾自地道："她会没有好日子过吗？七年多了，皇上还是对她专情至此。这座后宫都快成冷宫了，云妃七年不见他，他就七年不进后宫一步，这是在为云妃守节啊！"

这日清晨，凤羽珩起得极早，换了身利落的打扮，穿了双软底布鞋，围着同生轩就开始跑起步来。

忘川一路跟着，边跑边奇怪地问她："小姐是睡不着吗？"抬头看了看天色，又道，"才刚蒙蒙亮呢。"

凤羽珩告诉她："以后我都要这个时辰出来跑步，绕着同生轩跑五圈，然后再做一系列的重力训练，我要把这身筋骨迅速锻炼强健。"

忘川对着这么大一座同生轩望而兴叹，五圈啊！二小姐这是要跑死的节奏。不过再想想，初衷却是好的，把身体练强健总不是坏事，二小姐本就会武功，如果能在内力上有所提高，将来再面对生死危机的时候，就又多了一分把握。

于是便不再劝，只是告诉凤羽珩："那以后奴婢每天陪着小姐一起练。"

凤羽珩没拒绝，多练练总是好的。一边跑一边又想起子睿那边，不由得问忘川："黄泉是什么时辰训练子睿？"

忘川答："比您起得还早半个时辰呢。"

"呃……"她有些担心，"子睿起得来吗？"

"每天都是二少爷主动去叫醒黄泉，起不来的那个是黄泉……"

好吧，凤羽珩为子睿的上进感到骄傲。

"小姐说的重力训练指的是什么？"忘川不太懂凤羽珩说出来的那些术语。

这个问题凤羽珩没有正面回答，只是在跑过一圈之后，不知道从哪里变出来两只沙包捆在腿上，接下来的四圈就变成了带沙包跑步。

五圈结束后，她又不知道从哪里变出来两根奇怪的绳子，往树上一绑，两只手交替着拉来拉去。

再然后，从林子里捡了块大石头拿在手中，单臂撑举两百下，两手交替。

蛙跳、仰卧起坐、俯卧撑……

一系列奇怪的举动下来，忘川总算把她家小姐的训练计划搞明白了。

整整一个时辰，折合成现代时间就是两个小时，凤羽珩完成了晨间的训练，同时告诉忘川："同样的训练晚上还要再进行一次，每日都是如此。另外，早餐我只吃水煮鸡蛋，午餐和晚餐要有牛肉，精瘦的那种，知道吗？"

忘川一边抹汗一边点头应下："奴婢这就去吩咐厨房。"然后转身要走，就见院门口，凤想容正带着个丫头往这边走来。

"咦，三小姐来了。"

凤羽珩也看到了想容，可她鼻子好使，同时也闻到了一阵香气。

目光立马就瞄到那丫头手里拎着的食盒上："带了啥好吃的？"

忘川提醒她："方才还说只吃鸡蛋的。"

"我那是说早餐，没说不可以吃间食。"凤羽珩为自己找着各种理由。

"想容，是不是安姨娘又做了点心？"

安氏做小点心很是有一套，不仅她爱吃，姚氏和子睿也爱吃。

见她喜欢，想容很高兴，赶紧把食盒接过来打开给凤羽珩看："有绿豆饼，有芙蓉糕，还有桂花馅儿的团子，子睿最喜欢的花生酥也有。"

凤羽珩很高兴："安姨娘就是好。"她很想马上就捏一块儿绿豆饼放嘴里，可是再看看忘川正用监督性的眼神瞅着她，想了想，已经伸出去的手就又缩了回来。

"忘川，你先给我娘亲和子睿送去些吧。别忘了把绿豆饼多留点给我。"然后反手拉过想容："姐问你，平时在院里闲着你都做些啥？"

想容想了想："也就摆弄摆弄女红啊，最近在帮姨娘绣帕子。"

"能早起不？"

想容不明白她的意思："多早？"

"天蒙蒙亮那会儿。"

"起那么早做什么？"想容不理解，"二姐姐是有事吗？"

凤羽珩摇头道："没事，就是锻炼身体。你要是能起来，就过来，咱们一起练。姐教你功夫可好？"

一听这话想容高兴了，连连点头："好啊好啊！不指望有多厉害，能强身健体就行。"

凤羽珩打了包票："那太能了。咱们就这样说定了，以后每日寅时末，你就到同生轩来，跟姐一起跑步。"

她就这样给自己找了一个伴儿，直到忘川送点心回来，两姐妹还在研究着明日计划。

忘川听着就觉得好笑，只道自家二小姐到底还是个孩子，孩子都是需要找伴儿的。她却不知，凤羽珩找伴是找伴，最主要她还是想给想容多一些安身立命的本事。不指望想容真能学会功夫，总归身体比旁的女子强一些不是坏事。

在这座凤府里，能让凤羽珩觉出亲切的人并不多，对这个妹妹本没打算多亲近，但就是每次一见到她，原主的记忆都会不受控制地翻腾起来。那些小时候的画面一遍又一遍在脑中闪过，想容像个小包子一样圆乎乎的可爱模样是那么清晰，她能看到一只包子跟在自己身后，想亲近又不敢亲近，想说话又不敢说的纠结。

想来，原主的心里是喜欢这个妹妹的，只是儿时不知该如何表达，再加上嫡庶有别的规矩，将两个明明应该玩在一起的孩子生生地隔开了距离。

今日想容左右没事，便将她留下来一起吃早饭。

凤羽珩告诉想容，鸡蛋可以补充人体一种叫作蛋白质的东西，对身体有好处。特别是正在进行肌肉训练的人，更应该多补充蛋白质。

想容不是很明白，但她从小就知道，二姐姐说什么都是对的。于是凤羽珩怎么吃，她就跟着怎么吃，吃完还不忘问凤羽珩："晌午呢？晌午吃什么？"

凤羽珩很确定地告诉她："瘦牛肉。"

想容轻叹了声："其实说起来，我跟着安姨娘算是好的。姨娘有嫁妆铺子，虽说不是很赚钱，每月多少也会有些盈余。以前母亲在府上时，我们的吃穿用度都被克扣得差不多了，父亲和祖母根本也想不起来问，安姨娘就自己出钱让下人到外面去买些好吃的来，在院里的小厨房给我做。若不是这样，只怕牛肉这种东西，几个月都吃不上一次。"

凤羽珩问她："那粉黛呢？韩氏似乎没什么嫁妆。"这话一问完她自己就有答案了——"粉黛想来受不到什么苦，凤瑾元宠着韩氏，总不会薄待了她们。"

想容点点头："是啊，父亲对她们好着呢。"她并不奇怪凤羽珩直接叫父亲名字的事情，安氏早就告诉过她，不管她二姐姐怎么做，她只管看着听着，当着第三个人千万不能说出去。"不过现在也差了。"想容想了起来，"自从有了金珍姨娘，父亲好像就没往韩姨娘那院子里去过。听说粉黛被伤了手之后，父亲连看都没看她一次，粉黛因此还发了好一通脾气呢。"

这一点凤羽珩倒是听忘川说起过，那个粉黛性子十足像沈氏，只是她到底年纪小，天知道长大之后会不会青出于蓝而胜于蓝。

姐妹俩吃过早饭又聊了一会儿，就有下人带着一个嬷嬷和一个丫头走了进来。

凤羽珩瞅着人眼生，但看门外的忘川与二人很熟络地打着招呼，立即明白过来，这八成是御王府的人。

果然，忘川亲自将人引领进屋，那二人立即跪地向凤羽珩行礼，一开口就是："奴婢给王妃请安。"

叫她王妃，是御王府那边的人没错了。

忘川赶紧给介绍："小姐，这是府里专用的裁缝，来给小姐和三小姐量身裁衣裳的。"

想容没想到量身的裁缝这么快就来了，水云缎做的衣裳啊，她只怕自己根本舍不得穿，要供起来才好。

裁缝很快为两位小姐量好尺寸，忘川也将两匹料子取来交由她们带走。

想容心中巨大的喜悦无处传递，匆匆地跟凤羽珩告辞，说要回去跟安姨娘说一声，让她也高兴高兴。

凤羽珩没拦着，到底是个十岁的小孩子，有这样的心情是应该的。

想容走了以后，她倒是又想起一件事来。低头看看自己脚上的这双鞋，今早跑步觉得不太舒服，干脆吩咐下人再去拿双新的过来，换上之后将旧鞋递给忘川："拿去给粉黛，就说我赏她的。"

忘川掩起嘴笑了一会儿道："上次小姐送的那些鞋子，韩姨娘根本就没敢拿给四小姐看，应该是怕四小姐再发脾气。"

"管她呢。"凤羽珩耸肩而笑，"这次你亲自送到粉黛手里，并告诉她，这些就是用那些嫁妆换来的，让她别不舍得把玩，姐姐我有的是。"

"奴婢明白。"忘川提着鞋子转身出了屋。

凤羽珩几乎可以预见粉黛见到鞋子后会有什么样的反应，不过那不关她的事，种下什么样的因就会收获什么样的果。那粉黛小小年纪便心思歹毒，真当她是好欺负的吗？

这晚，班走不知从什么地方回来，递给凤羽珩一袋子糕点，然后告诉她："殿下这几日去了趟京郊的丰台大营，回来时在路上买的。"

凤羽珩对班走的行踪很难掌握清楚，不由得抚了抚额："班走，你这一天天地要去多少地方啊？如果我遇到危险你能随传随到吗？"

班走答得理所当然："主子在府里，班走有的时候会到王爷那边去。主子一旦离府，班走便形影不离。"

凤羽珩点头，如此甚好。

"张公公让属下给主子带个话，说是主子上次给的膏药特别好用，他跪谢王妃恩典。"

这事凤羽珩倒是很开心的，自琢磨了一会儿道："回头我再弄些膏药，你给张公公送去。"

主子我能问问你所谓的"弄"是怎么个弄法？——班走吸了吸鼻子，到底还是憋住了没说，应了声"是"，一闪身，回到属于他的黑暗之中。

凤羽珩将点心袋子打开，捏了一口不知道是什么馅儿的软糕，嘴巴里甜甜的，心里也甜甜的。

这种甜一直甜到第二日清晨与想容一起跑步，她抿着嘴巴一直漾着的笑看得想容也跟着笑了起来，这一笑，便也忘了剧烈运动带来的疲惫感，虽说中间也有几次几乎坚持不住，但好歹绕着同生轩的这五圈算是撑了下来。

早饭之后，两姐妹带着子睿和姚氏一起去舒雅园给老太太请安。她们来得早，老太太才刚收拾完，赵嬷嬷堆着笑说："二小姐最有孝心了。"

凤羽珩含笑回道："哪里，三妹妹也和我一起呢。"

老太太赶紧把话接过来："最近天凉，晚上睡着冷吗？"

她摇头。"谢谢祖母关心，不冷。倒是祖母的腰病，天气凉了，要更加注意才是。"一边说一边从袖子里又抽出几贴膏药，"想来之前的膏药祖母也用得差不多了，阿珩又带了些过来，祖母不适时就贴一贴上去。"

老太太一见这膏药就开心，赶紧让赵嬷嬷好好给她收着，一个劲儿地夸她："还是我们阿珩最贴心。"

这边正说着话，院子里，韩氏、安氏还有金珍一并而来，后面远远地还跟着凤沉鱼。

老太太瞅着众人都来了，赶紧将腰板又坐得直了些。她喜欢那种一堆人跪在面前给她行礼的感觉，更喜欢自己点着头慢悠悠地说"都起来吧"时的虚荣感。如果这一切能让老家的那些人看到，年轻时受的委屈那才叫真的找补回来。这样想着，便决定有空一定得跟凤瑾元提提，寻个理由回老家一趟，让那些人瞧瞧如今的凤家是怎样的光景。

琢磨的工夫，一众人等已经进了屋来。凤羽珩看到那韩氏一直低着头，目视鞋尖，好像刻意在躲着什么。她留了心思，仔细瞅了一会儿才发现，原来韩氏的左半边脸竟然是肿着的，不但脸肿，似乎今日发式也不同往常，有一缕头发紧盖着半边额头，隐隐能看到那头发下面渗出的血痕。

凤羽珩觉得，好像最近一段时间她比较善待凤府众人，已经有些日子没主动给这些人添堵了。心里有团火焰腾腾地燃烧起来，直待后进来的这拨人落了座，就听她开口道："韩姨娘的脸怎么肿了？额头也有血痕，是跟人打架了吗？"

韩氏鼻子差点没气歪了！

与人打架这种没品的事只有沈氏干得出来，她再不济也知道顾及自己和粉黛的脸面。只是这张脸……如此努力躲闪，却依然没逃得过凤羽珩的眼睛。

她无奈地解释："没有，是我夜里不小心磕到了。"

"哦。"凤羽珩若有所思，"额头磕了倒还好说，只是把半边脸都磕肿了，韩姨娘磕得挺别致啊！"

老太太觉得凤羽珩一向怪声怪气的，也没往多了想，只瞪了韩氏一眼道："多大个人了，夜里还能磕到，是凤家没给你拨守夜的丫头吗？"

韩氏赶紧起身回老太太道："都是妾身自己不小心，劳老太太记挂了。"

老太太翻了个白眼，她哪里有心思记挂一个妾。

韩氏见老太太不再说话，赶紧又坐回座位上，头低得更甚了。

这时，凤沉鱼站了起来，从身边丫鬟手里接过一只盒子递给老太太："祖母，上次二妹妹要的银子，孙女已经同舅舅要来了。这里是二十万两银票，还请祖母过目。"

老太太一听这话，目光就是一闪，银子来了，那里头可是有一大半都是她的啊！

赶紧让赵嬷嬷把盒子接过来，打开一数，不多不少，刚好二十万两。

老太太点点头："嗯，沉鱼你这件事办得很不错。要记得，你始终是凤家的女儿，那沈家再富贵，也不过是商贾之家，你将来的命运是掌握在凤家手里的，所以，凡事要以凤家为先。"

沉鱼俯身下拜："孙女记得了。"

凤羽珩挑着唇角开口道："祖母说得对，这是凤家的银子，可不是阿珩跟沈家要的。"

老太太装模作样地让赵嬷嬷把银票盒子给凤羽珩送过去，同时道："阿珩，到底是你们那边的铺子赚到的钱，还是由你来支配吧！"

凤羽珩乖巧地推了一把赵嬷嬷的手，道："这二十万两，有五万两是给三妹妹添妆的，其余可都是祖母的呢。当然，父亲那一份就由祖母转交好了，阿珩不必经手。"

老太太对凤羽珩在钱财上的懂事十分满意，像搂着宝贝一样搂着那盒子，极不情愿地拿出五万两银票让赵嬷嬷给了安氏。

安氏赶紧跪下来给老太太磕头谢恩，同时又给凤羽珩谢恩。

一旁的韩氏看在眼里，眼睛都嫉妒得通红。不由得在心中暗怪起凤粉黛来，若不是那日她瞎嚷嚷，这盒子里的银票也有一份是她的呀！如今银子没了，只换去那些个旧鞋，粉黛还冲着她发火，她真觉得没有天理了。

银票的事解决完，沉鱼又跟凤羽珩道："二妹妹，你要的古董沈家今日就会派人送到奇宝斋，到时还请二妹妹过去清点。"

凤羽珩再次纠正她："不是我要的古董，是被母亲偷走的古董。大姐姐放心，回头我会派懂行的人过去清点。"她特地强调了一个"偷"字，说得凤沉鱼眼中厉光闪了又闪。

说着，扭过头去跟忘川道："一会儿你去趟御王府，请殿下派个懂古物的人到奇宝斋去。"

忘川点头应下。

凤沉鱼一听这话，眉心又皱了一皱。

老太太见钱已经分完，便转了话题，跟姚氏说起了一件她一直都想说的事："芊柔啊！"她干脆叫了姚氏的闺名，"有件事我一直想同你打个商量。"

姚氏看了看她，习惯性地想开口说"母亲是有何事？"，可话都到嘴边了，便想起自己再也不是从前那个当家主母，再也没资格跟她叫一声母亲。如今她是妾，跟着安氏和韩氏叫声老太太便可。于是话锋一转，不带什么情绪地道："老太太有事吩咐便可。"

老太太觉出她的冷淡，心下有些不痛快，可又不好在这种时候开罪于她，只好长喘了两口气，调节下自己的情绪，才又道："子皓在家里养伤也有些日子了，是时候该回萧州了。"

姚氏点点头："哦。"

嗯？老太太一怔，没想到姚氏竟是这个反应。在她印象中，姚氏向来是个很好说话、唯命是从的人。只要凤家有需求，不用家里提，她自己就会动用姚家的关系帮着凤家办事。可如今……

她没办法，不得不直说："你看是不是和文宣王妃说说，让子皓能重回云麓书院去？"

姚氏眨眨眼："那应该让老爷去一趟文宣王府啊！不知老太太与妾身说这番话是何意？"

老太太气得直翻白眼，干脆直说："我的意思是，你与文宣王妃交好，云麓书院可是叶家的，你与文宣王妃说一声就能解释的事，何劳瑾元去一趟王府？"

姚氏摇头："这件事情妾身真是没有办法。老太太有所不知，文宣王妃的确与妾身交好，可也正因为她与妾身交好，所以对于三年前妾身忽然沦为凤府小妾，并且连着一双儿女一起被送到西北大山里的事，至今都耿耿于怀。上次去普度寺遇上，妾身好说歹说才把她的气顺了下去。"

老太太就不解了："既然气都顺了，为什么不能帮帮忙？"

姚氏答得理所当然："文宣王妃对我的事是没有办法，她想追究也没有立场，只能自己生闷气。可平白无故地被大夫人指着鼻子骂了一通，还连带着把皇上最宠爱的天歌郡主也给骂了，老太太还让妾身怎么去求？那日要不是妾身拦着，文宣王妃直接就要掉转马车回京进宫告状去了。"

老太太一听这话就迷糊了，那日的事她过后都不敢想。沈氏骂出的那都是些什么话啊！别说人家是个王妃，就是平头百姓也受不了的。说到底，这个祸是沈氏惹下的，如今姚氏把话说到这份儿上，她还有何脸面求着姚氏去帮子皓？

"难道就一点办法没有了吗？"老太太呢喃自语。

姚氏听了只觉可笑，不由得又开了口："妾身是一点办法也没有。如果老太太有主意，还请您支个招儿。"

老太太眼皮突突地跳，她怎么觉着这三年下来，不但凤羽珩变了，连姚氏也变了呢？如今这姚氏的嘴皮子都快赶得上凤羽珩了，三句两句就能让人堵得慌。

她不知道，凤家的人情冷漠，在凤羽珩一点点的渗透下，姚氏早就心灰意冷了。

话说到这里，似乎也再没什么好说的，众人一阵沉默。

老太太瞅着这些人，越瞅越心烦，总想着她的子皓该怎么办啊！那可是她唯一的嫡孙啊！

偏偏这时候凤羽珩又来添堵："上次父亲说定会寻访名医给大哥哥治病，也不知道寻到没有。"

一句话，又把老太太说得几近崩溃，实在坐不下去，干脆挥挥手："你们都回吧。"

众人起身告退，就在准备要走时，金珍忽然脚步一顿，手捂上心口，面上一阵起伏。

韩氏就在她边上，随口问了句："你这是怎么了？"

安氏也跟着道："面色这么差？是不是没休息好？"

韩氏冷哼一声："怎么可能没休息好，老爷天天晚上都陪着。要我看，休息不好的应该是咱们姐妹。"

让韩氏这么一打岔，金珍的状态也稍微缓和了些，赶紧接话道："劳两位姨娘费心了，我没事，是昨儿睡得太晚了。"

她本是敷衍地找个理由，可听到韩氏耳朵里就又是另一层意思——"可不，老爷天天过去，能早睡才怪呢！"

老太太最看不惯这个韩氏，气得砰砰地拍起了桌案："脸都磕成那样了，不好好回院子里养着，还絮叨什么？你过去是如何做的自己不清楚吗？也就是安氏脾气好不与你计较，不然谁容得你继续在府里嚣张！"

老太太发了火，韩氏也不好再说什么，最先离了舒雅园。

凤羽珩瞅了金珍一眼，瞧出她平淡面色下隐藏着的紧张与恐惧，似乎猜到了些什么。

因为三家铺子重新开张，清玉整天都忙得不见人影。凤羽珩几人回到同生轩，子睿直接就回自己的院子跟着先生习字去了。

姚氏有些担忧地问凤羽珩："我今日的话是不是说得太重了些？从前我是不会这般说话的，可自从回了京，也不知是怎么了，这心性竟怎么也沉不下来。"

凤羽珩告诉她："因为凤府压根儿就不是个安静的地方。咱们纵是有过平淡日子的心，人家也不会如我们的意。娘亲今日做得很好，有些人她们自己都不要脸，咱们为何还要给她们留颜面？"

姚氏又道："我其实还真不是冲着老太太，只是一想到那凤子皓竟三更半夜摸到你屋子里来，就替你委屈。偏偏你父亲还不替你说话，这个家当真是非不分！"

凤羽珩笑笑，不管姚氏是出于什么原因，她今日能有这番表现就已经是个很大的进步，人总是要在逆境中才能看出成长。她将姚氏送回院子，又嘱咐下人好生侍候着，临走时还看了一眼最近算是老实的孙嬷嬷，之后才回了自己的小院。

忘川跟她提议："要不再提个丫头上来吧，清玉帮铺子都帮不过来，眼下奴婢就要去殿下那边找个行家去验收古物，小姐身边不能没贴心的人侍候。"

凤羽珩想了想说："不急，以后慢慢找。"

忘川也没再说什么，就准备收拾收拾出府，一回身，却见金珍正在一个丫头的引领下急匆匆地往这边走来。

金珍会来，这是凤羽珩早就意料到的。当金珍一进来就将自己带的丫鬟留在门外，自己直接把门关上，然后在凤羽珩面前"扑通"一声跪了下来时，她也没觉得有多出奇。

挥挥手让忘川去办事，待忘川出去后，这才把注意力集中到金珍身上。

"这是做什么？快起来。"她只说让金珍起来，却根本连虚扶的样子都不肯做出。

金珍面上带着很明显的恐惧感，往前跪爬了两步，一把抱住凤羽珩的大腿："求二小姐救救我，我知道二小姐一定有办法，求二小姐救命啊！"

凤羽珩皱皱眉，垂下手握住金珍的腕，只一下便证实了自己心中猜测。

"两个多月，眼瞅就奔三月去了，很明显不是我父亲的。"

金珍羞愧难当，但当着凤羽珩又实在没什么可隐瞒的，只得点头承认："二小姐洞悉一切，金珍不瞒二小姐，这个孩子的确不是老爷的，所以绝对不可以生下来。"

"为什么？"凤羽珩看着金珍，面露不解，"你竟不是来求我想办法为你制造一个孩子是我父亲所出的假象？"

金珍摇头。"不是，纸是包不住火的。孩子总有一天会长大，他若生得像我还好，可若像了那人……就算凤家不疑心，那人也是要疑心的。我太了解他，到时候一定会极尽勒索，我终日提心吊胆东躲西藏，莫不如不生。"她说着，抬起头，恳切地求着凤羽珩，"二小姐是懂医的，求二小姐给我一副方子把这孩子拿掉吧。"

"到外头请个大夫不就完了，这种作孽的事我不做。"她虽不喜这金珍，更不齿她与李柱的私情，但动手打掉一个孩子，那可真是罪孽。

"外头的大夫不可信！"金珍坚定地道，"这种事情绝对不可以外传，所以我才来求二小姐。"

"若我告诉父亲呢？"她好笑地看着金珍，"你就如此笃定我会帮你？"

金珍现了一阵的恍惚，而后道："不会。二小姐留着奴婢，总好过没有个人给老爷吹枕边风。自被老爷收了房之后，奴婢就已经决定要站在二小姐这一边了。奴婢知道二小姐掌握着乾坤，奴婢唯命是从，不敢造次。"

凤羽珩自然是知道金珍这个心思的，她留着金珍，也的确如对方所说，是想要个给凤瑾元吹枕边风的人。可这孩子……"你且回去，我再想想。"

没说答应，也没说不答应，只打发了金珍先回如意院。毕竟是一条生命，纵是她凤羽珩，也草率不得。

忘川是在下午回来的，她告诉凤羽珩："奇宝斋那边已经清点完毕，没有问题，只是……奴婢带着人到奇宝斋时，沈家的人正往里面搬箱子，搬进去一批，又从里面撤出来一批，说是之前的那些箱子是拿错的。"

凤羽珩失笑，这沈家还真逗，都到了这个份儿上还试图以假乱真蒙蔽她眼。想来是在她说过要请御王府的人去验货后，沉鱼又赶紧通知对方换货的吧！

不管怎样，如今铺子的事是都解决了，总算是去了她一桩心事。

忘川去厨下吃饭，刚吃好回来，就见有个守在柳园那边的小丫头急走过来，到了凤羽珩面前道："二小姐，有松园的下人过来，说是老爷叫您去一趟呢。"

凤羽珩不明究竟，却还是带着忘川准备往松园走一趟。

此时的松园，凤瑾元正在接待一位来客。

这来客不是别人，正是定安王果敏达。

定安王端坐在客座上，旁边小桌摆着的茶水他一口未动，倒是指着摆在屋地中间的两只箱子面带诚恳地说："一点心意，还望凤大人笑纳。"

凤瑾元一挥手："王爷这是何意？"

定安王有些不好意思："那日我府里王妃过寿，凤府三位小姐均能出席，实在是给足了本王颜面。怎奈我家那个丫头从小被惯坏了，说话做事没个轻重，让凤家二小姐受了委屈，本王这是……唉！是来赔罪的。"

凤瑾元却摇头道："下官还听说，定安王妃强迫我嫡女沉鱼为府上一群舞姬伴乐，还说我凤家女儿能给舞姬弹琴，是给了她天大的脸面？"

定安王一愣，他只知道清乐搞出的那一戏闹剧，却并不知之前还有弹琴这一说。眼下凤瑾元这么一问，倒真是问得他万分尴尬。

"怎么会。凤家小姐金枝玉叶，一群舞姬怎么配让凤小姐弹琴？这真是胡闹！"

凤瑾元点头。"是挺胡闹的。王爷，下官接了王府的帖子，好心好意让三个女儿齐齐带着寿礼去贺寿，可一个被下人弄湿了裙子，一个被强迫给府里舞姬弹琴，还有一个被清乐郡主极尽羞辱。王爷可是与我凤府有嫌隙？"凤瑾元一边说一边站了起来，"若我凤家有做得不对的地方，还望王爷明示，下官定会当面赔罪。但家中女儿毕竟都是未出阁的姑娘，还望王爷王妃还有郡主给她们留些脸面。"

他这么一说，定安王脸上更挂不住了，不由得在心里将清乐和王妃痛骂一顿。可面上还是得跟凤瑾元周旋，赶紧也站了起来，回道："凤大人说哪里的话，我定安王府与凤家一向交好，何来嫌隙一说呀！唉！都是家中女眷不知好歹，本王回去定重重责罚，还望凤大人多多体谅。"说着，一拱手，以一个王爷之尊给凤瑾元行了个鞠躬礼。

凤瑾元也懂得见好就收，毕竟人家抬着礼进门，又如此低声下气，他也不能把架子摆得太足。

于是跟着打了个哈哈，道："女人家的事，过去就算了，下官怎会与王爷计较。"

定安王这才松了口气，重新坐回客座，端起茶水来喝了一口。

可这罪赔完了，定安王却并没有要走的意思。凤瑾元陪了一会儿，也瞧出苗头，不由得问道："王爷可还有事？"

定安王尴尬地笑了两下，这才又道："不瞒凤大人，本王今日来此，的确还有一事相求。"

"哦？不知下官能帮上王爷何事？"

定安王又喝了一大口茶，酝酿了一会儿，再道："就是小女闹出的那一档子事，凤大人有所不知，那日七殿下也在，撞见之后竟说……竟说要回禀给皇上，请皇上为清乐赐婚。唉！那人只是府里一名侍卫，清乐怎么能嫁给他呢？"

"那王爷的意思是……"凤瑾元的脸又冷了下来。那日的事他早派人打听过，清乐明摆着是要诬陷凤羽珩。你府里的郡主不能嫁，难道就要让我凤家的女儿嫁吗？一这样想，气就又蹿了上来："七殿下的脾气你我都知道，看上去和善，可没有一件事跟七殿下是能商量明白的。只怕在这件事上，下官真是无能为力。"

定安王哪里就能让他这么把话堵死，赶紧又道："可以请二小姐跟七殿下打个商量啊！本王听说二小姐与七殿下十分熟络，还跟七殿下叫着七哥。"

凤瑾元皱眉，越来越觉得这定安王真是不要脸。"王爷，郡主与那侍卫情投意合，为何王爷不大方成全，非要棒打鸳鸯呢？"

定安王一拍大腿："哪里是情投意合！"

"那是什么？"凤瑾元瞪着眼睛问定安王，"并不情投意合，何以会有那般事情发生？"

定安王被堵得说不出话来，支吾了老半天，就憋出一句："小女不懂事，都是小女不懂事，还望凤大人能帮本王一次。事情若是成了，本王定有重谢。"

凤瑾元根本不把定安王的重谢放到心里去，这是一个半点儿权力都没有的闲散王爷，皇上连他上朝的权力都给剥夺了，还能拿出什么重谢来。

"只怕这事要与我那二丫头商量了。"

他这话音刚落地，门外就有小厮进来，躬身道："老爷，二小姐到了。"

定安王心急，冲口就道："快传！"随即感受到凤瑾元瞪过来的目光，又悻悻地闭了嘴。

"让二小姐进来吧。"凤瑾元慢悠悠地说了话。

随即，小厮退出，不一会儿，凤羽珩带着忘川走进来。

凤羽珩一进屋就看到坐在客座上的定安王，再一看屋里摆着的两只木箱，心里便有了数。

"女儿见过父亲，见过王爷。"她面上没有明显表情，程序化地行礼问安。

凤瑾元早就习惯凤羽珩这个样子，那定安王在寿宴上也领教过凤羽珩的脾气，当下谁也没有计较。定安王还讨好地说："二小姐不必多礼。"

凤羽珩只道了句："王爷客气了。"却是看都没看定安王一眼。

"不知父亲叫阿珩至此，可是有事？"

凤瑾元点点头："不是为父有事，是定安王爷有事与你商量。"

"哦？"凤羽珩不解，"我一个无品无阶的庶女，怎配得上与王爷商量事情，父亲莫要取笑阿珩了。若没什么要事，阿珩就回去了。"她说完转身就要走。

定安王一个箭步冲过去，直接就把凤羽珩给拽住了。

凤羽珩眼一立，胳膊猛地一抖，生生将那曾经征战多年的定安王给震开了！

"王爷请自重！"她冷声而去，目光更是凌厉万分。

定安王被她吓了一跳，万万没想到这凤家的二小姐竟是身上带着功夫的，不由得多看了凤羽珩几眼。

凤羽珩眉心拧得更紧了："王爷如此看着臣女，到底是何意？臣女的年纪比清乐郡主还小，王爷可不要动歪心思。"

对于定安王的失礼，凤瑾元也很不高兴，站起身来出言提醒："请王爷慎行。"

定安王赶紧后退了几步，看着凤羽珩道："凤二小姐请留步，本王确是有事相求，还请凤二小姐援手帮忙。"

"我一个小小庶女，能帮上王爷什么呢？"

"这个……"定安王有些为难，清乐的事说出来实在是难听，再何况凤羽珩还算是个受害者，让她去帮清乐，连定安王自己都觉得有些说不过去。可那毕竟是他的女儿，纵是再气，也总得给女儿寻个出路。"请凤二小姐在淳王殿下面前美言几句，让他把那日的事……莫要禀明皇上吧。"定安王觉得自己的老脸都要被清乐丢尽了。

偏偏凤羽珩还紧着追问："那日的事？哪日？什么事？"

定安王有些气闷："就是王妃寿宴那日……在后堂的事。"

"哦，就是清乐郡主与一男子共浴被所有人都看见的事。"

凤羽珩一句话，定安王差点儿没气背过去，心说，你心里知道就行了呗，有必要说这么明白吗？

"阿珩实在是不明白王爷是怎么想的。"凤羽珩冷下脸，转过身对着凤瑾元道："想来父亲也打听过那日的事了，当时清乐郡主当着所有人的面说，她不要嫁给那与她共浴的男子，她要嫁给女儿的未婚夫，也就是御王殿下。今日定安王爷亲自到府，还让女儿去七殿下面前求情，难道这是在逼着女儿把御王正妃的位置让出来吗？"

"不会不会！"定安王不等凤瑾元说话，赶紧就表了态，"二小姐放心，清乐那边本王自会严加管教，绝不会涉及二小姐和御王的婚事。"

"是吗？"凤羽珩纳闷儿地看着定安王，"王爷您确定能做得了清乐郡主的主？那为何前些年王爷还在清乐郡主的怂恿下跪到皇上面前去请求赐婚？我知道您是王爷，咱们小门小府的自然不能跟王府比，所以我父亲就忍了下来。如今清乐郡主还口口声声嚷着要嫁给御王！"她转头对凤瑾元道："父亲，您是一朝丞相啊！为何要受这等欺辱？"

她将自己所受的欺辱转嫁到凤瑾元身上，而凤瑾元被她说得也觉得定安王府实在是欺人太甚，不由得也质问定安王："王爷究竟为何处处与我凤家为难？"

定安王有口难辩，一直压在心里忍着没发的火气腾腾地就往上蹿，盛怒之下直指凤瑾元："你别不识好歹！我乃堂堂定安王，你一个丞相也在我品阶之下，有何资格在本王面前耀武扬威？"

凤瑾元失笑："王爷，若本相没记错，是王爷主动找上门来的，而且王爷不要忘了，这里是我凤府！耀武扬威的人是你！"

"你……"定安王气得直跺脚，"好！好！凤瑾元，你不要太得意。本王今日到府是给你颜面，别以为本王不敢到皇上面前去告你的御状！"

"那王爷就请吧！想来七殿下已经同皇上说明了清乐郡主的喜事，皇上也正等着见您，为清乐郡主赐婚呢。"

凤羽珩也笑了起来："王爷干吗生这么大的气，贵府喜事将近，应该高兴才是。"

定安王被这父女俩一唱一和气得火冒三丈，可还不待他进一步发作，门外小厮的声音就响了起来，道："老爷！有定安王府的侍卫求见。"

定安王一愣，随口就喝道："有什么事？"

小厮推门进来，后面跟着定安王府的侍卫。那侍卫也不看凤瑾元，一脸焦急地冲着定安王说："王爷不好了，您快些回府去看看吧！咱们王府又被九皇子烧了！"

"什么？"定安王大惊。

凤瑾元也大惊，凤羽珩却没忍住，扑哧一声笑了出来。

定安王恼羞成怒，瞪着凤羽珩道："你笑什么？"

凤羽珩睁着无辜的大眼睛回他："王爷，我在自己家里笑一笑，您发什么脾气？"

凤瑾元不愿再看这二人斗嘴，干脆下了逐客令："王府出了那么大的事，王爷怎还有心情与本相这小女儿斗嘴？她才十二岁！"——你挺大个人了跟个十二岁的小丫头吵架，你也不嫌寒碜。

定安王也反应过来，一甩袖，匆匆离去。松园的小厮将定安王一路送出府门，书房里终于就剩下这父女二人。

凤瑾元看着他的二女儿，不由得问了句："御王殿下火烧定安王府的事，你事先可知晓？"

凤羽珩老实地摇了摇头："真不知道。"

凤瑾元无奈苦笑："想来殿下是在为你出气呢。"

"也是为凤家出气啊。"凤羽珩看着凤瑾元说，"定安王府寿宴当日，受了委屈的可不只是阿珩一人，大姐姐和三妹妹都受了莫大的委屈。且不说大姐姐那样绝艳的琴技弹给了一群奴才，就说三妹妹，虽说是庶女，可平白无故地被下人泼了一裙子茶水，这算怎么回事？"

凤瑾元点点头："为父知道，你们都受了气，今日为父不也没给定安王好脸色嘛。你要明白，为父如此做，也是要顶着极大压力的。"

凤羽珩对这一点倒是领情，今日凤瑾元的态度她是很满意的。于是便给了他一个笑脸："父亲放心，若定安王真要到皇上面前发难，阿珩定会请求御王殿下帮衬着家里一些。不过想来那定安王也没工夫跟咱们计较，他家里不知道被烧成什么样了呢。"

凤瑾元感叹："九皇子自小就是这个脾气，但愿他今后待你能不同些。你切记，不要惹怒了他，那人喜怒无常，谁知道今日对你百般好，来日会不会突然翻了脸。"

"多谢父亲，女儿都记下了。"这句话凤羽珩说得十分恳切，自从回了凤府，凤瑾元总算是有了些身为人父的样子。"哦，对了。"她突然又想起件事来，伸手入袖，将一个荷包掏出来递给凤瑾元，"这是那日寿宴上，大姐姐送给淳王殿下的。淳王殿下没要，让女儿带回来拿给父亲，还说这次的事他可以不与大姐姐计较，但若再有下一次，就请您亲自去与淳王殿下说话。"

凤瑾元盯着那荷包气得不轻，沉鱼不擅长女红，这荷包针脚别别扭扭，一看就是出自她的手。可他明明警告过沉鱼不可以在凤家表明立场之前擅自与男子往来，沉鱼为何不听他的劝告？

伸手将荷包接过，冲着凤羽珩挥挥手："你回去吧！"

凤瑾元心下有些乱，早知道淳王殿下那副样子很少会有女子能抵挡得住，可他万没想到，明知自己今后道路的沉鱼，为何也要对那人动心？

凤羽珩回到同生轩时，黄泉恰好刚从普度庵回来，她是去给满喜送药的，同时也带回了满喜传递的消息："小姐，满喜说沈家的人两日前曾去过普度庵，但庵里姑子没让他们见面。不过，晚上的时候沈氏却没留满喜守夜，满喜夜里偷偷往沈氏的房间看，见那屋里的烛火燃了半宿。"

凤羽珩冷笑，沈家人怎么能看着沈氏在庵里受苦，总是要想办法把人往外捞的。就是不知道他们会用什么样的办法。这种办法是不是又要以牺牲其他人为代价……

此时，韩氏的院子里，手臂逐渐好转的凤粉黛已经不再于床榻上卧着了。大夫给她在脖子上系了个白棉布带用来架着胳膊，她就这样一趟一趟地在屋子里转圈儿。

屋里下人早被打发走了，就剩下她跟韩氏两人。韩氏坐在椅子上，看着脾气日渐焦躁的粉黛，有些怕她。

上次忘川把鞋子送到粉黛面前，并直言这鞋是用原本给她添妆的那五万两银子换来的，粉黛就已经发了疯，忘川走后干脆与韩氏撕打起来。她到底是做娘亲的，惦记着粉黛的伤，不敢推也不敢碰，生生地挨了粉黛好几下，被打得额头也破了，脸也肿了，韩氏实在是担心粉黛再次发难。

不过这次，粉黛似乎有了新的想法，在屋子里转了几圈之后就停了下来，然后看着韩氏不停地琢磨。

韩氏就想问问她到底在想些什么。粉黛这时主动开口了，却是道："姨娘，趁现在沈氏不在府里了，你是不是抓紧些，给父亲生个儿子？"

韩氏心中一动，却又马上叹了口气："自从有了金珍，你父亲好些日子没到这院里来了。"

"事在人为，只要你想，总会有办法。"

这头凤粉黛绞尽脑汁地想让韩氏怀个孩子，而另一边，凤瑾元却第一次打破了去如意院的习惯，到了安寝时，竟是往同生轩的方向走去。

他想起了老太太前些日子说过的话，姚氏也是他的女人，可以不抬成主母，但不能总把人晾在一边不去关怀一下。

凤瑾元觉得自己今日在定安王面前的表现，多多少少是给凤羽珩留了点好印象的，趁这机会他再给姚氏一颗甜枣吃，或许跟这个女儿的关系也能缓和一些。

再者，那九皇子小时候是任性，但现在毕竟长大了，再平白无故地去烧王府总有点说不过去。他想来想去，就只有一个可能——皇上授意的。只有皇上点了头，九皇子才能烧得肆无忌惮。他明天得想着派人去打听打听，定安王府被烧成什么样了。

这个时候的同生轩，凤羽珩和凤子睿还没睡，姚氏却已经准备安歇。刚刚梳洗完，外面孙嬷嬷就进来了，急急地同她说："夫人，老爷往这边来了。"

姚氏吓了一跳，下意识地就问："他来干什么？"

孙嬷嬷扭头看了看外头已经全黑的天，猜测道："难道老爷今晚是要在这边歇息？"

姚氏心里涌上来一阵恶心。她是为凤瑾元生儿育女的人，可中间发生了这么多事，那男人居然还要过来与她同眠，怎么想都觉得别扭。

"让清灵去通知二小姐。"姚氏冷着脸吩咐，同时抓起已经脱下的外衫重新穿了起来。

这时，就听门外已经有凤瑾元的声音响了起来："芊柔，歇下了吗？"

三年多了，凤瑾元再次进了姚氏的房门，却根本没人把他往里间请。姚氏就坐在外厅的椅子上看着凤瑾元，既不相迎，也不热络，甚至脸上连个该有的笑容都没有。

凤瑾元不禁感叹，看来这三年多，冷的不只是他那个二女儿的心，连这个真正的发妻也对他没了感情吧。

不由得想起金珍和韩氏的热情来，他开始有些后悔来到同生轩。特别是，一想到经过柳园那扇月亮门时，守门的丫头盘问了好久才放他进来，然后还在后面跟着，就跟看贼似的看着他。而他偏偏还就需要一个领路的，不然在这从来没踏足过的府邸，真会迷了路。

"你……最近可好？"凤瑾元没话找话，没人理他，他就自己坐了下来，然后自己给自己倒了盏茶。

姚氏点点头："多谢老爷关心，我一切都好。"她连"妾身"二字都不愿自称。

"平日里都睡得这样早吗？"他看看外面，虽然天已全黑，但其他妾室这会儿应该都巴巴地等着他过去吧，哪里有这么早就睡下的道理。就连向来少话的安氏都对他心生企盼，偏生这个从前与之感情甚好的发妻，如今变得这般冷漠。

"我习惯早睡了。"姚氏问一句答一句，简单明了，绝不废话。

"那今日就晚些睡吧！"凤瑾元干脆把话挑明，"你回来这么些日子了，我也没过来看看，是我的疏忽，今晚就在这里陪陪你，咱们分开多年，想来你也该有好些话与我说。"

姚氏却摇了摇头："我并没有话与老爷说，老爷还是请回吧。"

"嗯？"凤瑾元一愣，"你听不明白我的意思？"

"老爷也听不明白我的意思？"姚氏与之对视，目光中一点感情都没有。

"我不明白！"凤瑾元装傻，然后起身伸手拉住了姚氏，直接就往屋里拽。

姚氏哪里有他劲儿大，被扯得一个趔趄，不由自主地就跟着他进了屋。她心里有些纠结，原本早就打好了主意要跟凤瑾元在这种事情上彻底决裂，可如果对方强行要求，她毕竟是凤家的媳妇，怎么可能推托得过去。不由得着起急来，只盼着凤羽珩能快些出现救她一救，可又一想，哪有女儿拦着父亲不让其与娘亲同房的？心便沉了下去。

"老爷，"她为自己做着最后的争取，"我身子不舒服，不能侍候老爷。"

凤瑾元根本不理她，伸了手就要去扯姚氏的衣裳，却在这时，房门竟被人"砰"的一声从外撞开。

他正要发怒，就听有个孩子的声音嚷了起来："父亲！是父亲来了吗？子睿好想念父亲！"

眨眼的工夫，大腿就被凤子睿给抱住了。那孩子最近吃胖了些，脸蛋有了肉，圆鼓鼓的可爱极了。

凤瑾元看着这么可爱的儿子，气也消了大半，赶紧弯下腰把子睿给抱了起来，问他："子睿怎么跑来了？"

凤子睿道："下人们说父亲来同生轩了，子睿自从回了府也没怎么见父亲，心里想得慌，就央着姐姐带着子睿过来。父亲不会不喜欢子睿吧？"

凤瑾元看了一眼跟在后头进来的凤羽珩，哪儿能不明白是怎么一回事。但凤子睿说了，是他拉着凤羽珩来的，那他就没法再责怪，只能揉揉子睿的脸，违心地说："怎么会，为父很喜欢子睿。"

"太好啦！"子睿吧嗒一下在凤瑾元脸上亲了一口，一双大眼睛眨巴眨巴的，直把个凤瑾元也给看愣住了。

他有这么多孩子，从前最看重凤羽珩，可凤羽珩性子本就清冷，从不肯与他多亲近。后来宠着沉鱼和子皓，但那时沉鱼都长成大姑娘了，是不可能与他多近乎的。而凤子皓，除了吃喝玩乐招灾惹祸，好像就不会干别的。

如今得了子睿亲了这么一下，他竟是升起了几分感动。原来还是有孩子如此讨人欢喜的，原来他不只可以做个严父，还可以被儿子亲上一口感受下人伦之乐。

一时间，被孩子们打扰到的不快立即烟消云散。

凤瑾元干脆抱着子睿回到外间，一边逗他玩儿一边问问他的功课。子睿有问必答，且必举一反三，惹得凤瑾元干脆就把姚氏这茬儿抛到脑后了。

姚氏总算是松了一口气，看了一眼凤羽珩，心里一阵后怕。

凤羽珩上前握住姚氏的手，小声道："娘亲莫怕，父亲坐不了多一会儿就要走的。"

姚氏不解。很快，这疑惑就有了答案——"老爷，"丫头清灵从外面走进来，冲着凤瑾元行了个礼，"韩姨娘那边派了个丫头过来，说有话同老爷说。"

凤瑾元皱起眉："我今晚留宿同生轩，韩姨娘怎么连这点规矩都不懂？"

凤羽珩赶紧道："韩姨娘在府上多年了，不可能这么不懂规矩的，别是有要紧的事再给耽搁了，父亲不如叫那丫头进来问问。"

凤瑾元点了点头，清灵这才把那丫头带了进来。

"老爷……"那丫头一进来就跪地上了，眼睛红了一圈儿，眼角挂着泪。

凤瑾元的眉毛瞬间就拧到了一处，有些烦躁地说："哭哭啼啼的这是干什么？"

小丫头赶紧道："求老爷去看看韩姨娘吧！"

"韩姨娘怎么了？"凤羽珩抢着帮她父亲问话。

"韩姨娘从今日晌午开始就吃不下饭，直嚷着头疼。本以为睡一会儿就好，可是都这个时辰了，不但不见好转，还越来越重。韩姨娘难受得下不来榻，迷迷糊糊地就叫着老爷。求老爷去看看韩姨娘吧！"

凤羽珩心中暗笑，嘴上却是劝道："父亲快去瞧瞧吧！韩姨娘向来身子就弱，别是生了大病。"

凤瑾元到底是宠了韩氏这么些年，虽说现在有了新人金珍，可与韩氏多年的情分却还是在的。眼下一听韩氏病了，他再也坐不住，将子睿放到地上，站起身来同姚氏说："那我且去看看，改日再过来你这边。"

姚氏低着头什么也没说，凤瑾元又觉得对她有些亏欠，想上前去拉一下姚氏的手，那跪着的丫头又催了句："老爷快些吧，这边离得远，奴婢实在是怕韩姨娘撑不下去啊！"

一句话让凤瑾元的动作生生止住，他回身就往外走去，那丫头赶紧爬起来跟着。

直到他们走远，姚氏这才问凤羽珩："你早知你韩姨娘那边要过来？"

凤羽珩告诉她："我往这边来的时候黄泉就同我说了。"

姚氏点点头："想来那韩氏也是盯着这个事儿呢，这样我就不怕了，想必下次你父亲再过来，她还是会阻拦的。"

凤羽珩没再多说，心下盘算着要就这个事情与金珍沟通一下才好。韩氏救得了一次火却救不了第二次，多一个金珍总归是多留个后手，毕竟她做女儿的不能明着阻拦父亲留宿同生轩。

再说那韩氏，借着装病终于将凤瑾元骗到了她的院子里。夫君许久没进过自己院里，一见到凤瑾元，韩氏倒真是立时就哭了出来。

她本就生得娇弱，此刻窝在床榻里哭得委屈，当真是哭碎了凤瑾元的心。

他就准备上前去将爱妾搂在怀中，却没算准今日就不是个行房的黄道吉日，只听外头又有个丫头小心翼翼地唤了声："老爷！"

韩氏气得一把勾住凤瑾元的脖子，撒娇道："什么事也不许理，今晚老爷是我的。"

凤瑾元最喜欢她这个调调，当下就点了点头："好！什么都不理。"说着，手就要往韩氏衣领子里去探。

结果外头那丫头的声音又道："老爷，沈家三老爷到了，正在松园等您。"

凤瑾元把韩氏推开，人也从榻上爬起，无奈地说："改日再来看你吧，那沈万良亲自到府，只怕还真是有事。"话毕，抬脚就出了屋子。

韩氏气得一口银牙都快咬碎了，猛地抓起枕头就往地上砸了去，门口却传来粉黛的声音："父亲送上门了你都留不住！以前还以为你会些勾住男人的本事，如今连这点能耐都不在了吗？"

"你给我把嘴闭上！"韩氏火气也上来了，"凤粉黛我告诉你，想要荣华富贵你自己争去！想要那九皇子你也自己抢去！你有本事，你就去赢了凤羽珩和凤沉鱼。你若没能耐，也别把我往前头推！"

"你当我不想？"凤粉黛冲了进来，弯腰捡起地上的枕头就往韩氏身上砸了回去，"我要是个嫡女，我要什么没有？归根结底还不是你的问题？沈氏能爬上当家主母的位置，凭什么你不能？沈家都能借着凤府之势做起皇商，你们韩家怎么连条虫子都没有？出身不好你当初就不应该攀上凤府这门高枝，平白连累我也跟着受气，你算个什么娘亲？你还不如死了算了！"

凤粉黛不管不顾地叫嚷一通，动作起伏大了些，手臂又开始痛。这手一痛，她就哭，一边哭还一边骂韩氏："我居然被我最喜欢的男子打了，如果你在凤府有地位，他就算是个王爷又怎么敢对我下这样重的手？你这个没本事的女人，给你做女儿我真是倒了八辈子的霉！"

韩氏就觉得胸腔里一阵腥甜涌了上来，她拼命地想往下压，却怎么也压不住。猛地一口血就喷出，下一刻，人栽倒在地，不省人事。

因韩氏的晕倒，整个院子里一片慌乱，凤粉黛也知自己惹了祸，但又不愿上前去看看她娘亲病情如何，干脆一扭头跑了出去。

而松园那边，凤瑾元正对着沈万良带来的三百万两银票发呆。

这可是三百万两银子，他很想要。眼下用钱的地方多，凤府还好，但三皇子那边却不得不有些实质性的表示。但沈家的钱是送来了，却也是有条件的。

"姐夫，"沈万良苦口婆心地劝，"我那姐姐是毛病不少，这我们沈家都知道。可你就算不看着多年夫妻情分，也得想想沉鱼啊！"

"沉鱼永远是我凤家嫡女。"凤瑾元在这一点上态度坚决。

沈万良却摇摇头，道："姐夫不是不知道你家那位二小姐有多厉害，沉鱼抢了她嫡女的位置，她摆明了就是回来报复的。以她的狠厉手段，只怕沉鱼连骨头都不剩。更何况，那九皇子于储位根本就没有希望，凤家若注定只能保住一个女儿……还是保沉鱼为好。"

凤瑾元面色一沉："你这是要插手我凤家的事了？"

"小弟不敢。"沈万良赶紧躬了身，"小弟只是在为姐夫担心。沉鱼那孩子出落成这般，又有紫阳道人的话在，姐夫可万万不能舍了她呀！"

凤瑾元被他说得烦躁，但实际上他心中也与沈万良想得差不多。凤羽珩眼下确实有气势，不过是借九皇子之名，可九皇子到底成不了九五之尊，她就算有御王、淳王再加上文宣王府撑腰又如何？有朝一日当今皇上一去，新帝又岂能容得下九皇子继续任意妄为？

他将银票装入袖口，对那沈万良道："此事我自有打算，你且回去吧。"

沈万良一看凤瑾元将银票收下，心里便松了一口气，肯收钱就好。他也是聪明人，绝不会做那步步紧逼之事，既然凤瑾元有了这话，那便回去等着，想来用不了多久，他那姐姐也该回府了。

沈万良离开之后，暗卫又现身在凤瑾元面前，凤瑾元问他："普度庵那边可消停？"

暗卫答："自从上次与沈家人有过一次接触之后，大夫人已经不再哭闹，白日里还能跟着姑子们一起做些活计。"

凤瑾元点头："看来她那弟弟倒是给她出了保命的主意。罢了，你且下去吧。"

暗卫闪身不见。

凤瑾元琢磨着再回到韩氏那边去，可出了松园之后脚步却又控制不住地往如意院走。金珍到底是年轻，总有那么一根绳牵扯着凤瑾元，让他欲罢不能。

他到如意院时，金珍刚得了韩氏被粉黛气得晕倒的消息，眼下见凤瑾元像没事人一样到这边来，便知他一定是还未曾听说。赶紧嘱咐守院的丫头："一会儿不管谁来，不管什么事，都不许打扰老爷。如果有人哭闹，直接给我拖出去，拖得远远的。"

丫头点头应下，凤瑾元的声音也响了起来："大半夜了，你怎么还不歇下？"

金珍赶紧换上那副勾人的笑，软绵绵的声音就答了他："妾身若睡了，可就没人等着老爷了。"一边说一边勾住凤瑾元的腰带，把人扯到了屋里。

只是凤瑾元今日有些不太专心，金珍自认功夫到位，却依然打消不了凤瑾元总是想与之攀谈的欲望。

她干脆坐起身来，一边给凤瑾元捏腿一边问他："老爷是不是有心事？"

凤瑾元琢磨了一会儿，倒是抓起金珍的手腕，看着小臂上的一块疤痕问道："这是怎么弄的？"

金珍心里有些暖意上扬，马上做了委屈状："以前做错事，被大夫人烫的。"

"烫？"凤瑾元皱眉，"她用什么烫的？"

金珍告诉他："用烧红的铁块，那是大夫人专门惩罚下人的东西，谁不遂她的意，她就在火盆里烧上一气，专挑衣裳能遮得住的地方去烙。"

凤瑾元有股子怒气上来，腾地坐起身，久久不语。

就在金珍觉得他是心疼自己被沈氏烫成这样，正准备说几句宽其心的话时，就听凤瑾元道："她从来就是那个脾气，沈家在老宅时日子就宽裕，女儿又只有她这一个，惯坏了，你也别太记恨她。"

金珍眨巴眨巴眼，有点没反应过来凤瑾元的话。这是在为沈氏说好话吗？可是……为什么？沈氏不是都被送去庙里了？难不成这是要死灰复燃？

"老爷说的哪里话。"她是个聪明的女人，凤瑾元这样说自然有他的道理，此刻必须得顺着，"妾身自来就是大夫人的奴婢，做错了事就该罚，何谈记恨。"

凤瑾元点点头："你能这样想就好，你放心，日后我不会亏待了你。将来你也是要为我凤家开枝散叶的，生个一儿半女，我定会善待他们。"

金珍一听这话，胃里就又是一阵翻腾。她别过头去故作娇羞状，总算是把那恶心的感觉强压了回去。

"睡吧。"凤瑾元将她拉进被子，两人各怀心事地睡去。

只是金珍哪里睡得着，凤瑾元传递来的信息就是那沈氏只怕又要翻身，这可不是个好现象。

次日一早，还不等凤羽珩这边去给老太太请安，金珍就匆匆找来了。凤羽珩一看这样子，估计自己也去不了舒雅园了，就跟姚氏说了声让她向老太太告个罪，然后带着金珍回了房间。

"二小姐，"金珍很着急，"上次妾身与二小姐说的事情，二小姐可有了决定？"

凤羽珩挑眉："我说过，那是一条生命，我虽懂医理，却是为了救人，而不是为了杀人的。"

"这孩子还不能算是个人呢。"金珍急着解释，"是我自愿的，要算罪孽也是我自己的罪孽，算不到二小姐头上。"她再想了想，干脆道，"二小姐只要给我一味能让这胎滑去的药，我……我送二小姐一份大礼。"

"哦？"凤羽珩对此倒是很奇怪，但随即想到昨夜班走告诉她沈家人进了凤府，又与凤瑾元攀谈了好一阵子，八成是与沈氏有关，她心里略有了数，想来这金珍应该也是知道了些什么。

"你且回去，我再想想。"

"二小姐可要尽快呀！"金珍无奈，一边说一边抚着自己的肚子，"再过不久……只怕就瞒不住了。"

凤羽珩点头，打发了金珍。

两个多月的胎，是没有太多时间给她犹豫了。不然等足了三个月开始显怀，只怕想瞒也瞒不过去。更何况三个月以后再用药物流掉，金珍的危险也更大些。

她无奈地叹了口气，帮金珍打胎看来是一定要做的，毕竟金珍的事情一旦暴露出来于她来说可没有一点好处。只是现在缺少一个契机，这个孩子不能白白地流掉，却不知金珍所说的大礼又是什么。

"班走。"她叫了一声，班走立即现身。凤羽珩几次都想问班走平时到底都藏在哪里、睡在哪里，可想来暗卫的事情轻易是不愿意与人透露的，也就作了罢。"你去趟普度庵吧，瞧瞧沈氏那边有什么动静。"

班走点头，问了句："现在？"

"对，现在。"

"那主子你可不要出府。"

凤羽珩抚额："知道了。"

班走闪身不见，她左右瞅了一会儿，料定班走已经走远，这才叫了忘川来："快快，换身普通的衣裳，咱们到定安王府看看去。"

忘川撇撇嘴："刚才是谁答应班走不出府的？"

"没事啦！"凤羽珩拍拍忘川的肩膀，"我们又不出京城，这大白天的哪里会有危险。"

忘川想想也是，京城里到处都有九皇子的人手，定安王府那边更是有暗哨在，一旦发生意外她可以随时随地叫出自己人来保护凤羽珩。于是便应了下来，回屋换了身衣裳，跟着凤羽珩出了凤府。

直到走在京城的大街上，凤羽珩才知道定安王府再次被烧一事在京中造成了怎样的影响。这大街小巷不但往来行走的人们在热议，连茶馆的说书先生都当成故事讲给大伙儿听。有出不起茶钱还想听故事的，就趴在茶楼的窗子口往里探着头，生怕错过了每一个细节。

凤羽珩听了一会儿，摇头笑道："故事就是故事，夸大其词，再怎么样也不能把定安王府烧得渣都不剩，那得着多大的火啊！"

旁边有路人听到她这话，不赞同地道："这位小姐有所不知，昨日的大火从晌午刚过就开始烧，一直烧到了后半夜，定安王府养的马都烧得一匹不剩。"

凤羽珩来了精神："那人呢？马都烧死了，人跑出来了吗？"

"听说清乐郡主烧得头发都没了，定安王妃也烧光了眉毛。"那人一边说一边摇头，"到底是不是真的可就不知道了。"

凤羽珩不再多问，拉着忘川加快了脚步往定安王府走。她还真有些期待玄天冥的杰作，如果大火真像人们说的烧了那么久，那定安王府还能剩下什么？

两人几乎是一路小跑往定安王府去，约莫差不多到地方了，凤羽珩左右看了看，放眼望去，此处竟是一片空旷，她奇怪地问忘川："走错路了吗？"

忘川摇头:"没错,就是这里。"

"那王府呢?"

忘川指着前面围着一堆人的地方:"原本应该是在那里的。"

凤羽珩往人堆里走去,就听到人们一阵议论:"听说真金不怕火炼,你们说这些灰里能不能扒拉出金块来呀?好歹是座王府,总不能连个金块都没有吧。"

"有金块也轮不到咱们!没看见火烧完之后就有一队官兵冲进去搜了一遍吗?有金块也被人家搜走啦!"

"唉,可惜了,那么大一座王府,说没就没了。"

凤羽珩揉揉眼睛,瞪着面前这一片废墟……哦,准确地说应该是一片灰烬,问忘川:"这就是定安王府?"

忘川也好一阵咋舌:"是……吧……"

好吧!凤羽珩抚额,还真的是渣都没剩,连门口的石雕都被砸了个稀巴烂。

"玄天冥这是跟定安王府有多大的仇,竟能烧成这样。以前烧个园子人家还能修复一番,现在……若再想回来住,只怕要重建了吧?"

忘川告诉她:"殿下一定是给小姐出气的。那日定安王妃寿宴上发生的事,殿下不可能不知道。定安王府如此欺负小姐,殿下能忍才怪。"

凤羽珩抽了抽嘴角……这暴脾气。

正感慨着,就听身后大街上,有一群小叫花子蹦蹦跳跳地跑了过来,一边跑一边唱道:"凤丞相,真稀奇,媳妇换来又换去。嫡女人人都能做,如今又要舍沉鱼!"

襄王府中,三皇子玄天夜看着下首坐着的凤瑾元,好半天都不说话。玄天夜这人生来面相就严肃威武,即便是没有表情的时候,看起来也像在生气。更何况他基本不笑,周身常年笼罩在死沉死沉的气氛中,让人遍体生寒。

凤瑾元才坐了没一会儿,就觉得后脖梗子冒冷风,总像有双眼睛在他身后盯着一样,回过头去却看不到半个人影。

终于,玄天夜说话了,与玄天冥那透着散漫任性的阴阳怪气不同,玄天夜的声音冷得就像千年寒冰,字字带着冰尖儿:"凤相,本王要借沉鱼的凤命不假,但你见过哪家的凤凰是庶出的?"

凤瑾元腾地就站了起来,额头的冷汗哗啦啦地往下掉:"襄王殿下放心,沉鱼是凤家嫡女,这一点是永远不会变的。"

"是吗?"玄天夜瞪了凤瑾元一眼,"想来凤相是不怎么上街,你出去听听,连街边要饭的叫花子都知道你凤家要把嫡女换了人，为何凤相还能说得如此斩钉截铁？"

凤瑾元一阵头大，外头的传言他不是没听到，可刚要想办法制止，人就被传到襄王府来啦！

"殿下，臣一定会尽快平复谣言，死保沉鱼嫡女之位。"再想想，干脆道，"沉鱼的母亲正在寺中为凤家祈福，也有些日子了，臣近日便会派人将她接回。"

"嗯。"玄天夜这才微微收了气势，"嫡女就是要名正言顺，她的母亲可以死了，但总扔在寺里算怎么一回事？"

凤瑾元连连点头，同时手伸入袖中，将沈万良昨日送来的那张三百万两银票递给了玄天夜："臣知襄王殿下如今正是用银钱之时，这点心意还望殿下收下。"

玄天夜目光往那银票上一瞥，心情也好转了起来："凤相这是做什么？"

凤瑾元又往前递了递："臣既已追随殿下，理当为殿下分忧，还望殿下不要嫌弃。"

玄天夜不再与他客气，伸手将那银票接过来收入怀中，再道："本王说的话你回去也好好想想。另外，本王既与你结成一派，也不全是冲着你那被传言凤命的女儿。凤相是当朝左丞，日后还有很多地方要仰仗凤大人。"

"殿下说哪里话，能为殿下分忧是臣的分内之事。"

从襄王府回到家中，凤瑾元直接去了舒雅园，就今日一事与老太太商量了一番，老太太赶紧就吩咐下人："去，将少爷、小姐、姨娘们都叫到舒雅园来，就说我有要事要说。"

下人到同生轩时，凤羽珩与忘川二人也刚刚才回来，接到消息之后赶紧换了衣裳就往舒雅园赶。她琢磨着，老太太这时叫府里所有主子过去，八成是跟今日街上的童谣有关，只是不知道凤家会做何打算。

不到半个时辰的工夫，凤家人齐聚舒雅园，独缺韩氏。

老太太不快地问还端着胳膊的粉黛："韩氏呢？"

粉黛模样乖巧地答："韩姨娘这两日身子不大好，今早就没起得来榻。"

"嗯？"凤瑾元不解，"昨儿晚上我还去看过她，不是好些了吗，怎的就病得不能下榻？请过大夫没有？"

粉黛赶紧解释："就是父亲走后姨娘才病得更重了的，府上没有客卿大夫……"

"那就是还没去请？"凤瑾元有些怒了，那到底是他的爱妾，为何病了一夜都没人张罗着去请大夫？

凤瑾元刚准备要斥责粉黛几句，老太太就说话了："既然一晚上都没请大夫，想来也不是什么要命的病，且让她等等，说正事要紧。"

老太太有了这话，凤瑾元也不好多说什么，只得住了口。

老太太又道："今日叫你们来，主要是有两件事要说。"老太太环视了屋内众人一圈，最终将目光落在凤子皓身上，慢悠悠地道："第一件事，子皓的伤也养得差不多了，你父亲为你安排了齐州的子岩书院，五日后会差人送你往齐州去。"

凤子皓闷哼了一声，心里不太痛快，却也没多说什么。

老太太见他还算听话，默默地点了点头，再道："这第二件事，沈氏留于普度庵为凤家祈福也有些日子了，近日就准备接回府。毕竟为家里祈福的人回来是大事，带着寺庙里的祝愿，咱们可是要好生准备一番。"

凤羽珩泛起一个冷笑，说白了不就是沈氏要回来了，让大家准备迎接吗？

不只是她这样想，金珍心里也略有数，但在座众人都觉得意外。特别是凤粉黛，沈氏的死灰复燃让她心底升起了一团熊熊妒火。她好像听到了嫡女梦破灭的声音，不由得又暗怪那韩氏抓不住机会。

沉鱼倒是没有什么特殊的反应，只是对凤子皓道："哥哥这次求学可一定不要再辜负祖母和父亲的期望了，子岩书院虽说比不得云麓书院，但也是小有名号的。"

听她这么一说，凤瑾元不由得瞪了姚氏一眼，只怪这女人不肯在文宣王妃跟前替子皓说句好话，不然他堂堂左相的儿子怎么可能连云麓书院都进不去？

这一道目光却被凤羽珩看了个正着，她也不急着抢白，只是幽幽地道了句："大哥哥也要多保重身子才是。说起来，你那一身病也是让祖母和父亲担心呢。"

凤子皓的病症一直都是凤家人心里的一个结，凤瑾元不是没找过名医，可是谁来瞧了都摇头。凤子皓子嗣艰难，这是所有大夫统一诊断了的。

老太太脸色也难看起来，轻咳了两声，不愿再继续这个话题，又说起了沈氏回府的事："咱们一家人除去年节时，也很少在一起热闹热闹，就借这次沈氏回府的机会吃顿团圆饭吧。"一边说一边看了一眼粉黛："让韩氏好生养着身子，不要连个饭都没力气出来吃。"

粉黛点了点头，其余众人谁也没吱声。

当初明明是凤瑾元亲口说的沈氏不会再回府，这才几日光景，就又反口了？

凤瑾元也觉得面子上有些过意不去，但来自襄王府的压力却大过山，他不得不这样做。

倒是沉鱼打破了尴尬的局面，只听她扬着细细软软的声音道："说起团圆饭来，沉鱼倒是有个主意。"

老太太很高兴这时候能有个人出来唠嗑，赶紧问她："沉鱼有何主意？"

沉鱼道："二妹妹是府上唯一一个定了亲事的孩子，今后嫁到御王府，那可是要掌管一府中馈的。不如这次府里的团圆宴就让二妹妹试着操持一番，左右都是家里人，是对是错、是好是坏咱们都不挑拣，给二妹妹个尝试的机会。"

她这番话说得合情合理，听起来又极其友爱姐妹，老太太满意地笑了起来，不住点头："不愧是府中嫡女，沉鱼的心思就是周密，能为妹妹考虑至此，也实在是难得。"

凤瑾元也赞同沉鱼的话，便对凤羽珩道："那阿珩你就辛苦一些，准备这个团圆宴吧。后天为父便会派人将你母亲接回来，也不请外人，就咱们自己家人，你斟酌着预备饭菜就好，不用太有压力。沉鱼说得对，都是自己家人，好了坏了谁也不会挑拣你。"

凤羽珩能说什么，只能展了个笑脸，应了声："女儿遵命。"

回同生轩的路上，姚氏有些担心："让你操持团圆宴，我怎么总觉着要出事呢？"

"不出事就怪了。"凤羽珩笑道，挽起姚氏的胳膊，"阿珩不会被她们算计进去的，娘亲且坐等看戏就好。"

姚氏纵是心里有再多担忧也没办法，她的女儿是个有大主意的孩子，既然她说让看戏，那就看吧。

回了自己的院子时，班走也回来了，他告诉凤羽珩："据说沈家人去过几次普度庵，都是偷偷见的沈氏。那沈氏如今表面上比以往和善了许多，白日里竟也会跟着姑子们一起挑水择菜。但一到了夜里，伪装马上就会卸去，脾气依然暴躁，对那叫满喜的丫头非打即骂。"

凤羽珩心里有了数，想来，是沈家给那女人出的主意，他们能帮着沈氏创造回凤府的条件，但也得她自己真站得住脚才行。只是不知道沈氏表面上收起来的性子，回府之后能保持住几天。

班走没离开，继续道："主子，属下得知您父亲最近在接触三皇子玄天夜，应该是在储位之争上，明确了凤家的立场。"

凤羽珩皱皱眉："玄天冥知道吗？"

班走点头："殿下知晓。"

"说起来，你们殿下是哪个队伍的？"凤羽珩有些奇怪，玄天冥目前看来的确没有成为储君的希望，那他总得有个态度是向着谁帮着谁。七皇子吗？不太可能。

在这件事上，班走却摇了摇头，告诉凤羽珩："属下不知。殿下平日只与七殿下走得最近，但七殿下曾明确表示过自己无意九五之位。"

"这样一来，他就没有站队了？"凤羽珩一愣，似乎琢磨出一些道道来。她不愿在此时深究，关于玄天冥的事，她相信总有一天那人会亲自告诉她。

"没事了，你忙你的吧。"她摇手打发了班走，对方却根本无视她的打发。凤羽珩愣了一下："呃……班走，你还有事？"

班走看着凤羽珩，目光不善："听说属下往普度庵去的时候，主子出府了？"

凤羽珩抚额："我就是去参观了一下定安王府遗址。"

"可是主子答应过，属下不在的时候不出府的。"

"我又没出京城，会有什么事啊？再说不是还有忘川吗？而且你家主子我也不是吃素的呀！"凤羽珩抬抬胳膊试图展示自己臂力，"你看，我自己对付三四个人也是不成问题的。"

班走挑眉："真的不成问题吗？"

凤羽珩点点头，郑重地告诉他："真的不成问题。"

"那好。"班走嗖的一下不见了，只听空气中又飘来一句话，"那属下去找忘川谈谈。"

"……"忘川你多保重啊！

这天晚上，凤羽珩在进行了常规训练之后，浅眠了一个多时辰后发现根本就睡不着，便又爬了起来。想来想去，决定继续到花园里去练会儿功夫。

她觉得自己之所以会失眠，完全是因为被班走刺激到了。如果她身体素质像前世那样好，班走就不会这样担心她的安危。说来说去，还是她自己不够强大。

怀着这样的想法，凤羽珩在花园里把一套军体拳练得风生水起时，就听到空气里，班走那欠揍的声音又响了起来："主子你也就差点儿轻功。"

她吸吸鼻子，轻功吗？有点儿难啊！

再一动间，却觉得好像有动静从远处直掠而来。她先是一惊，原地站着没动，就觉得那动静越来越近，带着风动，直奔着她扑来。

可是班走却没啥反应，嗯，准确来说，是没啥要冲过来救她的反应，反倒是扑哧一声笑了下，然后就没动静了。

凤羽珩自顾自地"哦"了一声，然后身形一动，直接就往花园里钻。

就听身后来人发出"哼"的一声，也跟着追了过来。

"不带运轻功的！"前面的人一边跑一边喊着，"运轻功你就输了！"

后面的人却也反驳得理所当然："我腿脚不好。"

哈！

凤羽珩觉得这人最擅长的就是厚脸皮！你是腿脚不好，可你坐在轮椅上运起轻功，比人家马车跑得还快好吧！

没错，来人正是玄天冥，早在凤羽珩觉出班走的反应时就已经料到了。只有玄天冥来了，那个班走才会不管她的死活，临走了还想着笑话她一下。

凤羽珩玩心大起，眼见玄天冥就要追上来了，她却开始专挑犄角旮旯钻。什么假山缝啊，花丛间啊，总之能阻碍轮椅通行的地方都是她的上佳选择。

玄天冥恨得咬牙："你欺负人！"

"就是欺负你！"她一边跑一边乐，"有本事你咬我！"

后面的人都无语了，这丫头到底知不知道自己在说什么？咬她？咬她干吗？

终于凤羽珩最先体力不支，行动就慢慢地缓了下来。玄天冥冷笑一声，拍了一把轮椅就将人抓在手里："你倒是继续跑啊！"

凤羽珩累得肺都快炸了："不行了不行了！我才锻炼了没几天，体力没恢复上来呢。"

他早听说这丫头每日早晚都又跑又跳的事，本来今晚是想来看看她，还带了些好吃的点心，谁知道这么晚了她居然还在花园里！

"大半夜的不睡觉，你练的哪门子邪功？"他心里有气，就在凤羽珩后背上"啪"地打了一下。

凤羽珩"啊"地叫了一下，挣扎着从他手里挣脱。"失眠不行吗？"她瞪着玄天冥，"你送来的那个暗卫瞧不起我这个主子，我不练好些给他看，还真得被他看扁了。"

玄天冥失笑："你本来就不如班走。"

"那只是暂时。"凤羽珩动动腿脚，"术业有专攻，我又不擅长轻功，当然不能同他比。但若论其他的，班走不见得是我对手。"

玄天冥对这个"其他的"很感兴趣。"你擅长的是什么？"他问，想了想，道，"哦，医术。"凤羽珩的医术高明，这一点他是必须承认的。

谁知道这丫头却摇了摇头。"不止。"但到底是什么却又不肯说，"以后慢慢地你就知道了，一下子把谜底揭穿是最没意思的事。"

说着，想起那座定安王府，不由得问道："你咋那么狠？定安王府直接被你烧没了。"

玄天冥答得不置可否："因为他们欺负阿珩。"

凤羽珩听了嘴角不由自主地抿起笑来。赶紧扭过头去不想让他看见，免得这人太得意。

可这小变化又怎么瞒得过玄天冥的眼睛，玄天冥就觉得一阵恍惚，好像又回到了西北的大山中，二人初次相遇，这丫头就是一看到他便偷偷流口水，还小心藏着掖着的小模样，机灵调皮。

凤羽珩回过头来，眼中神采奕奕，道："玄天冥，如果你晚上都不怎么忙，能不能偷偷跑出来教我耍鞭子？等我练好了，你再出去抽人的时候就带上我，咱俩一起抽，如何？"她对冷兵器不是很精通，也从没想过学什么，却唯独觉得玄天冥挥鞭子抽人的时候特别帅。

这个提议玄天冥觉得甚好，于是将手中长鞭递给凤羽珩，再推动轮椅绕到她的身后，亲手示范，并告诉她："最基本的鞭法主要有缠、抢、扫、抛等，基础练好之后，就可以练成套路。而且左右手可以轮换着使用，舞起来虎虎生风的，倒也是壮观。"

凤羽珩表示同意："不但舞起来壮观，最主要是这种东西易于携带，隐蔽性也强，打击力又大，十分实用。"

他无奈问她："你这是学会了准备上战场还是怎么着？"

凤羽珩答得很认真："以防万一。"

好吧！他觉得这丫头有的时候想法是很不错的，只是……理想很远大，现实就有点惨不忍睹了……

"呃……救命！玄天冥，快！快帮我解一下，我要透不过气来了！"这丫头一甩鞭子，把自己脖子给缠上了。

他笑她："要不你还是扔石头子吧。"

两人打闹说笑间，倒也让凤羽珩将这基础鞭法学了个大概。玄天冥对她的学习能力很赞赏，这丫头的天资真不是一般的聪慧。想当初他练这软鞭时，基础招式也练了三日有余才记了个大概，凤羽珩却可以用不到一个晚上就达到这种程度，不得不让他感叹。

两人约定好每晚都来这里一起练功，玄天冥左右看看，发现虽然上了秋，但园子里蚊子还是不少的，不由得提议："要不我接你去御王府的练武场？"

凤羽珩摇头："约会都是男孩子来找女孩子的，我上赶着算怎么一回事。"

"啊？"他愣了下，"约会？"她竟然管这个叫约会？

不过想想也是哦，大半夜的相约，不是约会是什么？

于是，玄天冥也挑着唇角邪魅地笑道："好，那我过来找你。"

这一觉，凤羽珩直接把第二天的晨练都睡了过去，把去老太太那儿晨昏定省也睡了过去。

等她醒来的时候已经快晌午了，不由得埋怨忘川："怎么不早点叫我？"

忘川无奈地摊摊手："奴婢叫了，没叫醒。"

好吧！她抚额，好像早上那会儿一直在做梦，梦里全是玄天冥的那一句"好，那我过来找你"，她能醒得来才怪。

"小姐起来吃午饭吧。"忘川帮她收拾被褥，"明日沈氏就要回府了，还得张罗团圆饭呢。"

"是哦。"凤羽珩才想起来还有这么档子事，"真是麻烦。"

她觉得凤沉鱼害人的伎俩真是有待推陈出新，不能整点儿省事的吗？再不济还是叫杀手跟她打架都好，干吗非要让她张罗做饭这种麻烦的事。

没办法，既然应下了就得做。把自己收拾妥当后，凤羽珩带着忘川到府里的大厨房去看了一圈。原本厨房里的下人在沈氏的授意下都对凤羽珩十分冷淡，可自从御王府下聘之后，凤羽珩在这群下人心中的地位已经不差于沉鱼了。

见凤羽珩过来，下人们齐齐站好，由带头的人首先问了安，然后道："昨日已经听说二小姐要亲自来张罗明日的宴席，请二小姐放心，奴才们一定配合二小姐把席面张罗好。"

"都听我的？"凤羽珩挑眉。

"都听二小姐的。"

"好，那你们都下去吧！离厨房越远越好。"

"嗯？"

一众奴才被凤羽珩从厨房里赶了出来，谁也不明白这二小姐是什么意思，一个个站在院子里发愣。

凤羽珩这才对忘川道："刚才与你说的都记清了吧？"

忘川点头："记清了，黄泉这会儿应该已经到了百草堂，就看那边配药材的速度，应该用不了多久就能回来。"

"好。"凤羽珩再道："那你也去请人吧，就照我说的办。这厨房你也看到了，就这么大，要带多少人来你心里也有个数。"

忘川又把这厨房看了一眼，转身离去。

凤羽珩这才回到院子里，看了一圈这些下人，冷声道："明日的团圆宴我自有安排，你们……放假。"

她说自有安排就真的是自有安排，打发了一众下人后，没多一会儿，黄泉就带着百草堂那边的伙计进来，一包包的药材摆到灶台上。再过不久，青菜也有人送到，还有一个屠夫跟了过来，和凤羽珩详细问了需要的东西后，憨厚地道："小姐放心吧，鱼、肉类的为了保证新鲜，明日一早小的就给送到府上。"

凤羽珩对这样的安排很满意，又跟忘川带回来的人商量了一个时辰，所有的菜谱她都订好，这才回同生轩去休息。而厨房这边，则由忘川和黄泉一起盯着。

傍晚的时候，她又到厨房看了一遍，一切都是有条不紊地进行着，黄泉和忘川还决定夜里轮流在厨下守夜，以确保食品安全。

当晚，玄天冥如约而至，只闻得同生轩的花园内阵阵鞭响，带起初秋的落叶，漫空飞舞。

第十二章

作茧自缚

终于，沈氏回府。

凤家人全部起了个大早，一个个盛装打扮。到临近晌午的时候，有奴婢通知各院的姨娘、小姐们赶紧到门口迎接，大夫人的马车已经进京了。

因为沈氏离府的理由是为凤家祈福，所以她的回归对于凤府来说是件荣耀的事，就连老太太都穿了鲜亮的新衣裳，头上还抹了桂花发油，精光锃亮的。

凤瑾元刚从朝堂回来，干脆就穿着官袍与众人一起等。

没多一会儿，就见一辆马车缓行而来，于凤府门前停下。马车车厢左上角挂着一个木牌，上面写了一个"凤"字。

姚氏、安氏、韩氏、金珍首先上前一步，作为妾室，她们是要对沈氏跪地迎接的。

待到车帘子被下人一挑，四人齐齐跪在地上，同声道："妾身恭迎大夫人回府。"

先下来的人是一直留在沈氏身边侍候的满喜，凤羽珩特地多瞅了满喜儿眼，露在外面的地方都没伤，想来沈氏对责打奴婢的手段掌握得还是挺全面的，专挑那看不见的地方下手，又疼，又能避人耳目。

满喜下了车，马上转身去扶车里的人。只见沈氏肥胖的身躯从车厢里挤出来，一身素衣，头上也只插了一根白玉发簪，人看起来倒是清淡素静。

老太太从来没见沈氏这样打扮过，不由得愣了一下，过了好一会儿才将人认出来，而后连连点头，看来普度山上的一寺一庵还真是清修的好地方，连沈氏这等俗人都能修炼成这样，真是难得。

沈氏一下了车，二话不说赶紧就弯了身子去扶跪着的四人，手放到姚氏和安氏的腕上，这才道："妹妹们快快请起，行这等大礼是做什么，快些起来。"

四人在沈氏的虚扶下站起身来，沈氏冲着她们展了一个和善的笑，然后绕过身，往前走了两步，到老太太面前，屈膝下跪："儿媳给母亲问安。普度庵里的师父们记挂母亲，托儿媳给母亲问好。"

老太太十分满意沈氏的表现，只觉得自打这个儿媳进了门，瞅她就没这么顺眼过。

"快起来。"老太太到底还是喜欢拿着架子，只抬了抬手，赵嬷嬷主动上前将沈氏给扶了起来。老太太又道："你在庵中为凤家祈福，同时亦能修身养性，也是你的福分和造化。只盼着你能让这福分和造化长久保持下去，也不枉我凤家一片心思。"

沈氏顺从地俯了俯身："儿媳谨记母亲教诲。"

老太太嘴角有些抽搐，沈氏这个打扮再加上这个调调说话，开始还觉得新鲜，说多了，她又觉得别扭，总感觉眼前这人根本就不是沈氏。

"妾身见过老爷。"沈氏又转向凤瑾元，"妾身在庵中为老爷诵经百遍，愿老爷平安，升运。"

凤瑾元也惊奇于沈氏的改变，感慨地点了点头："你能这般，我就放心了。"

他们这边寒暄完，才轮到几个孩子给沈氏问安。

沈氏一脸慈母的表情看着几个孩子，先对着沉鱼和子皓说："你们是嫡姐、嫡兄，就要有个兄姐的样子，平日里要友爱弟妹，在外头也要对弟妹多多提携，知道吗？"

沉鱼和子皓齐声道："女儿、儿子谨记。"

沈氏点了点头，这才又转向凤羽珩，竟是破天荒地拉起了凤羽珩的手，语重心长地说："母亲特地在庵里为我们阿珩单独祈了福，你是我们凤家第一个有婚约的孩子，母亲求菩萨保佑你跟御王殿下将来和和美美，好好过日子。"

凤羽珩看着沈氏，只觉这人此刻面善心慈，再配上她这一番话，倒真是让人有几分感动。可惜……可惜到底是装出来的，眼睛里有掩不去的仇恨和疯狂。

她无奈苦笑，对沈氏俯了俯身："多谢母亲。"

沈氏拍拍她的手背，再揉揉子睿的头，问了些启蒙功课的事，又对着想容一通示好，最后，目光落到粉黛那只还吊在脖子上的胳膊。"母亲也不知道该怎么帮你缓解这手臂的痛。"沈氏一边说，竟然还落了一滴泪下来，"母亲这些日子潜心理佛，才明白过去做了许多错事，如今真恨不能替粉黛遭这个罪。"

凤粉黛到底年纪小，被她唬得一愣一愣的，看着沈氏掉眼泪，竟也跟着哭了起来，哭着哭着就往沈氏怀里钻："母亲，粉黛好想你。"

凤羽珩一阵鸡皮疙瘩泛了起来，明显地看到了沈氏眼中的厌烦。

粉黛这边哭完，沈氏又转而去安抚金珍："这些日子多亏你照顾老爷，以前我有待你不好的地方，你就别往心里去了吧。眼下都是自家姐妹，与从前到底是不同的。"和金珍说完，又去安抚韩氏："你的脸色实在不好，身子不舒服可要记得看大夫啊！"

最后，重点还是落回姚氏身上，只见这沈氏几步上前，一把就将姚氏抱住，眼里的泪啊，那是噼里啪啦地往下落："姐姐，我该叫你姚姐姐才是，你本比我入府早，却不想娘家出了那样的事。我往日心气高，总是与你为难，姚姐姐不要怪我。"

沈氏本就胖，力气也大，姚氏被她搂得喘气都费劲，赶紧同她道："不怪你，妾身怎么会怪夫人。夫人快别这样了，让下人们看了笑话。"

沈氏这才将姚氏放开，然后在老太太和凤瑾元赞许的目光中，跟着众人一起往设在牡丹院的宴席去了。

走在最后的粉黛抹了一把眼泪，之前一番激动的神色瞬间就收了回来，只见她瞪了一眼韩氏，冷声道："沈氏如今转了性，只怕这府里的风水又要转回去，你可真是个没用的！"

狠厉的目光让韩氏一哆嗦，面色又惨白了几分。

老太太今日满面堆笑，往里走时，特地等了等沈氏，而那沈氏却一改往日做派，没了耀武扬威，倒是规规矩矩地跟在老太太身后，一步也不逾越。

老太太不由得连连点头，若这沈氏能一直保持这样，想来凤家是真的有福了。

众人于牡丹院落座，一众下人开始摆席，老太太告诉沈氏："今日这席面是阿珩张罗的，也是为了让她学学持家。毕竟将来嫁到御王府里也是要做主母的，可不能在娘家的时候什么都没学会。"

凤瑾元也道："若是席面上有什么不妥的，你是嫡母就给她指点指点。"

安氏听了这话，不由得低下头无奈轻叹，只道让这沈氏指点，那还不得越指点越乱啊。沈氏什么时候会持家了，这么些年要不是沉鱼总给她打圆场，她指不定把这个家持成什么样子呢。

沈氏倒也谦虚，回凤瑾元道："妾身只怕不懂王府里的规矩，怕教出错来。想来倒也不急，阿珩现在还小，再过两年，老爷不如请个宫里出来的嬷嬷进府，教她一年，阿珩也就出息了。"

凤瑾元觉得沈氏说得甚是有理，不由得道："还是你想得周到。"

沈氏抿嘴笑了一下，差点儿没把凤羽珩给笑吐了。

真是，这种销魂的动作，不管是韩氏还是金珍，做起来都挺招人爱看的，可这沈氏……算了，看脸的世界，跟她置这个气干什么呢。

她将目光收回，瞅着最后一个丫头将最后一道菜摆到桌上，心下合计着，只怕用不了多一会儿，就会有一场好戏上演了。

很快，十六道主菜、八道凉菜、一个汤锅，外加一份粥羹摆在了众人面前。

大家看着这一桌子菜，只觉得东西还是平日里席面上常见的那些个东西，可这东西到了盘子里怎么就跟平时不太一样呢？再细闻闻，还有股子奇怪的味道……

凤羽珩准备的这一桌菜，主食材普通常见，做法讲究，样式精美，最主要的是味道独特。有食材的本味，还带着淡淡的药香。这种药香去除了药里本有的苦涩味道，将甘醇的香味逼了出来，混在菜肴里，竟让人闻着就食欲大开。

"这是……"安氏最先表示惊奇，她想说怎么有些药味，可又觉得味道似乎也不太像是药，哪里有这样好闻的药？

凤羽珩随即为她解惑："这是一桌药膳。"

"药膳？"老太太愣了下，想到头两年有一次她生病，大夫也给她试过药膳疗法，让她天天早上喝药膳粥，可熬的那个粥，比苦药汤子还难喝呢。从那以后，在她的定义中，药膳跟药是没有区别的，药膳就是药。眼下凤羽珩这是给他们整了一桌子药吗？

再仔细看看，却又觉得这所谓的药膳跟她吃过的还不一样，嗯，也有一道粥，可这粥熬出来是白白糯糯的，看着就让人垂涎。

"什么药膳，不就是药吗？"凤子皓哼了一声，讽刺道，"母亲可是为家里祈福去了，一回府就给吃药，凤羽珩你安的什么心？"

众人谁也没说话，除去姚氏等人相信凤羽珩之外，同样的疑问其他人都有。

凤羽珩也不跟凤子皓计较，只站起身，亲自将那一碗石橄榄龙骨汤分盛到众人的小碗里，一边盛一边对着这一桌子精美膳食做起解释："药膳属于中医食疗文化，其精髓是将中药与某些具有药用价值的食物搭配在一起进行烹调，从而制作成具有一定色香味形的美味食品。正所谓寓医于食，便是指既将药物作为食物，又将食物赋以药用，药借食力，食助药威，两者相辅相成，相得益彰。"

"说来说去不还是药吗？"凤子皓十分不屑，"我不吃药，撤下去，换正常的饭菜来。"

没人理凤子皓的这通脾气，大家都被凤羽珩这一番解释说得有些动心。更何况这些菜肴看上去又精美，闻起来又香，如果真能在吃到可口美味的同时又能养生健体，何乐而不为呢？

老太太看着面前这碗汤，很感兴趣地问凤羽珩："这个叫什么汤？"

她答："石橄榄龙骨汤。"其实很多药材是这大顺朝找不到的，橄榄这种东西更是在这个年代寻不见，但她有自己的药房空间，调出后世之物不成问题。

老太太显然听不懂这名字，只当她是为了取着好听，于是又问："那它有什么功效？"一边问着一边喝了一口，入口之后只觉味道甘醇清香，草药与肉香碰撞在一起，简直回味无穷。老太太不禁又多喝了几口。

凤羽珩见她爱喝，赶紧解释道："这道汤虽然看上去貌不惊人，但能润肺生津，起到清凉解毒的作用。上了秋，人容易上火，用来降火再好不过了。"

她这样一说，大家都觉得新鲜，纷纷拿起勺子去尝。

沈氏不由得夸赞凤羽珩："阿珩真是能干，看到你这样，母亲也就放心了，想来今后嫁到御王府也不会撑不起场面。"

凤羽珩笑笑，又用公筷、公勺将一道羊肉给在桌的女人每人分了一块，同时道："当归烧羊肉，烹制时辅以当归、生地、大枣，对人体补养效果甚佳，食之可令人面色红润容颜光泽，不仅可以细腻皮肤，还可以让人的肌肤看起来白里透红，富有弹性。"

女人们一听这话，赶紧把羊肉塞到嘴里品尝，只觉肉烂，鲜香微甜，是从来没吃过的羊肉味道。

凤羽珩笑着将一份银耳鸽蛋盛给凤子皓："大哥哥，这道菜可是专门为你准备的。"

"为我？"凤子皓闷哼一声，"我没病，不吃药。"

凤瑾元终于听不下去了，砰的一下放下手中筷子，呵斥道："子皓，你若再胡闹，就给我滚回剑凌轩去！"

凤子皓最怕他爹，一看他爹生气了，赶紧闭紧了嘴，目光死盯着那碗银耳鸽蛋，他几乎可以断定这凤羽珩接下来说出口的，绝对不是什么好话。

果然——"银耳鸽蛋，以滋补强壮的银耳与补肾益气的鸽蛋，再加上助阳纳气的核桃仁相配，阴阳双补，对大哥哥的身体最是有好处了。"

凤子皓被说得面红耳赤，气得直指凤羽珩："你到底是不是女孩子？这种话也好意思往外说！"

凤羽珩不解："这种病你都好意思得，我为什么不好意思说？大哥哥别忘了，这病最早还是阿珩给你诊断出来的，医者无忌，我怎么就不能说了？"

凤瑾元心里一股闷气又涌了上来，他这二女儿真是不放过任何一个让他没脸的机会啊！唯一的嫡子成了这个样子，如今都快成京城笑柄了。

老太太也无奈，凤子皓有那个病是事实，想回避也回避不了的，不如就多吃些凤羽珩的药膳，没准儿能补回来点。

这样想着，便对子皓说："你二妹妹是一片好心，快些吃了！真有效的话，以后就照着这方子让厨下天天做！"

凤子皓心里有气，又不敢忤逆老太太，只得硬着头皮把碗接了过来，却放在一边根本动都不想动。

凤瑾元瞪了他一眼，怒声道："孽障！"

沈氏赶紧劝道："子皓不懂事，老爷莫与他生气，今后妾身一定会悉心教导。妾身相信，子皓一定会改好的。"

凤瑾元不愿驳沈氏的面子，毕竟她今日的表现到目前为止是十分得体的。他也真希望这沈氏能一直保持下去，再将子皓重新教育，让他懂得些人情世故。于是点了点头，没再说什么。

凤羽珩看了眼沉鱼，发现沉鱼一直低着头，也不说话，也不与沈氏亲近，从前擅长打圆场的活儿，现在也轮到沈氏做了。对于她哥哥又被戳脊梁骨，她是一点反应都没有。

老太太招呼着众人吃饭，又对凤羽珩道："你再给介绍介绍旁的菜。"

凤羽珩笑着简单明了地介绍起来："凉拌猪心，加入天麻、柏子仁、当归与酸枣，帮助入眠，消除疲劳；什锦藕片，解干渴，去内热，补气血；麻酱拌鸡丝粉皮，补肝肾、乌须发、抗衰老……"

她将每道菜都描述一遍，引得在座众人几乎都抢着去吃，就连凤瑾元都极感兴趣。

这些菜里，多半药材是百草堂运送过来的，但每道菜里都还有一些特殊的材料是她从空间里面偷偷调出来的，还有一些也经过调换。比如人参鸡里的人参，便是空间里存了五百年的老参，功效自是比寻常参好上许多。

韩氏本就身子不好，听了这些带着功效的菜肴，不由得每样都多吃了几口，许是心理作用占了一部分原因，她真就觉得自己的气力恢复不少，也不像之前那样总感觉晕乎乎的。

而沈氏，则是一改往日吃饭时的泼辣形象，一口一口吃得斯斯文文，还一边吃一边不停地夸赞这些菜肴味道可口。老太太更是吃得不亦乐乎，连话都顾不上说了。

可谁都想不到，吃着吃着，突然间，那沈氏整个人一下就往后栽了过去。

坐在她身边的凤瑾元反应快，下意识地就伸手去扶，可沈氏太重，这一下竟连带着凤瑾元都一起栽倒在地上。

随后，沈氏也不知怎的，竟全身开始轻微地抽动，嘴角也吐了少许白沫，再过一会儿，居然哇哇地呕吐起来。

粉黛觉得恶心，赶紧退到韩氏身后，看都不愿意去看沈氏。

其他人则愣在当场，完全想不明白吃得好好的，为何会发生这种事情。

"去请大夫！快去请大夫！"老太太用权杖敲着地面大吼，立即有下人跑了出来。

就在众人都手忙脚乱的时候，还坐在桌前的沉鱼突然也以手托着头，双眉拧至一处，气若游丝般道：“我的头好痛，这到底怎么回事？”

粉黛突然就来了句：“该不是吃药膳吃的吧？”

老太太一愣，随即想到了这一桌子药膳，心里就没了魂儿。可再感觉了一下自己的身体状况，却发现并没有什么异样啊？那些菜肴十分可口，她觉得甚是好吃，还想着再多用些呢。

韩氏也奇怪，小声嘀咕了句：“药膳应该没问题吧？我吃着挺有效果的。”

“你懂什么？”粉黛低声斥了她一句，“不要乱说话。”

可纵是人们再觉得药膳没问题，如今沈氏和沉鱼都有了反应，那就不得不谨慎起来。一时间，谁也不敢再吃了，当然，也吃不下去了，因为沈氏吐得实在恶心。

有下人忙着收拾，凤瑾元将弄脏的外袍解了下来交给小厮，不一会儿便有下人送来了一件干净的来。

“原来你是想毒死我们！”凤子皓又发难了，这一次他理直气壮，他指着地上的沈氏大声道，“我母亲刚刚回府，你就来了这么一出，凤羽珩你安的什么心？”

凤瑾元也沉下脸来，冷声道：“阿珩，你给为父解释解释。”

凤羽珩眨眨眼：“饭菜大家都吃了，你们觉得有问题吗？”

在这一点上，众人还是挺老实的，除了沈氏一家外都纷纷摇头。

老太太看了众人一眼，开口道：“来人！去把厨下的管事叫来！”

厨房的人到牡丹院时，沈氏已经被人扶到屋里躺着，沉鱼亦托着头在边上的软椅上靠着休息。

那厨房管事一见这场面，吓得腿都软了，“扑通”一声跪了下来大叫冤枉：“老太太，老爷，不关奴才们的事啊！二小姐把厨下所有的人都赶出厨房，这顿饭……是二小姐自己叫来的厨子给做的呀！”

“这……”

众人一听这话全愣了，原本还对凤羽珩有些支持的心思开始往沈氏那边偏移。老太太捂着心口，她就觉得有口气喘不上来，该不是菜真的有问题吧？

凤瑾元大怒，猛地摔翻了一盏茶，直指凤羽珩道：“说！你往菜里放了什么？”

凤羽珩耸耸肩：“药！”

“什么药？”

“刚才报菜名的时候已经说过了。”

“我问的是毒药！”

“父亲为何说我放了毒药？”她十分不解，“父亲找人验过了吗？大夫来了吗？有人亲眼看见吗？父亲你无凭无据，就说女儿往菜里下毒，那请问父亲，为何你们吃着都没事，只有母亲和大姐姐出了问题？”

“有可能是我们还没到发病的时候。”粉黛开口道，“只是母亲和大姐姐体质弱，反应来得快了些，说不定到了晚上，我们就都……”

“四妹妹说得可真是有模有样。”凤羽珩挑唇，“真不知道我作为凤家的女儿，处心积虑地毒死全家人，对我到底有什么好处。我放着一个做丞相的父亲不要，非得去当个孤儿？”

她这么一说，凤瑾元也觉得有几分道理，安氏这时候开了口，提醒凤瑾元：“不如将二小姐的厨子叫来问吧。”

“对！”老太太又发了话，“快去，将今日做饭菜的那些人全部都给我叫到这里来！”

下人应声而去，再回来时，身后就跟了十二个陌生人。

凤瑾元看着这些人，忽然就有一种不好的感觉袭上心来，可他又实在不知道这种感觉来自何处，便问那自家的管事：“你看一看，今日备这席面的，可是他们？”

那管事回过头去仔细去辨，不一会儿就肯定地点了点头：“回老爷，没错，正是他们。”

凤瑾元挥挥手让那管事下去，再看向那十二个厨子时，右眼皮又开始不受控制地突突直跳。

那十二人中，为首一人气宇不凡，见到凤家人不卑不亢，完全没有一个厨子的自觉性，只是微微地抱拳躬身，道了声：“见过凤相大人。”说完，根本没给夫人、小姐们问好。

在他身后剩下的十一人也一样，微微躬身行礼，齐声道：“见过凤相大人。”也没理夫人小姐。

老太太有些生气，闷哼了一声，就准备呵斥两句，却见凤瑾元突然一抬手，要说的话就此打住。

然后凤瑾元主动道：“敢问先生，在何处谋事？为何到我凤府来充当一名厨工？”

凤瑾元依稀觉出此人眼熟，再看他文秀内敛的气度，就已经料定绝对不是厨子这么简单。至于后面那十一人，应该是厨子不错，却也绝对不是普通的厨子。

再想想，这些人是凤羽珩请过来的，凤羽珩哪里能认得厨子，八成是从九皇子的仙雅楼请来的人。

凤瑾元只觉一阵头大，玄天冥那性子，就算仙雅楼的人真在菜里动了手脚，难不成他还能有胆子跟人家算账？别说沈氏只是吐了一场，就算是真有事，玄天冥在宫里都敢明目张胆地杀人，定安王府都能让他给烧得只剩下一片灰烬，一个凤府的大夫人，人家放在眼里才怪。

他在心里算计着，如果是仙雅楼的人，这事该怎么办才能不与九皇子结仇，早就把算账什么的抛到一边了。

可纵是这样，那气度不凡的男子在报上自己的名号之后，凤瑾元还是吓得腿一哆嗦，只道自己想的还是太简单了。

"在下莫不凡，本是一名江湖游医，数月前得圣上赏识，留于宫中专门为皇上、皇后娘娘以及云妃娘娘配制药膳。身后这几位，便是这数月来与在下一起制作药膳的御厨。"

凤瑾元后脖梗子又开始冒冷风，连带着老太太都无语了。她早该料到的，凤羽珩不管做什么事总是会留后手，支开了自家厨子，请来外人，聪明谨慎的凤羽珩，怎么可能做出这等留人话柄的事。

"凤相，"那莫不凡又开口了，"适才在下往这边来的时候，听说是今日的药膳毒伤了府上的大夫人和大小姐？"

"没错！"凤子皓头脑简单，还没意识到这莫不凡是有多大来头，抢着道，"既然你承认饭菜是你们做的，那就要给我们凤家一个说法！"

"你把嘴给我闭上！"凤瑾元狠狠地斥了凤子皓一句。而后对着那莫不凡说："莫先生，只怕这里有些误会。"

他贵为丞相，宫里有位专门侍候药膳的大红人，凤瑾元当然知道这回事。这莫不凡无品无阶，虽没有官衔，却在宫中有着独特的地位，凤瑾元与之对话只能客气有加。最关键的是，这人不仅为皇上、皇后做膳食，可闹心就闹在他还管云妃的饭！能让皇上安排到云妃身边的人，那得是多看重，多靠谱啊！

莫不凡听凤瑾元这样说，不由得笑了笑，道："我就说嘛，皇上与皇后娘娘三日前才刚用过的药膳席谱，怎么到了凤家就吃伤了人？"

这话谁都能听明白，人家的意思是说，皇上皇后都能吃得，你们凤家人是比皇上还金贵？

凤瑾元赔笑道："误会，都是误会。"

"凤相，"莫不凡面色严肃起来，"我等今日来到凤府，是淳王殿下与御王殿下同时求了皇上，说是凤家的大夫人回府，请在下带着御厨来为府上准备膳食。今日这席面所有菜肴均为三日前皇上与皇后娘娘用过的，食方由在下亲自调配，所用的所有食材全部都是从御膳房运送过来，所有药材出自凤府自家的百草堂。且这些药材在下锅之前，均经了在下的手，由在下亲自验过再扔到锅里。风相觉得，是在下有问题，还是这些专门给圣上做御膳的厨子有问题？"

风瑾元擦擦汗，道："都没有问题。"

"嗯。"莫不凡点头，随即疑惑地问，"那眼下是怎么个意思？哦，大人莫不是不满淳王殿下和御王殿下的安排？哎呀！那风相可真是辜负两位王爷的一番好意了。"

一听到这事玄天华有份儿，原本还窝在软榻上装病的风沉鱼一下就站了起来，连声道："想来真的是误会了，刚刚是在外面园子里用的餐，只怕是我身子弱，被风吹到了，这才头疼，现在已经没事了。"

风瑾元在上次从风羽珩手里接过了沉鱼亲手缝制的荷包后，就明白了她对玄天华的心思，眼下见沉鱼如此表态，哪里还能不明白是什么意思。可他又不好发作，毕竟沉鱼说了没事，总好过她继续装头疼强。

可沈氏还躺在榻上，看那样子确实不像是装的，风瑾元就有些尴尬。这事到底该怎么办呢？

就在众人僵持的工夫，风家下人总算请了大夫来。这大夫在京中还小有名气，与风家也不是第一次打交道，一见了风瑾元赶紧就跪下磕头。

风瑾元没工夫受这个礼，急声道："快些给夫人看看，到底是怎么回事？"

那大夫应了声，起身就往榻边而去。

这时的沈氏比适才倒是有所好转，可还是一副疲惫之色，脸色仍不好看，阵阵恶心偶尔依然会泛上来。

那大夫在沈氏腕间搭了帕子，只掐了一会儿便"咦"了一声，然后又仔细掐了一阵子，这才再次起身，问风瑾元道："风大人，府上夫人可是吃了不干净的毒物？"

这话一出口，众人又是一惊。之前还以为是沈氏作怪，皇宫里出来的大夫和厨子怎么可能给风家下毒，但眼下这大夫却又提到"毒物"二字，这到底是怎么一回事？

姚氏急着问了声："大夫为何如此说？"

那大夫答道："若不是吃了有毒之物，何以要吃催吐的药物？"

"催吐？"粉黛下意识地将疑问说出口。她再看沈氏一眼，发现沈氏的眼珠随着大夫的一句话，迅速地转了一圈，立即意识到这里定是有问题。

风瑾元道："大夫有话请明说吧。"

那大夫便直言："府上大夫人发病时肯定是有呕吐吧？那是因为大夫人事先服用了催吐的药物。这种药吃下一点，不出半炷香的工夫就会让人产生呕吐，且伴有轻微抽搐。不过肚子里的东西吐出来也就没了，一般都是用来紧急解毒的。"

那莫不凡琢磨了一会儿，上前走了两步："风相，在下不才，医术得圣上赏识，可否请在下为大夫人诊上一诊？"

莫不凡能这样说，凤瑾元当然乐意，赶紧侧身让他过去。

莫不凡走至沈氏旁边，却不诊脉，倒是直接抓住沈氏肥厚的手掌。

凤子皓在边上见了，不由得叫喊出声："你干什么？看病就看病，为什么要抓我母亲的手？"

凤瑾元斥他："休得胡言！"

而这时，莫不凡的声音也传了来："奇怪，凤相请看，大夫人为何要这样做？"

莫不凡的话让所有人都心生奇怪，纷纷围过来看沈氏那只被他举起来的手掌。就见莫不凡指着沈氏右手食指尖长的指甲问道："诸位可看到这是什么了？"

众人一看，原来沈氏的指甲缝里竟有些许白色粉末藏在里面，量不大，只剩残余。

莫不凡将那粉末用随身的银针挑出来，银针并没有什么反应，他解释道："不算是毒药，针银是测不出来的。"一边说一边将那些许粉末凑到鼻下闻了闻，再递到那位请来的大夫面前，对方也闻了闻，而后道："这便是催吐的药物，想来大夫人服用的就是这个。"

老太太气得血压噌噌地往上蹿，她意识到要不好，赶紧往袖口子里摸，把凤羽珩给她的那个救急的小瓷瓶拿了出来，倒了一口就往嘴里塞，不一会儿就觉得血脉逐渐平稳，眩晕感也减轻了些。

莫不凡注意到老太太的举动，主动上前去帮老太太掐了脉，再看过她那瓷瓶里的药，不由得感叹："老太太血脉不稳，遇急火便会升高，轻则眩晕，重则致命。好在有这等奇药在手，不然真是危险至极的。却不知老太太是从何处得来的这等奇药？这只怕即便是当年的姚神医还在京城，也难调配得出啊！"

老太太一听这话，心里便又念起凤羽珩的好来。"这是老身那二孙女给的，哦，就是跟御王殿下有婚约的二孙女。"她说这话时觉得十分骄傲，"老身这孙女啊，可是个小神医呢！"

莫不凡点点头，转过身，准确地找到凤羽珩所在的位置，冲着她施了一礼："原来是王妃妙手。"

凤羽珩笑笑，还了一礼道："莫先生过奖，先生口中的姚神医，只怕说的是我的外祖。"

莫不凡"哦"了一声，连连道："怪不得，怪不得。"

他这边寒暄起来，凤瑾元却瞪着还在榻上装死的沈氏气得肺都要炸了。他就奇怪这女人怎么会突然转了性子，那普度庵就算再好，度化得也太快了些。原来都是装出来的，原来全都是一场戏。

"你给我起来！"话说着，手也动着，一把就拽向沈氏的脖领子。

沈氏"嗷"地扬起招牌怪叫，从床榻上直接蹦起来了，随即指着凤羽珩就破口大骂："贱人！你为什么不死在西北的大山里？回来干什么？你一回来，我们的生活就全乱了！都是你！是你害沉鱼嫡女的位置不稳，是你害子皓身患重病！你个贱人！你该死！"

咚！

老太太猛地一拐杖敲了过去，用了十足的力道，这一杖直接敲在沈氏的头上，沈氏连叫都没叫出来，直接就晕了过去。

莫不凡听到沈氏最后一句话，觉得奇怪，走上前一把抓住凤子皓的手腕。凤子皓急急地想要挣脱，却无论如何也脱离不了莫不凡的手。

凤瑾元看出莫不凡用意，原本想拦，却又实在是想让他再为子皓诊治一番，于是沉声警告凤子皓："不许乱动！"

莫不凡很快便摸出究竟，不解地问凤瑾元："在下早就听闻凤家二小姐自三年前就已经离开京城去往西北，其间从未回来过。而这位少爷的病症是近两年才患上的，与府上二小姐无关啊？为何凤家夫人要如此说？"

凤瑾元重重"唉"了一声，摆了摆手，道："我凤家出了这等事，实在是让莫先生见笑了。"说着看向凤羽珩："阿珩，还是先请莫先生去你的同生轩坐坐吧，这边的事交留为父处理。"

不等凤羽珩开口，莫不凡便主动辞行："既然大人家里有事，在下就不多留了，也要回去向皇上还有两位殿下复命呢。"他说完，行了个礼，又跟凤羽珩打了招呼，带着十一名厨子离开了凤府。

那外请来的大夫一见莫不凡走了，便也识趣地离开，连诊金都没敢要。

老太太听着莫不凡说到回去复命，还是跟三位那样的人物复命，只觉得眼前一阵阵发黑，手止不住地哆嗦，权杖在地面砰砰地乱敲。

"母亲，保重身子。"凤瑾元上前扶着老太太，却没人理那晕倒在地的沈氏，连凤子皓和凤沉鱼都没想着把他们母亲扶起来。

老太太抓着凤瑾元的手，言语中透着绝望："惹上了云妃，惹上了文宣王妃，这还不够，如今……她都招惹到皇帝头上了呀！"

凤瑾元也知这次事情闹大了，不由得埋怨凤羽珩："宫里来了人，你怎么不早说？"

凤羽珩直接跟她爹翻了个白眼。"本来没想让父亲搭这个人情，算是我私人求的两位殿下，是一心一意想着给母亲接风的，又想着能让家里人也吃上一次正经的药膳，调理调理身子。谁承想能出这么一档子事？"她言语中透着不快，"这是大夫来了诊断清楚了病情，莫先生又发现母亲指甲里的门道，如果母亲再做得干净些，什么都查不出来，这黑锅父亲是想让阿珩背，还是想让淳王和御王两位殿下背？"

没等凤瑾元接话，沉鱼不干了："二妹妹为何要把罪过推到淳王殿下身上？这关淳王什么事？"

"那淳王又关大姐姐什么事？"她好笑地看着沉鱼，"莫不凡是淳王和御王从宫里请出来的，哦对，这事皇上也有份儿，父亲，这黑锅皇上是不是也得背？"

"住口！"凤瑾元快气疯了，"什么话都敢往外说，你们是想让凤家死无葬身之地吗？"他说着瞪向沉鱼："这里没你的事，回房去！"

沉鱼委屈，还想说些什么，可凤瑾元沉下脸来她确实害怕，没办法，只能俯了俯身，不甘心地走了。临出屋时还扔了句话："淳王殿下是无辜的。"

凤羽珩差点儿没笑出声来，只道这人啊，一陷入情网，理智真的都靠边站了。

她也无意再于此地多留，只看了眼地上的沈氏，冷冷地说了句："真不明白，父亲将这样的人接回府里到底是要干什么？祖母说得对，这人如今连皇上都给得罪了。"

说完，拉起子睿，叫上姚氏，转身就走了。

老太太颤颤地道："瑾元，那莫先生可是在皇上面前很有脸面？"

凤瑾元唉声叹气道："何止有脸面，皇上如今十分器重他。没听他自己说吗，不但皇上、皇后的药膳是由他来调配，就连云妃那边，他都一并管着。"

"完了！"老太太失魂道，"完了呀！"

凤瑾元看着这一出闹剧，瞅着地上的沈氏，忽然就想起三皇子玄天夜的一句话来："嫡女就是要名正言顺，她的母亲可以死了，但总扔在寺里算怎么一回事？"

他一咬牙，瞬间便做了决定。

同生轩内，忘川用托盘给凤羽珩端了几样饭菜放到屋里。

"小姐，这是莫先生之前特地让厨子多做出来给您留着的。之前在牡丹院也没怎么吃，奴婢想着小姐一定还饿着，就去热了拿来。"

"还是我的忘川贴心啊！"凤羽珩几乎是扑到桌前的，"哪里没怎么吃，我根本就没吃。唉，可惜了那一桌子好饭好菜，可惜了我那些好药材。对了，娘亲和子睿也没怎么吃，有没有给他们留吃的？"

忘川笑着帮她盛粥："小姐快吃吧，夫人和少爷那边，黄泉也给端去了，咱们这边的厨房里还留着些菜呢，晚饭都有着落了。"

凤羽珩点点头，再想了想，道："以后我们同生轩要经常吃药膳，你们也跟着吃，我会亲自配好食方交给厨子，并教会他们怎么做。"

忘川赶紧谢她："跟着小姐真是好福气呢。"

两人正说着话，外头有个小丫头走了进来，怯生生地禀报："小姐，金珍姨娘说有事求见。"

凤羽珩筷子上还夹着块羊肉，想了想，道："让她进来吧。"

很快，金珍就在那丫头的引领下进来。小丫头也算识趣，马上就转身出屋，并从外面把门也带上了。

金珍快步走到凤羽珩面前，也顾不上行礼，哭丧着一张脸就道："二小姐，上次奴婢说的事，您可想好了？"

凤羽珩筷子没停，一边吃一边招呼金珍："我看你也没吃饱，坐下来一起再补点儿吧，你这身子如今肯定是爱饿的。"

金珍摇头。"哪里吃得下，奴婢脑子里全是这个孩子的事，求二小姐帮帮奴婢吧。"她说着，又往前凑了两步，压低了声音继续道，"沈氏被老爷给关在金玉院了，这一次不是罚她禁闭，而是彻底关。"

"哦？"凤羽珩看着她，"彻底关是什么意思？"

金珍答："从屋外头落了锁的，并且吩咐了下人不许送饭菜。我偷偷地问了一个以前熟识的小丫头，那丫头说，沈氏的屋子里就只有一壶放凉了的茶水，其余再没一样能入口的东西。如今上了秋，可她屋里的被褥却换成了夏日的凉被，也不许下人再给她换回来。"

凤羽珩眨眨眼，她爹为了保沉鱼，终于用到这一招了吗？

金珍又道："想来二小姐也想到老爷的用意了。不过，沈氏之前被送到庵里，老爷就曾说过她永不得回府。可这才过了几天就又接了回来，可见沈家的影响还是很大的。如今这个机会难得，想要让沈氏无法死灰复燃，就必须再给她加一剂猛药……"

这晚，凤瑾元照例留宿如意院，只是金珍侍候起他来却不似往日那般主动，整个人精神恹恹，完全没有兴致的样子。

凤瑾元不由得奇怪，便问她："你是不是身子不舒服？"

金珍叹了口气："最近几日也不知道是怎么了，总觉得浑身乏力，饭也吃不下，总觉得恶心。"

凤瑾元眼一亮："有多久了？"

金珍想了想："十几天前有些反应，最近几日越发严重了些。"

一听金珍这话，凤瑾元一下就乐了，盯着金珍自顾自地笑了一阵，随即朗声道："我凤家又要添人口了！"

金珍一愣，很快也跟着高兴起来。"老爷的意思是……"她手捂向自己小腹，"妾身……有了？"

"十有八九是有了。"凤瑾元很相信自己的能力，自打将金珍收了房，他日日都留宿在这边，金珍年轻，怎么可能怀不上，"明日请个大夫入府给你瞧瞧，你要好生休息，也不必每天都早起去老太太那边请安了，她不会在这时候挑礼的。"

金珍想了想，道："要等到明天早上才能请大夫啊？妾身心急，好想知道肚子里是不是真的有了老爷的骨肉，老爷……现在就去请大夫好不好？"她黏人的功夫又施展开。

凤瑾元也高兴，也心急想知道个究竟，可眼下已经半夜了，他看着金珍不太好的面色，劝她道："你好生休息才是正经事，这个时辰出去请大夫，等大夫上门，半宿就过去了。你不为自己考虑也得想想孩子。听话，睡一觉，醒了就有大夫上门了。"

金珍还是不依，又磨着凤瑾元道："不用到外面去请，二小姐不就是现成的大夫吗？"

她这一说，凤瑾元也想起来了。是啊，凤羽珩的医术在这三年间似乎有了极大的长进，特别是配药的能力，连那莫不凡都惊叹不已。"好。"他站起身披了外衫，走到门口去唤守夜的丫鬟："到同生轩，去请二小姐到这边来，就说我有要事。"

小丫头迷迷糊糊地应下差事，又迷迷糊糊地往同生轩跑。

金珍坐在榻上，听到凤瑾元吩咐人去请了凤羽珩，这颗心总算是放了下来。

同生轩离凤府也不近，凤羽珩到时，凤瑾元都有些困了，但金珍却是很精神，不停地与他说着肚子里那还不知道男女的孩子。说着说着，凤瑾元心中的期待便也越发大了起来，所以当凤羽珩一进屋，还不等她开口，凤瑾元马上就道："阿珩快来，给你金珍姨娘瞧一瞧，她八成是有孕了。"

凤羽珩与金珍对视了一眼，面上没什么特殊的表情，轻步上前，跟金珍道："平躺下来，把手伸给我。"

金珍照做。

凤羽珩掐在她的腕脉上好一会儿工夫才点了点头，对凤瑾元道："恭喜父亲。"

"真的有了？"凤瑾元眉开眼笑，"阿珩你应该不会诊错吧？"

凤羽珩翻了个白眼："父亲若不信我，干吗还叫我过来？这么晚，女儿早都睡下了。"

"没有没有，怎么会不信。阿珩的医术那可是莫先生都称赞的，为父怎么可能不信。"凤瑾元心里高兴，也不跟凤羽珩多计较。

凤羽珩又问了金珍一句："上个月月信是哪天来的？"

金珍想了想，道："初五。"

"嗯。"她点点头，"三十五天了。"

凤瑾元轻斥金珍："都这么些日子了，你也不知道小心一点。"

他心里盘算着，三十五天，那不就是他刚刚将金珍收房没几日的光景吗？心下又得意起来。

却不想，凤羽珩眉心拧了起来，手依然掐在金珍的腕脉上，自沉思了许久。

"二小姐？"金珍怯生生地问，"是……是孩子有什么问题吗？"

凤瑾元一听这话，立时就紧张了起来，也跟着问："你这副表情是什么意思？"

凤羽珩看向凤瑾元，为他解惑："孕妇需要愉悦的心情，才能保证胎儿的健康。可女儿为金珍姨娘诊脉，却发现金珍姨娘似思虑过重，心结难解呀。"

凤瑾元一愣，问向金珍："你有什么心结？"

金珍轻叹了一声，没说话，一低头，倒是垂下一滴泪来。

凤羽珩一见这场面，也不好多留了，起身告辞，并嘱咐凤瑾元："父亲多开导开导姨娘，明日请个安胎的大夫再来给看看。"

她走之后，凤瑾元心疼地将金珍揽到怀里，这才又问了一次："你到底有什么心结啊？年纪轻轻的，怎么会思虑过重呢？"

金珍仰头看他，哭得梨花带雨，那小模样是要多招人疼就有多招人疼。凤瑾元真不想再问了，就想将这美妾好好疼爱一番，可又想到她肚里的孩子，不得不强忍着内心激动。

金珍瞧出他心意，不由得心中也有了几分安慰。不管用什么办法，笼络住男人的心才是要紧事，她赶紧开了口同他说："妾身的确是有心结，这心结……其实是在大夫人身上。"

"沈氏？"凤瑾元皱皱眉头，"你理那个恶妇做什么？"

金珍道："妾身是相信因果轮回的人，当日大夫人一碗汤药的因，却种了妾身这个果。不管她初衷如何，妾身却是因此从一个奴婢之身而成了能侍候老爷的人，如今又有了老爷的骨肉。我与她主仆多年，总觉得不去跟她道一声谢，怕是以后就……再没机会了。"

凤瑾元听她这样说话，不由得感叹万分："你倒是懂得感恩，那恶妇平日里却根本不知为自己积德。"

"老爷，"金珍劝他，"不管大夫人如何做，她都会因此得到她种下的果，可妾身想为老爷和肚子里的孩子多积点德。老爷让妾身把这个心结了了，从此以后我是我，她是她，便再没牵挂了。"

凤瑾元无奈地叹了口气："她昔日那般对你，你还对她恩念有加，真是个好女子。"

"金珍多谢老爷夸赞。"

"你想如何了结？"

金珍想了想，道："明日晨起，我到大夫人的金玉院去磕个头吧。就在院子里面，对着她的屋子磕个头，说几句话就好。"

凤瑾元觉得这样还是可以的，既不用打破他不让任何人见沈氏的初衷，也不会给沈氏机会伤害金珍腹中的孩子："嗯，那明日多叫几个丫头陪着你，千万不要进她的屋里去。"

"妾身知道了。"

"睡吧。"

两人终于相拥而眠，直待凤瑾元呼吸逐渐均匀，金珍的唇角这才勾起一丝冷笑来。将手轻移到小腹上，心下暗道："孩儿，不是娘亲不要你，而是你选错了爹爹。"

次日，凤瑾元早起上朝，金珍在送他走后，叫了两个贴身的丫鬟一起往金玉院走去。

凤瑾元临走前还告诉她不要在沈氏那里待太久，等他下朝回来，就跟府中众人宣布此事。

可就在凤瑾元走之后，她却偷偷吃下一粒奇怪的药片。

那是凤羽珩给她的东西，她当然不知道这种事情在二十一世纪叫作药物流产，只记得凤羽珩同她说的话："此药吃下之后，不出半个时辰就会有反应，你要把握好时机。另外，事后我会亲自为你看诊并调理身体，保证你的生育能力。"

有了凤羽珩最后一句话，金珍总算完完全全放下心来。她之所以找到凤羽珩，一来，的确是不想让这件事被第三个人知道；二来，也是希望凤羽珩能够保证她的身子。

眼下再没什么负担，金珍快步往金玉院走去。

她到时，金玉院门口有个丫头正在守着，因为凤瑾元提前差人打过招呼，这丫头并没有拦着金珍，只是告诫她："一定要小心些，大夫人的情绪不太正常。"

金珍还就怕沈氏太正常太理智了，她要的就是沈氏发疯，人只有在发疯的时候才容易做出过激的事情来。

她带着两个丫头往院子里走去，因为关了沈氏，凤沉鱼已经被迁到旁的院子去住了，如今的金玉院早没了当初的繁盛景象，虽然看起来依然富丽堂皇，却总有一种瘆人的气氛弥漫着。她不由得也生了一番感慨，想到了自己打从入凤府就在这间院子里，从小到大侍候的都是沈氏一个主子，轻则受罚，重则挨打，什么样的苦没吃过？如今，她也能独立拥有了凤府里的一个小院落，也能在床笫间侍候这府里最大的主子，只是成全这一切的却并不是沈氏，而凤羽珩。

她不管凤羽珩最初的用意是什么，总之，是凤羽珩把她送进了松园的书房，并留她一人在里面面对吃了药的凤瑾元，虽然听起来是阴差阳错，可到底是让她得了便宜。

这样想着，人已走到关着沈氏那间屋子的门口。她停住脚，看到站在门口的满喜，微愣了愣："我听说玉箩和宝堂都被送出府外卖掉了，你怎么还在这儿？"

满喜笑而不答，只是走上前，冲着金珍浅施一礼道："奴婢见过姨娘。"

"快起来。"毕竟都是被沈氏打骂出来的丫头，金珍对满喜还是有些感情的，见她向自己行礼，赶紧上前去扶了一把。

这时，就听到满喜小声说了句："门锁我已经松开了，你自己小心些。"

金珍是很聪明的人，满喜一句话便让她明白对方一定早就是凤羽珩的人了。她想了想，也是，沈氏这种作死方法，谨慎如凤羽珩，怎么可能不在她身边安插人手。

她心里有了数，便不再多说，往后退了两步，对着沈氏的房门就跪了下来。

满喜站到一边，就听金珍对着房门大声道："夫人，我是金珍，是从小就跟在您身边的丫头。金珍来看您了，夫人，您受苦了呀！"

屋里没什么动静，金珍顿了一会儿，又道："夫人，我怀上老爷的骨肉了。金珍从小就跟着夫人，如今有了喜事，第一个就想着来跟夫人说一声，让夫人一起开心。"

啪！

里面有瓷器落地的声音，金珍唇角微挑，继续道："金珍能侍候老爷，真心感念夫人的恩典。昨夜得知自己有了身孕，第一个想到的就是来给夫人叩头谢恩，若没有夫人栽培，金珍哪来今日恩宠。多谢夫人赐给金珍这个孩子，多谢夫人，多谢夫人！"她说着，一个头磕到地上，耳朵却竖得尖尖，认真地听着屋里的动静。

金珍这一口一个怀孕，一口一个孩子，沈氏哪里受得了这种刺激，立时就气得尖叫起来。原本一天一夜没吃东西已经饿得没什么力气，眼下却又像突然蓄满了力般，噼里啪啦地就在屋子里摔了起来。

金珍微皱了眉，心说你光在屋子里撞也不行啊，于是又道："夫人要保重身子，老爷让妾身安心养胎，只怕不能常来看望夫人，请夫人一定保重身子，这孩子落地后还要叫您母亲呢。昨夜请二小姐来看过，二小姐说……多半是个男孩。"

她故意加了这么一句，果然，屋里的人崩溃了，开始用力撞门，一边撞一边叫喊着："我杀了你！我要杀了你！"

金珍心中一动，再大声喊了一句："夫人您说什么？夫人您是想念金珍吗？金珍也想您！"

砰！

终于，那扇门被沈氏肥胖的身躯给撞开了。

与此同时，金珍只觉小腹一阵搅动，似有东西在往下坠。

她赶紧起身，奔着沈氏就跟跄而去，边走边说："夫人您这是怎么了？夫人您……啊！"

沈氏猛地一推，金珍顺势倒地。

只听沈氏哑着嗓子嚷道："贱人！狐媚子！我打死你！我打死你肚子里的孽种！"一边骂一边还就势往金珍身上踢了两脚。

金珍也不躲，咬着牙生生地挨住，直到丫鬟们将沈氏拉开，她低头一看，身下一片血迹，这才松了口气，随即大喊起来："啊！我的孩子！"

金玉院里，金珍凄厉的惨叫声传遍了府里的每一个角落。片刻之后，众人齐聚。

沈氏已经被下人合力押回房里，满喜此刻正跪在院中对着老太太道："金珍姨娘怀了身子，感念大夫人昔日恩情，来跟夫人报喜。结果大夫人竟然撞破了门冲了出来，把金珍姨娘推倒在地，还……还往她的肚子上踹了好几脚……"

金珍倒在血泊里，气若游丝，凤羽珩正握着她的腕把脉，一脸沉重。

老太太此刻也顾不上斥责沈氏，只一脸焦急地问着凤羽珩："怎么样？孩子还能保得住吗？"

凤羽珩想说，你是不是瞎？都一地血了，能保住个屁啊！

但嘴上还是得留情面的，哀叹一声，道："没指望了，母亲那几脚踢得太重，脚脚都落在这孩子身上……"

"你别再叫她母亲！"老太太气得一声大喝，再指着其他几个孩子道，"你们都给我记住，谁也不许再叫她母亲！我们凤家，没有这样的嫡母！"

"老太太，"金珍虚弱地叫了一声，"您可一定要给妾身做主啊！"

凤羽珩连忙接了一句话："姨娘身子太虚，且莫多开口说话。放心，你还年轻，以后有的是生养机会。"

老太太点了点头。"阿珩说得对，你好生养着。这件事情我不怪你，要怪就怪沈氏那个恶妇！"她重重地顿了一下权杖，咬牙切齿地说，"这一次，我绝不会放过她！"

当晚，凤府众人收到了沈氏重病的消息。金玉院一如牢笼，除去守门的丫头外，其余人等不能接近半步，就连凤沉鱼和凤子皓也被勒令绝不允许探视。

而这晚的如意院，凤瑾元、老太太以及凤羽珩都集中在金珍榻前，凤瑾元沉着脸问凤羽珩："真有可能是个男胎？"

凤羽珩点头："昨夜脉象强劲有力，很大可能是个男胎。本来想等今日父亲请过大夫之后让大夫说的。"

老太太气得直喘："这可不是沈氏害的第一个孩子了！"

凤瑾元知她说的是去年韩氏那件事，不由得咬起牙，痛恨道："母亲放心，这一次，儿子绝不姑息。"

金珍嘤嘤啜泣，扯着凤瑾元的袖子苦苦哀求："老爷对不起，都是妾身的错，妾身没有保护好我们的孩子，请老爷让妾身随这孩子一起去了吧！"

凤瑾元最见不得金珍这个模样，赶紧安慰她道："不要乱说，阿珩不是说了吗，你的身子没有大碍，孩子以后还会有。"

老太太也跟着道："你年轻，孩子总会有的。"

金珍看着老太太，一脸的歉意："妾身对不起凤家，妾身太没用了，连个孩子都保不住。"

凤羽珩赶紧也劝道："小产也算是小月子，可不能哭。待我回去亲自给你抓些药，吃上一阵子养一养，半年之后身子就利落了。"

金珍一脸感激，是真的感激："谢谢二小姐，二小姐的药是天底下最好的药。"再看向凤瑾元："妾身一定会再帮老爷生个孩子，只是……这个孩子没得太冤了。"她的泪又掉了下来。

凤瑾元也觉得太冤了，明明金珍是一片好心去给沈氏谢恩，结果被那恶妇踹掉了孩子。那可是他的儿子啊！

一想到这里，凤瑾元心里的火气就腾腾地蹿。只见他霍然起身，一语不发地转身就走，连老太太在后头喊了他两声也没理。

次日，黄泉传来满喜的话："满喜说，凤相昨日冲到金玉院将那沈氏暴打了一顿。沈氏现在鼻青脸肿，重病在榻，凤家却不给请大夫。不过，当时大小姐也去了金玉院，凤相指着沈氏说，没有这个母亲，你就永远是嫡女。"

凤羽珩笑笑："凤瑾元果然打得好主意，就是不知道，这凤家以后是永远都不要当家主母了，还是准备再抬个厉害角色进来。"

两日后，凤子皓再次被送出府门，前往齐州的子岩书院求学。这个纨绔大少爷，直到离了家门都没想过去探视一下他的母亲。

安氏在姚氏身边无奈地叹了一声："真不知道这沈氏到底用什么方法养出了这么两个孩子。"

姚氏倒是宽慰她道："好在我们的子女都很懂事，我瞅着想容这阵子天天早起过来同生轩跟阿珩一起跑步，想来这姐妹两个是愿意在一起说话的。"

一提起这个，安氏就欢喜，连声道："这是多亏了二小姐能带着我们想容。姐姐你也知道想容那性子，自来就胆小，她小时候就天天说喜欢二姐姐，可连句话都不敢跟二小姐说。如今二小姐能待想容这般好，我真是打从心里感激。"

终于将凤子皓送走，凤府倒是现了几日平静光景。

凤沉鱼终日坐在花园的亭子里弹琴，琴声里不见哀伤，只闻出阵阵阴谋阳谋的味道。

而凤羽珩则开始扮了男装，取名乐无忧，定期到百草堂去坐诊。而她这一男装女身，知情的人除了忘川、黄泉和清玉外，百草堂内就一个掌柜王林心知肚明。

因为凤羽珩并不常来，王林已有些时日没有见着她了。最近王林总是跟清玉念叨让东家把那种药丸和冲剂多拿些过来，但清玉也总是一句话就打发了他："你自己跟小姐说去。"

今日王林见到凤羽珩，哪有放过她的道理，围着凤羽珩身边就不停转悠，直到转得凤羽珩头都晕了，这才无奈地问他："你不去前头看铺子，围着我转做什么？"

王林苦着一张脸求她："东家，您上次拿来的那些药丸和什么冲剂的，什么时候能再补货啊？"

凤羽珩问他："卖完了？"

王林摊摊手。"不出十日就卖光了。最开始人们都不信服，后来按着清玉姑娘告诉的方法，坐堂大夫选了几类病人赠了几次药，不出两日就见了成效。"王林感叹道，"东家拿来的药实在是神奇，连坐堂的大夫都说不出个究竟，可服过药的人却见效奇快。"

凤羽珩没办法同王林解释，经过浓缩的中成药相对于苦药汤子来说，药量自然会大上许多。但对于王林说让她补货的事，她却没有答应："那些药制作起来非常麻烦，所需药材也比正常方子要翻上几倍，所以才让你们卖贵些。今后我每月固定拿出一部分放到百草堂，当月卖光了，就只能下个月再补货。"

说完，站起身就准备到前面诊台出诊，一掀门帘子，却见百草堂的大门口，正有个有着几分眼熟的人往里走来。

进来的人凤羽珩没见过，却觉得有几分眼熟，倒是同样扮了男装的忘川在身边小声同她说："沈家的三老爷，沈万良。"

怪不得！

凤羽珩这才觉出缘何眼熟，这沈万良与凤子皓的样貌倒是有几分相像，与沈氏的眉眼也很是接近。却不知，他来这百草堂做什么。

王林在京城做事多年，自然一眼就瞧出这沈万良衣着不凡定是富贵人物，一般这种人物上门，掌柜的都是会亲自招呼的。

于是赶紧小跑上前，跟沈万良俯了俯身，道："这位老爷，您是要看诊还是抓药？"

那沈万良倒也不磨叽，直接说明来意："听说你们这里有卖一种能见奇效的药丸？"

"哟！奇效称不上，倒是比寻常的方子见效快，而且服用方便，更便于携带。"王林答得不卑不亢，既不虚夸药丸的功效，也将好处都亮了出来。凤羽珩听着暗自点头，只道当初自己选掌柜的眼力还算不错。

沈万良看了这王林一眼，沈氏霸占姚家三间铺子多年，铺子里有几个伙计他自然是知晓的，虽说并不明着往这边来，但暗里却是经常会观察一番。

他自然知道这王林是被凤羽珩一手提拔上来的，而且还是踩着沈家表亲的肩膀被提拔上来的，不由得就没了好脸色。闷哼一声，再开口道："将治外伤和内里心肺的药丸都拿来，我全要了。"

王林终日在铺子里，什么人没见过，以前是没有人一下子说要把药全包了的，但自从有了凤羽珩的那些药丸和冲剂，哪天不得来几个这样的土豪。他也不含糊，手一摊："这位爷，真抱歉，药丸和冲剂都断货十几天了，您如果想买，只能等到下月初一再来。而且也不能全包，需经坐堂大夫诊过病人之后，按量取药。"

沈万良一挤眉毛就要发作，却在这时，就见从百草堂最里边的门帘子后面，走出一个英俊少年来。那少年看上去年纪很小，但与之对视过来的眼神，却又如成年人般稳重内敛。他不由得愣了一下，就听王林主动给他介绍："这是我们百草堂新来的坐诊大夫，姓乐，名无忧。"

"乐无忧？"沈万良重复了一遍这个名字，却又摇摇头，"我不看诊，只买药，而且只要你们那种有奇效的药。"

王林再告诉他："真的没了。"

"那你们从何处得来那种药，告诉我，我自行去取。"

"哟！"王林乐了，"小的就是说了，怕是您也取不来。"

"笑话！"沈万良轻哼一声，"我就不信，天底下还有用钱买不来的东西？"

"还真有。"王林说，"我们东家说了，药丸和冲剂每月只供应一定的数量，没买到的就只能用老方子汤药。您要非得知道这些药的来处，那就只能跟我们东家去谈了。"

听他提到东家，沈万良心里就一阵暴躁，东家，东家不就是凤羽珩吗！让他找凤羽珩去拿药，真是比登天还难。

"就一点办法都没有吗？"到底是有求于人，此时态度也软了下来，竟是带着几分祈求地同王林道，"你再帮我想想办法。"

这时，化名乐无忧的凤羽珩却开口说话了："也不是一点办法没有，不如请这位老爷将病人的情况详细描述一番，让在下来为您想想办法。"

见凤羽珩开了口，王林赶紧将沈万良让到诊位上。凤羽珩坐在里面，他坐在外面，就听沈万良对凤羽珩说："病人的外伤倒不打紧，最主要是内伤，被江湖高手震伤了心肺，如今已然不能下榻，清醒，但无法活动。"

凤羽珩当然知道他说的是谁，沈家这时候来求药，而且还点名要她的药丸，再听他描述的病症，不是给沈氏还能是给谁？不由得心里暗骂了一句"不要脸"。

但她自认为开了铺子就是生意人，有生意上门，又是大主顾，怎能有把钱财往外推的道理。

于是她点点头，对这沈万良道："我是新来的坐诊大夫，之前的掌柜特地留了一些药丸给我应急，这些药丸里刚好有治内伤的奇药，倒是可以分出一些卖给这位老爷，只不过这价钱……"

"钱不是问题。"沈万良一挥手打断了凤羽珩的话，他沈家最不缺的就是钱，只要能把沈氏救活，别让她就这么不明不白地死了，搭上多少钱都是值得的。

"好。"凤羽珩一只手伸到袖子里，随手就摸了五颗保心丸出来。"五百两一颗，一共五颗，这是我所剩的所有了。"

"五百两一颗？"纵是沈万良再有心理准备，也觉得眼前这个少年太黑心了点，他有钱也不是这么个花法，"你这到底是什么东西？"

凤羽珩手缩回去，道："就是平时摆在百草堂出售的保心丸。这位老爷若是不信，我也没有办法。但百草堂在京中这么多年，我人就坐在这里，也是掌柜亲自为您引荐的，总不会是个骗子吧。"

她这话说得倒是对，沈万良想同她讲讲价，却又磨不开面子。毕竟他沈家有钱，平日里就出手阔绰，如今还是为了救他姐姐，生死攸关的时候，他好意思讲价？

无奈之下，沈万良从袖袋里摸出五张银票递给面前的少年："五百两面额一张，一共五张。"

凤羽珩银票接过，看了一眼，便将手中药丸递过去，还喊了王林："掌柜的，免费赠送个瓷瓶给这位老爷装药。"

她一句"免费赠送"，把沈万良又气了个半死，一把抓过王林拿来的瓷瓶就走出了百草堂。

见他走远，王林不由得冲着凤羽珩竖起了大拇指："东家，您这骗术不亚于之前那位被关十年的掌柜啊！"

凤羽珩摇头："非也，那人卖假货，我卖的可是真东西，只不过要价高了些而已。但这也是因人而异，你们平时做事万不可这样，刚刚那人与我有些恩怨，我不过报报私仇罢了。"

王林赶紧应声："东家说的是，您放心，小的们做事向来老实，不会给百草堂捅娄子的。"

凤羽珩点点头，很满意王林的话，又在这百草堂坐大半天，看了不下二十个病人，才带着忘川换过衣裳从后门离去。

这几日玄天冥又去了大营，她就能自己练鞭子。当晚练完两轮之后看看天色也差不多了，便凭空打了个手势，暗处的班走会意，默默地跟着她走出同生轩。

凤羽珩的目的地是金玉院，快到时，班走闷闷地问了声："去干什么？"

她轻声道："去协助凤瑾元的暗卫加强治安防范。"

班走没再吱声，直到进了金玉院的范围，他也不知什么时候竟已经往院子里绕了一圈回来，告诉她："凤相留在这里的暗卫只有两名，一名在院子里，一名在屋顶上。"

"嗯。"凤羽珩无意避开那两名暗卫，左右她不是来亲手杀沈氏的。更何况，她根本不相信凤瑾元连她会武功这种事情心里都没数，否则他在丞相位置也坐不了这么多年。

凤羽珩就这么大摇大摆地进了院子，在外守夜的丫头是满喜，一见她来，赶紧过来问安。她也没与满喜多亲厚，只是道："你做你的事，我就在这儿坐一会儿。"

满喜俯了俯身，又返回沈氏的房门前。

就这样，一个凤家二小姐，外加暗处的三个高手，齐聚金玉院。

那名原本守在院子里的暗卫实在是有些摸不清凤羽珩的路数，这位二小姐大半夜跑到这边来，却只坐在院子里看月亮，这是怎么个情况？

不过这暗卫并不敢轻举妄动，凤羽珩身边有高手这事他们一早就知道，而且深知那班走的武功强过他们太多，别说二对一，就是十对一，也不是人家的对手。

于是，两伙人干脆心照不宣，各干各的，谁也不打扰谁。

直到入了丑时，终于出现了异动。

只听闻风中似有物体疾速划过的声音，凤羽珩耳朵微动，身形迅速往左侧一闪，眨眼间，一支利箭就从她耳际擦过。可却没听到那利箭刺入旁处或是落地的声音，她就想回头去看看，却听到班走的声音扬了起来："还不赖，躲过去了。"

她无语。

你到底是暗卫，危险的时候不是想着怎么保护我，居然还在考验我的反应速度。凤羽珩想都没想，抬手就冲着后面比了个中指。

可惜，班走看不懂。

只一刹那的工夫，数名黑衣人自空而落入院中。对方行动力很快，拔剑就奔着凤羽珩这边刺了过来，没办法，谁让她一个人暴露在外呢。

不过凤羽珩也不含糊，这些日子有意训练体能已经让她的身体素质向好的方向发展，虽然与前世的状态还有一定差距，却也与当初在京郊被人逼着跳河时不可同日而语。

她没使鞭子，虽然玄天冥送给她的软鞭此刻就缠在腰际，可一来练习时日尚短，二来她并不想在人前太过暴露。于是依然从袖中翻出淬了麻醉液的银针夹于指缝，冲着迎面而来的敌人就扑了上去。

从前她不太会与手持长兵器的人这般过招，可经过玄天冥一段时日的指点后，这种打法她已然纯熟。五六个黑衣人杀向她，十余招后，凤羽珩占了上风，甚至有一人已经倒在地上，昏睡过去。

却不知在这时，就在沈氏房间侧面的窗根底下，正有一个人影悄悄地顺着窗子爬了进去。

凤羽珩来这金玉院的目的就是看着沈家人夜里进来送药，怎么可能放任窗户那边的动静不管。

就见她身体迅速旋转，引着剩下的五个人围着院子转了半圈，然后手指迅速翻弹，几枚银针脱手，黑衣人又倒下两个。

这些杀手都迷糊了，想不明白凤羽珩到底扔了什么暗器，居然看也看不清，还一沾边儿就倒。

一时间，几人再不敢靠近她。

而这时，隐在暗处的班走终于看不下去了，鬼影子一般地飘了过来，手中双刃乍现，眨眼的工夫就将还有行动力的三人收割。

凤羽珩拍拍班走的肩膀："我们到屋里看看，打的时候注意点，把药给我抢回来，明天还能再卖两千五百两。"

班走嘴角抽筋，那天他主子已经诈了沈万良两千多两银子啊！那些药丸虽然很贵，可平时摆在百草堂卖多少钱他不是不知道，也就十两银子一颗，到沈万良这里就翻了千倍。人家买完了还不让送给病人吃，还得抢回来再卖一次……

腹诽间，二人已然进了沈氏卧寝。那沈氏被凤瑾元的暗卫震碎了心脉，像只肥鬼一样躺在床榻上奄奄一息。凤羽珩瞅着她最多也就两三天的活头，这么重的伤，几颗药丸怎么可能治得好。想来那沈家也是没了办法，病急乱投医。

屋里的人万没想到六名杀手都没解决掉外头的人，而且还将自己的行踪暴露了，不由得着起急来。几次想靠近沈氏都不成功，其中有一次都到床榻边了，药丸都捏在手里，就准备往沈氏嘴里塞进去，却被班走一把拽了回去。

班走不打他也不拦他，拽回来就松手，待那人又上前去时，再拽一次。如此一来一回，足足折腾了十次。

床榻上的沈氏都绝望了，最开始还带着希望配合着张开嘴巴，后面几次却已然绝望了。只在班走最后一次将那人拽回去后，她拼尽力气沙哑着嗓子说了声："别管我了，快走！"

那人蒙着面，只露一双眼睛，一听这话，眼圈儿瞬间就红了。想回身跟班走和凤羽珩拼命，却又心知肚明自己根本打不过人家。

无奈之下又看了一眼床榻上的沈氏，一咬牙，跃出窗子就跑了。

凤羽珩顾不上关怀沈氏，急着问了班走一声："药丸都拿回来了吗？"

班走将手里一个小瓷瓶子递给凤羽珩："是这个吧？那人手里还捏着一颗，那么恶心，想来也不能要了。"

凤羽珩点点头："就当我赔了五百两吧。"

班走汗颜。

凤羽珩将视线向沈氏那边投了过去，只见床榻上的人已经被折磨得不成样子，也不知道凤瑾元怎么打的，好像把人打瘦了，连颧骨都塌陷下去了，两只眼睛也凹了下去，看起来有点像二十一世纪整过容的欧式眼。

沈氏也偏了头向凤羽珩看来，目光如同淬了毒的匕首，恨不能把她刮骨剜肉。

"你——"沈氏拼着力气，拼了命地诅咒凤羽珩，"总有一天，你会遭到报应。凤羽珩，我做鬼也不会放过你！"

她却笑了，这笑如同一朵开在地狱的花，好看至极，却也昭示着死亡。

"做人时都输了，这场战斗，你凭什么认为自己做了鬼就能赢？"

只一句话，沈氏好像突然间参悟了一般，整个人的气势瞬间就萎靡下来。

是啊，做人时都输了，她凭什么认为做鬼就能赢？

凤羽珩从房间出来时，院里的杀手已经被处理得一干二净，除去空气中弥漫着的阵阵血腥气之外，完全看不出打斗的痕迹。

凤羽珩笑着仰头，对着空气说："父亲的手下，做事倒也干净利落，很好。"

黑暗中，凤瑾元的暗卫差点没气歪了鼻子，只道：你自己打过瘾了，说进屋就进屋，留了一地尸体和半死不活的昏迷者，我们好心好意帮你收拾了，居然连声谢都没有。

凤羽珩可不管他们怎么想，带着班走就回了同生轩去。

她今日算是正式在凤瑾元的暗卫面前暴露身手，不为别的，就是给她的父亲提个醒，今后不管说话还是做事，都多考虑三分，别以为她同生轩的人是能随便拿捏的软柿子。在西北的三年，她凤羽珩早就不是当初的凤羽珩了。

就在凤羽珩离开金玉院半刻钟后，一名参与了之前杀手事件的暗卫站到凤瑾元面前，将发生的一切如实相告。

凤瑾元沉默了好一会儿，没问关于沈氏和沈家，却是问那暗卫："依你看，二小姐的功夫如何？"

那暗卫思量了一会儿，给出了一个词："诡异。"

"嗯？"凤瑾元不解，"何谈诡异？"

暗卫再道："套路奇怪，自成一体，没有太深厚的内力配合，却又与一种独特的暗器配合得天衣无缝。属下习武二十余载，从未见过这种打法，更不知是属于何门何派。"

凤瑾元想了一会儿，自语道："她总说自己在西北的大山里曾遇到一位波斯奇人，那奇人教会了她更好的制药方法，也让她的医术更加精进。若你将她的武功称为诡异，想来，也只有解释成是那位奇人一并教给她的。"

暗卫没参与这个话题，凤羽珩的功夫在他心里是个谜，待解。

次日，凤羽珩主动去了一趟如意院，带了两小包药丸，还有二十多袋冲剂，全部都是妇科中成药，是配合小产后调养身体的。

她到时，金珍正卧在床榻上歇着，也不知道在想些什么，一只手捂着小腹，双眼没有实际的着落点。以至于她都走到屋里了，金珍还没反应过来有人进来。

是小丫头提醒她："二小姐来了。"

金珍这才回过神，扭头看到凤羽珩，整个人一下就放松起来。

凤羽珩摆摆手，让侍候金珍的丫头下去，她带着忘川来到金珍的床榻边，也没多话，抬了她的腕就把起脉来。

"还好。"凤羽珩将金珍手腕放下，"身体恢复得算是不错，只是药物落胎很容易在体内留有残余，这些残余会为你造成一种伴随终身的疾病。"

金珍点点头："总是见血。"

"是的。"凤羽珩将手里的药放到她枕边，"我给你带了些药来，该怎么吃都写在纸上，回头你自己看看。那个冲剂吃过之后，大概有三天的工夫出血量会与月信差不多，三天之后便逐渐减少，大概七天左右彻底干净。待这些药吃完我再来给你看看，不出意外的话，应该就没事了。"

"那我日后可还能再怀上？"金珍最担心的就是这个事情。

凤羽珩也不吓唬她，老实道："能。上次我就说过，半年之后便可以再次受孕，并不是哄你的。"

金珍终于完全放下心来，起了身作势就要给凤羽珩磕头，却被凤羽珩拦了下来。金珍不死心，诚恳地道："我今天的好日子都是二小姐给的，如今二小姐不但帮了我的大忙，又给了我如此大的恩典，金珍给二小姐磕头是应该的。"

凤羽珩无奈："我要你磕几个头又有什么用。"

金珍反应过来："那二小姐要我做什么？只要二小姐说，我一定办到。"

凤羽珩想了想，还真是有个事要与她打个商量，便道："这事儿是关于姚姨娘和我父亲的。"

金珍愣了下，随即明白了，赶紧表态："二小姐放心，老爷去别处我总会拦着，但同生轩那边我一定不拦的，我保证为姚姨娘创造机会，让老爷多过去。"

凤羽珩抚额："你理解反了。"

"反了？"金珍不解。

凤羽珩又道："非但不是让你把父亲往姚姨娘那边推，反而是让你多帮着点儿，一旦我父亲要往同生轩去，你想尽一切办法也得把人再给我请回你这如意院。"

"这……为什么呀？"金珍完全不能理解，不管是妾室还是正房，得到老爷的宠幸才是最正经的事啊！

"因为我娘亲不愿意侍候他。"她干脆明说，"她在西北待久了，不想再参与府里的妻妾争宠。更何况她有儿有女，再争什么也没意义。总之，你记住我今天的话，过阵子我帮你安排个得力的丫头在身边，你遇事也与人有个商量。"

金珍点头应下，别的她可能做不好，但拴住凤瑾元这个事，她觉得自己还是挺拿手的，应该不会让凤羽珩失望。再想到凤羽珩会为她安排个得力的丫头，便更高兴起来："不瞒二小姐说，我还真就缺个得力的下人，平日里有事什么的，都不知道该让谁去做。"她说着，就想到了在沈氏那边侍候的满喜，不由得压低声音问了句："满喜可是二小姐的人？"

凤羽珩点了点头，那日是她着人告诉满喜要配合金珍的，如今金珍这样问，倒是一点都不觉奇怪。

"沈氏快不行了，据说老爷的暗卫打得她五脏六腑都错了位，我估摸着也就这一两天的事。到时候满喜就闲了下来，二小姐不如让满喜到我这边来吧！我们是一起长大的，总比旁人亲厚些。"

她这样说倒是提醒了凤羽珩，是啊，沈氏一死，满喜就要另外安排，送到金珍这里倒也是最合适的。

于是点头应下，就准备再说两句，却听门外小丫头道了声："金珍姨娘，四小姐来看您了！"

粉黛进来时，跟在她身后的丫头手里端了个托盘，上面盛着一碗汤。

待她们走近些，凤羽珩吸吸鼻子，一股子浓重的麝香味道扑鼻而来，还有红花味道混杂其中，毒性大得令人咋舌。她不由得看了那粉黛一眼，这丫头是疯了吗？

粉黛显然没想到凤羽珩会在这里，走到一半就愣了下，后面跟着的丫头差点没撞到她身上。

凤羽珩就笑了："四妹妹这是怎么了？你再停得快些，后面那碗汤可就白费心思了呢。"

粉黛就觉得她话里有话，本来就虚的心又颤了几下。

只是那汤里的味道凤羽珩能闻出，金珍却不明白是什么，还觉得十分好闻，不由得问了粉黛："四小姐是端汤来给我喝的吗？妾身谢谢四小姐关心。"她有些受宠若惊。

粉黛心知今日凤羽珩在这儿，她这碗汤肯定是送不出去了，搞不好还要被拆穿。不由得狠狠地瞪了金珍一眼，再跟凤羽珩道："不知道二姐姐在这里，我没什么事，就是过来看看，你们聊吧。"

粉黛转身，转得急了些，直接将身后丫头手里的汤撞翻在地上。

啪！

粉黛扬起那只没伤的胳膊就抽了那丫鬟一个耳光："废物东西，连碗汤都端不住。"

小丫头哭着收拾地上的碎片，金珍看着这一出闹剧，忽然也将注意力往洒了一地的汤水上看去。

凤羽珩笑了笑："四妹妹怎的这么不小心。不过不管怎么说，四妹妹能有这份孝心是好事。金珍姨娘，你可别忘了在父亲面前多夸赞夸赞四妹妹，告诉父亲四妹妹特地给你送了汤来，只不过又被她自己给打翻了。"

金珍点头："二小姐说得是，妾身一定会念及四小姐的好，一定会同老爷说的。"

粉黛气得抬腿就走，她最受不了凤羽珩那种阴阳怪气的调调，可同样的阴阳怪气，九皇子用起来就十分讨她的喜，真真是怪事。

凤羽珩又同金珍交代了一些小月子的注意事项，便起身离开。

金珍追着问她："二小姐，四小姐的那碗汤水是不是有问题？"

凤羽珩点头："是有问题，汤里放了大量的麝香和红花，那分量离着老远都能闻得出来，可见她已经是等不及想要代替从前的沈氏，摆平府里所有未出世的孩子了。"

金珍有些担心："这次多亏了二小姐在，不然只怕我在劫难逃啊！"

凤羽珩想了想，同她道："我会尽快想办法安排满喜过来，以后韩氏那院子你多留个心眼儿，她们送来的东西万万吃不得。其他人倒无碍，老太太和父亲一心想抱孩子，断不会害你；安氏荣辱不争，你无须担心。"

金珍记在心里，跟凤羽珩再次道谢。

回同生轩的路上，凤羽珩遇到满喜。那丫头就站在一个小路口焦急地张望着，一看到凤羽珩二人过来，赶紧开口轻轻地叫了声："二小姐，忘川姑娘！"

凤羽珩顺声去看，见满喜冲她们招手，便带着忘川往那边走去。

一看她们走到近前，满喜往前迎了两步，然后直接就跪到地上给凤羽珩磕了三个头。

凤羽珩示意忘川把人扶起来，她留意看了满喜的指甲，已经不用再涂甲油，与常人无异了。

她点点头，先开了口对满喜说："你娘亲那边我也定期派人送过药去，她的病症比你重些，应该还要再治几个月。"

满喜十分感动，伸出手给她看自己的指甲，道："二小姐真是妙手，奴婢这指甲如今已经完全好了，总算是去了这几年的心病，奴婢打从心里感激二小姐，谢谢二小姐大恩。"再跟凤羽珩行了礼，这才又看了看四周，小声扯入了正题："金玉院如今就像个活死人墓般，没人进也没人出，沈氏这几日没进过食，连口水也没喝过。她倒也是能熬，终日里瞪着眼珠子不肯咽气。但奴婢瞅着，只怕也熬不过两日了。"

凤羽珩心里有了数，再同满喜道："自从沈氏去了普度庵，你也没少吃苦，这些我都记着呢。"

满喜赶紧摆手，道："这不算什么，奴婢原本也是沈氏的丫鬟，更何况，若不是当初奴婢主动要求留在庵里照顾她，眼下只怕也跟玉笋和宝堂一样被卖到外面了。"

凤羽珩问她："你从前同金珍的关系如何？"

"算是好的。"满喜同她说，"金珍那人向来心气高傲，但我们毕竟有从小一起长大的情分在。"

听她这样说，凤羽珩便也放心了，道："待沈氏那边的事情了结，我就想办法安排你到金珍那边去，你们两个相互也有个照应。"

满喜知道金珍如今也为凤羽珩做事，很高兴地应了下来："多谢二小姐安排。小姐若没别的事，奴婢就赶紧回去了。"

凤羽珩点头，放了她离去。

这晚，许久不见折腾的孙嬷嬷又有了动静。大半夜不睡觉，轻手轻脚地往外走，方向直奔柳园那边，想来应该是要走出同生轩。

凤羽珩留意到黄泉已经在其身后悄然跟上，便没去理会。一个老嬷嬷，有黄泉盯着，自是掀不起什么风浪来。

她抽出腰间软鞭，在园子里舞得风生水起，直到舞完了一个套路，这才停下来，冲着一个方向叫了声："既然来了，还躲着干吗！"

就听那个方向有人闷笑一声，随即树影微动，眨间的工夫，一人一轮椅便落在她的面前。

凤羽珩习惯性地往他眉心去看那朵紫莲，看上一眼，心便安了几分。

谁说男人长得好看没用，是真的养眼啊！

两人谁也不再说话，默契地双鞭对垒，凤羽珩的鞭法较玄天冥的生疏许多，时不时就会被他破了招式。但她却不气馁，招式破了就重新再来，渐渐地便也入了佳境。

终于两人都停了下来，凤羽珩如今已不会再动不动就累得不行，只是气脉有些微乱，却也很快便调整过来。

她挤在他的轮椅把手上坐了下来，自己的鞭子已经收回腰间，却抓起玄天冥那个摆弄起来。

玄天冥很无语："我都给了你一条，你还想把这条也霸占了去？"

"这个我不要。"她指指上面的倒刺，"这样的东西我可没法盘在腰间。"说着，她突然想到了一件事："对了，月夕的宫宴就刚好是在八月十五的晚上吗？"

玄天冥点头："没错，皇后每年都张罗，正四品以上的在京官员及其家眷都会参加。"

凤羽珩用手托着下巴："凤家以前都是谁去？"

玄天冥想了想，说："你离京这三年，凤家女眷好像只有老太太去了。倒是三年前，你娘亲姚氏会跟着凤瑾元一道进宫。"

凤羽珩从原主记忆中搜了一阵子，好像是有这么回事，再多的却也想不起来什么。

"我记不太清了。"她摇摇头，"那时候我根本不理府中的事，更不喜参加什么宴会。"

"今年你逃不过了。"玄天冥邪魅一笑，"未来的御王妃，父皇也等着开开眼呢。"

她抚额，道："皇上什么阵仗没见过，用得着拿我开眼吗？"

"嗯，他只是想看看到底是什么样的丫头能入了我的法眼。"

她就觉得这人太不要脸啦！从轮椅上跳开，笑嘻嘻地道："我们说点有趣的，听说月夕宫宴时，清乐郡主会被赐婚？"

玄天冥也笑。"这个的确有趣，父皇是有这么个话，想来还有一番闹腾呢。唉，一转眼，你们这些丫头都到了要被赐婚的年纪，就连你那自认为天仙一样的大姐姐，老三都给她留着正妃的位置呢。啧啧……"他摇摇头，"凤家的眼光可真不好。"

听他提起这个，凤羽珩不由得想起之前黄泉与她说起的八卦："听说三皇子早就娶了正妃了。"

"可不。"玄天冥耸肩，"只不过那正妃身子不好，已经在榻上卧了两年，估计那病会越来越重吧，他想要沉鱼入府助他一定乾坤，那正妃也该香消玉殒了。"

"你中意的是谁？"她终于问出这个话来，"这些个皇子中，你中意的到底是哪个？"

玄天冥往椅背上一靠："我中意谁都属正常，就唯独不可能是老三。"

"为什么？"

他但笑不语。

"玄天冥你这种表情最招人烦！"凤羽珩气得抽出鞭子就往他身上抽去。

那人笑着拍起轮椅迅速后退，两人就这么一追一赶，偶尔撞到一处就打上一番，足足斗到天亮。

凤羽珩吃早饭时还在犯困，忘川就笑她："要不明儿让殿下别来了吧。"

她斜着眼看忘川："自打跟了我，你的性子倒是越来越向黄泉靠拢了。"

她这么一说，忘川也思量了一会儿，然后道："许是跟着小姐比较轻松，不像跟殿下在一块的时候，气氛总是那么压抑。"

忘川陪着凤羽珩一起吃的早饭，想容每天跑完步都要回自己院里去换衣裳，然后会在往舒雅园去的路上等着凤羽珩，同她一起去给老太太请安。

今日两姐妹照例一起进了舒雅园，韩氏和安氏也刚到，金珍还在养身子不能下地，凤沉鱼倒是一早就已经坐在厅里跟老太太说话了。

想容往凤羽珩身边又靠近了些，小声说："二姐姐，我这右眼皮直跳，总感觉像要出事。"

她这话音刚落，就听到身后有一阵急急的脚步声传来。她们回头，来人竟是满喜，只见满喜冲着凤羽珩递了个眼神，而后冲进正堂，扬起声音对着老太太就道："老太太，大夫人她……去了！"

第十三章

风波再起

　　沈氏的死讯并没有让凤府中人感到意外，毕竟她自己作死的一出一出戏摆在那里。凤瑾元的态度也摆在那里。只是事后不免有些感慨，本以为从庙里接她回来是死灰复燃，却没想到，只是回光返照。

　　满喜一句话，原本捧着茶盏正跟老太太说话的沉鱼腾地站了起来，也不管那茶盏打翻，茶水洒了一裙子，发疯一样地就往外跑。

　　老太太急了，生怕沉鱼伤心过度再出什么事，赶紧对众人吼道："还不快点跟过去看看！别让沉鱼乱跑！"

　　众人这才反应过来，赶紧也往金玉院那边赶去。

　　沉鱼到底是跑得快，早一步到了沈氏跟前，一眼就看到她那个原本肥肥胖胖、肉滚滚的母亲，如今就像是被人削掉了几层肉般，身子虽不至于干瘪，却也不见往日臃肿。特别是那张脸，颧骨塌陷，鼻梁好像也断了，脸上的肉有些发青，双眼死瞪着，眼珠子都像是要凸飞出来一样。沈氏的死状很恐怖，满心的不甘都写在这张脸上。

　　可那又能如何？

　　沉鱼踉跄着上前，于沈氏床榻边扑通一声跪了下来。

　　她有些后悔，为什么沈氏被关在金玉院的日子里她能那么冷漠无情，连看都不曾来看过一眼。这是她的母亲啊，生了她、养了她，她怎么能厌烦到任其自生自灭的地步？

　　沉鱼的眼泪哗啦啦地往下掉，忽就对凤瑾元生出一种怨恨和恐惧来。

　　颤抖着握住沈氏的手，已经没有了体温，沉鱼突然"哇"的一声大哭起来，抛去了从小到大维持的矜持与稳重，再不去注意形象，趴在沈氏的尸体上像个孩子一样哇哇大哭。

　　后面赶来的众人也不由得唏嘘一片，对沉鱼也生出了几许同情来，安氏抬手抹泪，姚氏亦暗叹一声。

老太太是最后一个进来的，只看了一眼就转身出去，一边走一边说："差人到宫门口等着，一散了朝就叫瑾元回来。通知何管家，准备丧事。"

老太太一声令下，全府动员起来。

毕竟沈氏平时人缘不咋地，除了沉鱼，谁也不会因为她的过世而感到多么悲恸。人们甚至都松了一口气，沈氏终于去了，府里好歹也能安静下来。

姚氏却并不乐观，她是大家族出来的人，自然明白，一个府里绝不可能永远没有主母，沈氏的离去不过是意味着下一个主母的到来。只是那主母是疏是亲，就不得而知了。

凤瑾元下朝回府，才一进府门，就见沉鱼一下子扑到他面前，扑通一声就跪到青砖地上。"父亲！"沉鱼哭得眼睛都肿了，也顾不上自己是美是丑，只一个劲儿地流泪哀求，"父亲，母亲过世了，求父亲让哥哥回来送母亲最后一程吧！"

凤瑾元本没想让凤子皓送沈氏，他甚至在明知道沈氏大限将至时还将子皓送走。可如今沉鱼这般求他，也不知道他哪根神经就抽搐了一下，沈氏当年在老家时对他的好，对老太太的照顾，对他进京赶考的帮助就又都回想起来。

凤瑾元不由得长叹一声，拉起沉鱼道："好，为父这就派人去将子皓接回，你莫要再哭了。"

因为沈氏的死，凤家给妾室和孩子们都发了孝衣，就连坐小月子的金珍也穿戴起来。韩氏身体一直也没调养好，穿上一身白布孝衣，显得面色更加惨白。凤瑾元几次想问问韩氏的病，却又觉得沈氏毕竟刚刚死去，他多少也要顾着些忌讳，心下寻思着沈氏头七之前都不要再往后院去了。

灵堂就搭在金玉院，管家何忠办事十分利落，从外头请来专门给大府门第操办丧事的一群人，张罗着不到一个时辰，就把一个像模像样的灵堂给搭建好了。

凤瑾元专门请了个大夫来走过场，认定沈氏死亡事实，然后对外公布。

不管沈氏在府里如何，但她毕竟是凤家主母，老太太有话："丧事大办！"这不是给沈氏脸，而是在给沉鱼找补颜面。

何忠带棺材铺的人上门，请示了凤瑾元之后，定下了一口最贵重的檀木棺材为沈氏装殓。

当晚，所有小辈为沈氏守灵。

紧锣密鼓地折腾了一天，直到灵堂里只剩下几个下人和守灵的小姐、少爷时，总算安静了一些。

沉鱼跪在火盆前烧着纸钱，情绪已不似白日里那般激动，甚至妆容也重新修补过，一张脸恢复了原本的精致。

沉鱼一张一张地往火盆里扔纸钱，像是呢喃自语，又像是在说给旁人听："母亲，父亲说了，沉鱼永远是凤家嫡女，不管发生什么事，不管将来主母的位置由谁来坐，那个人都只能算是填房，她所生的孩子，是继嫡女和继嫡子，是不能同沉鱼比的。"沉默了一会儿，又开口道："母亲您安心去吧，不用担心沉鱼和哥哥，那些加害我们的人，是不会有好下场的。"

灵堂里本就阴气森林，沉鱼说话时怨气极重，让人听着毛骨悚然。

粉黛端着个胳膊，本就有丝丝的疼痛，听沉鱼这么说话就更是来气，站起身来就想走，却被沉鱼的丫头倚月拦了下来："四小姐这是要去哪儿？今夜要给夫人守灵，这可是老太太的命令。"

粉黛瞪了她一眼："我去茅厕。"

倚月做了个请的动作："四小姐请，奴婢陪着四小姐一块儿去。"

粉黛气得真想一巴掌把这丫头拍飞，更想骂她是狗仗人势的家伙，可到底还顾忌凤沉鱼在这儿。她心里有再大的火，也不敢在此时发作。

她重新跪到灵前，再也不提去茅厕的事。

沉鱼把最后一张纸钱烧完，离开火盆到边上跪下。凤羽珩便起身上前，重新拿了一把纸钱，接替着沉鱼烧了起来。

"说起来，真是世事无常呢。"她幽幽声起，道起当年的姚家，"谁能想到名门望族竟会惹上那样的官司。所以说，今日不语明日事，看得到明天的太阳，才算是又过了新的一天。就像母亲您，阿珩刚回来时，您是何等的气派啊，怎能想到今日竟重病身亡。所以说，世事无常，世事无常啊！"

她一连几个世事无常，说得凤沉鱼头发都发麻。这是在提醒她啊，世事无常，从前的凤羽珩被府里看重，从前的姚氏，谁人敢欺？从前的姚家，那是皇上都要给几分颜面的。如今呢？

所以说，谁又能保证她凤沉鱼就一定还是凤家嫡女？万一什么时候再出来个算命的，突然指着粉黛说她才是凤命那怎么办？

一想到这儿，沉鱼就开始阵阵心惊。不过再一思量，她已经十四岁，过了年就及笄了，想来家里也开始为她的将来有所打算，就且再忍忍。

凤羽珩的话不但提醒了沉鱼，同样也提醒了粉黛。是啊，凤羽珩好好的一个嫡女，就因为姚家出了事变成庶女。那如果沈家也出了事，沉鱼是不是也会变成庶女？到时候韩氏再努把力，说不定真能坐到主母的位置上，她的嫡女梦，想来不远了。

众人守夜到卯时三刻才被放回去休息，子睿早累得不行，想容心疼他，后半夜一直让子睿在她身上靠着。她起身时腿一软，差点又摔倒。

凤羽珩赶紧把人扶住，从袖子里拿了两块巧克力塞给想容和子睿一人一块。子睿吃过这东西，并不觉新奇，想容却是头一次见。只瞅着黑乎乎的，也不认识是什么东西，还以为是药。

就见子睿一口塞到嘴里，随即便是一脸享受又满足的样子表现出来，哪里还有困意。不由得也起了好奇心，学着子睿的模样也将巧克力往嘴里塞，然后瞬间就惊奇了。

二姐姐就是百宝箱！想容自此对这一信念坚定不移！

众人各自回了院落休息，一直睡到晌午时才起来吃饭，吃完了饭又要赶到金玉院那边跟着忙活。

凤瑾元到底是一朝丞相，府里主母去世，来吊唁的人络绎不绝。

从这一日清晨起便有人上门，直到孩子们休息过后重新回到金玉院，等着吊唁的人已经排到了府门口。

管家何忠忙得不停脚，不停地在人群中穿梭。

凤瑾元一脸哀伤之色笼罩，对来人一一表示感谢。

就在这时，府门外突然响起一声大喊："母亲啊！"然后，就见有个年轻人跌跌撞撞地冲了进来，一路跑一路喊："母亲啊！你怎么死得这么惨！儿子才走了几日，那该天杀的凤羽珩怎么就把你给害死了啊！"

来人不是别人，正是凤子皓。

只是他这一路喊的话实在让人听不下去，凤羽珩就站在距离凤瑾元不远的地方，不由得瞥目过去："父亲，大哥哥这话是谁教他的？"

凤瑾元被他儿子弄得是一点颜面都没有，气得双拳紧握，怒声大喝道："孽畜！休得胡言！"

可凤子皓是个浑人，哪还管得了这个。在他看来，沈氏就是被凤羽珩给害死的，自打凤羽珩回府，沈氏和沉鱼受了多少欺负，就连他自己都领教过凤羽珩的厉害了。一直以来都没机会报仇，如今借着失去母亲的悲怆，这点胆子全都憋到了一处。

就见那凤子皓直冲到灵堂前，也不参拜，更不知是从哪儿弄来了一把剑，握在手中，对着凤羽珩就疯砍过来！

此时的灵堂里可不光是凤家的人，更多的是外头来吊唁的凤瑾元的同僚。

凤子皓闹起这一出来是所有人都没想到的事情，不由得纷纷愣在当场，进也不是退也不是。

凤羽珩要躲子皓这种混乱剑法简直太容易了，只是当着这么多人的面，她可不能反击回去，让大家都觉得是她在欺负子皓。于是跟跟跄跄的，躲得十分狼狈。

管家何忠一见这情况，哪还能等主子吩咐，赶紧就张罗着把前来吊唁的官员们往外院请。

这边刚把人请出去，灵堂里，凤子皓已经举着剑将凤羽珩逼到了棺木跟前。

凤羽珩一边躲一边叫道："大哥哥你这是干什么？母亲是病死的，与阿珩有什么关系？"

"什么病死的！"凤子皓根本不信，"是被你害的，都是被你害的！啊——"凤子皓疯狂地大吼，闭着眼睛就把剑举了起来，冲着前方猛地一挥……

别说，这柄剑竟然如此锋利，一剑下去直劈到沈氏的棺木上，生生将檀木棺劈掉了一个角。

可能是力气用得过大，凤子皓收势不稳，一个没站住，人跌跌撞撞地就撞翻了香案，供果点心撒了一地。

沉鱼本来觉得她哥哥砍凤羽珩砍得很过瘾，但此刻见凤子皓竟然把沈氏的棺木都砍坏了，还撞翻了香案，香都断了一地，她的心一下子就拧起来。到底那棺木里装的是他们的亲生母亲，沉鱼冲上前去阻拦子皓继续发疯，却不想，那香案翻倒后，烧了一半的白烛点燃了灵前白布扎成的孝花，猛然火起，瞬间就燎着了沉鱼的裙子。

凤羽珩却早就躲到一边去，看着火起，扬声大喊："快救火呀！着火啦！"

人们都慌了，灵堂起火这可不是什么好事，再加上沉鱼就在火场中心，衣裙被燃，凤瑾元急得一把扯下一个下人的孝带子就往沉鱼身上拍去。手上被火烧伤几处也全然不顾，就想着把沉鱼身上的火势扑灭。

好在金玉院里有水井，反应快的下人提了井水来灭火，算是在短时间内就把火势扑灭了。

但火是灭了，烟却极重，灵堂里面烧得凄惨无比，就剩下一口被削掉一个角的棺材，其余所有孝带祭品全部成了灰烬。

凤瑾元顾不上子皓，扯着沉鱼从灵堂里冲出来。沉鱼身上的火是扑灭了，可衣服却烧得不成样子。

有丫鬟过来给她披了个斗篷，沉鱼急忙检查自己，同时抬头问那丫头："我的脸，看看我的脸有没有伤到？"

她不问还好，这一抬头对上丫鬟的眼，小丫鬟吓得猛地后退了两步，直指着凤沉鱼颤颤地道："大小姐，你的眉毛……"

凤羽珩也跑过来，状似关切地问着沉鱼："大姐姐，你怎么样？"然后也往她眉毛上看了一眼，表情比那丫鬟还夸张，又大声说道："呀……大姐姐你毁容了！"

凤沉鱼的心"咯噔"一下沉了下去，刚刚她就觉得似有火苗蹿上来，虽然已经被她用手挡住，可额前还是被烫得极疼。

她伸手往自己眉毛处摸去，光秃秃的，什么都没有。

"我的眉毛？"沉鱼吓得哭都哭不出来了，抓着凤羽珩追问，"我的眉毛一点都没有了吗？"

凤羽珩点头："一根毛都没剩。"

凤瑾元也注意到沉鱼被烧光了眉毛，却没问沉鱼什么，反倒是转而问了凤羽珩："你有没有办法能让你大姐姐的眉毛再长出来？"

凤羽珩看着她父亲，半天没说话。

凤瑾元气得直咬牙："我问你话呢！"

"父亲，"凤羽珩目光冷了下来，"府上主母过世，我规规矩矩地守灵，大哥哥从书院回来，问都不问一声，举着剑就要杀我，为何父亲不问问我有没有伤到？为何父亲不关心一下你险些被杀的女儿？难不成父亲也同大哥哥一样，认为母亲的死是阿珩做的？那阿珩可就要好好研究一下母亲的死因了，到时候若有什么需要父亲配合的，还请父亲不要推托。"

她说完，起身甩袖就走。

就在这时，忽听得金玉院门口传来一声极响亮的通报："淳王殿下到！御王殿下到！"

凤羽珩的脚步生生止住，抬眼去看院里已经进来的两个人，一个一身白衣，一个照例是紫袍。一个温文尔雅，一个邪魅冷峻。

凤沉鱼急得抓着身上披风就去捂自己的脸，下意识地就呢喃道："淳王殿下？淳王来了？不要让他看到我的脸！不要让他看到我的脸！"

玄天华耳朵尖，竟将这话听到，然后看着还坐在地上的沉鱼奇怪地道："为何不能让本王看到你的脸？"

凤府众人此时终于反应过来给两位皇子请安，纷纷下跪行礼，玄天华抬了抬手："都起吧，今日本王是与皇弟来凤府吊唁，不必拘于这些虚礼。"

凤瑾元带着众人起身，却不知该怎么让这二位行吊唁之礼。

灵堂都被烧成这样了，凤家这丧事办的，本来上午还算有颜面，如今只怕又要成为京中笑柄了。

玄天华也没理凤瑾元，他倒是很执着于地上坐着的那位姑娘，又问了句："这位姑娘为何要这般？"

凤瑾元想了想，突然沉声对沉鱼道："把你的手放下来！二位殿下在此，岂容得你无礼！"

凤羽珩心里明白，凤瑾元这是想要打消沉鱼的念头。

可沉鱼哪里肯在玄天华面前暴露如此丑态，说什么也不肯，转了身就要离开，却被凤瑾元示意下人给拦住。然后将沉鱼又带回来，当着玄天华的面，生生地将她两只手放下。

"不要！"沉鱼一声惨叫。终于，这张脸被玄天华看到了。

"噗！"玄天冥最先没忍住，笑出声来。

玄天华却看着沉鱼研究老半天，然后问了句："凤府的下人？"

凤瑾元很满意这个效果，赶紧对玄天华道："殿下见笑了，这是臣的嫡女沉鱼。"

沉鱼这回真哭出来了，不管不顾地冲着玄天华喊道："殿下！殿下你见过我，我原本不是这样子的，刚刚灵堂起火烧了我的眉毛，殿下放心，这眉毛很快就会长出来，请殿下千万不要讨厌沉鱼！"

"住口！"凤瑾元怒斥沉鱼，转身对下人道，"快将大小姐带下去！"

下人立即拉着凤沉鱼往后院走，凤沉鱼一边被架走一边凄厉地喊："殿下相信我！我的眉毛很快就会长出来的！"

玄天华看着凤瑾元，很认真地问他："凤相可否给本王一个解释？"

凤瑾元一脑门子冷汗："请殿下千万莫怪，刚刚灵堂突然着了火，把沉鱼吓着了。"

他话声刚落，还不等玄天华再说话，就听后面一直被下人扶着的凤子皓大喊了一声："求淳王殿下给我母亲做主啊！"

凤子皓一阵风似的冲上前来，就准备跪在玄天华面前告凤羽珩的状，可是突然眼前似有东西晃闪过来，还没等他有所反应，那东西竟狠狠地抽上他的前胸，力道大得直接让凤子皓倒飞了出去。落地时，一口鲜血喷腔而出，人瞬间昏厥过去。

"大少爷！"府中下人吓坏了，赶紧上前查看伤情。

凤瑾元也急，可他不敢去看，反倒是带着凤府众人，连带着刚刚才进院里的老太太一并跪到了地上。

鞭子，只有九皇子玄天冥才常年用鞭子。凤瑾元知道，此时玄天冥下了这么重的手，一定是之前发生的事情被他知晓了。

"求御王殿下开恩。"他都不敢辩解，天知道这九皇子发起疯来能干出什么事，便只能一味地求饶，好歹得保住子皓一条命。

玄天冥却连看都不想看他，只冲着凤羽珩道："跟着本王这么久，你怎么还是笨得让人生气？"

她挑眉，一记眼刀扔向玄天冥，目光中送去的意思就是："玄天冥你再说一句就死定了。"

那人显然了解凤羽珩的脾气，也看懂了这一记眼刀的潜台词，于是下一句立马就变成了："有人想杀你，你就该用最快的速度先把对方杀了，这种人死在你手下，那你就是正当防卫，就算是被人告到皇宫里去，本王也会在父皇面前替你讲这个道理。"

玄天华把话接了过来，声音依然和善，意思却跟玄天冥如出一辙："未来的御王妃遭遇刺杀，这事刚好被本王撞见，晚些时辰进宫时定会与父皇说起。"

老太太一听这话，脑子嗡嗡地就炸开了，就觉得好像是时光轮转啊！死了一个沈氏，可她生的儿子却是干出了跟她一样的事！

凤瑾元赶紧向两位皇子求饶："请两位殿下一定息怒啊！臣的儿子刚失了母亲，他受了太大的刺激，这才情绪失控，并不是真的要杀他二妹妹呀！请两位殿下明鉴。"

"哼！"玄天冥冷笑一声，"凤大人还真是有趣，本王几年之后就要与你成为亲戚，按理说还应该叫您一声岳父。但未来的岳父，您这样子讨好本王可就有点太过了，怎么能总把至亲之人送来给本王练习鞭法？"

他一边说一边扯了两下手中软鞭，在院中环视了一圈，最终将目光落在老太太身上。

凤羽珩赶紧开口道："不可能！父亲怎么会将祖母也推到前面？祖母这么大年纪了哪能挨得了你那一鞭子？玄天冥，就算我父亲要这样做，我也绝不同意！"

老太太吓得都快要没魂儿了，听凤羽珩如此一说，还真以为凤瑾元也要拿她挡箭，不由得狠瞪了凤瑾元一眼。

凤瑾元那个冤枉啊，就想骂凤羽珩少无事生非，在这儿挑拨离间，可再抬眼看向玄天冥那张戴着面具的脸，到嘴边的话便又咽了回去。

他不敢。

管家何忠在边上等了半天，此刻终于等不及了，跪爬到凤瑾元身边小声说："老爷不好了，夫人的尸身被烧坏了。"

因凤子皓引发的这一场大火，通过棺木被削掉的一角燃进了棺材里，外面的火是扑灭了，可谁也没承想火竟然在棺材里面还继续烧着。当众人冲进去开棺才发现，沈氏已经被烧得只剩下一半。

老太太吓得一个趔趄坐到地上，手里的权杖也扔了，两眼发直，就好像僵化了一样。

赵嬷嬷心急，冲着凤羽珩叫声道："二小姐，快来看看老太太。"

凤羽珩走过去，从袖子里摸出一枚银针，往老太太后脖梗子上一扎，老太太这才清醒过来，随即痛哭失声："凤家这到底是作了什么孽？为何要遭如此天谴啊？"

玄天冥很认真地同她说："老太太别急，明日本王请个法师来给凤家启坛作法，一定帮您查出来到底是作了什么孽。"

凤瑾元想骂人却又不敢，只能吩咐那何忠赶紧去买新的棺木，至于人，反正是放在棺材里面，外人看不到就行。

凤羽珩把老太太扶起来，安慰她道："事已至此，祖母就不要太悲伤了。虽然阿珩也不明白大哥哥是跟母亲结下了什么仇，居然要下如此毒手。母亲已去，大哥哥这是在烧尸了。"

老太太往这边来的路上就听说了此事，不由得瞪了凤瑾元一眼，倒是为凤羽珩说了句公道话："这事儿怪得着阿珩吗？同样都是你的骨肉，同样都是我的孙子、孙女，你不疼她我还疼她呢！丧礼期间我便不与你计较，待事情办完，你定要给我个交代。我倒是想问，到底是谁跟子皓说了些什么话？"

老太太这一吼，凤瑾元也意识到了，定是有人在半路灌输给子皓一些是非，所以子皓才认定了他母亲是凤羽珩害死的。

这件事说起来，凤羽珩的确冤枉，如今御王和淳王都在这里呢，他纵是再不情愿，也得跟他那个二女儿先服个软啊！

想到这里，凤瑾元便往凤羽珩处看来，情绪稍微平复了些，好言好语地同她道："为父之前也是被气糊涂了，没顾得上你的委屈。阿珩你看在府里出了这么大事的分儿上，就体谅体谅为父吧。今日这事全是你大哥哥的错，待丧礼结束，为父亲自押着他让他给你赔罪。"

凤羽珩点点头："好啊！到时候也请父亲与阿珩说句实话，到底是谁怂恿大哥哥这样做的。如果父亲查不到，那阿珩也可以自己去查。"

凤瑾元赶紧道："一定会查出个结果来。"一边说一边又看向两位皇子："让两位殿下见笑了，眼下灵堂被毁，想来吊唁也是不可能的事了，不如殿下先到客厅去休息一下，臣这就着人重新布置灵堂。"

玄天华点点头："那凤大人就快些处理家中事情吧，我与皇弟去客厅坐坐。"

凤瑾元俯身恭送，然后冲着凤羽珩使了个眼色，意思是让她去招呼一下。

谁知道凤羽珩根本没打算去，只是冲那两人说了声："我留在这边照顾祖母，玄天冥你自己要不就带七哥到同生轩去坐吧，子睿还在那边，你帮着我照顾一下。"

凤瑾元鼻子差点没气歪了——我让你招呼客人，结果你让客人自己照顾自己不说，还让人家帮你带孩子。

可还没等他反驳，就见玄天冥十分痛快地点了点头："临来时带了那小子爱吃的点心，七哥还给他备了一套西番进贡的笔墨，正好一并给他送去。"

"那就快去吧！"她冲二人挥手，"七哥慢走。"

玄天华笑了笑，主动推着玄天冥的轮椅，带着同来的一众侍卫离开了金玉院。

见他二人离开，凤家人总算是松了一口气。凤瑾元赶紧吩咐下人将凤子皓抬回剑凌轩去，赶紧请大夫来看伤，再瞅了一眼吓得仍然瘫在地上的韩氏，不由得皱了眉："以前也没见你这样胆小过，这是干什么呢？快起来。"

安氏在边上扶着韩氏，就觉得韩氏全身都在发抖，便开口道："只怕是妹妹的身体还没有养好，这么一折腾又一惊吓的，又重了吧……"

老太太厌烦地冲韩氏摆手："快些回你院子里去躺着，可别在这儿添乱了。"

韩氏也顾不上谢恩，被下人搀着就离开了灵堂。

她的确是被吓到了，一看到玄天冥的时候她就被吓傻了。粉黛因为这个人把她又骂又打，她看到玄天冥都快条件反射想要吐血。

离开金玉院，韩氏整个人都依靠在自己院里带来的丫头身上，下意识地就呢喃出口："幸好刚刚粉黛不在这边。若是让她看到九皇子来了，指不定又要闹出什么事端。"

那丫头突然就是一怔，随即开口急声道："姨娘，你挺着些，咱们得快些回去。"

"怎么了？"韩氏不解，向来稳重的丫头怎么突然这样急躁？

那丫头一跺脚："四小姐此刻是不在这边，但难保九皇子到府还没走的消息传不到咱们院子里啊，只怕这会儿已经传到四小姐耳朵里了呢！"

韩氏瞬间一激灵："坏了！"

她这边急着往自己院里赶。灵堂那边，凤瑾元干脆命何忠在牡丹院再重新搭个灵堂出来。老太太闷声哼了一声，不甘心地道："好好的一个牡丹院，平白沾了晦气。"说着又看向凤瑾元，突然就问了句："那九皇子一挥鞭子你是不是就被吓傻了？还想把我也往外推，你怎么不干脆让人家把你娘给抽死？"

凤瑾元吓得赶紧撩起衣袍跪了下来。"母亲万万不可这样说，儿子就是自己挡在鞭子前，也不能让母亲受到半点伤害呀！"一边说一边看向凤羽珩，语气中尽透无奈，"阿珩，为父知道今日的事让你冷了心，但你能不能念在骨肉亲情的分儿上，不要再怂恿着御王殿下鞭打自家的人了？"

凤羽珩又纳闷儿了："我什么时候怂恿了？是大哥哥自己跑过来，还喊着什么要让玄天华给他母亲申冤？父亲难道没听到吗？”

凤瑾元当然听到了，无奈地握掌成拳狠敲了一下青砖地面。“子皓都是被他母亲给惯坏了。”说着，又想起原本就想跟凤羽珩说的一个事，“阿珩，为父也要提醒你，那两位毕竟是皇子、是王爷，你怎么可以开口闭口就直呼名讳？”

不等凤羽珩答话，老太太先来气了：“你管点儿正事行不行？阿珩跟九皇子感情好，你没见她叫人家名讳的时候那九皇子还是一副很受用的样子吗？你没听到阿珩跟七皇子一口一句叫着七哥吗？阿珩是个心里有数的孩子，你莫要把她也管成子皓那般混账！”

凤瑾元被骂得没了脾气，只得点了点头，不再说什么。

凤羽珩把老太太的权杖捡起来，重新交回她的手上。她今天对老太太的表现十分满意，她能看得出老太太此刻能说出这番言论并不是为了巴结她从而得到什么好处，而是老太太的确确就是这么想的。

重新把权杖握在手里，老太太的情绪也平缓了许多，不由得拉住凤羽珩的手，在她手背上轻轻拍了拍，道：“阿珩，祖母年纪大了，这个家也管不住了。以后你离你那大哥哥远着点儿，别让他一发疯再伤到你。”

凤羽珩点点头：“祖母放心，阿珩会小心的。”

老太太又看了一眼凤瑾元，无奈地摇了摇头，目光悠悠地往外头看，似是在思量着什么。

此时，玄天华正推着玄天冥往同生轩走，有引路的丫头将他们一直送到柳园那道月亮门处，然后站了下来：“殿下，前面就是同生轩了。”

玄天华点点头，温和地对那丫头说：“我们自己进去就好，你回吧。”

那丫头的脸立时就红了，冲着二人俯了俯身，捂着脸一路小跑地离开了。

同生轩这边守门的丫头自然知道来者是何人，早在这两尊神往这边走的时候就有人提前过来通报了。眼下见人到了近前，赶紧上前行礼，然后引着他们到了主子们住的后院。

姚氏今日早起去过凤府那边，晌午的时候回到同生轩来照顾了睿，就在玄天冥他们到来之前，她正要再过去一趟，黄泉却先跑了过来将灵堂那边发生的事简明扼要地跟她说了一遍。

姚氏大惊，紧着问：“阿珩有没有被烧到？你说子皓动了剑？有没有伤到我们阿珩？火烧得厉不厉害？忘川会保护阿珩她们没事吧？”

这话刚好被玄天冥二人听进耳朵里，不由得道：“听到没，这才是亲娘。”

玄天华点头，却也反驳了他："并不是所有的养母都是坏的，咱们母妃于我来说，就与生母一样。"

玄天冥答得大言不惭："那是！我娘能跟别人娘一样吗？"

他二人说话也没避讳旁人，姚氏和黄泉早就听到了，姚氏拉着刚跑过来的子睿赶紧上前，作势就要给他们跪下问安，却被玄天华快走了几步给拦住。

"夫人不必如此。"

玄天冥也跟着道："您是阿珩的娘亲，若我受了您的礼，阿珩会咬我的。"

姚氏一阵尴尬，什么叫咬他？

凤子睿见到玄天冥很是开心，小孩子也不知道怕，小跑着就到了玄天冥面前，脆生生地道："很厉害的殿下，你是来看我姐姐的吗？"

他如今吃胖了，小脸圆圆的，十分可爱。

玄天冥将这孩子拎起来放到轮椅的把手上，告诉他说："我已经看过你姐姐了，现在是来看你的。"

说着，身后侍卫便递了一盒点心到子睿手里。

这时，有个丫头一路小跑地到了黄泉身边，小声地同她说："四小姐往这边来了。"

玄天冥每晚都来同生轩报到，这事姚氏是知道的，却只当他是来这边教凤羽珩练武。她急着到前院去看凤羽珩，便也没太见外地同玄天冥道："殿下先在这边坐坐，妾身得带着子睿到前院去了。"

玄天冥自然知道她的心思，便安慰了一句："夫人放心，阿珩没事。"

姚氏点了点头，上前将子睿从玄天冥身上扯了下来。

那孩子好舍不得，张着小手想往玄天冥那边够。玄天冥捏了捏他的脸："随你娘亲去吧，哥哥改日还会再来看你。"

"那殿下哥哥要说话算话。"小孩子再三嘱咐玄天冥一定要再来看他，这才依依不舍地同姚氏离开了同生轩。

玄天华看着这一幕，一直唇角含笑："原来冥儿对一个姑娘上起心来，也是会让人觉得暖的。"

玄天冥挑眉："是吗？"

玄天华但笑不语。

黄泉嘱咐了清灵跟着姚氏一起过去，自己留下来同玄天冥说话："殿下，凤家的四小姐往这边来了，估计是冲着您来的。"

他点点头，再想了想，对玄天华道："七哥且随我来，去看一场好戏吧。"

他对同生轩很熟悉，这地方原本就是他的，自然知道同生轩的花园靠北边有一片不大的水塘，水塘尽头修了一个亭子，只是没有搭建通往那亭子的桥，也没放着能供摆渡的船。

所以说这亭子其实就是个样子货，放在那里好看的。

不过今日玄天冥倒是觉得可以利用一下这里，他唇角一挑，展了个邪魅的笑，而后猛地一拍轮椅，整个人腾空而起。

"七哥且自寻个好去处，好戏很快就会上演了。"他说话间，手中鞭子也跟着甩了起来，带起周围一片残叶漂盖在水面之上。

原本秋日的落叶落枝就多，这小水塘又长了不少的水苔，这些枝叶盖上去之后，若不仔细看，根本瞧不出下面竟然是水。

玄天冥很满意这个效果，于亭中落地之后便闭眼假寐，心里算计着时辰，不一会儿的工夫，便觉出有细微的响动从花园那边传来。

"你们就留在这里。"在黄泉的指点下，顺利摸到花园这边的粉黛吩咐着随身丫鬟，"就在这里等着，不许再上前一步。"

两个丫鬟乖乖止住脚，看都不敢往前看。她们深知四小姐的心思，在心底是极为不齿的，但毕竟是下人，即便有想法，也不可能表现出来，只得按照粉黛的话去做。丫头们只盼着二小姐赶紧回来，可别在这种时候被四小姐占了便宜。

这时，粉黛已经摸到水塘边。她根本就不知道这地方其实是个水塘，还以为就是落了一层枯叶子的空草地。

她远望亭子，就见有名紫袍男子正仰靠在轮椅上，面上一副黄金面具闪着金光，吸引着她不由自主地就往前走。

凤粉黛觉得，没有男人可以一直冰冷无情，上次伤了她的胳膊，许是因为在大庭广众之下得给凤羽珩留面子，如今这地方一个人没有，她就不信凭自己的一片痴心，那九皇子真的会无动于衷？

小姑娘步步向前，亭子里的人嘴角漾起一个戏谑的笑来，竟开始在心里数着步子。

一直数到第五步时，就听"扑通"一声，凤粉黛落水了。

这水塘看起来不大，水却很深，以粉黛的身量，至少得两个她那么高才能够得着底。

她这一掉下去，连呼救都来不及，就连想挣扎都因手臂的伤和水草的缠绕而使不上力气，咕噜咕噜地冒了几个泡就没了动静。

玄天冥盯着水塘看了一阵，根本就不想找人来救她。可在旁边看戏的玄天华站不住了，到底是条人命，怎么可能放任不管。

于是叫了从府里带出来的一个小太监，指了指水塘道："去救人！"又冲着玄天冥所在的亭子喊了声："凤家本来就是在办丧事，你何苦再给人家添一口棺材。"

就听亭子里的人答："那不是正好？省得再办第二次了。"

玄天华无语，有这么正好的吗？

黄泉这时也赶了过来，扬声道："殿下，已有下人去请凤相他们往这边来了，殿下这边要怎么处理？"

小太监这时把粉黛拽了上来，只是那丫头呛了水，已经晕厥。

玄天冥看了一眼，道："就扔在这儿，让她爹来给她收尸。"

玄天华没再反驳，他也对这个凤家生了几分好奇。这得是什么样的父母能教养得出这样一群儿女？有冲着他来的，有冲着冥儿来的，还有大闹灵堂把自己母亲尸体都烧了的，实在是让他大开眼界。

几人等了一会儿，就见不远处传来一阵喧哗，却是个女人的声音在高声叫着："粉黛！粉黛！"

然后有个沉闷的男声呵斥她："把你的嘴给我闭上！"

随即，在一个丫头的引领下，凤瑾元等人绕过花园的一处小假山，往这边匆匆走来。

为首的人竟是韩氏，只见她一路哭一路喊，终于看到地上躺着的粉黛时，"哇"的一声哭了，扑了过去。

玄天华后退了几步，看着已至近前的凤瑾元道："请凤相给个解释吧？"

凤瑾元一阵头大，他怎么解释？他怎么知道这粉黛闲得没事跑到这边来干什么。刚才去请人的小丫头说四小姐来同生轩找九皇子，难不成这粉黛对玄天冥……

"哕！"一阵呕吐声起，凤粉黛转醒过来，吐了好几口脏水，这才迷迷糊糊地能睁开眼睛。

她只记得自己是来找玄天冥的，然后不小心落了水，这地方除了自己带的丫鬟就没有旁人，男子更只有玄天冥一个。

如今自己眼前有个人，她视线没有完全恢复，看不清楚，但却知道是名男子。那应该就是九皇子吧？是九皇子救了她呀！

"殿下！"粉黛失声痛哭，一把搂住面前人的脖子，鼻涕一把泪一把地哭诉，"粉黛好想御王殿下，粉黛知道殿下也喜欢粉黛，呜……殿下不要二姐姐了吧，粉黛嫁给你。殿下……"

那被搂住脖子的太监一阵尴尬，死命地推开凤粉黛尖声叫道："奴才好心好意救你上来，凤四小姐这是在干什么？"

这太监独有的嗓音一出口，粉黛也惊醒了几分，不由得愣在当场，盯着那个把自己推开的人，有些恍惚。

凤瑾元早被粉黛的话气得火冒三丈，不由得走上前，一把将地上的女儿给提了起来，"啪啪"就扇过去两个耳光。

粉黛被他打蒙了，却也打醒了，一时间，吓得竟不知该说些什么。

站在人群中的凤羽珩这时往前走了两步，看了看粉黛，奇怪地问同样跟着过来的守门丫头："四小姐是怎么进同生轩来的？我这园子什么时候容人随便进出了？"

那丫头赶紧跪到地上解释："四小姐说，是二小姐让她过来给御王殿下送东西的，还告诫奴婢不要耽误了二小姐的事。"

凤羽珩就奇怪了："四妹妹，我何时让你给殿下送东西了？殿下来后我何曾见过你？"

粉黛憋得脸通红，人被凤瑾元提在手里，脚都离了地。身上的水珠滴滴答答地落到地上，汪了一摊水迹，水草也被抖落下来。

凤瑾元一把将粉黛又扔回到地上，韩氏再度扑过去，却被粉黛一下推开："你离我远一点！没用的东西！"

韩氏被骂得不敢再出声，只一个劲儿地啜泣。

凤瑾元没有办法，看了看玄天华，再看了看那依然坐在亭子里的玄天冥，干脆撩了袍子跪下来，其他人除了凤羽珩外也跟着跪下。

就听凤瑾元道："臣家里这几日实在是太不安宁，给殿下惹了这么多麻烦，这个恶女是臣管教无方，任凭御王处置。"

玄天冥一声冷笑传来："刚才本王还说让你们家把丧事一块办了，也省得再办二回，七哥却劝本王说你们家已经够惨了，何苦再添一口棺材。可本王还是觉得有事一块办比较省心，凤相您认为呢？"

凤瑾元一颗心突突地跳，玄天冥这意思是要处死粉黛了，毕竟是他的女儿，虽然是个不得疼爱的庶女，可这若传了出去，凤家的脸面往哪里放？

他冲着玄天冥磕了个头，道："请御王殿下看在臣的薄面上，给这丫头留条活路吧。"

玄天冥一记冷眼射了过来："凤相，同样的错犯两次，那就不是错，是挑衅。"

凤瑾元赶紧又道："臣承诺，待府里丧事办完，立即将这丫头送出府去，从此她便不再是我凤家女儿，生死都与凤家无关。还请殿下应允。"他再度磕头，磕完了还冲着玄天华也磕了一个。

玄天华无奈摇了摇头，道："凤相家的孩子还真是与众不同。"说罢，冲着玄天冥道："想必新的灵堂也搭建好了，我们去上支香就回去吧。"

玄天冥猛一拍轮椅，人瞬间从亭子里面飞出，在玄天华面前稳稳落地。"就按凤相说的办吧。"再扭头去看凤羽珩："珩珩真是命苦，不但受长辈的欺负，连妹妹都能踩到她的头上。可怜啊，还要在这个家里待上三年，真不知道凤相到底能不能交给本王一个健康活泼的王妃。"

凤瑾元赶紧表态："请王爷一定放心，凤家定会善待阿珩。"

"哼。"玄天冥冷哼一声，由着淳王推走轮椅，往前院去了。

凤粉黛却不死心，颇有些破罐子破摔的意味，在后面扯开嗓子就喊了声："殿下！殿下你不能不要我啊！"

凤瑾元觉得有这么一个女儿实在是太丢人了，盛怒之下一甩袖子道："送四小姐回房，派人严加看守，绝不允许她走出房门半步！"

韩氏大惊，就想起前些日子凤家对沈氏的处罚，一瞬间，似乎看到了粉黛跟沈氏一样的未来。"老爷！"她抱住凤瑾元的腿，"老爷你不能这样对粉黛啊！她还是个小孩子，还什么都不懂，老爷不能把粉黛像大夫人那样给杀死啊！"

"杀死？"凤羽珩大惊，"母亲是被杀死的？"

"胡闹！"凤瑾元一脚把韩氏给踹出老远，心里再没半点对爱妾的关怀之情，"我凤家怎么会有你们这样的母女？来人！把她们两个都给我关起来！"

立即有下人上前将韩氏和粉黛拖走，吵闹声渐远。凤瑾元回过头来跟凤羽珩说："阿珩你放心，今日之事为父定会给你一个交代。"

他指的自然是粉黛闹的这一出。凤羽珩笑了笑，行了一礼。"阿珩就多谢父亲了，父亲能为了还阿珩一个公道而处置大哥哥，阿珩还真是受宠若惊呢。"就见凤瑾元的脸白了又白，她再道，"父亲快些往前院去吧，别让两位殿下久等。"

凤瑾元无奈地点点头，匆匆离去。

见凤瑾元带着人离开，姚氏、安氏、想容还有子睿都围了上来，子睿不明白到底发生了什么，就问凤羽珩："四姐姐为什么那样跟殿下哥哥说话？"

凤羽珩揉了揉他的头告诉他："因为你四姐姐活够了。"

姚氏劝她："你别吓唬小孩子。"

她这才缓下声音道："子睿总有一天会长大，这凤府里的龌龊事早晚有一天他是要知道的。"

安氏也一肚子火："那粉黛的性子十足像极了沈氏，她在府里闹了这么一出，真不知道以后会是个什么光景。"

凤羽珩冷笑道："管他光不光景的，咱们好好过自己的日子。"说着，拉着想容和子睿就往前院走，姚氏和安氏也赶紧跟上。

灵堂在牡丹院里重新搭建好，玄天华过去上了三支香算是凭吊，玄天冥则以腿脚不便为由只在旁边观看。

凤瑾元自是不敢挑礼的，能有两位殿下来凭吊已经是很给面子的事了，如果不是今日闹出这些事端，他凤家的颜面实际上是添彩了许多。这样一想，便又对那一双儿女失望至极。

玄天华将香插进香炉，再对老太太和凤瑾元说了声："节哀。"二人赶紧给玄天华道谢。

吊唁结束就准备要走，玄天华一转身，却见有名素衣女子正从外面款款而来。他愣了下，待那女子走近才发现，竟是已经换过装并且画了眉毛的凤沉鱼。

沉鱼来到灵堂，也顾不上跟凤瑾元和老太太打招呼，直接就奔着玄天华而来，于他面前俯了俯身，用了极尽细柔好听的声音说道："沉鱼多谢七殿下能来吊唁母亲，殿下这份心意，沉鱼记下了。"

玄天华却摇了摇头，道："凤大小姐客气了，弟妹家中出了事，本王陪着冥儿来走一趟是应该的。"这话一点面子没给留——我是冲着凤羽珩来的，跟你真没半点关系。

沉鱼十分尴尬，却又不好发作，只能笑笑，不再作声。目光却抬了起来，直勾勾地看着玄天华，眼中爱意滚滚，压都压制不住。

"沉鱼，"凤瑾元实在看不下去了，"两位殿下要回府，你且让开。"

沉鱼一怔，下意识就开口："殿下这么快就要走了？不如留在府中用过饭再走吧。"

玄天华不解地问她："你们凤家到底是在办喜事还是在办丧事？"而后也不再与人多话，转身推起玄天冥就走。

沉鱼愣在原地，就听到前面那坐在轮椅上的人发出一阵戏谑的笑，朗声道："凤大小姐，你那眉毛画得一边高一边低啊！"

凤沉鱼赶紧以手遮面，却又发现人家七殿下根本就没有回头看她一眼，不由得心底微酸。

凤瑾元看着沉鱼这个模样，心底那种恨铁不成钢的感慨又涌了起来。他有时候真怀疑是不是自己作了孽，为何这些孩子都这么不让人省心？嗯，也有省心的，比如想容，还有安氏，那对母女还真是从来都不给他惹麻烦。

"沉鱼，"凤瑾元走近两步站到沉鱼身边，目视前方，却压低了声音与她说起话来，"你得明白自己应该做什么，不应该做什么，这样的事，为父不想还有下一次。"

沉鱼心突地一沉，不甘心地问："父亲选的人就必须是三皇子吗？"

"是的。"

"可三皇子有正妃呀！"

"正妃是正妃，只要你听话，必然会是将来的皇后。"

"为什么不能是七殿下？"

凤瑾元又皱了皱眉，无奈地道："朝堂上的事情你不懂，但为父不会害你，为你选的一定是一条天底下最宽敞的大道。沉鱼你记住，你是凤命，将来是要母仪天下的。"

母仪天下，这四个字又像魔咒一般在沉鱼心里打了烙印。她那颗蠢蠢欲动的心总算是收回了一些，面色逐渐平和，她用平缓的声音对凤瑾元道："女儿记得了。"

终于，凤家的丧事重新正常操办起来，府里女眷重新到灵堂守灵，凤瑾元和老太太一并接待着来客。

快到用晚膳的时候，沈家人来了。为首的是沈万良，后面跟着沈家大老爷沈万金和二老爷沈万顺。

老太太瞅着这三人气势汹汹地往这边走来，便知来者不善，一颗心也跟着提了起来。沈氏的丧事已经办得够乱套了，凤家已经成了京中笑柄，如果这时娘家人再来闹一场，那还让凤瑾元怎么有脸出门见人啊？

老太太小声提醒凤瑾元："尽量别跟他们起争执，以后关起门来随便如何吵架，切莫在这种时候弄得没有脸面。"

凤瑾元点点头，这个道理他明白，可沈家人能错过这样的好机会吗？

明显是不能的。

就见那一向在沈家最有话语权的沈万良快步上前，扑通一声就跪在沈氏的灵位前，对着那口新换过的棺材失声痛哭："姐姐！你死得好惨啊！"他哭了一声，上了三支香，再起身对向凤瑾元时，眼中全是怒火，道："我姐姐的死因，凤大人可否给个交代？"

他连姐夫都不叫了，一开口就是凤大人，显然已经是与凤家划清了界限。

凤瑾元也一肚子火，皇子他摆平不了，但沈家他还是不放在眼里的，立时便回道："众人皆知沈氏是重病身亡，你想要什么交代？"

"重病？"沈万良恨得咬牙切齿，"重病为何你不去请大夫给她看病？"

凤瑾元反问："你怎么知道我没请？我凤家纵是在钱财上不如你们沈家，但也不至于连个大夫的诊金都付不起。"

沈家的大老爷沈万金也忍不住开口道:"我那妹妹向来身子骨极好,怎么可能突然就生了重得致命的病?凤瑾元,你今天要是不说出个道理来,休怪我对你不客气!"

"放肆!"老太太也怒了,直问那沈万金,"不客气?你跟谁说话呢?你这是威胁当朝一品大员!我告诉你们,就凭你这一句话,往后瑾元若是出了差池,你们沈家统统都得下大狱!"

沈万良瞪了他哥哥一眼,转过头跟老太太说:"我大哥伤心过度,有失言的地方,还请老太太见谅。只是我们实在是接受不了家妹的死因,还请凤家给个说法。"

这时,一直站在边上没说话的沉鱼开了口,看着她三位舅舅,目中含泪,悲伤地道:"舅舅,父亲没有骗你们,母亲的确是生了重病,家里请了好多大夫来,连宫里的太医都请过两个,可是……都治不好啊!"

沈万良看着沉鱼,久久不语。他几乎不相信说出这一番话的竟是他从小就疼爱着的外甥女,这个向来都对她母亲极其维护的沉鱼,怎么会在这种时候睁着眼睛说瞎话?

沈氏的事情,别人不晓得,他沈万良是心知肚明的。凤家到底干了些什么,虽然没亲眼看到,但猜也猜得到十之七八。更何况,他还曾亲自去给沈氏找药,还派了人去送药,只是那些送药的人却都命丧凤府。

他不由得开口问向沉鱼:"你可知你是在说些什么?你可知那棺材里躺着的人是谁?"

沉鱼面上凄哀之色更甚,回道:"我当然知道,那是我的母亲,十月怀胎生下我的母亲。"

"那你为何还要这样说话?"

"可是这里也有我的父亲!"沉鱼一句话出口,眼泪也哗哗地落下来,"舅舅,母亲是病死的,沉鱼做证。"

沈万良闭起双眼,两行泪也涌了出来。

他知道,沉鱼这是要保自己了。

是啊!这个外甥女从来都是个聪明的,凤家许了她那样辉煌的前程,那前程的诱惑大到足以让她抛开一切。如果牺牲一个母亲可以保住她的未来,沉鱼为何不做呢?

"罢了。"沈万良只觉得身心俱疲,原本一腔为妹妹报仇的热血也在一瞬间回归原位。他转过身对着两位哥哥说:"我们给姐姐一并上炷香吧,从此往后,沈家与凤家……一刀两断。"

沈万金和沈万顺虽是哥哥，但一向以沈万良为尊，不仅生意上听他的，生活上也是听他的。

两人见沈万良都服了软，便也不再强硬，一并上前去在沈氏灵前上了香。

沈万良又对凤瑾元道："敢问凤相，姐姐停灵需要几日？"

一般来说，三日出殡，但凤家往来人多，停到五日或七日也是可以的。

但凤瑾元并没有打算让沈氏棺材在家中久留，只道："明日便是第三天，起灵回老家下葬。"

沈万良没什么异议，只对凤瑾元道："想来凤相也没有工夫扶灵回老家，府上人也都是千金之体，不宜劳累，不如就让我们兄弟送姐姐最后一程吧。"

凤瑾元点点头，道："也好。那就有劳了。"

沈万良摆摆手，最后又看了一眼沉鱼，只道："你好自为之。"然后转身，带着两个哥哥快步离开。

他们前脚刚走，后脚院子外头的通报声又响了起来："舞阳郡主到！"

凤家众人总算把思绪从沈家人身上收了回来，纷纷向院里看。就见舞阳郡主玄天歌正带着另外三位贵小姐往灵堂这边走来。

那三人旁人不晓得，凤羽珩却是认识的，正是她的好姐妹凤天玉、任惜枫，还有白芙蓉。

正儿八经的郡主来了，凤家人自然是要全体迎接的。老太太最先起身走在前头，凤瑾元等随后跟上，迎到玄天歌面前，女眷跪拜，凤瑾元亦行大礼，道："拜见舞阳郡主。"

玄天歌赶紧上前将老太太扶了起来，很是客气地说："老夫人不必行此大礼。"

老太太感激道："舞阳郡主能到访，实在是凤家的荣幸。"

"老太太您说哪里话。"玄天歌一边说着一边看向凤羽珩，"阿珩家里出了这么大的事情，我们姐妹怎么可能不来。"说完，将身后几位姑娘给老太太介绍："这位是右相凤大人府上嫡女凤天玉，这位是平南将军府嫡女任惜枫，还有这位是宫中白巧匠家的女儿白芙蓉。"

三人亦走上前来，客气地跟老太太问了好。

玄天歌再道："我们先去给府上过世的大夫人上炷香吧。"

说完，带着三个姐妹就进了灵堂，每人三炷香上完，才又退出来与凤瑾元说："凤大人请节哀。"

凤瑾元亦面露感激道："多谢郡主，多谢几位姑娘。适才淳王和御王殿下都曾来过，平南将军、风大人和白先生也一早就来过府里，如今四位小姐又亲自到访，本相感激不尽。"

凤天玉接了话来："风大人这话就见外了，且不说父辈们都是几十年的交情，就是我们姐妹几个与阿珩那也是真心实意地交好。就像刚刚郡主说的，阿珩家里出了事，我们不能不来。"

她这话的意思很明白，我们来凤府，是给凤羽珩面子，跟你凤家没半点关系。

凤瑾元有些尴尬，却不好表现。

老太太却觉得脸上甚是有光，不管这几位是冲着谁来，她们都是进了凤府的门，往后说出去那也是凤家的面子。

而凤瑾元此刻也有一种错觉，就好像回到了三年多以前，那时凤家虽然也是丞相府，但及不上济世救人的神医姚家。上到皇上，下到百姓，哪一个不是对姚家称赞有加。凤府不管有什么事，再尊贵的人也会看着姚显的面子来凤府走一趟，就像现在，舞阳郡主冲着凤羽珩也来凤府了。文宣王府的人，是有多少年未曾上门过了呀！

老太太也在心中感叹，这才是嫡女的样子！这才是能挑起一府大梁的嫡女的样子啊！

再看沉鱼，孤零零地站在那里，没有人搭理她。因为沈氏的关系，她这些年也没有个正经的好友走动，沈家认识的那些人不是商贾就是小官小户，连累沉鱼都跟着爬不到台面上。

她知道，这也不是沉鱼的错，都怪沈氏，不但这些年没有给沉鱼创造一个好的交际氛围，更是害得沉鱼五年内连皇宫都进不去，沈氏，真是凤家的魔障！

"老夫人，"一直站在最边上的白芙蓉终于开口道，手里托着一个小盒子递到老夫人面前，"我们白家没有什么大本事，家父更无官阶，能进得了凤府并与阿珩交好，是芙蓉的福气。今日头一次上门，这点小意思送给老夫人，是家父亲手打制的一副耳坠子，还望老夫人不要嫌弃。"

老太太被极大的惊喜差点给砸晕了！

白巧匠亲手打制的首饰，那可是能被宫里娘娘抢得头破血流的好物啊！她从前就算白天睡觉都做不出来这样的好梦，如今竟然被白巧匠的亲生女儿送到自己眼前了！

"这……"老太太几乎话不成语，颤抖着将那盒子接过来，打开一看，竟是一副金制的耳坠。工艺并不见有多复杂，也没有宝石镶嵌，但就是这看起来普通的物件，仔细瞧去，却发现不论从金子的抽丝抛光还是掐花来看，竟都达到了一种令人叹为观止的境界。普天之下，只怕除了白巧匠再没有人能掐出这等花样来，也再没有人能将金子抛成如此锃亮的光。

"老夫人喜欢就好。"白芙蓉很满意老太太这表情，她就知道，父亲的东西从来没有让人失望过。

老太太激动地开口："喜欢！喜欢！毕生能得到白巧匠的一样东西，那是多荣幸的一件事啊！"

任惜枫也上前一步，对老太太道："与芙蓉一样，惜枫来到凤府也不能空手——"她从丫鬟手中接过一样东西托在手里，"这是家里舅舅往极北之地寻来的紫貂皮制成的大氅，一共两件，母亲留了一件，这件就由惜枫送来给老夫人。"

老太太又激动了，手都跟着哆嗦，紫貂啊！那是整个大顺都难寻之物，今天竟到了自己手中。

不等她激动完，凤天玉也将一只小木盒递上前："这里面是一枚暖心玉，不论春夏秋冬，贴在心口放着都会温热入心肺，最是养人。这是当年太后赏下来的东西，母亲没舍得用，今日便托天玉带过来送给老夫人，愿老夫人保重身体，福寿安康。"

三位贵族小姐送完了礼，最大头便就留给玄天歌了。

老太太心中的期待腾腾上蹿，前面三位小姐出手都这般不凡了，她不但得到了白巧匠的耳坠子，还得到了一件紫貂大氅，最后甚至连太后亲赏之物都拿到手中，这舞阳郡主可是正经的皇族，她会送什么给自己呢？

玄天歌看着老太太，好像从她的目光中就能看出心思一般，不由得一笑，道："今日我姐妹四人上门，一来是吊唁府上大夫人，二来……我说实话，也确是想给阿珩撑撑场面。我母亲自打三年前就开始因姚姨的事情郁郁寡欢，自打上次往普度寺的路上相遇，回府之后就更是哀伤不已。我们不知道阿珩在凤家到底过的是什么日子，但总归是希望老夫人能够对阿珩姐弟以及姚姨多加照顾。这不只是我们姐妹之间的情谊，更是家里人的意思，平南将军早年征战留下一身的伤病，若是没有当初姚神医的救治，只怕早就一命归西；右相风大人和白家也多次受到姚家恩惠，所以我们都希望阿珩能过得好，也算是帮着家里人圆了多年的一份惦记。"

凤瑾元听着，不由得顺着玄天歌说的去回想，这一想不要紧，果然被他想起当年姚显将平南将军从死亡边缘给硬拉回来的事。还有风家、白家，甚至这京中所有能叫得出名字的人家，包括皇宫里的九五之尊，哪一个没受过姚显之恩？有钱有权不可怕，一个能妙手回春的神医，才是最可怕的呀！这样一想，便又思量起凤羽珩。如果姚氏还是主母，凤家如今会是怎样的光景呢？

沉鱼看出凤瑾元思绪变化，不由得轻叫了他一声："父亲。"

凤瑾元猛地回神，看看沉鱼，心绪便收了收。再怎样，也及不上沉鱼日后的出息，人总是要有选择和取舍的，他既然将宝押在了沉鱼这里，就不可再偏移。

老太太却在玄天歌的说动下表了态："郡主请放心，几位小姐也请放心，老身不会亏待阿珩，凤家也不会亏待姚氏母子三人。"

姚氏在一旁站着，手里拉着子睿，听着玄天歌的话，再看着几人的表现，往昔一幕一幕翻涌而来，泪水夺眶而出。

"好。"玄天歌点了点头，"本郡主今日倒是没有带来什么礼物，但却带了两个恩典来，不知道老夫人和凤大人可愿意要？"

"愿意！"老太太赶紧接话。笑话，舞阳郡主的恩典，那是随便能得到的吗？

凤瑾元也赶紧拱手下拜："臣，多谢郡主。"

玄天歌点了点头，慢悠悠地道："这第一个恩典，是给凤家次子凤子睿的。"

姚氏一听这话，赶紧拉着子睿上前来，作势就要跪下，被玄天歌一把拦住："姚姨不必跟天歌客气，这个恩典是母亲为子睿求的。"说着，看向凤瑾元："我外祖，也就是萧州云麓书院的山长那边已经应允，待凤家大丧办完便可将子睿送往萧州，由我外祖亲自收他作入室弟子，授其功业……"

这话一出，连凤羽珩都大惊。她来这时代这么久，怎么可能没听说过帝师叶荣。那是一个文武全才之人，虽已年迈，但身子骨却硬朗得连三十出头的壮年人都不及他。当今皇上尊他为师，普天之下有多少书院都是拜叶荣的雕像的。能被叶荣收作入室弟子，这对子睿来说可真是天大的造化啊！

姚氏不顾玄天歌阻拦，硬拉着子睿给玄天歌磕了三个头。凤羽珩亦走上前，看着玄天歌，由衷地说了声："谢谢！"

老太太和凤瑾元也跟着下拜，不管子睿是嫡子还是庶子，凤家能出一个帝师叶荣的入室弟子，那便是在当今圣上面前也会有几分脸面的。要知道，叶荣这一生到目前为止就只有一个入室弟子，便是皇上啊！凤子睿，他从此以后便是皇上真正的师弟，无人能及。

凤瑾元心中一阵翻腾，只道当年姚家出事，叶家未曾插过手，如今竟将子睿收入座下，这便等于向全天下宣告叶家与姚家恩未断、义不绝，也是在告诉当今圣上，这便是叶家人的态度啊！

老太太忽然产生了一个想法，如今沈氏已死，若姚氏重回主母之位，于凤家来说，也是不错的。

玄天歌看了一眼众人，再度开口："至于第二个恩典……"她轻步上前，拉住了姚氏的手，"姚姨，我父皇说了，姚家人可参加秋闱。"

"真的？"这个消息连姚氏都不太敢相信了。姚家获了那么大的罪，以至于她被凤府连夜赶下堂，早以为娘家再无翻身之日，却没想到竟还能等到小辈参加科考的机会。

"自然是真的。"玄天歌笑着对她说，"父皇特地将这个消息告诉我，让我先来说给姚姨欢喜一下。至于荒州那边，圣旨今早就已派下去了。"玄天歌看向凤瑾元道："虽说这个恩典与凤家并没有直接关系，但想来，凤大人也该是为姚家高兴的吧！"

凤瑾元脑子里乱得很，一时间真有点想不明白，为何三年光景，局面竟会变成今日这般？

凤子睿被帝师叶荣收下，姚家子孙连科考都能参加了，这是要干什么？姚家要翻身吗？

他收回心思，赶紧答了玄天歌的话："臣自然是高兴的，多谢郡主转达，臣定会进宫向皇上谢恩。"

玄天歌点了点头："我们姐妹也逗留许久了，就不多打扰了。今日姐妹们带来的都是给老夫人备下的礼，因为都是女孩子家，想来凤大人也不会怪罪。"

凤瑾元道："那是自然。"

"如此我们便不多留了。"她向凤羽珩点头示意，就要带着几位姐妹离开。此时，外头的下人却又扬声报唱："襄王殿下到！"

这样的报唱在今日的凤家此起彼伏，凤瑾元是正一品大员，前来吊唁的人也都是有头有脸，哪一个来了不得报上一番。可三皇子毕竟与旁人不同，他能来，于凤瑾元和老太太来说，那是必须得重视起来的。

沉鱼听到襄王到府的消息，心里便揪起来。

这人于她来说，意味着她的将来，意味着她的婚嫁，意味着她得跟人家过一辈子。可是她到现在连襄王长什么样都不知道，满脑子都是淳王的那张脸。

襄王一进门，所有人再度于院中跪迎，除了玄天歌还站着之外，其他人都跪到了地上。

玄天歌看着凤家人就觉得好笑，她哪能不知凤瑾元的那点心思，只是她那三哥……

"都起来吧！"思索间，玄天夜已至近前，一抬手，请起了凤府众人。

玄天歌挥手跟他打招呼："三哥。"

玄天夜点了点头："天歌也懂事了，知道来凤府看看。三哥前些日子托人从南边带了些水果来，回头叫人给你送到府里去。"

"谢谢三哥，天歌最喜欢吃南边的水果。"

两兄妹寒暄一阵，玄天歌便带着几人告辞离开了。玄天夜往灵堂上了香，目光在沉鱼身上停了许久。

沉鱼被他盯得不敢直视，却并没有怦然心动的感觉。

玄家人长得都好，即便是那毁了容的九皇子，气度仍是不凡。可这玄天夜，沉鱼却真没觉得他哪里出众。身材、相貌，哪样都平平常常，只是那张常年冷着的脸，让他显得威严几分。如此便又想起七皇子玄天华，只觉他真就是世上最好的男子，有儒雅的气度，有温润的笑，说话的声音一如春风拂面，让人不自觉地就想靠近。

玄天夜的目光还在沉鱼处停留，她的思绪都早不知飞到了哪里。

就听玄天夜闷哼一声，甩了袖转身离去。

老太太的一颗心一直提着，赶紧给凤瑾元使眼色让他亲自去送。

其实不用老太太给话，凤瑾元自然是要亲自去送襄王的。

二人一同出府，直到府门口，玄天夜才冷声与凤瑾元道："听说凤大人的嫡子今日又闹了笑话。"

凤瑾元无奈，真是好事不出门，坏事传千里。凤子皓闹腾的时候被那么多人看到，只怕眼下全京城都在当笑话传吧。

见他这个样子，玄天夜一阵气恼："凤相如果连自家的孩子都管不住，何谈助本王成大事？"

凤瑾元赶紧躬身道："请殿下放心，臣一定将家里事情全部料理好，绝不会给殿下惹出麻烦。"

"那凤大人就多上点心，要攘外必先安内，这个道理不必本王再多说，不要让你那嫡子坏了大事。再有，"他沉了沉，又往凤府里看了一眼，道，"刚刚那个就是沉鱼？"

凤瑾元点头："正是。"

"嗯，当真绝色。本王可以交个实底给凤相，你那女儿的心可以不在本王身上，但人，必须把她该做的都给本王做好。本分守着，莫要动了别的心思，乱本王大事。"

最后一句话说完，玄天夜带着一众下人转身就走。

凤瑾元就觉得冷汗渗了一后背，襄王这是看出沉鱼的心思了吗？待丧礼结束后，他必须对沉鱼和子皓再敲打一番。可别真像襄王所说，被沉鱼和子皓坏了大事。

这一天，从早到晚迎来送往，凤家的门槛都快要被人踏破了，晚膳足足晚了两个时辰才用上。

饭后，老太太体力不支，先回去休息，只留了些下人守灵，其他人都回了各自院里。沈家那边也派了人来，说明日寅时末就会来到凤府，为沈氏送葬。

因为今日玄天歌带来的两个恩典，姚氏很是激动，凤羽珩便搬到了姚氏的房里陪她说话，两人直到天快放亮了才眯了一小会儿。但没等眯着，就被黄泉叫了起来："夫人，小姐，起吧，沈家的人已经到凤府门口了。"

沈氏由沈家人送葬，凤府这边倒是省了不少事，在起灵时举家跪送，由执事的人喊了一番话后，棺材就抬起放到了外面的马车上。

凤子皓也被下人扶着来跟沈氏拜别。见那棺木抬上了车，凤子皓呜呜地就哭了起来。

他一哭，连带着沉鱼也跟着哭。

沈万良看着这两个孩子，心下感慨，就准备劝上几句，却听那凤子皓一边哭一边道："母亲没了，以后子皓还能跟谁要银子花呀？"

一句话，差点儿没把沈万良气得吐血。

他一回身，冲着凤瑾元抱了抱拳，道："凤相，如今我沈家谁也不怪，都是我那姐姐没有管教好自己的孩子，还望凤相从今以后对他们两个严加管教，切莫再像从前一样。另外，我沈家也会尽快将生意从京中撤出，举家回迁，往后……只怕也难得再见了。"

凤瑾元也很是感慨，毕竟这么些年了，不管怎么说，沈氏于最初，对凤家是有大恩的。

他叹了一声，道："你们一路上多加小心，今后的事谁又能预见呢。老家那头有什么难处尽管差人过来，毕竟你们还是子皓和沉鱼的舅舅。"

沈万良没再说什么，挥挥手，带着送葬的队伍走了。

这一番折腾，倒是将凤家几位姨娘的心看凉了。堂堂当家主母，死后凤家都无人为其送葬，要娘家人抬着棺木送回老家，这算什么事？主母都如此，若是有一天轮到了她们……

韩氏本被关着，因为要送沈氏才由下人带着站到人群里。她原本很想再跟凤瑾元求求情，让他把粉黛放出来，可一见沈氏这般凄凉，便又觉得自己实在没什么底气去帮粉黛。

就在准备回自己的院子时，却听到凤瑾元突然叫了她一声："韩氏！"

她一喜，以为凤瑾元终于不忍心再不理她，赶紧抬起头来，目光中又习惯性地覆了一层媚态。

可凤瑾元眼下一脑门子官司，哪里有心情欣赏她的媚眼，只冷声告诉她："你回院子去把粉黛的东西收一收，今日晌午之前，我自会安排人送她到京郊的庄子里。"

"什么？"韩氏大惊，"老爷您这是……"

"什么也不要说了。"凤瑾元现了疲态，"她自己种下的恶果，就只能她自己吃下。"说着，又看向其他几位姨娘，道："你们也都记住今日之事，虽不是嫡母，但毕竟少爷、小姐还是站在你们跟前，切莫养得如粉黛一般，让我伤心。"

姨娘们纷纷应是。凤羽珩却扬着下巴问了凤瑾元一句："父亲昨日说要给我的那个交代呢？"

凤羽珩这么一提，大家又都想起来昨日凤子皓追着她疯砍的事。

老太太最先表了态："瑾元，让子皓给阿珩道歉。另外，这件事情可不能就这样算了！"

"我不道歉！"凤子皓一嗓子喊了起来，"凭什么要我跟她道歉？母亲就是被她害死的！"

凤羽珩也不生气，就眼睁睁地看着凤瑾元，直看得凤瑾元阵阵头痛。

如今的局势不对劲，沈氏已死，姚家却又有复苏的迹象，他既要保沉鱼，又不能得罪了凤羽珩。再看看子皓，凤瑾元突然觉得这个嫡子就算他再护着，其实也没什么用了。身子废成那样，将来无法给凤家传宗接代不说，还总是惹祸，连累凤家成为笑柄。如此逆子，他还保着何用？

"既然你不准备道歉，那为父也不强求了。"凤瑾元看着子皓，忽然就说了这么一句。然后叫来管家何忠："备车，带上少爷去追沈家的人，就说少爷自愿回到老家为母亲守陵。"话完，看了一眼凤羽珩，什么也没再说，抬步就往松园的方向走了去。

凤子皓彻底傻眼了，让他去守陵？连学都不让他上了吗？

他想把凤瑾元喊回来求他改主意，可一扭头，却看到了凤沉鱼一道怜悯的目光，怜悯之后是绝望，然后沉鱼便冲着老太太行了个礼，转身走了。

这一下凤子皓可真的害怕了，赶紧向老太太求救："祖母，我……"

"什么也别说了，"老太太止住了他的话，"就照你父亲说的做。何忠，备车吧。"

老太太把话扔下，也在赵嬷嬷的搀扶下回了自己的院子。随后女眷们一个一个离去，倒是只剩下凤羽珩还站在原地。

凤子皓这下想道歉了，赶紧跟凤羽珩说："二妹妹，我错了，我真的知道错了。你求求父亲别让我去守陵好不好？"

凤羽珩看着这凤子皓就觉得好笑，他可真是沈氏的儿子，一点脑子都不长。

"大哥哥，能给自己的母亲守陵是一件多么幸福的事，你难道不想念生你养你的母亲吗？别忘了，你放了一把火，将她的尸身烧得只剩下一半，妹妹提醒你，到了母亲坟前记得多烧些纸钱，省得母亲半夜里跟你讨命。"

她冷哼一声，转身就走。

身后，凤子皓拼命叫喊，可他毕竟身上伤重，怎么拗得过身强体壮的粗使下人，没一会儿的工夫就被塞到马车里。粉黛还有收拾衣物的机会呢，这凤子皓却连件衣服都没能从凤府带走。

凤羽珩在走回同生轩的路上一点也没觉得轻松，沈氏不在了，凤子皓不在了，粉黛也要被送走了，可是为何她心里的那根弦却绷得越来越紧了呢？

凤瑾元并没有立即回到松园，而是在半路折了一下，直奔老太太的舒雅园去。

他到时，老太太还没回来，用过半盏茶后，才看到赵嬷嬷跟着老太太一并走进屋。

凤瑾元赶紧起身亲自扶着老太太坐下。老太太知他定是有事要说，一挥手，屏退了屋内一众下人。直待赵嬷嬷最后一个出去，从外面将门关起，老太太这才开口问道："你把子皓送回老家守陵，想必也是想通了一些事情吧？"

凤瑾元无奈地叹了一声，点头道："想不通也没办法，眼下的局势这般变化，若再凭着子皓这样胡来，三殿下那边也交代不过去。"

老太太提到了一个关键性的问题："沈氏一去，府上可就没有主母了，你是如何打算的？另娶，还是提一个上来？"

凤瑾元沉默了一会儿，答："儿子暂时还没有另立主母的打算。"

老太太没有强迫他，只是帮着分析道："暂时先观察一阵子也好。沈氏是死了，不是下堂，将来不管你是提了谁还是另娶，沉鱼都永远是嫡女。只是姚家那边，如今实在是让我悬着心哪！"

"儿子也一样悬着心。"他完全摸不透皇上的路数啊！

"不管怎么样，在不危及沉鱼利益的同时，我主张保着阿珩。"老太太一边说一边算计着，"九皇子虽说没了可能，却不代表七皇子也没有可能。虽说他曾在皇上面前明确表示过不要那皇位，但将来的事谁又能说得准呢？更何况，子睿往萧州这一去，可就成了皇上唯一的嫡亲师弟了啊！"她郑重地看着凤瑾元，道："先不要考虑主母的事，看看姚家的风头，若真是让他们回缓过来，你就必须再把姚氏重新扶上去。"

凤瑾元久久都没有作声，但心中的思量却一刻未停。

老太太考虑得很周全，他也是这么想的，一旦姚家那边有春风回暖的动静，将姚氏重新扶上主母之位自然是最好的选择。那样，凤子睿就又变成了嫡子，九皇子那边他也能有一个交代。

"儿子都记下了，母亲先休息，儿子再好好想想。"凤瑾元向老太太行了礼，匆匆离去。

老太太将一只手搁到耳朵上抚着那副今早送来就被她戴上的耳坠子，又将另一只手放到心口，感受着那枚暖玉带来的温度，心里竟开始盼望着天气快些冷下来，那样她就可以穿那件紫貂大氅了。

如今她可不怕一到冬天就犯腰病，只要有凤羽珩在，什么样的病会治不好呢！不由得为自己的一番打算得意起来，她这样做，两边都不得罪，既保了沉鱼，又不至于让凤羽珩心寒，真真儿是一箭双雕啊。

这日晌午，在一阵鬼哭狼嚎般的叫喊声中，凤粉黛被下人绑着塞进了马车里，但见马车扬长而去，凤粉黛咬牙切齿地在心中暗暗发誓——凤家，我一定会再回来！你们给我的屈辱，来日定会加倍奉还，就像凤羽珩的报复，我亦会效仿之，让你们一个个全都生不如死！

沈氏、子皓以及粉黛的离去，让凤家短暂地平静下来。

凤羽珩觉得，有些事情已经拖了够久，是时候该解决掉了。

趁着姚氏照顾子睿午睡的工夫，她叫孙嬷嬷到自己院子里来，就在院里的那棵枣树下，将一个装着碎银子的钱袋递给孙嬷嬷。

孙嬷嬷愣了下，似乎明白了什么，看了看凤羽珩，直接就跪了下来。

"老奴谢二小姐不杀之恩。"她的事瞒不过凤羽珩，这一点孙嬷嬷早在拿到那枚发簪的时候便心知肚明，更何况从普度寺回来时凤羽珩还提醒过她。只是始终没见赶她离开，这样的日子对于孙嬷嬷来说，简直比地狱还难熬。每天都觉得是最后一天，而次日又都能看到新升的太阳。没有惊奇，有的只是胆战心惊。

"我之所以不杀你，是念在你与我娘亲多年主仆之恩。"凤羽珩看着孙嬷嬷，也有几番感慨，"我也知道你是为了儿孙，但却不能把你再留在凤家，这些碎银算是我的一点心意，你拿着现在就走吧。也不用与我娘亲打招呼，我自会同她说的。"

孙嬷嬷老泪纵横，给凤羽珩重重地磕了三个响头，抹了一把眼泪转身走了。

忘川见孙嬷嬷走远，呢喃道："小姐不杀她，可她对于沈家来说也没有利用价值了。更何况，其间几次失手，这样的人自会有人处置的。"

凤羽珩点点头："所以，何须脏了我们的手。"她站起身，深吸了一口气，不是她狠辣无情，而是有些事，实在没有同情的道理。"对了，"她叫上忘川，"你跟我到药室来一下。"

一主一仆进了药室，凤羽珩拿起桌上放着的一个册子递给忘川，道："这是我自己整理出来的一份手册，写的全部是对于病人的护理应该如何进行，还有一些最基础的药理知识和诊治手段。子睿这两日就要去萧州了，到时你同他一起去，给那十二个丫头找一位略通药理的教书先生，一边教她们习字，一边教些基础的药理知识。你再从那十二个丫头中选出一位稳重的，将这册子交给她，待她们学得差不多就可以照着这上面写的去练习。往后我若有机会往萧州去，也会亲自去看看。"

忘川将册子接过，心里算计着日子，便叮嘱道："这一来一回的，月夕就要到了，奴婢若是赶不回来，小姐一定要带着黄泉进宫。皇宫里班走进不去，小姐自己多加小心。"

凤羽珩失笑："你家小姐我又不是真的软柿子。更何况，月夕的宫宴不是男宾、女宾在一起的吗，玄天冥也在呀！"

她这样一说，忘川倒也是真的放了心，便不再多虑。

傍晚的时候，玄天歌那边派了人过来，提醒子睿应尽早往萧州赶，帝师叶荣准备就在月夕当晚收子睿入他门下，并昭告整个书院。

姚氏一听这话，赶紧就张罗着给子睿收拾东西。

凤羽珩也不懂得古代上学拜师都有什么规矩，站在一旁帮不上什么忙，只能拉着子睿瞪眼看着姚氏自己折腾。

姚氏一边收拾一边感叹："你们两个啊，总算是都让我放心了。阿珩有九皇子惦记着自不用说，如今子睿也有了这样好的前程，你们外公若是听说了，一定会很高兴的。"

子睿对外公的印象十分模糊，毕竟那个时候他还太小，可总是听姚氏和凤羽珩提起，便对这个外公也有了几许期待。

"以后子睿有了出息，一定会对外公很好很好的。"小孩子仰起脖来对凤羽珩说，"姐姐如果有空，以后记得到萧州去看我，子睿定会争气，将来不管姐姐过得如何，子睿都养得起姐姐。"

小孩子的一句话，竟说得凤羽珩鼻子发酸。

与温馨又充满希望的同生轩相比，原先最富贵气派的金玉院却像一座活死人墓般，连沉鱼都搬离出来，到了舞芳堂去住。

此刻，沉鱼手里正拿着封了漆的信笺问丫头倚月："谁送来的？"

这日晚膳，沉鱼是在府外用的。

那封信笺中表明请她去城中的明月楼饭庄二层的雅座，却并没有写明是何人相约。倚月只知道是守门的下人送来的，据说送信人是个孩子，信一交到凤府人手中马上就跑了。

倚月并不赞同沉鱼这个时候出门，毕竟天都晚了，更何况还不知道是何人相约，万一这里面有诈，岂不是要出事。

可沉鱼坚持出府，也不知怎的，她就觉得写这封信来的一定是位故人，而且，这位故人的出现一定会给她的生活带来一些改变。

倚月没办法，只好陪着沉鱼出去。一主一仆坐着马车赶到明月楼二层时，早有小二在此等候，一见她们来了，赶紧过来打招呼，问了句："可是姓凤的小姐？"

凤沉鱼出门前是用薄纱遮了面的，听这小二问话，便点了点头，然后在小二的引领下往一处雅间而去。

她到时，早已等在里面的人正在喝茶，那是名女子，一身素衣，头戴斗笠，身形消瘦。

她吩咐倚月在门外守着，一个人走了进去。就听那斗笠女子说："凤大小姐能来赴约，想来还是有几分胆量的。"

这一开口，沉鱼马上就听出面前人是谁了，她冲着对方浅施一礼，道："原来是清乐郡主。"

对方将手中茶盏放下，微点了点头，对沉鱼道："坐吧。"

沉鱼这才坐到清乐对面，随手摘了自己的面纱，然后对清乐道："这雅间里就我们二人，郡主何苦还戴着斗笠。"

清乐微怔了下，双拳紧紧握起，就听她咬牙切齿地道："我摘不掉，我只怕这一辈子都不敢摘掉斗笠了。"

沉鱼一愣，随即想到定安王府被火烧一事，问道："你被烧伤了脸？"话一问出就觉得不对，清乐是戴着斗笠，可面纱是极薄的，她坐在对面看得一目了然，清乐面容并没有变化。"到底出了什么事？"沉鱼意识到不太对劲，紧着问了句。

清乐咬咬牙，恶狠狠地道："拜你那二妹妹所赐，我被烧光了头发！"说罢，猛地一把扯下头上斗笠。

沉鱼惊呆了，原来清乐的斗笠下竟是一颗光秃秃的头，她原本那一头秀发如今一根都不剩下，头皮上还有一块块丑陋的疤，有的疤是结痂，有的还渗着血，简直恶心得要命。

沉鱼几番作呕，都强压着不适忍了下来。

清乐却自嘲地道："看习惯就好了，我最初看到这颗头如此，差点没把它给砍下来。你知道吗，我的头发再也长不出来了，父王请了好多大夫，人人都说再也长不出来了。"

清乐眼圈泛了红，一个女子被烧成这样，她这辈子再也没有指望了。

可她原本是个郡主啊！父亲是异姓王爷，虽无实权，可到底还是比别家的姑娘尊贵许多。却不想如今竟落得这般田地……

"都是那个凤羽珩，我一定要杀了她！"

凤沉鱼很聪明，她知道清乐把她叫出来一定不只是诉苦这么简单，她们两个的交情根本谈不上好，对方就算想诉苦也找不到她的头上。想来，这清乐应该是想要跟她这个敌人的敌人再度联手，将凤羽珩从风光的高阶上硬拉下来。

沉鱼知道，聆听了对方的心事和秘密，那是一定要用自己的秘密去交换的，这样才能换来更深一层的友情。于是她主动为自己倒了盏茶，却没喝，而是将手帕沾到了茶水里。沾湿之后，就当着清乐的面去擦自己的眉毛。很快，两道眉被她擦得干干净净，光秃秃一片，什么也没有。

清乐惊呆了，凤沉鱼这张脸一向是所有女人嫉妒的对象，跟眼前这个没有眉毛的怪物压根儿联系不到一起去啊！

沉鱼看到清乐的表情，知道自己的示好已经达到了效果，赶紧将前额的头发捋了捋，将眉毛遮住。"拜凤羽珩所赐，我如今也跟郡主是一般模样。"

清乐奇怪地问："你这是怎么弄的？她给你剃的？"

沉鱼苦笑道："想来郡主也应该听说了在我母亲的丧礼上发生的事吧？"

"你哥哥放火的事？"

沉鱼点头，再道："可哪有亲生儿子故意放火的道理，还不是因为哥哥知道母亲是被凤羽珩给害死的，这才失控想要杀了她，却一不小心点燃了灵堂，烧了我的眉毛。郡主您说，我这笔账不找凤羽珩去算，难道还要找我那哥哥算吗？"

清乐赞同她的想法："自然是要跟凤羽珩算账的。你哥哥做得没错，换作我，也是要将她碎尸万段才能解恨的。对了，你这眉毛还能再长出来吗？"

沉鱼苦笑。"问过大夫了，虽然还可以再长，但首次生长的过程是极长的，至少一年内是没什么希望。要想长回之前那样好，少则也要两到三年的时间。两到三年啊，我今年十四岁了，到那时候，早过了出嫁的最好年纪。"她故意说得严重些，为的只是迎合清乐的心情。其实她这眉毛，不出半年应该能开始重新生长出来，有七八个月就能恢复如初了。

清乐越听越气，又想到了自己的头发："至少你还能长出来，我却永远只能是这个样子。"

沉鱼觉得两人的谈话至此已经达成共识，于是不等清乐说明来意，她便主动开口道："其实，沉鱼与郡主原本就没什么过节，如今又有共同的敌人，郡主何不跟沉鱼联手，把咱们失去的都一一讨要回来？"

清乐觉得沉鱼很上道儿，便也不再卖关子，点头道："我今日来找你也是这个意思，毕竟你与她都在凤家住着，总比我更清楚她的起居。再者，我这些年的郡主也不是白当的，在外头总有些自己的势力，你我里应外合，不怕那凤羽珩不着了我们的道儿。"

沉鱼很高兴能在收拾凤羽珩这件事情上有一个帮手，于是赶紧点头道："郡主放心，日后郡主需要沉鱼配合什么，尽管吩咐便是。只是我们要如何联络？总往府里送信肯定是不行的。"

这一点清乐早有打算，告诉沉鱼说："这间明月楼是我们王府名下的，我有什么消息会派人送到这里，你也派个得力的丫头勤着往这边跑跑。若是你有安排，留信给掌柜便可。"

至此，清乐与沉鱼正式结盟。而这一切，凤羽珩当然不知，她正跟着姚氏一起给子睿准备去萧州要带的东西。

姚氏决定尽早把子睿送走。一来，是有个积极的态度给书院那边看；二来，她也想让子睿离开凤家这个是非之地，生怕这个一向都不安宁的地方再生出什么幺蛾子来。

对此，凤羽珩是很赞同的。她总觉得沈氏的死与凤粉黛和凤子皓的离开，并无法让凤府安稳下来，那凤沉鱼也不是个打掉牙齿能往肚子里咽的主儿。她的母亲和哥哥落得这般下场，她若不做点什么，那就不是凤沉鱼了。

凤羽珩当然不怕沉鱼对自己使什么手段，但怕祸及姚氏和子睿。她其实很想让姚氏陪着子睿一块去萧州，可子睿说，他是男子汉，怎么可以走到哪里都离不开娘亲。为了锻炼他独立的能力，这想法只好作罢。

次日辰时，用过早饭，凤家人又集体站到凤府门口。

这一次却是喜事，凤子睿被云麓书院的山长、帝师叶荣收为入室弟子，这是何等荣耀之事，凤瑾元站在府门口轻抚着子睿的头时，都觉得脸上有光。

他到底是个做父亲的，儿女的锦绣前程，总是比他自己官居高位让人激动。他抚着子睿的头，几番告诫："到了那边一定要听山长的话，不可以偷懒，不可以跟着坏孩子学些不好的事。你是入室弟子，不只是要跟着山长做学问，还要学会照顾山长的起居。一日为师终身为父，你可莫要同普通学子一样一味地从恩师身上索取，要懂得付出。"

子睿似懂非懂地点点头，小脑袋又转向凤羽珩。

她走上前，将凤瑾元的话又与子睿说了一遍，然后再道："父亲说的话你可要用心记着，现在不明白没关系，早晚有一天你能懂的。"对于凤瑾元这一番话，凤羽珩还是很赞同的，甚至觉得这是有史以来她爹说得最靠谱的话。"子睿，你是大孩子了，以后不能常回家，所以在外面自己一定要多加小心。你的师父从此以后亦当作你的父亲，不管有什么事，去请求师父帮忙解决，是最好的办法。"

子睿认真地点头，冲着凤羽珩和凤瑾元行了个礼，道："子睿都记下了，谢谢父亲和姐姐的教诲，请父亲保重身体。"说完，又转向老太太："子睿不能在祖母跟前尽孝，还望祖母不要怪罪。"

老太太眼泪都掉下来了，同样是送到云麓书院，这一次却比当年送子皓的时候体面也感人多了。

姚氏搂着子睿哭了一阵，凤羽珩好不容易把两人拉开，又答应子睿待月夕过后一定会去萧州看他，这才将他扶上马车送走。

看着马车一路走远，凤瑾元又将昨日老太太说过的话在脑子里过了一遍。他竟开始生出一种希望，希望姚家没事，这样他就可以将姚氏再扶正，子睿跟凤羽珩就又是他的嫡子、嫡女了。这样一来，嫡次女是御王正妃，嫡次子是当今皇上的嫡亲师弟，多大的荣耀啊！

转身之际，留意到老太太的目光，凤瑾元知道，老太太与他的想法是一样的。

众人正准备回府，就见远处有一辆马车正缓行而来。

老太太"咦"了一声，一眼认出那马车的样式，赶紧开口道："等等，那好像是宫里的马车！"

凤府众人回头去看，果然那马车直奔着他们所在方向行驶过来，就在凤府门前缓缓停下。

随后车帘一掀，有个穿宫装的少女款款而出。

老太太之所以认得这马车，是因为每年差不多这个时候宫里都会有派送名帖的马车驶向京中各大府门，马车里也一水儿的是清秀小宫女。所派送的名帖，便是印着皇后娘娘凤印的月夕宫宴邀请帖。

一般来说，这种帖子会以家庭为单位下派，家中祖母、嫡母及嫡子、嫡女都可以参加。

而凤家往年基本是老太太代表了，再之前姚氏也去过，却不知今年这帖子上都邀请了哪些人。

老太太有些激动地迎到前面，主动与那小宫女打招呼："哟，今年往凤家送名帖还是这位姑娘，一年没见，姑娘真是越长越好看了呢。"

那小宫女立即展了一个灿烂的笑容，下了马车，冲着老太太俯身施礼："奴婢见过凤老太太，见过凤大人。"

老太太赶紧亲自伸手去扶："快别客气。"

凤瑾元亦含笑点头："凤家今日正有喜事，刚送了次子往萧州去拜叶荣山长为师，姑娘又送名帖过来，不如到府里坐坐，喝盏茶再走吧！"

那宫女一听这话，赶紧给凤瑾元道喜："叶山长可是当今圣上的恩师呢！凤家二少爷真是好福气，想来也是凤大人平日里教导有方，真是恭喜凤大人了。"

好话人人爱听，宫里出来的丫头哪有不会说场面话的，几句话便将几人哄得眉开眼笑。

不过她却婉拒了进府喝茶，只将一份名帖递给老太太："这是皇后娘娘亲自派下的帖子，今年的月夕宫宴还多请了几位凤家人，老太太早做准备吧。"再冲着凤瑾元道："依照惯例，皇后娘娘只派女眷的名帖，大人们还是在朝堂上由皇上亲自邀请的。"

老太太将名帖接过来，又与那宫女寒暄几句，这才送着对方离开。

待那宫车走远，老太太忍着好奇没有将名帖打开，只冲着众人道："你们都随我到舒雅园吧。瑾元你自去忙，后院女人的事不用你操心。"

凤瑾元点点头，抬步回了松园。其余众人自是一路跟着老太太往舒雅园去。

直到进了舒雅园，一个个都坐好，老太太这才将名帖打开。

要说这名帖，三年前邀请的是老太太和姚氏，因为凤羽珩还不满十岁，不便参加宫宴；而近三年中，邀请的则是老太太和沉鱼，沈氏是向来没人理的，但沉鱼却也因凤家的隐藏而没进过宫。

规矩是这样的，皇后娘娘点了名邀请的人，可以找点理由不去，左右皇后也就是客气客气，给官员们一点面子。至于到底去没去，那么多人，她才没工夫一个一个惦记。但若是没有被邀请的人，那便是万万去不得的，别说宫门进不了，就算进去了，若是被人发现，那便是大罪。

而今日，老太太将名帖打开时，却被那上面点到的名字小小地震惊了一下。

只见那上面除了她本人之外，还点了凤羽珩和凤想容。最重要的是，她这两个孙女是被人家直接把大名写上的，而不是像往年那样，只写"请凤府祖母、嫡女前往皇宫赴宴"。

今日这张写的却是"请凤府祖母、次女凤羽珩、三女凤想容一并往皇宫赴宴"，这意思……

老太太将目光往她那两个孙女那里投去，要说请了凤羽珩，她倒不怎么稀奇，可连想容都请了，这是什么意思？想容什么时候也在宫里挂上名号了？

众人都不明白老太太这是什么意思，姚氏见老太太望向凤羽珩，却没觉得怎样，想来名帖上是有凤羽珩的份儿。可安氏看到老太太还注意了想容，便有些坐不住了，试探地问了句："老太太，帖子上怎么说？"

老太太回过神来，开口道："依往年例，请了老身前去赴宴，另外……还特地点了名字，请阿珩和想容同去。"

"点了名字？"问话的人是沉鱼，她有点不明白点了名字的意思，"是说让庶女进宫吗？"

老太太也不解释，将手中名帖交给赵嬷嬷："你们传着看看吧。"

赵嬷嬷将名帖依次给众人看过一遍，在收获了所有人吃惊的表情之后，这才重新交还老太太手里。

"都看明白了吧？"

众人点头，有人欣喜，也有人落寞。

欣喜的自然是姚氏和安氏，还有想容。金珍只表现出新鲜，毕竟不关她的事。而落寞的，肯定是沉鱼和韩氏了。

因为沈氏，沉鱼被罚五年不得入宫。以前的宫宴她为了保持神秘感，从来也没有去过。而今年她是真心想去，却又为时已晚。

"阿珩和想容回去准备一下吧。"老太太收起心头疑虑，她注意观察安氏和想容的表情，看样子她们也是不知道为何想容会被点名。再想想，听说凤羽珩与想容十分交好，保不齐就是凤羽珩托了九皇子说的好话。如果是这样，倒也无可厚非。凤家能够多一个孩子被宫里看重，总归是好事。

一这样想，老太太便宽心了许多，看向想容的目光也更加慈祥了。

可这一切看在沉鱼眼里，却是那么刺眼。曾经属于她的一切，如今都被两个庶女给分享走了，让她如何甘心？

老太太看出沉鱼心思，却也没有办法，只好安慰道："沉鱼的事，以后让你父亲再想想办法，看看能不能在云妃那里缓和一下关系。"她越说声音越小，自己都没有底气。想在云妃那里缓和关系？皇上自己跟云妃的关系都缓解了十来年还没缓解明白，凭什么凤家就能想到办法？

沉鱼挤了两滴泪出来，起身下拜："多谢祖母挂怀。"

老太太点点头，让沉鱼坐下，又对姚氏说："你以前也是参加过宫宴的，规矩什么的都明白，就帮着阿珩和想容多张罗张罗吧，别让两个孩子失了礼数。"

这件事对于姚氏来说那是必须做的，她赶紧起身应下。

凤羽珩看着身边想容紧张又兴奋的小模样就觉得有趣，再看看对面沉鱼那一脸憋屈的样儿，又觉得过瘾。于是她决定给沉鱼再加一把料："听说月夕的宫宴不只是女眷和朝臣们要参加，所有的皇子也要一并出席，且不分男宾女宾，都在一场席面上？"

"没错。"老太太解释道，"因为月夕是团圆的日子，所以也就没那么些规矩，同大年饭一样，男宾女宾是不分场的。"

凤羽珩仔细听完，又很八卦地说道："除了御王和淳王经常见，襄王殿下在母亲的丧礼上也见过一次外，其他的皇子还都没见过呢！"

想容也忍不住要参与一下话题，便小声问道："宫里一共有几位皇子呀？"

"这个我知道。"凤羽珩聊天的心大起，"御王是最小的一个，所以肯定是有九位皇子，没有公主，舞阳郡主是玄家唯一的女孩。"

老太太也跟着点头："阿珩说得没错，你们是要进宫去的人，多了解一下皇家的事也好，省得到时候什么都不知道，平白地给凤家丢人。"

想容赶紧起身行礼："祖母教训得是。想容一定会跟着二姐姐还有姚姨娘多学多打听，不会给凤家丢脸的。"

老太太这才满意，挥挥手："那就都散了吧，回去好好准备，算起来也没多少日子了。"

众人便齐齐起身，向老太太行礼告辞。

凤羽珩往院子里走的时候，拉着想容继续说，只是说话的声音却大了些："想容你知道吗，说起来还真好笑呢，别看淳王殿下平日里不是穿白衣就是穿青衣，又是一副清雅的模样，但实际上我听说他最喜欢的颜色竟是红色！特别是穿着红色衣裳的女子，总是能引得他多看两眼。"

想容是个实在的孩子，只觉凤羽珩说的是真事，不由得笑着跟她讨论起来。

两姐妹一边走一边说，这一番话全部落进凤沉鱼的耳朵里。

红色，七殿下喜欢红色！

此时此刻，她的脑子里无限地回绕着这样一句话，慢慢地生了根，发了芽，怂恿着她当下便派倚月往明月楼去一趟，邀约清乐郡主傍晚时在明月楼相见。

凤羽珩拉着姚氏、想容和安氏一起回了同生轩，进了她的院子。

黄泉将两件衣裳拿出来，由几个丫鬟一起拎着展现到众人面前。

一件水云缎的拖地长裙，一件良人锦的月华长袍。秋日阳光正好，这两件宝衣一现，只觉这小院瞬间光彩熠熠，晃得人既不敢去直视又舍不得将视线移开。

别说安氏和想容，就连凤羽珩自己都觉得太漂亮了，怪不得古人将这些布料称为国宝，只像布匹一样摆在那里不觉如何，如今做好成衣，竟是这样夺目。

水云缎在阳光照射下，只觉衣上总有浮云隐现，如烟似雾，仿若仙境般。黄泉说："月光出来时，便能照出波光粼粼，好似置身水面。"

良人锦，白日里看去，一眼入心，不论多焦急暴躁之人，都能在这衣裳面前平缓心绪。黄泉再道："一入了夜晚，这衣裳竟可令看见之人对着装者心甘情愿地恭敬臣服，若是异性，必心生爱慕，却绝不带邪淫。"

这便是国宝。

安氏不知该如何去谢凤羽珩，只拉着想容道："二小姐大恩，我们娘俩无以回报，往后不管出了什么事，我们都会站在二小姐身后，尽微薄之力。"

凤羽珩也没多客气，只嘱咐黄泉将衣裳装好，把水云缎那件包起来交给想容的丫鬟。然后又道："待想容出嫁，姐姐自会再送你一套嫁衣。"

当日傍晚，沉鱼与清乐二人对坐在明月楼的雅间内，就听沉鱼用哀求的声音对清乐道："求郡主想办法在月夕当晚，带我入宫赴宴。"

第十四章

凤头金钗

　　沉鱼不能进宫的事，清乐是知道的，但她却不明白沉鱼为何一定要进宫。

　　"月夕的宫宴虽说盛大，却也不是非去不可。你这么些年都没去过，何苦今年一定要去？"

　　沉鱼早想好托词："凤羽珩也是第一次参加宫宴，就算准备得再仔细，也总会有疏漏的地方，更何况，这种疏漏还可以掌握在我们手里。郡主难道不想看看她如何出丑吗？"

　　凤沉鱼的话成功挑起清乐的兴趣，清乐想了想，倒还真有个主意："月夕当日，你将脸涂黑些，扮作我的奴婢，我倒是可以冒险带你入宫。"

　　沉鱼很兴奋，赶紧点头答应："郡主放心，我自有分寸。"

　　清乐告诫她："如果被人认出，我可不会保你。"

　　沉鱼点头："绝不连累郡主。"

　　两人定好月夕当天沉鱼提前到京郊定安王的庄子上等着，临走时又想了想，提醒沉鱼一句："皇后娘娘最怕猫。"

　　沉鱼默默记下。

　　月夕说来就来了。就在凤羽珩还在想着该找个好机会仔细看看玄天冥的腿时，姚氏告诉她："今晚就是月夕了。"凤羽珩愣愣地算着日子，可不是嘛，今日就是八月十五了。

　　姚氏接过清灵手里捧着的两件衣裳，继续道："原本你跟想容那两件华服不错，但毕竟沈氏刚过世不久，你们就穿得那么艳丽总是不太好。这两件是我跟你安姨娘商量着赶制出来的，一件水青，一件月白，你们穿着正好。"

　　姚氏同她嘱咐："宫宴是在晚上，所以府里的团圆宴就开在晌午。我瞧着老太太那边也没什么准备，想来她今年是没打算去参加的，那就只剩下你跟想容两人了。我之前与你说的宫里的规矩你可都记下了？"

　　姚氏不放心，又提醒她："你与天歌交好，到了宫里就跟天歌在一块吧，有什么事情你岚姨也会提点着你。"

听姚氏提到文宣王妃，凤羽珩也想了起来，便劝姚氏："娘亲平日里也多出去走动走动，左右子睿不在家，你也没什么事，不如让黄泉陪着您到文宣王府多坐坐，想来岚姨也很想你的。"

姚氏苦笑："我毕竟是个妾室，哪里是说出府就能出府的。"

"娘亲可以说去打理铺子，或者干脆直说，只怕老太太巴不得你多往文宣王府那边走动走动呢。"

姚氏点点头："过了月夕再说吧。"

凤羽珩没再说什么，等了一会儿想容，两姐妹试了试衣裳，这才一齐往舒雅园那边去。

今日晌午的团圆宴设在舒雅园，因为老太太说，沈氏的灵堂搭在了牡丹院，她想着就犯硌硬，所以干脆不去那边。

众人落座，凤瑾元看着这一桌常规的饭菜，说了一句："怎么都觉着不如那日阿珩准备的药膳。"

老太太表示赞同："不如改日阿珩再给做一次吧？"

凤羽珩听着就好笑："那日的药膳阿珩只是打了个下手，都是人家御厨和莫先生做的，而且是皇上皇后御用过的席谱，哪里是咱们说吃就能吃得上的。"

老太太一听也是这个理，不由得又埋怨起沈氏："要不是那个沈氏捣乱，本来应该好好吃的。千载难逢的机会，白白地浪费了。"

凤瑾元道："过去就算了，好歹那莫先生没往皇上那里说，不然，只怕咱们凤家还有的罪受呢。"

老太太连连唉声叹气，安氏赶紧打圆场："今日是月夕，咱们不说这些。"

"对。"老太太也反应过来，"两个孩子今晚就要进宫去了，咱们可不能影响了孩子们的心情。"一边说一边问凤羽珩："你们可都准备得差不多了？"

凤羽珩答："祖母放心，姚姨娘把宫里的规矩都跟我和想容讲过，给皇后娘娘备了月夕礼，还给云妃娘娘和孙女那几位好姐妹家人的礼物也都备好了。"

凤羽珩很细心，进宫一次，不去看看云妃总是不对的。另外，上次沈氏丧礼上，玄天歌四人来到凤府，一个个出手阔绰，礼都送了老太太，但实际上却是为了给她争脸，也是希望凤家老太太能看在这些东西的分儿上，从今往后对她好一点。所以她与她们再见面，不能一点表示没有。

当然，她可拿不出那样好的东西来，凤家也从来没给过她什么好东西，她手里的那些物件儿全都是玄天冥送上门的。

凤羽珩觉得还什么礼都比不过人家送来的，便干脆剑走偏锋，使了自己擅长的。

"阿珩真是细心。"听到不但给皇后备了礼，连云妃和其他几位姐妹的礼都预备下了，老太太很是满意，却又不由得问了句，"阿珩是从嫁妆里挑出来的东西吗？哎呀，这种事情应该由府里公中准备，你怎么不早来说？"

凤羽珩笑笑："祖母过虑了，不管是皇后还是云妃，什么好物件没看过，咱们哪里还能挑出更好的来。是阿珩自己在药室里配了些养生保健的药材，算是一份心意，相信娘娘不会嫌弃的。"其实哪里是普通的药材，经了她凤羽珩的手送出的东西，何时差过？只是她并不想跟凤府人说。

老太太本就是个贪财吝啬的，凤羽珩不用公中准备礼物是最好，不然少不得又要费些银子。

一家人说说笑笑，就准备用饭，老太太看了一圈，哀叹一声："沉鱼还是不愿意出门吗？"

近几日，沉鱼都闷在院子里不肯出来，老太太着人问过，只打听回来说大小姐心情不好。

老太太琢磨着，肯定是因为不能进宫，这才心里不痛快。想想也是，两个庶妹被点名邀请，她这个嫡女却没人提，搁谁能开心呢？

凤瑾元心下不快："沉鱼也是被惯坏了。"

凤羽珩却开口劝解："父亲不要怪大姐姐，都是从前母亲惹下的祸事，大姐姐平白地跟着受了牵连不说，今日又是月夕，想来……也是思念母亲吧。"

她这样一说，凤瑾元也不好再表示什么。沉鱼毕竟是沈氏亲生的，要她在沈氏过世这么短的日子里就开开心心，那也太不近人情了些。

于是不再说话，一家人开始吃饭。

吃着吃着，老太太还是有点不甘心，又问凤羽珩："那些个药膳，阿珩一点都不会做吗？"

凤羽珩笑着答："也不是不会，简单的还是能做的，而且配方我全部清楚。如果祖母喜欢吃，那阿珩以后便特地找个靠谱的厨子，像御厨协助莫先生那样专门协助阿珩给祖母做药膳可好？"

老太太一听这话就乐坏了："好！当然好！"然后又看了看金珍，再道："给金珍也弄些个补补身子，她年轻，以后还得给凤家开枝散叶呢。"

老太太一提这话，韩氏心里又不痛快起来。粉黛被送走了，她的日子没什么指望了，可如果能再生个孩子，那就不一样了。

凤羽珩听老太太提了金珍，便随口说道："金珍姨娘刚坐了小月子，身子是要好好补补，但光补身子不够，心情也是要保持愉悦的。"一边说一边看向凤瑾元："姨娘从前是母亲身边的丫头，与她一起的好像还有三个吧？"

凤瑾元想了想："卖掉了两个，还有一个留在金玉院守着。"

老太太也想了起来："是不是叫满喜的那个？"

凤瑾元点了头。

凤羽珩随即提议："想来她们四人从小一起长大，感情应该极好。不如让那满喜去金珍姨娘那边侍候，平日里能多陪姨娘说说话，姨娘心情会好很多。"

老太太想想也是这个理，当下便答应下来。

金珍坐在桌上，向凤羽珩送了个感激的目光，再跟老太太和凤瑾元道谢。

一顿月夕的团圆饭，吃得倒也算是其乐融融。

傍晚时分，凤羽珩和凤想容二人在凤府全体的嘱咐下，上了进宫的马车，凤瑾元也单独上了另一辆马车。男宾女眷是从不同的宫门进宫的，所走的道路自然也不同。

两人各带了一个丫头，凤羽珩带的是黄泉，想容带了个叫明珠的丫头。

直到马车远离凤府，想容总算松了口气。"本来没有太紧张，可被她们说了这一下午，倒是弄得我紧张起来了。哦对了，"她想起一件事，"二姐姐，想容没有单独给皇后娘娘备礼物。安姨娘说老太太那头没放话，我们自己又备不出什么好东西来，干脆就跟父亲算作一份。"

凤羽珩拍拍想容的手："我备给皇后娘娘的东西是双份，算了你的呢。"

想容这才松了一口气："谢谢二姐姐。晌午吃饭听祖母说起备礼时，我还一直担心着，怕父亲呈上东西的时候不算我们的。"

凤羽珩笑了："放心吧，就算我们不准备，父亲也不会不算我们的份儿。他不怕我们丢脸，也肯定得为凤家的脸面着想。"

两人一路聊着天，没多一会儿的工夫，便到了宫门口。

女眷走西边的鹊远门，每年均是如此。她们到时，宫门口已经有许多夫人、小姐集中在此，等着一个一个查过名帖方可进入宫门。

凤羽珩与想容二人走下车时，并没有被太多人注意。毕竟能来参加宫宴的，都是正经的官家夫人、小姐，不论从自身素养还是见过的世面来说，都不是当初定安王妃寿宴时的宾客能比得起的。

她拉着想容一边往队伍末端走，一边张望着看有没有任惜枫姐妹几人。玄天歌是别指望在这地方见到了，人家是正经皇室中人，哪里需要排队入宫的。

她们正张望时，官道上又有一辆马车疾驰而来，速度有些快，带起了阵阵尘沙。娇小姐们立即以帕子掩住口鼻，纷纷皱眉去看，就见那马车于鹊远门前停住，车帘子一掀，一个头上用绢纱包裹得严严实实的女子从上面走了下来，身后还跟着个穿着红衣的丫头。

人们都认得，那绢纱包头的人是清乐郡主，怪不得如此嚣张。虽说眼下站在外面的这些官夫人、官小姐谁也不是真的比清乐地位低，真要是较起真儿来，皇上可不会偏向一个没有半点权力且如今连王府都不剩了的王爷和郡主。可毕竟她们是有素质的，不愿意跟没素质的人计较。

于是人们就看了一眼，便纷纷扭回头去，该干吗干吗。

凤羽珩的目光却一直在清乐身后那名红衣女子身上停留，虽然她一直低着头，虽然她的脸看起来有些黑，虽然她被所有人都认成是清乐的丫鬟，但是凤羽珩知道，那是凤沉鱼。

早就知道凤沉鱼会想法子混进宫来，本以为她会走三皇子那条路，却没想到竟跟清乐郡主搭到了一起。

清乐下了马车也不排队，直奔宫门口走了过去，准备直接入宫，却被一个嬷嬷拦住。

清乐一皱眉："大胆！"

那宫嬷嬷可没那么胆小，她常年在深宫里，皇上、皇后都天天见得到，哪里会被个异姓破郡主给吓到。听到清乐这一嗓子，那嬷嬷扑哧一下就乐了，开口道："清乐郡主，老奴是奉了皇后娘娘的命令在此查看进宫女眷的名帖。如果郡主要硬闯，那老奴只好着人禀明皇后娘娘了。"

清乐一皱眉，想再说两句，却见身后的凤沉鱼已经将名帖递了过去。

她没再作声，多一事不如少一事，凤沉鱼今天穿成这个样子已经把她气个够呛，可不想在这时候再出岔子了。

见到有丫鬟递名帖，那老嬷嬷倒是饶有兴趣地看了沉鱼一眼，心下有了几分合计。

一个丫头，穿得比主子还鲜亮，真不知道她到底是来干吗的。不过清乐向来喜欢生事，搞不好这便是特地安排的，再不就是要在宫宴上表演节目。

老嬷嬷没再多想，倒是接过名帖验看了一番，然后对清乐道："按理说，郡主是要排队的。您看，后面这些夫人、小姐都等着，老奴先验了您的名帖实在是有失公平。不过既然您是郡主，那就破例一次吧，希望明年郡主能早点到，也省去排队的烦扰。"说着，她将名帖递了回去，清乐冷哼一声，带着凤沉鱼匆匆进了鹊远门。

凤羽珩见她们走远，便将目光收回，想容小声问："清乐郡主为何要将头包起来？那样打扮好难看。"

凤羽珩失笑："她不包不行啊。我听说定安王府的那一场大火烧光了她的头发，哪有这么快就长出来。"

想容听罢，自然联想到了清乐没有头发的样子，不由得笑了起来。

而这时，凤羽珩也看到了任惜枫几人，赶紧拉着想容走了过去。

任惜枫、凤天玉和白芙蓉站在一起，见凤羽珩过来特别开心。凤羽珩却看着她们三人皱起了眉头："你们都站在一起，看样子是一起来的，为啥不去叫我一声？"

白芙蓉笑着挽住她的手："哪里是一起来的，我们是插队排到一起的。"一边说一边又转过身去跟后面的一位夫人赔笑脸："美姨，再加两个人好不好？"

那被她叫美姨的妇人显然是跟白芙蓉极熟的，赶紧退了半步让凤羽珩和想容加进来。她二人赶紧给那妇人道谢，又冲着身后排队的众人行了个礼，也道了声谢谢。

大家相互礼让着，气氛倒也和谐。

凤羽珩给想容介绍了这三个姐妹，又告诉她："一会儿到了宫宴上，就能看到舞阳郡主，你也是见过几次的。"

想容头一次认识这么多人，又一个个都是大门第的千金，一时有些紧张，也不会说什么话，只乖巧地点头。

凤羽珩没办法："我这三妹妹就是胆子小，也没怎么出过门，你们别介意啊！"

几个姐妹有说有笑，不知不觉便到了鹊远门前。就在这时，宫道上又有辆马车疾驰过来，那速度比清乐的马车还快了许多，尘沙飞扬，连带着那验看名帖的嬷嬷都跟着咳了两声。

可是依然没有人对此生出疑义，凤羽珩还觉着奇怪，京里的官家夫人、小姐都很好说话吗？

白芙蓉轻拉了拉她的袖子，小声道："是步家的马车。"

凤羽珩不懂："步家？"

任惜枫转回身说："阿珩刚回京不久，自然是不知道这几年京里的变化。这步家原本就是个小官小吏，官职最高的也才六品。可自从三年前步家的女儿从一个婕妤直接爬到贵妃的位置，这步家就也跟着平步青云了。"

凤天玉补充："步贵妃的父亲如今已任吏部尚书，是正二品大员。"

几人正说着，就见那步家的马车亦在刚刚清乐郡主停车的地方停了下来，车帘轻启，里面有一女子款步下车，一袭紫衣临风而飘，长发倾泻如瀑，肤如凝脂，眉目如画。本该是一如水佳人，却面若冰霜，傲然而立，一如碧水寒潭。

白芙蓉小声给凤羽珩和想容解释："是步贵妃的亲侄女，步霓裳。"

那老嬷嬷见到步霓裳可比见到清乐时热络多了，不但主动上前行礼，甚至连名帖都不看，就急着将步霓裳往宫门里让。

步霓裳却没理她，只在众人中环视一圈，目光却在前排的凤羽珩处落了下来。

只见她慢悠悠地眨了一下眼睛，抬脚往凤羽珩这边走来，直到近前才站住脚，直勾勾地看了好一会儿，这才开口问她："就是你收拾了清乐那个贱人？"

凤羽珩亦直视过去，目光中不见寒光，却带着那种一如玄天冥一般混世之态，浑身上下都配合着散发出一种高贵的慵懒来。

步霓裳皱了皱眉，就听凤羽珩开口道："姑娘这话应该跟玄天冥问去。"

她连御王都不肯叫，直接道了名字。那步霓裳闻言虽表面上没有任何变化，却只有凤羽珩看得出来，她的瞳孔不自觉地收缩了两下。

"很好。"步霓裳忽然展了个笑容出来，下巴微扬，那种不可一世之气又盛了几分。可在心中却生出挫败，她向来傲视一切，眼下这份骄傲却完全入侵不了凤羽珩那一派无所谓有又无所谓无的态度中，更在她那一句"玄天冥"出口后败下阵来。

步霓裳心中烦躁，转身就直接进了宫门。

几个姑娘不明就里，凤天玉小声问凤羽珩："我只听说步霓裳跟清乐一向不对付，怎的好像对你也有敌意？"

凤羽珩耸耸肩："谁知道呢。"

说话间，老嬷嬷已经向她们要起名帖。几人将名帖一起送上，另外三个老嬷嬷显然是认得的，又说了一番好话，到了凤羽珩这里，却是思量了一阵，然后又将名帖看了一遍，随即大惊。"御……御王妃？哎呀！"这嬷嬷十分懊恼，"都是老奴有眼无珠，怎么敢让御王妃等这么久，老奴该死，还请王妃饶了老奴。"说着就要跪下。

凤羽珩赶紧把她拦住，她看得出，这老嬷嬷是真的在懊恼，不由得在心里又骂了一遍玄天冥，只道他这是什么名声，怎么人人听闻他都跟见了鬼一样。

"嬷嬷快请起，我只是与御王殿下有了婚约，还没过门呢。"

"过门是早晚的事。"老嬷嬷笑着说，"谁不知道御王殿下看重王妃呀！宫里人都知道的，王妃就莫要谦虚了。"一边说一边亲自将几人引领到宫门里头，然后叫了一个里面排队站着的引路丫头："快带御王妃和几位小姐往琉璃园去。"

那小丫头一听说御王妃三个字也吓了一跳，赶紧过来跪地磕头行礼。凤羽珩都懒得拦了，任她磕过三个头这才道："快带我们进去吧。"

总算是离了那鹊远门，白芙蓉笑道："牛啊！阿珩，果然跟着你混有肉吃。"

凤羽珩无奈地道："肉是没有，不过有药吃你们要不要？"

"什么药？"几个同时眼睛一亮，在医药方面来说，凤羽珩就代表姚家，姚家的药什么时候让人失望过。

凤羽珩告诉她们："我都放在马车里，等出来的时候再给你们分，就能直接带回府了。是我自己配的一些花草茶，有养颜美白的，有去火内调的，还有能助眼睛明亮头发生长越来越好的。你们拿回去每日就当茶水喝，保管又好喝又有效果。"

几个姑娘听了都特别高兴，这样的茶她们还从来没有听说过，一个个的都心生期盼。

凤羽珩又对任惜枫说："听闻任将军的腿脚一到天冷就会犯病，我为他准备了些膏药，晚点也给你带上。如果将军再有不适，我也可以亲自过去看看。如今我外公不在京里，我虽稚嫩些，但自认为医术还是不赖的。"

任惜枫一听这话，自然是感激不尽，握着凤羽珩的手说："感谢的话我就不多说了，对于我们家来说，父亲的一身伤痛是最大的心病。有阿珩你这句话，父亲他知道了一定会高兴的。"

凤天玉这时又琢磨起了那个步霓裳："说起征战，步贵妃的大哥好像也握着咱们大顺四分之一的兵权，这几年一直驻守东界，足足两年没有回朝了。"

任惜枫点了点头："步家倚仗的从来都不是那个正二品的步大人，而是东边那位步聪将军。说起来，阿珩，那人与你还有些渊源呢……"

凤羽珩死命地搜索原主的记忆，都想不到那步家跟自己又会有何渊源。

任惜枫为她解惑："本来这事我也不太知道，也是前些日子听我母亲提起的。说是你出生的时候，姚神医正在给步白萍的哥哥，也就是步霓裳的父亲步白棋治伤。当时步聪也在，他大你八岁，听说生得十分俊朗。姚神医在得知你娘亲平安生下你之后十分高兴，送了好些药给步白棋。那步聪也是年纪小，看着姚神医这么高兴便也跟着高兴，还嚷着长大了要娶你为妻。"

凤羽珩抚额，这哪是渊源，明明是朵烂桃花啊。

奇闻逸事总是很吸引女性的，任惜枫的话让其他几人都十分感兴趣，纷纷催她快说。于是任惜枫又道："姚神医还以为只是句玩笑话，谁承想那步聪却上了心，在你才六岁的时候就求着他爹上门求亲了。可那时候你是凤家嫡女，步家在凤家眼里什么都不是，你父亲自然不可能同意。那步聪为此还郁闷了好久。在你被凤家送出京城后，步家突然之间势起，那步聪便求着皇上给了他一支兵马，杀到东边去守边界了。"

凤羽珩咋舌，还是个痴情的？

凤天玉提醒众人："这个事就不要再提了，谁不知道阿珩早就与九皇子定了亲？那步家也是做美梦，八成是看那些年九皇子根本没把这门亲事当回事，这才壮着胆子凑上前的。"

凤羽珩点了点头："嗯，过去的事就让它过去吧，反正我也不记得。不过，玄天冥以前没把我当回事，这笔账我可得跟他好好清算清算。"

凤天玉闭嘴，她又惹祸了吗？

在小宫女的引领下，众人一路往举行宫宴的琉璃园走去。不过走了一半的时候凤羽珩就停了下来，然后把想容往前一推，对三人道："你们带着我妹妹先过去吧，我得先到云妃娘娘那边请个安。好不容易来宫里一趟，不去看看不好。"

众人都理解，白芙蓉主动把想容拉到身边，再对那引路的小宫女道："你陪着凤小姐去月寒宫吧，往琉璃园的路我们认得，跟着人群走就是了。"

那小宫女其实很不愿意往月寒宫去的，那边人少没有烟火不说，常人走近些便会觉得瘆得慌。再加上云妃那脾气，还真是怕离近了都中招呢。

但眼下凤羽珩要去，她也没办法，这是未来的御王妃，进宫了去拜见一下未来的婆婆也是无可厚非的，她便只能硬着头皮点点头，准备带着凤羽珩掉转方向往月寒宫去。

凤羽珩自然是看出了这丫头的不情愿，她也无意为难个小宫女，便开口道："不用了，你就带着几位小姐去琉璃园吧，我这丫鬟从前就是跟着九皇子的，去月寒宫的路她认得。"

小宫女一听就高兴了，跟黄泉再三确认了一番，得知她真的认得路后，这才带着白芙蓉等人往琉璃园去了。

凤羽珩就跟着黄泉往月寒宫走，黄泉探问她："小姐，您给云妃娘娘准备的礼物带在身上了吗？"

凤羽珩点点头："在袖子里呢，小物件，不显眼。"

黄泉这才放了心，一边走一边说："宫里的下人都怕云妃，但其实云妃挺好的，对两位殿下都特别好。只是性子冷了些，又不爱见皇上。"

凤羽珩也无奈，云妃的性子哪里是冷，分明就是怪。一个妃子不见皇上，还没被打入冷宫，甚至这么多年还这么得宠，看来不只云妃怪，皇上也怪。她又想起前世的那句至理名言，莫非得不到的就是最好的？

"对了。"她想起刚刚任惜枫她们说的事，"关于那个步家，你了解多少？"

黄泉想了想，道："也不是很多。只知道那步聪驻守大顺东界，手里握着大顺朝四分之一的兵马。最初，显然是因为步白萍从婕妤变成了贵妃，步家才突然势起。但如今看来，步贵妃应该是倚仗步聪起来的。皇上从来都是独爱云妃一人，这一点连皇后都管不了，可却也没亏待了步贵妃，该有的步贵妃都有。却唯有一点，她没孩子。"

"没孩子，那就是没有未来。"凤羽珩深知其中道理，"步霓裳是步聪的亲妹妹，看她年纪也跟凤沉鱼差不多，可说了亲事？"

"说了。"黄泉道，"步霓裳许了四皇子玄天奕，好像定的是明年开春就出嫁。"

两人说话间，月寒宫已至近前了。

凤羽珩看着这座孤傲、冷清又华美无比的宫殿，不由得生出几番感慨。她不知道云妃与皇上之间到底有过什么样的故事，也无意就这个事去问玄天冥，只是一个妃子能做到近十年都不见皇上，皇上却依然能把她宠着、惯着到这般地步，也是个奇迹了。

她与黄泉走到月寒宫的门口，里面的小宫女一见到她们两位倒没有什么惊奇，只上前道："奴婢给王妃请安。"

凤羽珩听惯了玄天冥这边的人张口闭口叫她王妃，便也没拦着，只是道："今日来参加月夕宫宴，在宫宴开始之前想着先来给云妃娘娘请个安，不知道方不方便？"

那小宫女扬着笑脸道："当然方便，娘娘早知王妃会来，一早就让奴婢在这边迎接呢。"

凤羽珩愣了愣，云妃连她会来都算计到了？不过再一想，也没什么可奇怪的，但凡讲点礼数的人，进了宫都会来未来婆婆这边行个礼吧。

她跟着小宫女往里面走，云妃依然在她最喜欢的观月台那边。小宫女进去通报过后，便对凤羽珩说："王妃请进吧。"再看看黄泉，有些不好意思地道："黄泉姑娘跟奴婢一起在这边等等可好？"

黄泉以前是月寒宫的常客，她甚至还给云妃当过两年的暗卫，这宫里的下人没一个不认识她的。她自然也懂云妃的规矩，只点点头，没再多话。

凤羽珩一人进了观月大殿，云妃今日穿了一身芙蓉色的华服，依然是那副跟玄天冥十分相像的慵懒模样，坐在观月台的台阶上，手里拿着一只琉璃杯，正在喝着什么。

凤羽珩鼻子尖，吸了两下便闻出是酒。

她上前几步，于云妃面前跪拜："阿珩给母妃请安，多日不曾来看望母妃，母妃一切可好？"

她依然用了上次云妃准许的称呼，亲近感一下子就拉近了。

云妃对此十分满意，点点头，向她伸出手来："别总是跪来跪去的，母妃这里没有外人，过来坐。"

凤羽珩顺从地走了过去，一伸手，从空间里直接调出一样事先准备好的礼物：

"这是我给母妃准备的礼物，也不知道母妃喜不喜欢。"

云妃早听玄天冥说起过凤羽珩精湛的医术和那些古里古怪的东西，也知道她曾与一波斯奇人有师徒之谊，如今见凤羽珩拿了个奇怪的东西出来，不由得也生出几许期待。

"是什么？"云妃拿在手中，将外面的木盒子打开，却发现里面只有巴掌大的一个圆圆的东西。她把那东西拿在手里，也说不出是什么材质，上头镶嵌着无数精美又叫不上名字的宝石，美得让人舍不得放下。"上面这些都是什么宝石啊？"纵是向来冷清的云妃也忍不住去问，再用手摸摸，打磨光滑，亦棱角分明。

"什么都有。"凤羽珩指着上面的石头道，"母妃您看，有粉水晶、绿松石、黄水晶、紫水晶，还有金饰、银饰，中间这颗是猫眼石。"她一边说一边指着一个地方告诉云妃："母妃按一下这里。"

云妃诧异，顺着她手指的地方轻按下去，忽地，手里圆圆的小东西竟然打开了，而后她发现，小东西里面竟明晃晃地出现了一张美人脸。

云妃吓得差点把东西给扔了，可又觉得那张美人脸甚是眼熟，不由得多看了几眼，忽地发现："这不是我吗？"情急之下，连本宫都忘了自称，"这是……镜子？"

凤羽珩点头，二十一世纪很普通的小圆镜，外面镶嵌上各种小石头，里面有两个圆镜片，一个照起来正常比例，另一个是放大比例。她以前觉得好看就买了几个，扔在药房的抽屉里。进宫之前便决定把这东西送给云妃一个。女人嘛，当然得投其所好。更何况这个年代根本没有这种镜面，铜镜都是模模糊糊的，还没有水里照得清楚。

"我曾拜过一个波斯师父，他老人家临回波斯之前留了些好东西，儿媳瞅着这面镜子又小巧又精致，便想着给母妃带来了。"波斯，一个只存在于传说中的国度，被她拿来搪塞奇物，屡试不爽。

云妃喜欢得不得了，又发现了镜子的另一面有放大功能，不由得感叹："波斯匠人真是巧夺天工，这等奇物都能制作出来。想来，大顺朝拥有这东西的人不多吧？"

凤羽珩敢打包票："独母妃一份。"

云妃甚是开心，拉着凤羽珩说："往后冥儿要是欺负你，你就进宫来我这儿告状，再不济跟你七哥说也行，他就听我们两个的。"

凤羽珩掩嘴轻笑，只道女人的情谊果然是得靠着礼物来维系。

"多谢母妃。"她乖巧道谢，然后想起上次云妃的态度明显就是亲近姚家的，便将子睿被收为叶荣的入室弟子，还有姚家小辈可以参加科考的事说给了云妃听。

却不想，云妃只轻哼了声，说了句："姚家人才不会在这个时候参加科考，不信就等着瞧。"

凤羽珩一阵诧异："为何姚家人不会来？"

云妃拍拍她的手背："以后你就知道了。"一句话，说得凤羽珩更加闹心。

"对了，今年这月夕宫宴，你既然来了，自然是要会会那步白萍的亲侄女。"

"步霓裳？"

"对。"云妃点头，嘴角又泛起了慵懒的笑，"那丫头自小跟着她哥哥习武，很是目中无人呢。想来，就算你不主动招惹，她也会点了名要与你比试一番，这可是年年宫宴的重头戏。"

从月寒宫出来，凤羽珩不由得问起黄泉："宫宴的重头戏是比武？"

黄泉告诉她："何止比武，是什么都比。所谓宫宴，不过就是给各家的夫人、小姐还有少爷们一个互相认识的机会。小辈们展示才艺，长辈们才好挑选儿媳、女婿什么的。"

她眨眨眼，问道："那我应该不需要做什么吧？我都定亲了呢！"终于觉得定亲还真是件好事。

黄泉叹了口气："但愿没人挑衅吧！那些小姐、少爷看似人模人样的，实际上一个比一个心计更甚。"

走着走着，突然，凤羽珩的脚步停了下来。黄泉一怔，随即耳朵微动，突然向左上方斜视过去。

她二人都听出那地方有动静，齐齐看过去——本以为是不怀好意之人，谁知看过去后却发现就在小路边的一棵大树上，竟然挂着个孩子。那是个男孩，四五岁的模样，胖嘟嘟、白白净净的，生得十分可爱。此刻他正挂在树枝上晃啊晃的，眼瞅着就要掉下来。

"快救人！"凤羽珩吩咐黄泉，可话音刚落，还没等黄泉动，就见那树枝毫不留情地折断，孩子砰的一声掉到地上，随即传来"哇"一声大哭。

"呀！他掉下来了。"黄泉也有些急，就觉着那孩子眼熟。

"我们过去看看。"凤羽珩带头往那孩子掉下来的地方跑了过去。她这人从来不爱管闲事，却偏偏抗拒不了小孩，特别是长得这么可爱的小孩。

黄泉一路跟着凤羽珩跑到那边，直到离得近了，这才看清楚孩子的样貌，以及他这一身锦服马褂和腰间那个玉坠子。

"小皇孙？"黄泉总算把这孩子认出来，不由得着了急，"你怎么自己在这里？

连个下人都没有吗？"

那孩子明显是摔伤了腿，疼得脸都青了，哭也顾不上，就是死命地抓着凤羽珩。

"先给他看看伤。"凤羽珩阻止黄泉继续问，不管这孩子是谁，她是个大夫，救死扶伤是第一原则。

凤羽珩抓住孩子的手安慰他："不要怕，姐姐是大夫，让姐姐先帮你看看伤到了哪里。"

黄泉抚额："小姐，差辈儿了。"

"呃……好像是……算了，你快去看看附近有没有跟着他的下人，再叫人去请太医。"

黄泉看了看凤羽珩，总不放心她一个人在这里，但小皇孙的伤又不能不治，没办法只能嘱咐她："小姐自己小心些。"然后闪了身形，迅速走远了。

凤羽珩将手轻放在孩子腿上，试图查看伤势，可她手刚一落下孩子就疼得哇哇大叫，她知这是伤了骨头，干脆伸手入袖，从空间里拿了剪刀和止痛的喷雾出来。

"乖，姐姐帮你把裤腿减开，给你喷些药就不疼了。"她安慰着孩子的同时，手一刻不停地开始剪掉孩子的裤腿，然后将止痛喷雾喷上，五秒之后，孩子的哭声终于减弱了些。

"是不是没那么疼了？"

"嗯。"小男孩可怜兮兮地点头，小手还是抓着凤羽珩的袖子，"姐姐你是神仙吗？为什么你这个东西一喷，我就不那么疼了？"

她好笑地捏了这孩子的脸蛋一把，换来孩子咯咯的笑。

"乖，姐姐得为你看看伤势。"她说着，伸手捏上了孩子的腿，几个动作便下了定论，"断是没断，但骨头肯定是裂了。"她特别无奈地看着这孩子："你不是皇孙吗？为什么都没个下人跟着？还有，你是怎么爬到那么高的树上去的？"

小孩子伸出食指放在唇边，对她做了一个嘘声的动作，说："嘘，不要告诉别人，我是偷偷来这里看月亮的。"

"看月亮？"凤羽珩完全搞不明白小孩子的心思，"跑这里看什么月亮啊？"

那孩子答得理所当然："都说云娘娘的观月台看月亮最好，这地方离云娘娘宫里近些，我爬高了就能看到最好看的月亮。"

这是什么逻辑？

凤羽珩无奈。"月亮在哪儿看都是一样的，以后可不许再做这么危险的事了。"她一边说一边帮孩子简单处理起腿伤来，"姐姐先帮你把腿固定住，你千万不能乱动，等一会儿太医来了，让他们抬着你去休息，剩下的事就交给太医好了。你这伤啊，怎么也得三个月才能下地呢。"

她还以为这孩子会在"三个月才能下地"这个问题上与她纠结一下，却不想，这小皇孙竟是盯着凤羽珩的动作瞪大了眼睛不解地问："姐姐，你的袖子是百宝箱吗？怎么什么东西都能变出来？"他就看这个漂亮姐姐一会儿变出一把剪刀，一会儿变出一个小瓶子，一会儿又拿出两个硬板板，还有布带子……姑娘家的袖子里真的能装这么多东西吗？

凤羽珩也愣了下，光急着给这孩子固定腿，倒是把这茬儿忘了……

"你不是说姐姐是仙女吗？"她干脆连蒙带唬，"这些都是姐姐变出来的呀！但是你不许对任何人讲哦，讲了之后姐姐的法术就不灵了。"一边说一边又调了块巧克力出来塞到小皇孙的嘴里，嗯，堵住你的嘴巴。

"好。"孩子含着巧克力，一脸惊奇地点头，"飞宇跟谁都不说，姐姐放心吧！"他惊奇这是什么糖，可真好吃。又道："那飞宇为姐姐保密，姐姐以后还能再给飞宇吃这种好吃的糖吗？"

她点头："只要你不对任何人讲，姐姐就经常给你糖吃。"见孩子郑重地应下，她这才又问："你叫飞宇？玄飞宇？"

"嗯。我是……"孩子掰着手指头，"啊，二皇子，就是元王啦，我是元王的儿子。姐姐你是谁？"

凤羽珩在脑子里过了一遍，元王，她没见过。

"我是……你要这么说，就不能跟我叫姐姐了。"

"为什么？"

"因为我是你九叔未过门的媳妇……"

"啊？"这孩子都惊呆了，"姐姐你也没比我大多少啊，我九叔都多老了，他这叫什么行为？"

凤羽珩想了想："老牛吃嫩草。"

"那姐姐你不要嫁给老牛好不好？等飞宇长大了你嫁给飞宇！你别忘了，我们还有共同的秘密哦！"

凤羽珩抚额，不愧是玄家的人，小小年纪就知道讲条件和威胁了。

"嘘——"忽地，她止住孩子的话，小声道，"有人过来了。记住，仙女的秘密不可以对别人说哦！"

玄飞宇用小肥手捂住了嘴巴，拼命地点头。

很快，在小路的另一头便有一群人跑了过来，带头的是黄泉，后面跟着一对看上去年纪不到三十的夫妇，还有太医、太监、宫女、嬷嬷等一群人。

那个宫装妇人一边跑一边哭，待看到玄飞宇之后更是大哭着扑了上来："我的宇儿啊！"

凤羽珩吓得赶紧用手去拦她："王妃千万不要压到小皇孙的腿，有伤！"

来人正是元王妃，她听了这话才注意到凤羽珩，想来路上也听黄泉说了这边的情况，马上把她认出来："你就是九弟妹吧？真是谢谢你救了我家飞宇。"

凤羽珩心道又一个自来熟的，但也没解释什么，只是道："救还没来得及，我们刚发现小皇孙，他人就已经从树上掉下来了。我只做了些应急的措施，其他的还得太医处理。"她一边说一边跟太医交代情况："伤我已经检查过了，是骨裂。我用了止痛的药，又用硬板做了固定，你们派人用轿辇将小皇孙的腿平放抬走，再做进一步处理。"

太医也是个麻利人，一边听她叙述一边去查看玄飞宇的伤。一看之下不由得大惊："姑娘用的是什么止痛药物？竟是这般神奇？骨裂的疼痛不亚于骨折啊！"

众人一听，纷纷往玄飞宇那伤腿上看去，就听玄飞宇说："一点都不疼了，就是很麻，这条腿没有知觉。"

凤羽珩告诉他："麻药劲过了就会疼的，到时候你不要哭鼻子。"

玄飞宇嘻嘻笑着，笑得一直站在旁边打量着凤羽珩的元王玄天凌总算是放下心来，不由得冲着凤羽珩拱手施礼："多谢凤姑娘出手相救，本王感激不尽。来日若有需要本王的地方，还请凤姑娘不要客气。"

凤羽珩朝他看去，只觉这位二皇子没有九皇子的邪气，也没有三皇子的怒气，更没有七皇子的仙气。他这个人看起来是那种老实本分类型的，面相憨厚朴实，让人能生出几许亲近来。

凤羽珩亦还了一礼，道："二殿下太客气了，举手之劳。小皇孙如此可爱，谁都不会坐视不理的。"

那太医没得到自己想要的答案，十分不甘，也不管两位主子是不是在寒暄，急着催问凤羽珩："姑娘到底用的是什么药啊？"

凤羽珩知道这是大夫的通病，便将手里的喷雾瓶子递给他："这个是喷着用的止痛药，是多年前从一位波斯奇人手中所得。这一瓶刚刚给小皇孙用了些，请您收好，这药效一次能抵六个时辰，过了之后就再喷上。皇孙太小，不止了痛，他受不住的。"

"就这么喷——"玄飞宇学着刚才凤羽珩用药时的样子告诉那太医，"按上面那个东西，往我的腿上喷，一喷就不疼了。"

元王和元王妃对凤羽珩感激不尽，元王妃甚至把手上的镯子都摘了下来要送给凤羽珩。凤羽珩推托着没要，元王便劝他的王妃："待宇儿好些，咱们亲自登门拜谢也不迟，现在还是先把宇儿送回府要紧。"

一群人立即又开始折腾起玄飞宇，直到孩子被抬上轿辇要送回王府，那孩子还扯着脖子喊凤羽珩："仙女姐姐，你一定要到元王府来看我啊！一定啊！"

元王妃不由得笑他："你应该叫婶婶。"

就听那孩子又喊了声："叫什么婶婶啊，以后我是要娶她过门的！"

凤羽珩特别无奈地看着已经走远的众人，然后扭过头来跟黄泉说："你可别把那孩子的话跟玄天冥说啊！他好歹也是当叔叔的，别到时候一发疯就跟一孩子打架。"

黄泉更无奈："殿下不是恶霸，虽会打女人，但不打小孩，更不打自己家的小孩。"

她这才放了心："玄飞宇挺可爱的。"

黄泉却又提醒她："不过我不说并不代表别人不会说啊，只怕殿下这会儿已经知道了呢。"一边说一边指了下身后的月寒宫，"就在云妃娘娘的宫门外面，小姐觉得这事瞒得住吗？"

凤羽珩想想也是，便不再纠结，跟着黄泉快步往琉璃园赶赴宫宴。

原本她们进宫算是早的，可这么一折腾就有些晚了。凤羽珩到时，琉璃园里已经坐满了人，男宾在左，女眷在右，有人已经推杯换盏，女人们也三五成群地聚在一处闲聊。

凤瑾元一直留意着门口，见凤羽珩来，赶紧就从人堆里挤了出来，到了近前急着问了句："小皇孙没什么事吧？"

她摇头："没事。"消息传得可真够快的。

凤瑾元松了口气："没事就好。二皇子家的小皇孙，皇上甚是喜欢，你今日能帮到他，也算是你的造化。快些进去就座吧，为父看想容一直跟舞阳郡主她们在一起呢。"

凤羽珩点点头："女儿也到那边去坐，父亲也就座吧。"说完，俯了俯身，转身就走。

凤瑾元看着他这女儿离去的背影，忽然就觉得凤羽珩其实特别像是姚家人。虽说孩子都随父家多一些，但这个女儿不管从长相还是性格来讲，几乎都跟那姚显是一个模子里刻出来的。

当年的姚显也是这样济世救人，普度众生，京里，乃至整个大顺受过姚家恩惠的都大有人在。如今凤羽珩竟也在不知不觉间走上了姚显的老路，今日救了小皇孙，还有明日、后日，等到有一天她救的人越来越多，凤羽珩的大名也将会跟她外祖父一样。凤瑾元不知道他到底是应该高兴，还是应该担忧。

凤羽珩走到玄天歌她们身边时，玄天歌正在跟白芙蓉一起取笑想容，说她一看到七皇子就脸红。见凤羽珩回来了，赶紧拉着她一块对想容进行会审，说得想容的一张小脸红得都要滴出血来了。

这时，凤天玉将几人拉拢到一处，小声地说起一个八卦："皇上每年都会拿出一样东西来作为奖励赏给女宾，据说今年的东西是一枚凤头钗。"

凤羽珩不明白："怎么个赏法？一人一支？"

白芙蓉笑她："那怎么赏得过来啊！每年的宫宴上不是都有才艺比试吗？得第一的才能得到奖赏。"

玄天歌更八卦，慢悠悠地道出那凤头钗的来历："那枚凤头钗传几世了，先后有六位皇后戴过。人人都说，谁拥有了那个东西，十有八九就是未来的皇后。"

任惜枫感叹："就相当于一部活圣旨啊！"

想容有点担心："若真是那样，得了凤头钗的女子还不得被人哄抢？"

一句话，又挑起几个女孩的话题。

凤羽珩却没在意那凤头钗，她的目光正落在与清乐低声交谈的红衣女子身上。

凤沉鱼站着的位置很巧妙，紧挨着一处石柱，刚好挡住了凤瑾元的视线。清乐平日里人缘就不好，定安王府又被九皇子烧了一把，偌大的宫宴现场，竟是没有一个人主动来与她搭腔。沉鱼一直低着头与清乐说话，目光偶尔会往男宾那边扫过，每每都落在玄天华的身上。

凤羽珩再往皇子那边看去，从大皇子到九皇子，一个不少。玄天冥还是坐在轮椅上，戴着副黄金面具，手里握着酒杯，也不喝酒，就那么懒洋洋地靠着，唇角微微上挑，眉心的紫莲若隐若现，魅惑众生。

玄天华一袭白衣，坐在玄天冥的身边，正偏头跟另一位她没见过的皇子说着什么。神态淡然，气若出尘。

三皇子玄天夜依然一脸怒气，三丈之内都让人遍体生寒。

二皇子玄天凌还是憨厚本分的模样，见凤羽珩看过来，还冲着她举了举杯，诚恳地点点头，然后一仰脖把那杯酒给干了。

凤羽珩亦端起桌上杯子，小抿了一口作为回敬。然后看向玄天冥，见那人正勾着唇角好笑地向她看来，不由得瞥了一记眼刀。这小动作又招来玄天歌等人的嘲笑。

终于，宫宴的主角到了。

在大太监一声尖喝声中，帝后登场。身后跟着一众嫔妃，有与那步霓裳一样高傲的步贵妃，也有那些几乎一整年也见不到一次君颜的贵人、婕妤，独缺云妃。

场中所有人立即起身，冲着高台上一龙一凤屈膝下跪，齐呼："吾皇万岁万岁万万岁！皇后娘娘千岁千岁千千岁！"

天武帝玄战俯视众人，一抬手："众卿平身！"

"谢万岁！"人们这才站起身来。

凤羽珩没见过皇上皇后，小心翼翼地抬了头去瞅，却发现那天武帝的目光也正向她这边直视而来。两方目光在半空中相撞，凤羽珩眉心一皱，只道不愧是九五之尊，若非她有准备，只怕要在天武帝的目光中败下阵来。

而天武帝玄战也小吃一惊，他只知老九找的这个丫头是姚显的外孙女，小小年纪便有惊人的医术。却不想，这丫头竟有与之正面相接的勇气，且没有输给他。不由得心下一动，那钦天监监正的话再一次于心中回旋一遍。

凤星临世、西北，一切都是那么吻合。若星相所述真的是这个丫头，其实……还真是挺好的。

天武帝收回目光，拉着皇后一起往龙椅上一坐，广袖一挥，立即有太监又高声唱道："月夕宫宴开始！"

话毕，乐扬，舞起。

众皇子及大臣们依次向帝后敬酒，女眷们也友爱地相互举杯。

凤羽珩跟着寒暄了一阵，正觉得没意思，身边玄天歌用胳膊肘撞了撞她："哎！有人找你来了。"

她一抬头，就见二皇子玄天凌正端着酒杯往这边走来。于是赶紧起身，主动向对方行了个礼，就听对方急声道："弟妹千万别这么客气，以后咱们就是一家人，我是你二哥，你跟我客气做什么。"

凤羽珩笑笑："王爷说的哪里话。别说现在阿珩还没嫁过去，就算是以后嫁了，御王殿下也是弟弟，弟妹理应向哥哥行礼。"

玄天凌就觉这丫头十分乖巧懂事，憨厚的脸不由得堆满了笑。"弟妹今日救了宇儿，我这当哥哥的一时间也不知道该怎么感谢才好，就先敬一杯薄酒，改日定会到凤府登门道谢。"

凤羽珩摇头："刚刚还说一家人不必客气，阿珩救自己的侄儿，这是应该的。更何况我是姚显的外孙女，别的本事没有，治病救人却是从小就被外祖父悉心教导的。"

玄天凌冲着她举起酒杯，不再说什么，一仰头，满满的一杯酒一饮而尽。

随着玄天凌打开的这个局面，从大皇子玄天麒，一直到八皇子玄天颜依次都开始给凤羽珩敬酒。他们的理由很简单，就是想认识一下未来的弟妹。

不管这些皇子私下里关系如何，也不管他们之间为了那把龙椅争得有多头破血流，但人人心里都清楚，皇上最宠爱的是第九子玄天冥，所以表面功夫必须做足了。更何况，对于这些哥哥来说，玄天冥如今已经没有了继承大统的希望，看在父皇面子上对他好一点，对自己不会有什么实质性的影响。所以，向凤羽珩敬酒的心便也真诚了几分。

这一幕被天武帝看在眼里，不由得含笑点头，朗声道："兄弟之间，应该是相互友爱，你们多关心弟弟，这是应该的。"

总算把这几尊神打发走，凤羽珩抹了把汗，瞪着笑得邪魅的玄天冥，无声地骂了句：白痴。

然后起身去跟文宣王妃说了会儿话。

总算是该寒暄的都已寒暄完。高台上，那一直未开口说话的皇后娘娘终于在一支歌舞结束后展了个母仪天下的笑容，对众人道："每年的欢宴就那么两次，一次月夕，一次大年。本宫难得见到这些小辈齐聚在一处，心中甚是欢喜。人老了，总是希望小辈们都能有出息，都能得到良缘佳配，所以每年宫宴的重头戏还是得落到这些小辈人身上。今年就还是一样，有什么才艺尽管展示出来，夺下前三的，本宫都会有奖励。皇上还会在琴棋书画歌舞箭这七项里面钦点其中一项的头名，赏下一个特殊的物件。"

关于这个特别的物件，很多人都事先得到了小道消息，一时间群情振奋。

凤羽珩注意到沉鱼问了清乐一些话，然后清乐又答了些话，之后沉鱼面色大惊，几乎就要尖叫起来。还是清乐捂住了她的嘴巴，这才没有让她太过暴露。可这一举一动还是引起了不少人的注意，吓得沉鱼赶紧把头低了下来。

凤羽珩往后靠在椅子上，她觉得这种比试跟自己没有半毛钱关系，人家皇后都说了，是为了让小辈们得到良缘佳配，她这种已经订了婚的人士跟着凑什么热闹？

可她不想凑热闹，却偏偏有人不想让她清闲。"琴棋书画歌舞箭"，这七样比试中，前六样都吸引了大批的娇小姐参加，偌大的琉璃园中分了六块比试场地，每块场地都挤满了人。

却唯独设在琉璃园外的比箭场上冷清异常，除了一人之外，根本再没有旁人往那边而去。

而那位正站在比箭场中的女子，正回过头往凤羽珩所在的方向看过来，然后伸出右手食指，很傲气地直指向她，道："你，过来跟我比比。"

凤羽珩看着那女子，忽地就展了个笑来。那笑带着几分了然，几分邪魅，几分慵懒，还有几分无所谓。

果然应了云妃的话，就算她不去会对方，那人也会主动招惹过来。

凤羽珩这样的笑实在是让步霓裳觉得刺眼，目光不由得狠厉起来，再一次冲着凤羽珩道："你，过来跟我比箭！"

凤羽珩就不明白了，起身往那边走了几步，身后立刻跟来许多想要看热闹的人。

"听说这位是步尚书家的霓裳小姐，刚刚皇后娘娘还说这才艺展示是为了给咱们做小辈的寻个机会得一良缘佳配。若我没记错，步家的嫡小姐是与四殿下订了婚约的吧？真不知步小姐执意要下场比箭究竟是何用意。不过，我并不打算参加任何比试，不管步小姐对四殿下如何，阿珩可是要为九殿下的颜面着想的。"

她说话的声音不轻，足以让这些看热闹的人都听得清清楚楚。而高位之上的帝后早已下得场来在人群中穿梭，时不时地给正在比试的小辈们一些鼓励，倒也让这琉璃园显得其乐融融。

凤羽珩说话时，天武帝带着皇后走至近前，皇后听着凤羽珩的话，不由得唇角含笑："怪不得翮翮喜欢这丫头，倒还真是跟冥儿一个性子。"

天武帝亦跟着点头。"何止是像冥儿，看着她，朕就想到翮翮年轻的时候……"天武帝说着说着，面色沉了下来，"但愿这孩子不要一并学了翮翮的将来。"

皇后安慰他："不会的，翮翮只是任性，这孩子我瞅着是有股子拼劲儿的。"

帝后二人的私语自是没有人听到。

此时的比箭场上，凤羽珩的几句话将步霓裳的斗志彻底激发出来。若说之前她还只是挑衅，如果凤羽珩不比，她便当作是凤羽珩不敢。可是现在，步霓裳却狠下心来，非比不可。

围观人群中，几位皇子自然也在，玄天华推着玄天冥，与四皇子玄天奕踱步过来。玄天奕双手负于身后，压低了声音开口道："九弟这位未来的王妃，可真是俐齿伶牙啊！"

"是吗？"玄天冥眯着眼睛抬头看了看，原本挡在他眼前的人群不知何时已经自动让开，生生给他留出一条小路来，"我倒觉得珩珩说的都是大实话，这么实诚的孩子，哪里就俐齿伶牙了？四哥可别挑好听的夸她，会骄傲的。"

玄天奕冷哼一声，不再搭话，看向步霓裳时目光中带了些许冰冷，凤羽珩的话成功地在他心里留下了一道痕迹。

"向来话多的人，动起手来都不堪一击。"步霓裳也笑了，瞅着凤羽珩道："有耍嘴皮子的工夫，不如拉弓搭箭，与本小姐好好地比上一场。"

任惜枫看不过去了，几步走到凤羽珩面前护住，怒视步霓裳道："你一个武将家的女儿，欺负文官家的孩子，也不嫌丢人？要比试，本小姐陪你！"她是平南将军的女儿，论起武斗自然是不落下风。

可步霓裳却十分看不上任惜枫，一边摇头一边咂嘴："连续三年的手下败将，第四年你还要继续丢人吗？任惜枫，我都下不去手呀。"

任惜枫被她说得面红耳赤，的确，她一连输了三年。单论箭法来讲，这步霓裳可谓出神入化，她几乎都怀疑对方是专门为了每年的比试特地练的。

凤羽珩却不知道还有这么一出，看了任惜枫一眼，当即便从她的表情中明白步霓裳说的都是真的。她心思一转，倒还真起了几分兴趣。

"曾经九殿下问过我一句话。"她笑眯眯地转头看向玄天冥，"殿下问：珩珩，除了医术，你到底还擅长些什么？当时我答他的是，秘密要一点点地探索，谜底一下子全都揭开，就不好玩了。"她转过身再对向步霓裳道："今日本无心下比试场，但步小姐盛情却又实在难拒，那就当我是为了给九殿下将其中之一的谜底揭开，解一解他的好奇吧！"

步霓裳冷哼一声："话多。"然后抬步又往场内走了几步，有太监递了一张弓来，她将弓拿在手上，指着二十步开外的靶心道："照规矩来，三箭定胜负。"

凤羽珩也走上前，看了看那靶心，频频摇头："太近了。"

"什么？"步霓裳几乎以为凤羽珩疯了。一个丞相的女儿跟将军的妹妹比射箭，她还挑剔上了？

"那就再远些！"四皇子开了口，看着步霓裳，面无表情地道，"既然比了，都是我玄家订下来的媳妇，怎么能这样小家子气。"他瞅了瞅靶子，对太监扬声道："再远十步。"

"好！"步霓裳也来了兴致，冲着四皇子点了点头，两人达成默契。

有太监上前将那靶子又往后挪了十步，然后看向步霓裳，见步霓裳点头这才回来。

"这回可以了吧？"步霓裳再次向凤羽珩发出挑战。

谁知凤羽珩还是摇头："唉，太近，实在是太近了。步小姐若只是邀请我来陪你过家家，阿珩还真是不能奉陪。"

众人哗然。

已经退了三十步之后，够远的了，又是两个姑娘家比试，皇后看着便有些担心，不由得开口同天武帝讨论："凤家那丫头是不是太托大了？步家的姑娘听说从小就跟着步聪习武，却从没听说过凤相家里请过武师啊？"

天武帝笑着摇了摇头："往往越是不合理的，就越是能在最后占了上风。凤家的这个女儿你又不是不知道，被凤瑾元扔到西北大山里足足三年，据说有奇遇拜了一位波斯奇人为师，教了她一手比那姚老头还高明的医术，天知道那波斯奇人会不会武功啊。"

皇后还是有些担心，往比试场上望去，就见场上的太监已经将靶子又往后移了十步。

"四十步了，足够了。"皇后为凤羽珩捏了一把汗，她还真怕凤羽珩输了，不但自己丢人，最要命的是会丢了玄天冥的人，天知道玄天冥生起气来会不会把今日的宫宴砸了！

步霓裳因凤羽珩生了一肚子气，四十步的距离，她不是没尝试过，却是无法保证百发百中。别说中点那个用朱砂点上去的靶心，就连靶子的边搞不好都摸不到。

狠厉地看了凤羽珩一眼，她还真就不信了，一个文官家的庶女，还能比她更强？

如此想着，步霓裳提了弓就往场中间走，她满心以为这四十步已经是极限，凤羽珩要是再不满意那一定就是脑子有毛病。

其实，在场的除了玄天冥、玄天华以及天武帝之外，所有人都跟步霓裳是一个想法，就连想容和玄天歌几人也都为凤羽珩捏了一把汗。任惜枫偷偷地同凤羽珩说："阿珩，不要勉强，虽然我输了她几年，但这没关系的，咱们毕竟是女孩子家，射箭这种东西八成一辈子都用不上，就当是陪着她给皇上表演了。你别跟她置气，不值得。"

凤羽珩生气了！

不是生任惜枫的气，而是生步霓裳的气。

就见她往前走了两步，怒目圆睁，指着那箭靶子就吼道："箭，是用在战场上射杀外敌的！你听说过哪个外敌能站在这么近的地方任你射杀？你步家统兵御敌，难道教给你的就是一定要等敌人走到四十步之内，才能开弓射箭？"

她说话时，句句疑问，却又句句不需人回答。疑问就是肯定，肯定就是训斥。步霓裳忽地就生出一阵恍惚，好像站在面前与她说话的人不是凤羽珩，而是她那个一向以军规森严著称的哥哥步聪。

一恍神的工夫，凤羽珩已经冲着那移靶的太监大声道："往后移！要比试，一百步起！箭走百步，一局定胜负！"

哗！

所有人都疯了，天武帝都瞪直了眼，玄天冥都挑了挑眉。玄天华微弯了腰，问他："弟妹真的行吗？"

玄天冥嘴角一阵抽搐："我怎么知道。"

皇后额头上都冒了汗，直问着天武帝："要不要阻止了她们？省得两家都没面子。"

天武帝也沉思了一会儿，盯着凤羽珩看了许久。只觉这丫头身上不只有股子不服输的劲头，似乎还真就像她所说的那样，有许多没有揭开的谜底。他也起了好奇，一个十二岁的女孩，究竟能带来什么样的精彩？

"好！"突然间，天武帝朗声开口，一个"好"字震响四方。

所有比试都停了下来，人们纷纷往比箭场这边聚集。

就听天武帝道："朕本就准备了一件特殊的物件儿打算赏给琴棋书画歌舞箭其中一项的头名，既然比箭场上如此精彩，那便挑了这箭类吧！"

皇后配合着将一支凤头金钗举到面前，补充道："步家与凤家的姑娘，谁若赢了这场箭试，这凤头钗，本宫亲自为你们插到头上！"

凤头钗一现，所有男宾女眷的眼睛都红了，仿佛一股股羡慕嫉妒的大火在熊熊燃烧，直要把凤羽珩步霓裳两人烧成灰烬一般。

人人皆知凤头钗意味着什么，传了几世，先后被六位皇后戴过的东西，谁若拥有了它，不就相当于告知天下她就是未来的皇后嘛。

可场上这二人……

一时间，人们议论纷起。

凤家的姑娘许了九皇子，步家的姑娘许了四皇子，大家都知道九皇子打仗伤了身子，子嗣无望，皇位不可能让这样的人来做。那也就是说……

人们齐刷刷地扭头去看四皇子玄天奕。

难不成皇上中意的是四皇子？有这个可能，不然不可能把步贵妃的亲侄女许给他，更何况，这步霓裳的亲哥哥可是驻守着东界，手里握着大顺四分之一的兵权啊！

凤瑾元的拳头死死握了起来，他没想到事情会演变成这样。一直未曾明确表态的皇上，难道就在今晚，要以这种方式将储位明确下来？他凤家可是选了三皇子啊！如果真是这样，凤家该何去何从？

他下意识地看向三皇子玄天夜，却见那人依然板着一张怒脸，丝毫没有因帝后赐钗的事情影响情绪，甚至还在他望过来时微微地点了点头，给了个放心的眼神。

凤瑾元的心慢慢收了回来。

是啊！他太着急了，当今皇上才五十出头，就算立了储君，也有的是机会翻盘。既然做了选择，凤家就已经没有退路，就像其他权贵一样，各有各的党派，只能步步为营，没有路也要生生开辟出一条路来。

凤瑾元是能想明白，但有个人却着急了。这人不是别人，正是被紫阳道士说成是有凤命的凤沉鱼。

凤头钗，在她看来那就该是她的东西，怎么能落到别人手里？她急得都想跳起来，可眼下她的身份是清乐的奴婢，哪里有她跳脚的份儿。更何况步霓裳和凤羽珩比的是射箭，又不是弹琴，她纵是有资格参与，又能如何？连那张弓能不能拉得动还两说呢，更别提还得把箭射出去了。

凤沉鱼气得眼睛都能喷火，脸都扭曲了，清乐适时提醒她："注意你的身份。"她咬着牙，强忍着将心头怒火压下，不得不把头又低了下去。此时此刻，她恨死了她的母亲沈氏，若不是那个恶妇，她何至于五年不能入宫？何至于入了宫却不能光明正大地站在所有人的面前？她凤沉鱼是天下第一美女，竟落得如此下场，不甘啊！

四皇子玄天奕原本在凤羽珩的言语相激下，对步霓裳的所作所为有些非议，但谁承想事情瞬息万变，一场普通的比试，竟有凤头金钗做了装点，这意义可就不同了。

玄天奕直想为步霓裳叫好，只道这丫头真是他的福星啊！如果步霓裳真能把那凤头金钗赢下来，就相当于他未婚的妻子是未来的皇后。虽然一直以来并不觉得皇上有多看好他，但玄天奕此刻却开始幻想着那许是父皇对自己的考验，不然不可能在这场只有两个人的比试中许下凤头金钗。老九已是子嗣无望，原来父皇竟是中意自己的，竟然一直都是中意自己的！

玄天奕越想越激动，眼中光彩熠熠，目光灼热得几乎能飞出一条龙来！他对那皇位的期许，如今竟得了如此实质性的进展。不由得看向步霓裳，给了她一个赞许与鼓励的笑。

可是步霓裳心里苦啊！

四十步她都没有把握了，凤羽珩却又开出了一百步！

眼瞅着那移靶的小太监把那靶子挪到一百步开外，她连靶心都看不见了，何谈射中？一个姑娘家能有多大的力气？纵是她从小就练骑射，到底也没有男人那般硬功夫。凤羽珩，这是在拿她消遣吗？

她目光斜视，却见凤羽珩瞅着靶子被小太监重新插好，竟然点了点头，颇有几分满意，道："这还差不多，左右不过一场表演性质的比试，我也就不做更多要求了。"

步霓裳几乎被她气吐血。

罢了！她就不信，自己射不着，凤羽珩就能射着，一个文官家的小姐还能比她强了去？无外乎到最后就是两人谁也射不中，比的不过是谁射得更远罢了。

一这样想，步霓裳又生出了几许信心，将手中弓箭重新提起，对着凤羽珩："凤小姐，现在可以开始了吧？"

凤羽珩点头："年纪大的先请。"

噗！

众人笑喷了。

皇后也跟着挑了挑眉毛："跟冥儿还真是像啊！"

步霓裳觉得这不过是凤羽珩的战术，想要扰乱她的心神，让她发挥失常。

她冷笑一声，心中暗骂凤羽珩肤浅。然后抬起弓，对着远处几乎快看不见的靶子，连做了几次深呼吸，终于将心绪调整到最佳状态，然后搭弓上箭，只听"嗖"的一声，一支利箭离弦而出，直奔那靶心而去。

所有人的呼吸都几乎止住了，目光顺着那支箭一道而去。

步霓裳于心中默默祈祷那箭能射得远一些再远一些，她已经使了最大的力气，甚至都忽略瞄准了，只为能让箭射得更远。

可箭还是在差不多六十步的地方落到地上。

人们这才松了口气，就见几名侍卫跑上前，查看一番后与天武帝回报："禀皇上，箭步六十三，偏离靶心一尺三丈。"

玄天冥毫不客气地笑出了声。玄天凌也笑了，只是他人长得厚道，笑起来也没有玄天冥那么刺眼。

但再不刺眼那也是笑了，步霓裳的面色不太好看，玄天奕的脸也黑了下来。"二哥和九弟不如看看凤家姑娘的箭术之后，再取笑不迟。"

玄天冥点点头："对，等阿珩把箭射中，本王再喝彩也来得及。"

玄天奕几乎想说他是神经病了，那么远的距离，习武的男子都未见得能射到，凤家那丫头能成功才怪。

可玄天冥就还是那副怡然自得的样子。对于凤羽珩，虽说他也觉得此举冒险，可那丫头从来不说大话，只要她能说出口，就一定有办法做得到。

对于这一点，玄天华也很相信凤羽珩，便也开口劝了一句玄天奕："四哥且看看吧，就当是欣赏一场精彩的箭术表演。"

玄天奕冷哼一声不再说话，众人将目光再投向比箭场时，凤羽珩已经把弓箭提在手中了。

她比步霓裳小了两岁，女孩子在长身体的年纪，差一岁就能差出许多去，以至于她提着弓站在那里，总给人一种感觉，那步霓裳在欺负小孩。

凤瑾元看得直揪心，他并不是担心凤羽珩射不中，恰恰相反，他是担心凤羽珩射中了可怎么办？

他的暗卫不止一次告诉过他，凤羽珩身上带着功夫，而且不弱。不但不弱，甚至诡异到让那些暗卫都看不出路数。

凤瑾元虽说很多时候看不清凤羽珩，但他在一点上是十分了解凤羽珩的——这丫头从来不说大话。

既然凤羽珩把条件摆了出来，他相信，这支箭凤羽珩一定能射成功。所以他纠结啊，如果凤头金钗真的给了凤羽珩，那么皇上到底是啥意思呢？难不成还真的把皇位传给九皇子？

几番思索间，凤羽珩那边已经开始上箭了。

人们惊奇的是，这凤家的二小姐不但上了箭，她居然同时上了三支箭！

这是要干什么？

玄天冥却已将眼睛眯了起来，他似乎有点猜到这丫头的用意了。

凤羽珩勾着唇角，给了玄天冥一个放心的目光，然后将弓拉满，朝着那靶子瞄了一会儿，最多五个数的工夫，"嗖"的一声，三支箭齐发而出。

现场的气氛已经紧张至极点，步霓裳几乎认为凤羽珩这是料定会输，干脆三支箭一起射出去赌赌看有没有运气能射得远一些的。

可那些懂得箭术的男子以及同样从小习武的任惜枫却看出了门道。

只见那三支箭最初的时候是齐头并进，可却在射出二十步的时候突然分为前后三段。速度只在彼此间交错开的时候有些微差，即刻便又自行调整过来。

天武帝双目陡然一亮，就在那三支箭分开的一瞬间，整个人都跟着颤抖起来。

皇后自是看不懂箭术，却也在天武帝的带动下跟着紧张。

玄天奕只觉事态似乎不太对劲，凤家姑娘这三箭太过诡异了，有一股浓重的危机感匆匆来袭，直觉告诉他，步霓裳只怕要输。

这时，玄天冥的声音响起，第一次没有慵懒之态，反而兴致十足，随着箭走弦过，一如解说般为在场众人将这三箭规则一一道来："三箭齐发。二十步，箭分三段，头箭疾，二箭迅，三箭猛。顺行再二十步——四十步始，头箭势弱，二箭追头箭尾，迅压之助其势。"

凤羽珩那三支箭就像是长了耳朵一般，真就照着玄天冥所述在四十步的时候，第二支箭"砰"的一下顶到了第一支箭的尾巴上。头前那箭原本已经放缓的速度便又迅疾起来，而后面第三支箭仍然保持均速行进。

玄天冥继续道："六十步，头箭再缓，借二箭力再推前十步。七十步，二箭弱，三箭尾力猛发，压二箭、送头箭，头箭疾势再起。二箭、三箭，落。"

他一个"落"字出口，后面两支箭齐齐落向地面，那最后剩下的第一支箭却依然保持着初始的速度前行。

"八十步，九十步，中！"玄天冥话音刚落，那支箭死死地钉入靶子，不偏不倚，正中靶心！

所有人都深吸了一口气，久久都没有吐出，直到都快把自己给憋死了，也不知道是谁带了头最先鼓起掌来。

一时间，掌声雷动，就连天武帝都忍不住连声喝彩——"好！好！好！"三个好字。一如当初的云妃，对凤羽珩绝对的肯定。

凤羽珩扭过头看向玄天冥，就见那人正冲着她竖起大拇指。她现了几分得意，能被自己喜欢的人肯定，那是心中最无法表达的喜悦。

她硬气功虽说恢复了一些，但常规射百步箭肯定是不够的，便只能用上这种从前世祖父那里学来的方法。虽然算是取巧，施展起来却也精彩绝伦。

场上侍卫早已跑到靶子旁边，干脆将那靶子给拔了起来抬到天武帝面前："皇上请看，凤家小姐百步穿杨，直入靶心。"

天武帝一张脸多年难见如此夸张笑容，今晚却送给了凤羽珩，只见他频频点头，然后冲着凤羽珩招手："丫头，过来。"

凤羽珩赶紧过去，屈膝跪地："臣女凤羽珩叩见皇上。"

天武帝乐得嘴都合不拢，亲自上前将人给扶了起来，然后盯着她看了一会儿，再道："何来臣女一说？你是朕给冥儿选的媳妇，虽没过门，但早晚都是一家人。听说你已跟云妃叫了母妃，也跟华儿叫了七哥，那便叫朕父皇吧！"

今天来的众宾客一致地认为自己脑子有点儿不够用了，信息量太大了啊！大顺的皇帝什么时候变得这么平易近人了？他不是暴怒的吗？他不是喜怒无常的吗？他不是杀罚果断、冷血无情的吗？为什么今天晚上要颠覆得如此彻底？

当然，最嫉妒的人是步霓裳啊！同样是未过门的儿媳妇，皇上却只让凤羽珩叫他父皇，瞅都没瞅自己一眼。她斜着眼瞪向四皇子，目光中透着一句疑问：这是几个意思？

四皇子自然不可能为她解惑，别说步霓裳想不明白，连他这个当儿子的也想不明白。不过，皇上从来都是向着老九的，从小到大，老九要什么没有？想怎么折腾就怎么折腾，能挥鞭子抽死前贵妃，父皇连骂都没舍得骂一句……他想到这些先例，便也不觉得有什么奇怪的了。

而凤羽珩则是面带微笑地看向天武帝，模样乖巧，与刚刚箭场上风姿飒爽时判若两人。此时此刻，她就是一个十二岁的小姑娘，在得到长辈的认可时，展出开心又娇羞再带着几分骄傲的笑来。

凤羽珩跪到地上磕一个头，道："谢父皇隆恩。"

与此同时，人群里挤出一人，正是左相凤瑾元。

女儿得了如此大恩，他作为父亲，既然在场，哪有不出来一齐谢恩的道理。于是赶紧也跟着跪到地上，重重地磕了个头："臣谢圣上隆恩！"

天武帝点了点头，却看着凤瑾元问了句："姚老头的外孙女，朕记得是你们凤家的嫡女吧？这些年的宫宴，凤家嫡女都没有进宫，朕本来还以为是凤爱卿瞧不上这些，可如今看来，是朕误会凤相了。这么好的女儿是该藏着点，省得有人瞧上了，跟朕的冥儿来抢媳妇。"

一句话，说得跪在地上的凤瑾元一张老脸通红通红的，过了一会儿又惨白惨白的。

他实在不明白这皇上到底是啥意思，三年前的事明明是宫里先发难将姚家贬了的，他连夜表明态度，皇上还挺高兴，可如今却好像是把三年前的事完全忘了一样，怎么能……睁着眼睛说瞎话呢？

不只是凤瑾元崩溃，站在清乐身后的凤沉鱼更崩溃。嫡女，这两个字就是在打她的脸啊！她一个正经的嫡女要涂黑了脸冒充奴婢才能混进宫来，可凤羽珩明明就是个庶女，却偏偏所有人都记得她才是凤府原本的嫡女，那她沉鱼到底算什么？

她心中涌起滔滔恨意，咬着牙问清乐："我们准备的事，究竟能成吗？"

清乐也恨凤羽珩，特别是看着身边姑娘们的一头头秀发，她就更恨了。于是同样咬牙切齿地回了沉鱼："必须得成。"

天武帝老半天也没等到凤瑾元的回答，不由得冷哼一声，对皇后道："将凤头钗给阿珩戴上，凤相记性不好，总记不得家里的嫡女到底是谁，但朕可不能跟他一样，把自个儿的儿媳妇都记错了。"

一番话，说得凤瑾元出了一身的汗。天武帝这人向来阴晴不定，他可真怕这九五之尊一不高兴把他拖出去给砍了。俗话说伴君如伴虎，他伴的这只虎，还是一只喜怒无常的虎啊。

皇后娘娘冲着凤羽珩招手，凤羽珩乖巧上前，于皇后面前跪下。皇后亲手将那枚凤头金钗插到凤羽珩的发髻上，然后赞道："真是好看，就像是为你量身打造的。"一句话又说得让人浮想联翩。

凤羽珩再次给皇上、皇后谢了恩，再抬头时，却见那天武帝正瞧着自己，目光中多了一层意味。

她琢磨了一会儿，忽就笑了起来，轻步上前，于天武帝面前小声说了句："父皇放心，我定会把这枚凤头金钗保护得好好的，不会让父皇失望。"再走回来时，面上便又是那种乖巧无害的笑。

来自皇帝的考验，凤羽珩这算是接下了。

凤头钗是个好东西，同时也是块烫手的山芋，这东西就跟传国玉玺有着同等效果，谁得了它，在很多人心里便等于得了天下。

如今这凤头钗插在凤羽珩头上，可她许下的夫君是一个没有了生育能力的九皇子，此时此刻，有多少人在打这支金钗的主意，凤羽珩光是想一想就觉得头大。

皇帝到底是皇帝啊，不会平白无故送出一样东西，更不会平白无故做出任何一个决定。

这是对她的考验，她若经得起，她自己也好，玄天冥也好，他们的未来都有无限辉煌的可能。她若经不起，那于皇上来说，这样的儿媳，不要也罢。他的确是宠着他的九儿子，可也不会拿自己的江山去开玩笑。

至于玄天冥那没有子嗣不能为人道的狗屁传言，凤羽珩压根儿就没信过。更何况，她是大夫，是二十一世纪中西医结合的双料圣手，她还带着一个对于这个年代的人来说一如神仙殿堂的药房空间，什么样的病治不好呢？纵是玄天冥真伤了根，她也能凭着自己一双妙手给他医回正路来！

凤羽珩如此上道，天武帝是越看越喜欢，不由得竟开始幻想起她跟冥儿大婚时，兴许云妃也会露面。他有多少年没见翩翩了？那张脸，他做梦都在思念啊。

宫宴最重头的戏落了帷幕，在所有人的心中打下了沉重的烙印。

步霓裳再没脸留在琉璃园，干脆出宫回府。而在高位之上，还有一人，正盯着凤羽珩，似要将她的五脏六腑都看个究竟。

那人正是步霓裳的亲姑姑，贵妃步白萍。

此刻的步白萍，那表情就跟有人挖了她家祖坟一样，脸都黑了。偏偏坐在她身边的花妃不要命地同她说了句："步姐姐好福气呀！步家的侄女能把箭射得那么远，真是女中豪杰呢！"

这花妃向来都是最没有眼力见儿、最不会说话那一伙的，特别是在步白萍面前，这么些年了，花妃就从没让她听到过一句顺心的话。步白萍曾一度认为，这花妃是皇后特地选进宫来给她添堵的。

就好比现在，如果步霓裳赢了，花妃这话自然是没的挑，可错就错在步霓裳输了呀！

贵妃娘娘怒了，霍然起身，也不管是什么场合，照着那花妃笑得灿烂的脸蛋"啪啪"就两个耳刮子扇了过去。

那花妃也够搞笑，快三十岁的人了，竟被步白萍打得"哇"的一声就大哭起来。

这一哭闹，原本已经登了场的歌舞也跳不下去了，舞姬们纷纷退下，所有人的目光就往高台上集中，好似步贵妃跟花妃演了一出戏。

步白萍觉得自己今日已经被羞辱到了极致，花妃不过是她的一个发泄点，真正的恨意都在凤羽珩那儿呢。可她到底是名义上的长辈，总不能在这种场合上直接给凤羽珩穿小鞋，一时间怒火无处可发，花妃就倒了霉。

花妃一边哭还一边委屈地道："你步家的侄女输了比赛，你心里不痛快也不能打我啊！步姐姐，我到底是做错了什么？"哭着哭着就开始扯上皇上、皇后了："皇上、皇后娘娘，锦儿好冤枉啊！步姐姐凭什么这么霸道，说打人就打人？"

步白萍抢先一句："就凭我是贵妃，你只是个妃！"

她这话音刚落，就听到有另外一个声音扬了起来，也不知道是从哪个地方传来的，幽幽而起，无根无际，音似鬼魅，却又婉转好听。

那声音说的竟是："本宫也只是个妃，步白萍，你打个试试！"

步白萍猛然一怔，连带着天武帝和皇后也是一怔。天武帝最搞笑，整个人一下子就站了起来，然后又像定格了一般，要动又不动，连半张着的嘴都是保持着一个姿势。

这声音……云……云翩翩？

天武帝有点不敢相信自己的耳朵，他有多少年没有听到云妃的声音了？有多少年没见过云妃的面了？难不成今日这月夕宫宴，那个该死的、没有良心的女人总算是在那月寒宫里待不住，想要出来转转了吗？

很快，天武帝就知道自己想得还是有些天真了。他等了老半天，却只闻云妃的声音，根本就见不着人影。

就在所有人都开始觉得刚刚一定是产生了听力幻觉时，云妃的声音才再度响起，却是道："本宫出来转转，途经这琉璃园，刚好听到这番言论。看来这些年，宫里真的是风云变幻啊！当年一个小小的婕妤，如今都敢在宫宴上打人了。啧啧，真是吓人，本宫与皇上多年未见，本还想着叙叙旧的，现在却不敢了。本宫也是妃，不想挨打。皇上，臣妾走了。"

她就扔下这么几句话，然后众人足足等了半炷香的时间也没有再听到云妃的声音，直到玄天冥扬了声道："父皇，我母妃已经走了。"

天武帝这才回过神来，却是想都没想，抄起手中酒杯，猛地就往步白萍的脑门上砸去。

这一砸用足了力道，步白萍躲闪不及，被生生地砸破了头，人也一下子就晕了过去。

下方跪着的步天风正瑟瑟发抖，如履薄冰。

步正风几乎是跪爬着出来的，拼命地磕头求饶："皇上息怒！皇上息怒啊！"

可天武帝怎么息得了怒，他天天想、日日盼，就巴望着见云翩翩一面。昭合殿的柱子都快被划满了，他觉得自己一天都等不下去了。今日云翩翩终于肯出来溜达，却又被步白萍吓跑了。

虽然他心里清楚，云翩翩连他都不怕，怕步白萍作甚？可人家就是找了这个理由。

"皇上……"此时此刻，敢跟皇上说话的也就只有他的皇后了。皇后也是硬着头皮没办法，大过节的总不能把所有人都晾在这里，她尽量让自己的声音显得柔和一些，同他道："皇上息怒，您身子不好，莫先生告诫过您不可以动气的。"再凑近了些，声音放得更轻，又道："后宫的事回头再说，先把这宫宴继续下去吧。好歹今儿是月夕。"

天武帝心中熊熊怒火怎么压制得住，就觉得血流噌噌地往上蹿啊！眼瞅着脸就憋得通红，人晃了几下，险些栽倒。

下面众人大惊失色，纷纷跪地高呼："皇上息怒！"

莫不凡这时也不知道从什么地方跑了出来，催着太监将天武帝扶到椅子上，然后单手掐脉，再从袖袋里摸出一颗药丸来塞到他嘴里："皇上含着，切莫吞服。"

花妃也顾不上哭了，早在云妃那鬼动静一出的时候她就闭嘴了，此刻也围上前来，挤在一群妃嫔中关怀着皇上的身体。

这场面看得凤羽珩直皱眉，皇上这症状跟凤老太太完全是如出一辙，是严重的高血压，一受刺激血压就突然升高，眼下再被这么多人围住，通不了风透不过气，能有好才怪。

没多一会儿的工夫，莫不凡从人堆里挤出来，匆匆来到凤羽珩面前："王妃，那日府上老太太吃的药您可还有带在身上？"

凤羽珩点点头，带着呢。

莫不由赶紧冲她拱手施礼："请王妃施以援手。"

凤羽珩也不矫情，抬步就往高台上走去。

凤瑾元在一旁看着，忽然就产生了一种错觉。他这二女儿一步一步地走上高台，不是去给皇上看病，而是……陪着新皇登基。

他猛地晃了一下头，赶紧将思绪收回。

而此时，凤羽珩已经走到人群中间，就听她大喊一声："都让开！"然后对着莫不凡道："皇上气血上涌，这种病症十分危险，要想救人命，首先要保证的就是空气流通。"

莫不凡冲着皇后点点头："凤小姐说得极是。"

皇后赶紧吩咐众人："全部退后，不许靠近皇上。"然后再看看凤羽珩，目中透出几许期待。姚老头的外孙女啊！姚家的人什么时候让人失望过。

凤羽珩没再多说什么，快步走至皇上跟前，左手掐脉，右手抚上左腕的凤凰胎记，从里面调出一种快速降压药来。

"父皇，"她凑近了些轻声开口，"阿珩给您的这个药，含在嘴里就好，不需要费力下咽。"

天武帝并没有完全晕厥，还能听懂凤羽珩的话，却做不出任何反应。

见天武帝将目光转向她，便知对方是听明白了。于是赶紧将降压药塞到他嘴里，观察一会儿，见天武帝的面色回转了些，她的手依然掐在天武帝的腕脉上，时刻观察，直到一炷香后，脉象趋于平稳，这才真正放下心来。

"父皇，"她声音缓又轻，听起来亲切可人，"您现在试着转动头看看还晕不晕？"

天武帝照着她的话左右晃晃，又上下点头，在确定自己真的不晕了之后，终于重新开口说话："朕欠的人情本来就还不清，如今又欠了一个。"

凤羽珩失笑："阿珩是父皇未来的儿媳妇，您这人情就算是欠，也是欠了九殿下的。"

这话让天武帝很受用，不由得朗声大笑起来。

凤羽珩见他真的没事了，这才与莫不凡二人合力将人扶了起来，重新坐回龙椅上。

凤羽珩将手里的那只瓷瓶递给天武帝，瓶里一共放了十片这种速效降压药，都是她平日里分装出来的，就摆在药房一层的柜台上，方便她随时随地取用。

天武帝看着那小瓶子，问她："刚刚给朕吃的就是这个？"

凤羽珩点头："我曾拜过一位波斯奇人为师，教我许多奇药的制法。这是一种被称为速效降压的药物，专用于急血攻脑，见效极快。"

天武帝听不太懂，反正知道是对自己这急症的好药，便小心地收了起来。

莫不凡在旁边又补充道："凤家的老太太也有这种病症，上次臣去凤家做药膳，曾亲眼看到老太太发病，吃的也是王妃所配制的药物紧急救命。"

天武帝再次感慨："当初姚老头，朕就搞不明白他的医术怎么就能那么好，如今青出于蓝，阿珩小小年纪，医术竟也不输你外公了。"

凤羽珩被夸得有些不好意思，只道她是因为有了作弊的空间才能不时拿出好药，若没了那间药房，别说让她在这种时代制作西药片，就算是做中成药丸，只怕她都费劲。

天武帝的精神好转许多，皇后提议："要不今日宫宴就到这里吧，皇上好好休息。"

天武帝却一摆手："继续！朕不能扫了大伙儿的兴！"

皇后为难地又问了句："那步贵妃……"

"哼！"天武帝握拳，努力控制着自己的情绪，"把她扔回自己宫去，谁也不许理她！"

皇后点点头，打了手势让下人去做。

下方跪着的众人也都在皇后的示意下起身，看了看已然恢复如初的皇上，就觉得刚才那一场闹剧好像是幻觉般。多年未曾出月寒宫的云妃怎么可能出来？

是幻觉，一定是幻觉，不然皇上又怎么可能前一刻还晕着，后一刻又精精神神地坐在那里？

只有当人们的目光看向凤羽珩时，才意识到刚刚那些事件的真实性。

凤家的二女儿，未来的御王妃，神医姚显的外孙女，连莫不凡都束手无策的急症，在她这里却是药到病除。

一时间，场下人议论纷纷，一个从一品官员的夫人对她的女儿说："听说凤小姐在京中开了一家百草堂，里面会卖一些药丸和什么冲剂的药，全都是见效极快的奇药。赶明儿你去一样买一些，在家里备着也好。"

与她有同样想法的夫人小姐不在少数，就连清乐都问起凤沉鱼："你说，凤羽珩能治我这头发吗？"

凤沉鱼早就妒忌得快要发疯，哪里还能给清乐什么好脸色，当即便打击了她："就算能，她也不会给你治。"

清乐大怒，一下子就忘了场合，拿起一只杯子就往前扔了去。

"啪"的一声，琉璃杯盏落地，尽碎。

所有人都因她这一下子大惊，愣愣地看着这个不讨人喜欢的异姓郡主，就觉得她用彩巾包着头发的造型难看又好笑。丑人多作怪，都这个样子了，就安安静静地当个看客不好吗？非要以这种方式提醒人们她的存在？

天武帝此刻也注意到了清乐，但与此同时，也让他想到了今晚还有一个任务来着。于是清了清喉咙，对着大殿朗声道："今日月夕，还有一件喜事，朕要与诸位一同分享。"

第十五章

宫宴风云

此时此刻，清乐十分后悔自己这一冲动之举。本来今日宫宴乱成这样，她的事如果没人提起，皇上应该会忘掉。可惜，提醒了皇上的人，正是她自己。

"清乐郡主。"天武帝叫了一声清乐，这一嗓子，不只是清乐憋气，定安王也连连摇头。

但是再憋气也没办法，皇命难违，他们可没有玄天冥那胆子想干什么就干什么。

清乐无奈地起身上前，于大殿当中跪下："清乐跪见皇上。"

天武帝瞅着下方这个郡主，心里起了一声冷笑。当时定安王府发生的事，他即便没有在场，也了解个差不多。这清乐企图陷害他最宝贝的那个儿子的女人，结果反被凤羽珩算计了，这真是报应啊！

对于给清乐指婚一事，天武帝是十分热衷的。于是再问了声："那个与你情投意合的男子，可曾来了？"他记得特地让皇后请了那人的。

这时，就听男宾那边有个声音响了起来："奴才来了！"然后就见一身材十分壮实的男子跑上前来，在清乐边上跪了下来，道："奴才王诺，叩见皇上！"

清乐狠狠地拿眼睛剜了一下这人，却也没敢多说什么。

天武帝点了点头，看了那王诺一阵子，突然就哈哈大笑起来。笑过之后，又开口道："般配！果然般配！看来，清乐的眼光还是不错的。"

定安王就觉得自己的脸被皇上狠狠地抽了！

那王诺身体壮实，曾经是王府里的侍卫，身上是有功夫的。可要说长得多好，那可是胡扯了。这人虽算不上难看那一类，却也跟好看完全不搭边，就更别提他下巴上还有一块小疤，据说是习武时伤到的。清乐再怎么说也生得如花似玉的，配这么个人，怎么可能是般配？

可皇上说般配，又有谁敢提出异议？于是场下众人齐声附和："能得此如意郎君，清乐郡主真是好福气啊！"

清乐都快气疯了，可她又能说什么？如果不承认是情投意合，那可就是惑乱啊？那可就不是喜事，而是罪、是祸事了。

天武帝看了一会儿众人的反应，又欣赏了一会儿清乐那一脸菜色，过足了瘾后，这才再度开口："一双小儿女情投意合，这是好事。定安王，你怎的不早与朕说？"

定安王一听皇上点名了，赶紧起身到清乐身边也一并跪下："臣……臣是不想给皇上添麻烦。"

"哎！"天武帝大手一挥，"这怎么能是麻烦？你是异姓王爷，清乐是郡主，在朕的心里这丫头跟天歌的分量是一样的。"

众人眼瞅着皇上睁眼说瞎话，一个个选择性地将这句"一样的"忽略。

一样？一样才怪呢。

清乐却想为自己做最后的争取，只见她冲着天武帝磕了个头，哀求道："清乐尚小，还想在家中多侍候父王母妃两年，请皇上成全。"

天武帝板起了脸："小什么？朕可清清楚楚地记着你是十月的生辰，再过两个月就及笄了。大顺的女子及笄、出嫁可是大喜事。朕今日就为你二人赐婚，婚期就定在清乐十五岁生辰那天，与及笄礼一并办了吧！你是郡主，招个郡马入府是正常的，所以你也不用担心你父王和母妃没有人照顾。定安王，你看如何？"

定安王还能说什么，皇上连日子都选好了，根本不给商量的余地。于是只好伏地叩头："臣，谢皇上隆恩。"

清乐亦随她父亲一并伏下身去，咬着牙道："清乐，谢皇上赐婚。"

殿上一共跪了三个人，人们就等着第三声谢恩之后继续赏歌舞呢，却在这时，听到那强壮男子高喊了句："臣请皇上收回成命！"

一语震惊四座。

更震惊了清乐。

清乐此时就想着，闹吧，你最好把皇上闹急眼了，然后一刀把你砍了才好。本郡主就是终身不嫁，也不愿意嫁给你个狗奴才。

然而，天武帝却并没有意料中的那样生气，他只是饶有兴趣地看着那王诺，问了句："你不愿意娶清乐郡主吗？"

王诺点了点头："奴才不愿意。"

"为何？"

"因为……"王诺看了一眼清乐，"因为她太丑了。"说着话，竟突然朝着清乐伸出手去。

清乐没有防备，猛的一下就被王诺把头巾给扯了下来。

一颗光头瞬间暴露在外，头上一块块血痂狰狞又恶心地展现在众人面前，有承受力差一些的夫人、小姐甚至开始干呕。

玄天歌扑哧一下就乐了，拉扯着凤羽珩的袖子道："你男人给烧的？！"

凤羽珩点点头："你仔细看，还挺像是一件毁灭性的艺术品的。"

想容听不下去了，拿帕子捂着嘴，转过身也干呕了两下。

凤羽珩托着下巴欣赏清乐的那颗头，职业病又犯了……嗯，倒是不难治，只是就算治好，那种叫作"再生障碍性皮炎的病"也得伴随清乐一生。到时候，最小都像大拇指指甲盖那般的头皮，一块一块地往下掉，恶死她。

"啊！"突然间，清乐一声惊叫又把众人吓了一哆嗦。就见她双手抱头拼命地想要遮丑，可又怎么遮得住呢。一颗没有一根头发的光头，早就深入人心，在人们心底打下了她清乐郡主终身形象的烙印。

"皇上！"王诺指着清乐的头道，"求皇上开恩啊！奴才对着这样的媳妇，夜里都会做噩梦啊！"

定安王快气炸了，站起身来，一脚踹向王诺："我的乐儿就算是全身都烧坏了，她也还是郡主，轮不到你来嫌弃！"

天武帝也收回戏谑之态，怒色重新泛回面上，厉眼瞪着王诺："一个奴才都如此大胆，定安王今后可是要好好管教家奴了。"

定安王赶紧又跪了回来："臣遵旨。"

"罢了！"天武帝广袖一挥，"今日月夕，又是给清乐赐婚的好日子，朕不愿与你们计较，平白坏了气氛。"

凤羽珩直翻白眼，气氛早就被你自己破坏了好不好？

"十月清乐及笄之日，便是你们大婚之时，到时，朕定会送上一份厚礼！"天武帝一句话，将这件事情下了最后定论。

王诺见天武帝是真动了气，再不敢造次，亦跪地谢恩。

清乐脑子一片混乱，下意识地就往玄天冥那边看去。可对方根本瞅都没瞅她，目光深邃地投向另一个方向。

清乐扭回身，就见凤羽珩正冲着玄天冥做了个鬼脸，原本就生得有几分俏皮，这鬼脸一扮便更显可爱。特别是凤羽珩那一头秀发，清乐嫉妒得快要疯了。

她都不知道自己是怎么走回到座位上的，直到沉鱼扶着她坐下，又在她耳边低语一句，这才重新回过神来。

见定安王一家的事情都已经处理完，人们觉得今日宫宴气氛实在是诡异，最好还是早早结束吧，再这么拖下去，指不定又要出什么事情。

于是有人按捺不住，主动将宫宴的固定项目往前推进了一步："皇后娘娘，臣日前偶得一宝，今日月夕特带进宫来呈献娘娘，愿娘娘天姿国色，常开不谢，永盛不衰。"

凤羽珩明白，这是开始给皇后送礼了。

她扭过头问身边的黄泉："事情都办好了？"

黄泉点头："小姐放心。"

她轻挑唇角笑了一笑，余光瞥向凤沉鱼，只见其低垂着头正在与清乐说些什么，面上略显慌张。

清乐的头巾重新包回头上，没了之前的精细，乱糟糟地团在头上，哪里还有半点的郡主气势。

她轻扯了扯想容的袖子，凑近了同她说："一会儿宫宴上会有好戏，睁大眼睛看清楚了。"

想容不解："还有好戏？二姐姐，今日想容可真是开了眼，原来皇宫里的宴会居然这么刺激，杀人的事都上演过，还能有更好的戏吗？"

凤羽珩点头："前面的戏跟咱没多大关系，后面这一场，才是重头呢。"

想容根本听不明白凤羽珩说的话是什么意思，但她有一项技能，就是主动自觉地认为二姐姐说的一切都是对的。于是端坐着，等看好戏。

玄天歌发现，自打送礼这个环节一开始，清乐就时不时地往她们这桌瞥。她捅捅凤羽珩："那女的是在瞅你吧？"

凤羽珩翻了个白眼："不然还能是在看你啊！"

"那肯定不是，我这人向来与人和善，从不欺负弱小，她那恶毒的目光可杀不到我。"

凤羽珩抽抽嘴角，玄天歌你说这话都不怕闪了舌头吗？

大顺朝的月夕宫宴，也不知道是从哪一年起，就自动地添加了给皇后送礼这一环节。从前太后在世时还要给太后送一份，倒是皇上不用打溜须。

一般来说，贵重的礼物都是朝廷大臣送，女眷这边多半是送些贴心的小礼物意思一下。

凤瑾元身为一朝丞相，自然是要先做个表率。随着那第一个献礼的人回到座位之后，凤瑾元起了身，带着一只木盒走到殿中间，冲着皇后跪拜，同时道："臣代表凤家献七彩石一枚，供皇后娘娘把玩。"

所有人都跟着揉了揉眼，七彩石？那是什么鬼？

人们一个个都伸长了脖子往凤瑾元那处看。

就见凤瑾元一边慢悠悠地将手中木盒打开，一边对那所谓的七彩石向人们做起讲解，他说："七彩石乃天然形成，属于玉质，但一块石头上竟然生出七种颜色，且玉石也长成了花瓣状，看起来就像是一朵七色花……"

说话的工夫，木盒已经完全打开，所有人都被他的叙述所吸引，包括皇上和皇后。天武帝向来喜欢奇珍，皇后亦爱把玩新物，两人携手从龙椅上站了起来，往前走了几步，目光直勾勾地往那木盒上投去。

然而，原本正得意非常的凤瑾元在木盒打开的那一刻就傻了眼——盒子是空的。

凤瑾元就觉得后背唰的一下渗出冷汗来了，不由得将疑问的目光投向凤羽珩，若不是皇上在此，他一定要当面问问这到底是怎么回事。

原本他只带了个寻常物件送给皇后，没了沈家的帮衬，凤家确实弄不到什么好东西。可凤羽珩却在得到凤头金钗之后，悄悄找到他，对他说："女儿曾得波斯师父送过一件至宝，女儿知道父亲未寻到太合心意的东西，不如这个父亲就拿去吧，此物珍奇非常，父亲就算是算作我们凤家全体的礼物，皇后娘娘都会十分乐意的。"

然后，凤羽珩便将之前他当众说的关于七彩石的话同他说了一遍。

凤羽珩有好东西，这一点凤瑾元是丝毫都不怀疑的，原本在来之前他就想过要跟凤羽珩问问看有没有适合的物件儿，只是没好意思开口。所以当凤羽珩把东西送到他手里时，他半点都没犹豫就揣到了袖子里。更何况凤羽珩还给他描述了一番人们第一眼看到七彩石时会产生的反响，更是坚定了凤瑾元一定要在献宝时再打开，以免被人看去的信心。

可他现在才知道，自己又被这个二女儿算计了，还算计得死死的。本来今天皇上就发了怒，虽然这会儿已见缓和，也给了点好脸色，可他为官多年，伴君亦多年，怎能不了解这位帝王的性情。看似烟消云散，实则内心里还是在风起云涌，明涛转为暗波，更可怕啊！

凤瑾元知道，眼下若是没有个说法，只怕会惹天武帝盛怒。原本看似揭过去的关于云妃那一茬儿估计也会在他这里一并清算，他的下场怕是不会比那步贵妃好到哪儿去。

凤瑾元脑门子上都是汗，干脆撩起衣袍往地上一跪，然后扭过头看向凤羽珩。他这二女儿不是跟皇上一口一个父皇叫得亲吗？那他就把她一并供出来，但愿这个女儿巧舌如簧，能把这场面给圆过去。

凤瑾元都张开嘴了，就准备出声时，凤羽珩十分上道地自己站了起来，凤瑾元顿时松了一口气。

可惜，这口气才一落下，凤羽珩一句话，就又给他提了起来。

就听她说："咦？方才大姐姐将七彩石拿去鉴赏，没有还给父亲吗？"

嗡！

凤瑾元脑袋瞬间炸了。

"你……你胡说什么？"他指着凤羽珩的手都哆嗦了，"你大姐姐根本就没进宫来，她何时拿了？"

"没来？"凤羽珩突然伸手一指，"那个是谁？"

所有人都顺着凤羽珩手指的方向看过去，只见她单手直指清乐郡主所在的位置，而那站在清乐身后的红衣丫鬟正一脸惊恐地步步后退。

凤沉鱼无论如何也想不到凤羽珩竟已经将她发现。她想跑，可这里是皇宫，别说是跑，就是离开这座琉璃园她都寸步难行。

"父亲，"凤羽珩再问凤瑾元，"七彩石就在大姐姐身上，女儿看见她拿去鉴赏了的，还以为大姐姐能知轻重，看过之后就放回来，没想到她竟自己留着了。"

皇后盛怒："凤大人，本宫若没记错的话，凤家的这位嫡女，五年之内是不得入宫的吧？你们凤家究竟将本宫的懿旨置于何地？"

凤瑾元如今哪里还能不明白，沉鱼出现在这里，还是站在清乐身后，很明显就是被清乐带进来的。他真是恨啊！为什么他家的孩子一个个都不让他省心？

"请娘娘恕罪。"除了这句话，他实在不知道该说什么，可再一思量，却觉得这种黑锅不能凤家自己背，怎么也得再拉个垫背的。于是凤瑾元又抬起头来，直看向清乐："请问清乐郡主，为何挟持我凤家嫡女入宫？"

他用了"挟持"二字，还没等清乐发作，定安王直接气疯了，道："凤瑾元！你胡说些什么？"

凤瑾元怕皇后，可他并不怕定安王，对方这一问，把他的火气也挑了起来："本相没有胡说！我家嫡女有皇后懿旨在手，根本就入不得宫。可王爷请您看看，她今日不但入了宫，还是作为清乐郡主的婢女，这究竟是怎么一回事？"

凤瑾元几番话，把自己撇得干干净净，倒是定安王一家把这黑锅接了下来。

定安王原本就瞅着清乐带的丫鬟眼生，如今凤瑾元这么一问他才想起来，可不是嘛，那个红衣服的，除了脸黑了些，眉眼长相跟定安王妃寿宴那日前去贺寿的凤家大小姐真的一模一样啊！

他愣在原地，也不解地看向清乐。

清乐狠狠地剜一眼凤沉鱼，赶紧起身跪到皇上面前，解释道："皇上，是凤沉鱼乞求清乐带她进来的。清乐本就不同意，可她死赖着，赶也赶不走。"

天武帝看了清乐一眼，再看了沉鱼一眼，倒是奇怪地问了句："凤爱卿，朕记得你府里的主母前些日子刚刚过世。"

"是。"凤瑾元垂首回答。

天武帝再问:"那主母可是你那嫡女的亲生母亲?"

凤瑾元有些糊涂皇上为何要这么问,赶紧又答:"正是。"

天武帝忽地就怒了,猛地转过身走回龙椅前,坐下时,手"啪"地往桌案上一拍,直接震翻了一桌子瓜果酒水。

众人一哆嗦,又纷纷起身齐跪了下来。

就听天武帝道:"朕且不论皇后懿旨那事,就问问你这嫡女,亲生母亲刚刚过世,还不出一月,她作为嫡女,就穿着一身大红来参加宫宴了?"

凤瑾元再度崩溃!

他就说嘛,刚刚一看到沉鱼出现在这里时,除了震惊和害怕之外,还隐隐觉得似乎有哪里不太对劲。眼下皇上一提他倒是反应过来了,就是那一身红——凤沉鱼不但来了,还穿了一身红。反观他的二女儿和三女儿,即便旁家小姐都是尽可能地把自己打扮得漂漂亮亮,她们却仍是两身素衣进宫,就连头上的装饰都一水儿的素色。沉鱼可是沈氏的亲女儿啊,这让别人怎么看她?

凤瑾元气得吼那还愣在原地的沉鱼:"你在那里站着做什么?还不快过来给皇上磕头请罪!"

沉鱼都快吓傻了,像个木头人似的挪到大殿中间,扑通一声跪了下来。

凤瑾元又磕了个头,声音都颤抖了:"这孩子不懂事,被臣惯坏了,求皇上开恩,饶了她这一次吧!"

沉鱼也磕头,叩在地上都没敢抬起来。

凤羽珩看着父亲和姐姐都跪着,便觉得自己再站着也不太好,于是给想容递了个眼色,两姐妹双双行至殿中挨着沉鱼跪了下来。

天武帝深吸了一口气,对凤羽珩道:"这事儿跟你无关,你快起来。边上那孩子也是你们家的吗?让她也起来,你们站到边上去。"

凤羽珩和想容两人谁也没敢起,见凤羽珩抬起头来要说话,凤瑾元以为她要开口求情呢,结果凤羽珩却说了句:"皇上,先让大姐姐把七彩石交出来吧,那是父亲准备送给皇后娘娘的,不能让父亲失了信。"

凤瑾元都不知道该骂这二女儿好还是该夸她好,七彩石是有着落了,可你好歹帮着凤家说句话啊!你姐姐私自进宫这可是死罪啊!更何况她还穿了一身红衣。大顺朝以孝为先,皇上亲自对此事提出质疑,这还好得了吗?

他满心巴望着凤羽珩能再说两句,可那丫头却在提了七彩石一事之后再不开口，直接拉着想容到边上站着去了。

凤瑾元气得差点没背过气去。

同样盛怒的皇后此时开口了，却是对身边的嬷嬷说："下去，搜身。"

宫里的嬷嬷可不像外头府里那样只会侍候人，这帮人侍候主子的确是能侍候得服服帖帖的，可同样的，收拾起人来也能收拾得服服帖帖的。

凤沉鱼不知其中原因，还在叫着自己冤枉，凤瑾元却是明白，皇后这是动了怒，只怕沉鱼要受苦了啊！

他都不敢去看那画面，无奈地把头别了过去。紧接着就听见沉鱼"嗷嗷"大叫起来，两个嬷嬷在她身上搜索一通，终于在其腰间发现了一个东西。

其中一个托到手上呈到帝后面前："老奴在凤大小姐的身上搜到了这个。"

帝后齐齐看去，就见那嬷嬷手里正托着一块石头，手掌大小，像朵花一样，七片花瓣，每片一种颜色，映着琉璃殿石顶圆孔里透下来的月光，剔透得一如神物。

皇后大惊："真有这种东西？凤相是从何处得来的？"

"回禀皇后，是臣的二女儿那位波斯师父赠予的。这等宝物凤家不敢独享，便选了月夕这样的好日子带进宫来，进献给皇后娘娘。"

凤瑾元此刻再也不敢乱说话了，身边沉鱼已经被两个嬷嬷掐得跪都跪不住，他心疼，有心想扶一把，却又怕再惹皇上、皇后生气，便只能视而不见。

皇后对他这样的回答倒是挺满意，一伸手将嬷嬷手里的七彩石接了过来，几番抚摸下越看越是喜欢，于是便主动劝了皇上："看在这块石头的面上，就先饶了凤家吧。"

天武帝闷哼了一声："怎么能是看在一块石头的面上？"

皇后太了解天武帝的脾气了，赶紧改口道："是看在凤家二小姐的面子上。"

天武帝这才满意地点了点头，就听皇后又来了句："但死罪可免，活罪难逃！"

其实沉鱼根本就不知道那七彩石是什么时候到了自己身上的，她明明是……

"凤家嫡女！"还不待她再做思量，就听皇后娘娘冷着脸道，"私入皇宫乃是重罪，但本宫看在凤家进献七彩奇石的分上就从轻发落，你与清乐一起，到宫门外罚跪去吧。"

清乐一听还有她的份儿，气得直想把沉鱼撕了，可这么多双眼睛看着，她带沉鱼进宫一事一目了然，她还能说什么呢？

可去罚跪之前，总得把礼献了。于是款步上前，将手中之物递送上去："清乐没有凤大人那么好的东西，但这块黄玉观音也是用极佳的玉料打制而成，皇后娘娘素爱礼佛，但愿清乐这一尊黄玉观音能入得了皇后娘娘的眼。"

有嬷嬷上前将清乐手中的盒子接过来，然后清乐后退，就准备跟着沉鱼一块去罚跪。

可是谁承想，那嬷嬷到了皇后近前，将盒子一打开，就听皇后"嗷"的一声怪叫开来，人直接往天武帝怀里就钻了去。

天武帝也吓了一跳，瞅着那盒中之物怒问："那里头装的是什么？"

清乐不解："就是一只挺小巧的黄玉观音啊！"

"放肆！"天武帝袖子一挥，运了内力，带着一阵疾风，直将那盒子拍飞扔到了清乐面前。

所有人都上前围观，只见那盒子里哪里有什么黄玉观音，分明就是一只将死的猫。那猫是花色，七窍流血，还没死太透，身体还有些许抽动。

皇后最怕猫，活的都怕，死的就更不能见了。只怕这一个惊吓，又得卧床些日子。

众人纷纷将目光投向清乐，实在想不明白这八月十五月圆之夜，她送只死猫来干什么？

而此时，清乐和沉鱼也傻眼了。

她们根本就不可能给皇后送死猫，这只死猫本来应该是换给凤羽珩的，却不知为何又绕回她的手里？

清乐瞥眼看向沉鱼，就见沉鱼也是一脸茫然之色，便知问也是白问。

皇后怕猫，她却偏偏送了一只猫，还是一只将死的猫……清乐的脸色变了几变，腿一软，往边上倒了去。

天武帝勃然大怒："拖出去！"

定安王紧着呵斥了一句："皇后娘娘让你们到宫门口跪着，还不快去！"跪宫门总比旁的强，天知道天武帝那一句"拖出去"后面，会不会跟上另一句"斩了"。

天武帝见沉鱼和清乐都被太监、嬷嬷押下去，只闷哼了一声，没再追究。毕竟定安王的面子他可以不给，但凤瑾元这位丞相，或论朝政来讲，还是有些可取之处的。打狗还得看主人，再不待见沉鱼，也得给凤瑾元些颜面。

想容站在凤羽珩身边，看着这一出闹剧，总算明白了她二姐姐说的"看好戏"是什么意思。

果然是一出有趣的戏码，大姐姐居然敢穿着大红的衣裙来参加宫宴，这可真是……她忽然想起，好像前些日子，在给老太太请安之后，二姐姐似乎说了一句什么七殿下喜欢红色之类的话，难不成……

想容将目光悄悄往玄天华所在的方向投了过去，却发现玄天华此时也正往这边看过来，不由得脸色一红，赶紧又把头低了下去。

莫不凡给皇后吃了一颗药丸，好歹暂时压了惊。

凤瑾元看了一眼定安王，冷哼一声道："王爷，清乐郡主擅自做主将我女儿带进宫来一事，既然皇后娘娘不追究，那本相便也不多问。可为何郡主要将那样的凶物带进宫来？还要献给皇后娘娘？"

地上的死猫早被宫人清理出去，但那猫掉出来的一幕谁都没法忘记。今日这宫宴来得太值了，这些官家小姐只怕一辈子都见不到的场面，今日全都凑齐了。

凤瑾元的逼问让定安王不得不再次向天武帝叩头："皇上明鉴啊！"

"明鉴？"天武帝猛一皱眉，"看得还不够清楚吗？定安王，朕刚刚还给清乐指过婚，成全了她与那人的情投意合。甚至人家驸马因她貌丑拒婚，朕都为清乐做了主。怎么你们定安王府非但不感激朕，还要如此来害朕的皇后？"

定安王气得眉毛都立起来了，多少年来，只要事情一涉及他定安王府，皇上从来就没向着过他。今日之事明明就有蹊跷，可皇上还是连查都不查，又直接给他扣了顶帽子。

他气不过，就想要跟皇上理论，却忽听到凤羽珩又开了口，是冲着他道："王爷还是莫要辩白了，事情到底是怎么个前因后果，回去问问清乐郡主便会知晓，皇上没冤枉您。"

定安王哪能猜不到清乐跟沉鱼那点花花肠子，他只是气皇上这个态度。可听了凤羽珩这话，再往边上那九个姓玄的皇子处瞅瞅，又发现不管自己有多少埋怨，其实都没用的。若他是文宣王，是皇上的胞弟，哪怕跟皇上吵几句打一架都行。但他是异姓王，跟玄家不挨边儿，多说一句都有可能影响到他现有的一切。

想通之后，立时就泄气了，长叹一声，冲着天武帝再叩首："清乐这孩子因为前阵子府里着火，受了重伤不说，还受了极大的惊吓。有的时候神志不太清楚，自己做了什么自己都不知道。想来备礼时一定是又犯了病，这才犯了皇后娘娘的忌讳，还望皇上恕罪。"

几句话，把清乐的过错推到了那场大火上。

凤羽珩觉得十分好笑，不由得看看玄天冥，就看其靠在轮椅的靠背上，一手端着酒杯，一手摆弄着他那根生满倒刺的鞭子，神神道道地说："解铃还须系铃人，既然清乐郡主的病因一场大火而起，想必应该也会因一场大火而好。这样吧，本王就受些累，定安王说说你们家现在住哪儿，明儿个本王再去放一次火，给清乐郡主治病。"

"不用、不用、不用!"定安王连声拒绝。他哭的心都有了。姓玄的一家子都是什么人啊?老子不讲理,儿子更不讲理。特别是这个最小的儿子,一切看他心情而论,基本原则就是"他乐意"。如今又扯什么给清乐治病,治你娘的病!

定安王都要爆粗口了,却实在是不敢,只能对着玄天冥不停地哀求。

凤羽珩冲着玄天冥竖起了大拇指,无声地以口型说:"好样的。"

天武帝一看这场面,竟也跟着充当起好人来,与定安王一块劝他儿子:"算了,朕明日派个御医去给清乐看看就好了。他们家也就剩下京郊那处庄子,想来也是舍不得拿出来给女儿治病的。"

大殿中人全部笑喷,眼睁睁地看着定安王被这一对极品皇家父子算计,皆想到两个字:活该!

哦对,不只是父子,还有个凤羽珩。

没想到一向严肃的左相凤瑾元,竟然生出这么个有趣的女儿来。

定安王亦哭笑不得,皇上这番话他若接了,那就是"给女儿治病连座庄子都舍不得";他若不接,那就是"我愿意用京郊的庄子给女儿治病,九殿下,您烧吧"。接与不接,他都没脸。

定安王被堵得心里难受,不停地暗骂清乐。这个女儿从小到大就没让他省过心,特别是也不知怎的就看上了玄天冥之后,那简直就是给王府招来了天大的灾难。

不过这次竟然拖了凤沉鱼下水,定安王忽然就觉得也没算太吃亏。清乐的脸面从小到大丢了可不只是一次,但凤家的那个嫡女却是像宝一样藏着的,如今居然做出这种事……他看了看凤瑾元,只道这五十步笑百步,其实谁也没比谁好到哪儿去。

"定安王!"已经转醒过来的皇后忽然开了口,"本宫掌六宫之事多年,明里暗里的也结了不少仇怨。虽然不知道是何时得罪了定安王府,但想来一定是有思虑不周之处,否则今日清乐郡主也不会如此报复本宫。"她努力撑着身子看向定安王,继续道:"定安王爷,不论过去本宫有何得罪之处,今日清乐也已经替定安王府报过仇了,本宫最怕猫,还望日后王爷能放过本宫。"

定安王吓得趴在地上都不敢起来,口中不停地念叨着:"臣不敢!臣不敢啊!"

"本宫看你可敢得很!"皇后盛怒。

说起来,这么多年很少有人看到大顺的皇后娘娘真正发怒,这位皇后说是皇后,但多数时候也只是配合天武帝出席各种必要场合的一个摆设。大顺需要一个皇后,这样后宫才有主,朝廷才能稳,民心也才会安。所以,皇后只是皇后,她有皇后的身份,也有皇后的权力,却知道自己并不是皇上用心的人。她很聪明,得不到感情,那便心甘情愿与天武帝保持着一种合作关系。她的位置之所以能坐得稳,原因便也在这里。

皇后平日很少发怒，也没有太多情绪表露出来，她与天武帝之间，说起话来多半也是点到为止。

但今天，皇后怒了！真的怒了！

"本宫怕猫，人人皆知。如果定安王府是觉得本宫这些年的后位坐得太安稳，想要挑衅，那便放马过来。"话毕，母仪天下的皇后娘娘猛一拂袖，扶着莫不凡扔下天武帝与一众人等，离开了琉璃园。

定安王跪在地上，心如死灰。他知道，定安王府完了。

果然，天武帝在皇后离去后，便坚定了给他名正言顺的妻子报仇的决心："来人！传朕旨意，定安王自得王位以来，于社稷无功，于百姓无助，教女无方，陷害皇后。即日起，削其王位，贬为庶人。"

一语落地，尘埃已定。

凤羽珩扯了扯嘴角，却也扯不出笑来。

这就是皇权，一句话给你恩典，一句话让你入地狱。

她毕竟不是活在封建王朝的灵魂，如此正面直视权力中心，还是给了她不小的心灵震撼。

她抬起头来，将目光直直地看向高位上的皇帝。就是这样一个人，他的一句话就能左右这大顺所有人的命运与生死。没有人能够幸免，也没有人能够反抗。

她心里有些堵得慌，别开目光，以手轻抵心口，就觉得某处方向，正有两束目光往她这里投来。

凤羽珩在一瞬间便将自己的情绪重新调整过来，面色恢复如常。

可即便这样，仍然是没有逃过两个人的眼睛。

一个是玄天冥，另一个是玄天华。

"最近是不是要常往大营那边跑？"玄天华偏过头来，轻声说了一句。

此时，定安王正冲着天武帝磕下最后一个头，作为他王爷生涯的结束。

"是。"玄天冥面色微沉，换上了一抹凝重。

大殿上，已经有人将定安王"请"了出去，大顺朝唯一的一位异姓王爵位，在这一年的月夕宫宴中，寿终正寝。

而那位刚刚被封为驸马的王诺，也随着定安王一家的陨落而失了唾手可得的地位，只剩下个丑媳妇。

"步家今日遭此话柄，想来那步聪也该回来了。大营那边我帮不上忙，你自己凡事多加小心。那丫头……只怕也没几天好日子过了。"

"哼！"玄天冥一声冷笑，"她的日子什么时候好过了？没事，七哥放心。"

凤羽珩自然不知道这二人在说什么，只是注意到他们一同将目光投到自己这边来，带着关切，心里便微微回暖。

一场宫宴闹到这样，无论如何也进行不下去了。众人纷纷跪地，等着天武帝宣布宫宴结束。

天武帝也没了心思，大手一挥，屏退了所有人，却在凤羽珩也跟着众人准备离去时叫了她一声："珩丫头，朕这头又有些疼，你且先留下来吧！"

凤羽珩不知天武帝将她一人留下是何用意，只能停住脚步答了声"是"，然后便看到凤瑾元求助的目光，她知道，她爹是想让她开口给沉鱼求情。

凤羽珩无心理沉鱼那一摊子烂事，虽说同为凤家人，可皇上明显没有想将罪一并发落到她头上的意思，她便也不愿去讨那个嫌。

见凤羽珩压根儿不接他的眼神，凤瑾元着急了，不由得小声叫了下："阿珩。"

她皱眉，瞥目看去，就觉得这位父亲实在是不要脸。以凤瑾元身为一朝左相的头脑，他不可能事到如今还看不出沉鱼跟清乐唱的是哪一出戏，可仍然想让她这个受害人去求情，这心偏得实在是天地可憎。

"父亲，"她开口，声音很轻，不带一丝感情，"如果那只猫出现在我的手里，会怎么样？"

凤瑾元一怔，一时间没能回答上来。

待他再去看凤羽珩时，却见他的这个二女儿已经款步向着高位而去，上面那位九五之尊正带着慈父一样的笑容看着她。

此时此刻，凤瑾元觉得自己就是个外人，那个孩子根本也不是他的女儿，他也没有对她尽过半点父亲的义务。

他躬身后退，逃似的离开琉璃园，快步赶上人群，隐于其中。

天武帝往凤瑾元离开那方向瞥了一下，随即收回，就像没看到一般，只对着凤羽珩道："珩丫头，你陪朕走走。"

大顺的京都四季分明，月夕月圆之夜的凉风吹得人瑟瑟发抖。

天武帝的近侍太监章远将一件披风给天武帝披上，也有小宫女为凤羽珩披了一件。她就默默地跟在天武帝后面走着，一直走到了月寒宫的宫门外。

天武帝终于站住脚，一抬手，章远便知趣地带着一众宫人以及黄泉一起退到远处，只留下凤羽珩与天武帝二人。

凤羽珩对于天武帝与云妃的事很是好奇，这样一个任性的妃子居然还能让天武帝这么多年一直惦记着，如果这两人间没有些特殊的故事，说什么她都是不信的。

今晚天武帝把她留下来，又带到这月寒宫门口，凤羽珩暗里猜测着，可能是这皇帝平日里也没什么可说话的人，特别是关于云妃。就玄天冥那性格，想来天武帝也没法跟他谈心事，思来想去的，也就她这个未来儿媳妇能说得上话。

凤羽珩怀着一颗八卦的心往前走了几步，巴巴地看着天武帝，就等着人家能跟她探讨一下私事。

谁知道，天武帝倒是真的扭了头来看她，开口一句却是问道："冥儿的腿，能治吗？"

凤羽珩一愣，反应了半天才回过神来，怔怔地来了句："当然能治。"

"哈哈哈！"天武帝突然大笑起来，"朕就知道，朕就知道那些太医都是庸医，还得是姚家的后人靠得住。"

凤羽珩眨眨眼，姚家后人？嗯，这样来说也算不错。虽然还没有见过姚家的人，但依着原主记忆，那个远在荒州的姚家照着凤家比，有人情味多了。特别是她那个外公姚显，更是凤羽珩特别想见到的人。

"太医告诉朕，冥儿的腿没救了，朕很痛心。"天武帝的目光再次望向月寒宫方向，只是自顾自地呢喃，声音中透着凝重，"但是冥儿跟朕说，他一定可以再站起来，只要他娶了你。这，便是朕答应冥儿娶凤家女儿的原因。"

凤羽珩了然。

想来，对于这门婚事，皇上原来是不乐意的。他只是为了能让玄天冥好起来，不得不点头。

她思虑半晌，只说了句："阿珩是姚家的女儿。"

天武帝点点头，显然对她这回答十分满意，面上也总算缓和了几分。

既然提到了玄天冥的病，凤羽珩很想听到皇上再问问她其他方面能不能治，毕竟外面传得有板有眼，她也没有得到玄天冥实际的回答，心里总是划着魂儿的。

但等了半天，天武帝却只是看着月寒宫，根本没想再提其他。

她忍不住，主动问了句："殿下的脸……"

"无碍。"天武帝大手一挥，"只要治得好冥儿的腿，朕就什么都不担心了。"

凤羽珩也松了口气，她故意问起那张黄金面具下的脸，但天武帝的答案却是给她吃了个定心丸。想来，应该没事。

两人再没说话，凤羽珩陪着天武帝看了半宿的月寒宫，天武帝才下旨回昭合寝殿。

凤羽珩则被莫不凡请去给皇后娘娘再次诊脉。

她知道诊脉不是目的，莫不凡定是又想从她这里骗些药丸。皇后惊吓过度，平复心绪的药她自然是有，却并不想就这么拿出来。

看着莫不凡期待的目光，凤羽珩冲着凤榻上的皇后浅施一礼，道："今日进宫本是宴饮，阿珩没想到会发生这样的事，药品方面没有准备。不如天亮之后莫先生派人到百草堂去买点吧。"

莫不凡哭笑不得，只道这未来的御王妃真是不放过任何一个为她那百草堂赚名号的机会啊。若是人们知道连皇后娘娘都要过去拿药，一间药堂还指不定要火到什么程度。

经皇后这边的耽搁，凤羽珩终于能出皇宫时，天已经放亮了。

因昨夜宫宴，今日早朝取消，凤羽珩一出宫门就看到凤家的马车停在外面，车厢外明晃晃地挂着个"凤"字木牌。

送她出来的小宫女笑道："一定是等着接王妃回家的，在宫里耽搁了一夜，凤大人想必要着急了。"

小宫女这不过是随口说的寒暄话，她根本也不知道凤家的人实际上是一种什么样的关系，只道有女儿没有回去，家人自然是要备着车来接的。

凤羽珩却没有这么乐观，她扭过头去，目光直视正跪于宫门前的凤沉鱼和清乐二人。

沉鱼一身红裙又脏又皱，原本美丽如瀑布一般的长发也散乱不堪。跪了一夜，双腿早撑不住身子，无法直立，几乎算是瘫坐在地上。脸上的黑胭脂早就糊得一片一片的，有的地方泛了原本的白肌，有的地方却比之前还黑，看起来就像是一张鬼脸，哪里还有外界传说的凤家嫡女一如天仙之貌。

再看清乐，一颗结着血痂的大光头展露在外，头上的脓包化了脓水染了半边脸颊，她也没力气再擦，就那么任其流着，从脸颊到脖子，衣领子都染了。

但清乐的精神头儿明显比沉鱼好，沉鱼双眼直勾勾地盯着地面，早已无神，若不是因为这是皇宫门口，只怕她早就已经睡了过去；而清乐则跪得笔直，一双怒目直瞪向宫门内，两只手紧握成拳，面部狰狞得可怕。

有个老嬷嬷守在她们俩旁边，一边坐着喝茶水，一边看着清乐的样子，不屑地道："你再往里面瞪也是没用的，这座皇宫你这辈子是不可能再进去了。从今往后啊，咱们大顺再也没有定安王这号人物。清乐姑娘，你还是指望着宫里头早点传来旨意，把你这跪罚给免了吧，再这么跪下去……啧啧，从前的金枝玉叶，膝盖骨哪禁得起这般折腾……"

宫里的嬷嬷不管是打罚还是责骂，眼都不眨地说来。几句话，专挑清乐伤疤上戳，气得那清乐全身哆嗦。

而对沉鱼，嬷嬷就留了不少情面，特别是那辆凤府的马车还停在旁边，定安王被贬为庶人，可左相凤瑾元可不是没了势力。宫里人向来会看眼色，懂得变通，虽然对清乐极尽挖苦，却并没给沉鱼半点脸色看。

凤羽珩往她们跪着的地方走了两步，那原本数落着清乐的老嬷嬷一看她过来了，赶紧把手中茶盏往桌上一搁，站起身一路小跑地迎了过来。还不等到近前就把一张笑脸展开，谄媚地道："老奴给御王妃请安！"

一声御王妃，让沉鱼和清乐的目光齐刷刷地朝她这边扭了过来。

经过这次宫宴，皇上、皇后对这未来儿媳妇的认可，经过天武帝直接让凤羽珩开口跟他叫声父皇，谁还敢不认她这九皇子正妃呢？

凤羽珩也不客气，看着这老嬷嬷行了个大礼，这才微抬了抬手："嬷嬷请起。"

老嬷嬷还没等起身，就在这时，不远处突然有个尖锐的女声扬了起来："凤羽珩！我杀了你！"

这一声喊把所有人都吓了一跳，黄泉眨眼间就跳到凤羽珩面前把她保护起来，就见原本跪在地上的清乐右手迅速地从凤沉鱼的头上拔下一枚发簪，直奔着凤羽珩刺了过来。

凤羽珩躲都没躲，就看着疯疯癫癫的清乐，还有已经行动起来的黄泉，微微一笑间，清乐已经被黄泉一脚踢出老远。

凤沉鱼第一次看到凤羽珩身边的丫头动手，从前只知御王府送来的两个丫头是会武功的，没想到竟然这般彪悍。

她怔怔地看着凤羽珩，看着这个妹妹眼中的清冷和果敢，突然就觉得自己好像并不认识这个人。不管是从前的嫡女凤羽珩还是如今的庶女凤羽珩，好像都不应该是这样的。

她说不上来凤羽珩有什么不对，只是心底渐渐地有一种绝望升起。

这个妹妹，她似乎……斗不过。

清乐跪了一宿，如今又被黄泉踹了一脚，早就在飞出去的过程中昏迷过去。落地时只有砰的一声，连个上前来扶她的人都没有。

那嬷嬷一点都不介意黄泉在宫门口动脚踢人，她是宫中的老人，黄泉和忘川二人她是见过的。云妃用过的丫鬟，谁敢得罪？

她笑呵呵地看着凤羽珩，理都没理昏迷的清乐，只恭敬地道："王妃这是要出宫吗？要不要老奴安排马车送您？"一边说一边将目光往不远处凤家的马车处递去。

凤羽珩笑了开来，宫里的嬷嬷果然都是看门道的行家，她便也不客气："如此，便有劳嬷嬷了。"

"王妃说的哪里话。"那嬷嬷赶紧行了个礼，转身就去差人准备。

当凤羽珩坐着宫里的马车回到家，已是辰时。昨夜宫宴上发生的事，凤瑾元带着想容回府后，已经向众人转述。如今沉鱼还跪在宫门外，原本老太太是要凤瑾元过去看看的，可凤瑾元觉得他去的话弄不好会让皇后怒气更甚，便只能派了辆马车去接，自己则留在府里默默等待。

可惜，大清早等来的女儿却并不是他最关心的沉鱼，而是凤羽珩。

"有没有看到你大姐姐？"凤羽珩一进府门，凤瑾元直接就迎了上来，开口就问了这么一句。

她微怔了怔，一夜没睡，精神有些不济，凤瑾元这样的一句问话直接点了她心底一直隐忍的怒火："女儿在宫中留了一夜，父亲都不关心一下？"

凤瑾元皱起眉，毫不客气地道："你这不是好好地回来了！你大姐姐被罚跪在宫门口，怎么比得上你被皇上留下诊疾。"

她亦皱着眉看向凤瑾元，脑子里有三个字如万马奔腾咆哮而过——不要脸！

"没看见！"她懒得再多废话，带着黄泉转身就同生轩的方向走。

凤瑾元也一夜没睡，脾气有些暴躁，见凤羽珩居然胆大到这样与他说话，气得大喝一声："你给我站住！"

凤羽珩哪里肯理，当作没听到，径直而行。没走几步就被一个一路小跑过来的丫头拦住："二小姐，老太太请您到舒雅园去呢！"话里带着客气与欣喜，与凤瑾元的态度截然不同。

凤羽珩点点头，带着黄泉随着那丫头转了方向往舒雅园走去，临走时冲着凤瑾元说了句："父亲若还有事问，不如就与阿珩一道去给祖母请安。大姐姐身为凤家嫡女，却自降身价去做清乐姑娘的丫鬟，真不知道咱们家在京城里到底是个什么地位。"

凤瑾元听得面色一阵红一阵白，眼见凤羽珩已经随着丫鬟往舒雅园走去，无奈之下一跺脚，也跟了过去。

与凤瑾元一心惦记着沉鱼不同，老太太这整个舒雅园全都因为凤羽珩的回府而眉开眼笑。赵嬷嬷最先迎过来，都没顾得上跟后面的凤瑾元说话，倒是先冲着凤羽珩行了个大礼："老奴给二小姐请安！二小姐在宫里忙了一夜，一定累坏了，老太太天还没亮就着人备下了乳鸽汤，给二小姐补补身子。"

凤羽珩面上也笑得灿烂，冲着赵嬷嬷道："真是有劳祖母惦记了，这个府里呀，就只有祖母最疼我！"

赵嬷嬷赶紧把人往厅里让，同时顺着她的话道："老太太可疼二小姐了，不但备了乳鸽汤，还请来了京里最好的裁缝，就等二小姐回府后给您裁新衣呢。"

"哦？"凤羽珩不解，"为何这么急着裁新衣？"

说着话的工夫，两人已经进了正厅，老太太正坐在主座上，一张和善的脸堆着笑看向凤羽珩。她问的话老太太主动答了："咱们阿珩赢了凤头金钗，自然是要为那金钗配上最合适最好看的衣裳。"

原来惦记的是这个。

凤羽珩不着痕迹地挑了挑唇角，冲着老太太俯身下拜："孙女给祖母请安，劳祖母记挂了，是孙女不好。"

老太太赶紧给赵嬷嬷递了个眼色，赵嬷嬷上前去将凤羽珩扶了起来，就听老太太又道："阿珩哪里有不好，能得到皇上、皇后的赏识是你的福气，也是咱们凤府的福气。你能给凤家争来如此大的脸面，我和你父亲都是感激你的。"

"是吗？"凤羽珩微转了身，看了看已经进了厅来的凤瑾元，"只怕父亲并不觉得这是脸面呢。"

"哼！"凤瑾元用力一甩袖，也顾不上给老太太请安，直接就坐到侧座的椅子上，瞪着凤羽珩怒道，"只知道自己出风头，却完全不顾及你大姐姐，我凤家没有你这样的孩子！"

"瑾元！"老太太生怕凤瑾元这态度把凤羽珩惹恼了，赶紧出言喝止，"阿珩是阿珩，争了脸面就是争了脸面，你扯上沉鱼干什么？"见凤瑾元还是一脸怒气，便又继续道："凤头金钗是什么东西？如今圣上把它赐给了我们阿珩，这对于凤府来说，不是天大的福气是什么？你这个做父亲的，不夸赞也就罢了，怎的还要训斥？"

听老太太提到凤头金钗，凤瑾元的怒气这才消减了几分。说实在话，凤羽珩得那凤头金钗时，他也是震撼的。特别是凤羽珩射出那三支箭，不但彻底灭了步霓裳的锐气，也让在场所有人都为之惊叹。

他忘不了当时一众官员看向他的表情，虽然复杂，但他知道，人人都为他能拥有这样一个女儿而羡慕嫉妒。而他自己，震撼之余更多的则是疑惑。

他无论如何也想不明白，凤羽珩在大山里生活三年怎么可能有如此大的变化。要说性格改变还情有可原，但那一身好功夫，究竟来自何处？

他微收了心绪，将目光再次向凤羽珩投去，略有缓和。"阿珩赢了凤头金钗，自然是凤家荣耀，但……"他一想到沉鱼的事心里就别扭，"你大姐姐如今还在宫门口跪着，你在宫宴上得了如此大的脸面，怎的就不知为你大姐姐求求情？"

凤羽珩深吸了一口气，她极少动怒，但面对原主这个不要脸的父亲，她此刻真想蹿上前狠狠抽他几个巴掌。

"父亲，做人要懂得什么是知足。我虽得皇上、皇后赏识，但若不知好歹得寸进尺，凤家什么都保不住。"她目光逐渐凌厉起来，"我确实是赢了凤头金钗，得皇上钦赐，皇后娘娘亲手为我插上，皇上又准我叫他父皇。如此荣耀，凤家居然连个马车都不给我坐，这事，只怕已经传到宫里去了。"

老太太一愣，问："什么马车？"

凤瑾元有些尴尬，却又觉得自己做得没错，于是道："儿子派了辆马车在宫门口接沉鱼。"

"那阿珩是怎么回来的？"老太太似乎想到了什么，"你只派了马车去接被罚跪的沉鱼，却没有再多派一辆去接阿珩？"

凤瑾元低头不语。

凤羽珩道："回祖母，宫门口的老嬷嬷见孙女实在可怜，便预备了宫车将孙女送回府来。不然……只怕孙女要走路回来了。"

"糊涂！"老太太气得权杖猛敲地面，"沉鱼是被皇上亲自降罪，阿珩是被皇上亲口赏赞，这孰轻孰重，你怎么就不明白？"

凤瑾元被老太太骂得有些烦躁，不由得顶嘴道："怎么不明白？但再赏赞，她也只是个庶女！就算拿了凤头金钗在手，九皇子也是个与皇位无望的废人！我凤家要保的女儿是谁，母亲该不会忘了吧？"

他这么一提醒，一向墙头草两边倒的老太太，心里天平又开始倾斜了。是啊，她只高兴凤羽珩得了凤头金钗，却忘了那九皇子与皇位无望啊！

一时间，正厅里的气氛越发压抑起来。老太太和凤瑾元心念疾转，特别是老太太，眼珠乱转，心思复杂。

昨夜，她听凤瑾元说起宫宴上的事时，整颗心都被那枚凤头金钗所吸引。她知道，得凤头金钗，便相当于得了后宫未来之主的明证。可皇上至今没立储位，却在今年宫宴上赏下了凤头金钗，这是不是变相地在宣告未来储君？

对她来说，不管是凤沉鱼还是凤羽珩，再或者哪怕是想容和粉黛也好，只要是凤家的孩子，不管嫡庶，得了凤头金钗，那都是凤家满门荣耀。

所以她不顾及还跪在宫门口的沉鱼，一心巴结凤羽珩，可眼下她儿子这么一提醒，老太太又觉得这金钗得的也不是她想象的那般美好。

她下意识地将目光瞥向凤羽珩，就想问问她这一夜未归，皇上有没有再说些什么。

却见凤羽珩此刻正黑着一张脸，目光凌厉如刀，身子从座椅上站起，一步一步走向凤瑾元。

凤瑾元只觉一种前所未有的压迫感随着凤羽珩的脚步匆匆而来，就像宫宴上射出的那三支箭，而他则变成了靶心，随着凤羽珩越来越近，他的呼吸竟也停顿下来。

"父亲，"终于，她走到凤瑾元的面前，手撑着桌角，身体前倾，一张小脸直逼过去，"你刚刚，说谁是废人？"

凤瑾元从前只是觉得这个女儿与三年前离府时大不一样了，性情冷淡不说，还带了几分狠厉。他知她会武功，知她医术更加精进，却从来没有像现在这样，竟对这个女儿生出了无限恐惧来。

下意识地人便向后仰去，想跟凤羽珩的脸拉开距离，可人都靠到了椅背上，凤羽珩给他带来的那种惊恐和压迫之感却丝毫没有削减。

"阿珩……"老太太看出不对劲，想劝说几句，可凤羽珩那一脸冷烈她光是看着就冷汗直冒。只叫了一声，后面便不知该说什么了。

一时间，厅堂里的气氛十分诡异。老太太和凤瑾元两人竟被凤羽珩齐齐吓住，谁也不说一句话，可明眼人却看得出，这二人轻微颤抖着的身子，和凤瑾元突突跳的眉毛。

"父亲，"终于，凤羽珩又说话了，"您做丞相多年，竟不知哪些话当讲，哪些话不当讲。竟也不知哪些话该当着什么人讲，哪些话当着什么人都不能讲。女儿真想不明白，如此愚钝之人，是如何当上一朝左相的。"

"你……"凤瑾元又羞又怒，他是当朝正一品大员，除了皇上和那几位皇子，何曾有人敢这样子训斥过他？而今，却被他的女儿贬损一顿，叫他如何丢得起这个脸面？"孽畜！"他瞪着凤羽珩，哆哆嗦嗦地说出这两个字，面色泛白，双眼却气得鼓鼓的。

可凤羽珩哪里能被他吓住，这个父亲不要脸她还能忍，还能记得在面子上给对方留一丝长辈的尊严。可他骂玄天冥，这个，她忍不了！

"女儿如此便是孽畜，那父亲辱骂您未来的女婿，又算什么？"你没个父亲样，就也别要求我像个女儿。

"我是你父亲！"凤瑾元觉得这个女儿从来没把他当成爹看，纵是三年前他对不起他们三人，可如今她已经回府，作为小辈，凤羽珩应该心存感激才是，何以会有如此强烈的报复之心？

"没错，您是父亲。"凤羽珩的脸又往前凑去了些，逼得凤瑾元无处可躲，"可父亲也别忘了，您是大顺的子民，是皇上的臣子。为人臣者，辱骂君之子，是抄家灭族的重罪，父亲可是要凤家全族跟着您一齐跪上断头台？"

她一字一句铿锵有力，说得凤瑾元无话可驳，吓得老太太面色惨白。

站在一旁的赵嬷嬷吓得心都快停止跳动了，暗道这二小姐邪门，太邪门了啊！

眼见老太太一口气就要喘不上来，赵嬷嬷没办法，只好硬着头皮打破僵局："老太太，您要保重身子啊！"

凤羽珩听了个真切，一边唇角挑起，狠瞪了凤瑾元一眼，目光中极尽警告的意味。

但很快地她便直起身，将一脸戾气瞬间卸了去，再转向老太太时，面上带了万分关切，道："祖母，您这是怎么了？"

老太太有一瞬间的恍惚，就觉得刚刚看到的一切都不是真实的，凤羽珩没有对着凤瑾元发狠，依然是那个很会为她着想，很会为她治病的乖孙女。

赵嬷嬷不停地为老太太顺着气，见凤羽珩奔上前来，便主动道："二小姐快来看看吧，老太太像是闷了一口气上不来了。"她与凤羽珩说话时，看都不敢看她，头皮阵阵发麻，生怕凤羽珩再将之前那样的眼神搬出来。

不过还好，凤羽珩已经与先前判若两人，如今站在这里的，只是一个关心着祖母身体的孙女。

就见她伸出手来，往老太太后脖颈处拍了一下，也不知道拍的是什么地方，老太太卡着喘不上来的那口气一下就顺了。

"祖母千万要保重身子，纵然父亲惹您动气，您也要忍啊！"一句话，将老太太这一口没上来的气推到凤瑾元身上。

老太太能说什么，心里乱颤了几下，不甘心地顺着凤羽珩的话点了点头。

不管怎么说，凤瑾元之前说出来的话，的确是有失他丞相的身份。若抛去父女之间的关系，凤羽珩教训的那番话语，是没有错的。

"瑾元，你要慎言啊。"老太太硬着头皮说了这么一句，见凤瑾元微点了点头，这才略放下心来。再看看凤羽珩，见她那一脸关切依然挂着，便壮着胆子也说了句："别跟你父亲动气，他一夜没睡，也挂念着你们姐妹呢。"

凤羽珩笑笑："是啊！父亲爱女心切，阿珩看了很是感动，就是不知道大姐姐穿着一身红衣去给清乐姑娘当婢女时，有没有想到会连累父亲，连累凤府。"她说话不带一丝情绪，是她一贯摆在人前的冷漠，硬生生的，听得人阵阵心寒。

老太太生怕凤瑾元接话再惹恼了凤羽珩，赶紧打起圆场："你大姐姐也是因为进不了宫才心急，这都怪那个沈氏，到死都没给她的儿女积出半点德来。"

凤瑾元下意识地就跟着点了头，目光不敢看凤羽珩，只顺着老太太的话道："咱们一家都是被那个恶妇给连累了！"

凤羽珩眼中现了一丝轻蔑，墙倒众人推，这就是凤家。

这时，院子里有个小丫头匆匆进来，冲着三人俯身行礼，然后道："老太太，老爷，大小姐回府了！"

一听这话，凤瑾元腾的一下站了起来："沉鱼回府了？"

老太太也紧着问："怎么样，有没有受伤？"

那小丫头答得很利落："大小姐是被下人搀扶着进来的，腿上似乎有伤，已经回到自己院里休息了。"

凤瑾元急忙道："差人去请大夫！我过去看看。"一边说一边就往外走。

见他匆匆而走，老太太也坐不住了，从座位上站起来，看着凤羽珩用商量的语气道："咱们也过去看看吧？"

凤羽珩点头，主动伸手去搀扶老太太："祖母要去，孙女自然得陪着。只是祖母万万不要再与父亲动怒了，伤了身子可不好。"

老太太听凤羽珩说话头皮都麻，明明是被她吓的，怎么就成了被自己儿子气的？这个孙女睁眼说瞎话，她总算是领教一二了。

凤沉鱼回府，惊动了府里所有的人。原本要往舒雅园来给老太太请安的姨娘和小姐们纷纷掉转方向往沉鱼的院子走去，人们都知道，沉鱼回来，老爷和老太太是一定要亲自去看望的。

老太太走得最慢，凤羽珩和赵嬷嬷两人扶着她进了沉鱼的屋子时，姚氏、安氏、韩氏、金珍以及想容都已经到了。

姚氏黑着眼圈，一看就是一夜没睡。凤羽珩知她是惦记自己，连忙递过去一个宽慰的笑，姚氏这才松了口气，放下心来。

此时，沉鱼卧坐在榻上，面容憔悴，正一下一下地抽泣着。

凤瑾元站在榻边，骂她也不是，疼她也不是，走来走去的，不知道该说什么好。

这个女儿他是倾注了极大希望的，明明都把她的路摆在面前与她讲得好好的，谁承想她就是不争气，居然干出这种事来。

先前不能进宫还因为是沈氏发疯怪不到沉鱼头上，可昨日宫宴一事，沉鱼的祸却是闯得太大了。

凤羽珩见众人谁也不说话，不由得轻咳了两声，满带疑惑地说了句："昨日在宫宴上也不便多问，如今大姐姐回了府，妹妹倒是好奇想问一句，大姐姐穿成这样进宫，究竟是何用意？"

所有人都觉得沉鱼那一身红衣太惹眼了，眼下凤羽珩问了，便顺着她的话纷纷将疑惑的目光投了过去。

韩氏因为粉黛的关系，心里总是有很大的怨气，性子也不像从前那般千娇百媚，如今不管看这府里哪个人的女儿，都觉得是她们克了粉黛的前程，恨不能把这些嫡女、庶女都撕碎了，让她的粉黛成为府里唯一的孩子才好。

凤羽珩的话和沉鱼的红衣成功地刺激到她最敏感的一处神经，就见这韩氏忽然就咯咯地笑了起来，却不似从前那般妩媚，而是带了几分阴森："大小姐死了娘亲，真是高兴得不得了呢！"

安氏紧紧拧起眉头，扭头去看韩氏。半晌，低低地同姚氏说了句："这女人八成是疯了。"

老太太也这样认为，在沉鱼越来越大的哭声中，将权杖重重敲向地面，指着韩氏大声道："来人！把这疯婆子给我送回她的院里去！"

韩氏也不辩白，只继续那样咯咯地笑，笑得凤瑾元心里都发毛。

他太久没去韩氏的院子了，自从粉黛离府之后，他总觉得有些亏欠韩氏，便尽量避着，却没想到如今的韩氏变成了这般模样。

"沉鱼，"韩氏的笑声渐渐远去，老太太这才又开了口，"你韩姨娘话虽不中听，但理却是那个理。你偷偷进宫情有可原，但这一身红衣……"

"究竟是穿给谁看的？"老太太话没说完，凤羽珩便抢着把话接了过来，只一句话便点出了关键，"大姐姐穿成这样，是要给一个人看的吧？"

凤瑾元不傻，早在昨夜回府之后便将沉鱼的行为思来想去地分析一番。

七皇子玄天华性子出尘，很少与大臣接触，他也是依稀记得好像听人说起过七皇子偏爱红色。这样一联想，沉鱼穿了一套红裙，便不难解释了。

只是沉鱼见到七皇子也没多少日子，就算芳心暗许，也没机会在这么短的日子里就打听到太多关于对方的喜好琐事。那么，定是有人故意将这事说给沉鱼听，才促使她穿了这么一身进了宫去。

他猛地就将目光投向凤羽珩，还没等说话，就听凤羽珩主动迎上他的目光，说了句："大顺朝以孝为先，大姐姐犯了如此大忌，父亲该如何责罚呢？哦对了，大姐姐还偷了原本该由父亲献给皇后娘娘的七彩奇石，险些将父亲置于死地。真不知父亲到底哪里得罪了大姐姐，若是不将心结解开，亲生父女可就要结成仇了呀！"

关于宫宴上发生的事，凤家其他人知道的并不是很详细，凤瑾元偏向着沉鱼，说话时自然有所挑拣。眼下凤羽珩这么一说人们才知道，原来沉鱼不只穿着红衣进了宫，居然还干出偷窃七彩石的事！

安氏看着沉鱼无奈摇头："大小姐想进宫咱们都能体谅，可为何要如此陷害老爷？要知道那可是在皇上和皇后面前啊！稍有一点差池就是杀头的死罪！"

众人跟着点头，凤瑾元心知肚明沉鱼原本想害的是凤羽珩，可惜技输一筹，算来算去让凤羽珩算计了进去。

"是为父没有把东西放好，你莫要责怪你大姐姐。"凤瑾元说这话时本是想瞪凤羽珩一眼，可到底是想起之前在舒雅园时受到的惊吓，目光递去一半便生生地折了回来。

凤羽珩则神情委屈，看着凤瑾元道："父亲为何要这样说？阿珩不过是个庶女，哪里有胆量责备大姐姐？父亲这是要把阿珩置于何地啊？"

"你……"凤瑾元觉得跟这个二女儿越来越说不明白话了，他这个女儿也不知怎的，跟那九皇子竟这般相像，把黑的说成白的，把方的说成圆的，眼睛都不带眨一下。

凤羽珩看着她父亲面色千变万化，心中只觉好笑。堂堂一朝左相，偏生治理不好家宅内院的事，他以为大丈夫一心为国便好，却不知，家不和，万事皆不兴。

姚氏站在安氏身边，看着女儿跟凤瑾元针锋相对，就似没看见一般，偶尔低声与安氏谈论两句，全然不理这档子事。

安氏看在眼里，也觉惊奇。看来西北三年，改变的不只是凤羽珩，还有姚氏。

"父亲，"一直坐在榻上抽泣的沉鱼一张俏脸黑妆褪尽，只剩苍白，开口道，"如今母亲已经不在人世，沉鱼这嫡女做不做也没什么所谓，请父亲把这嫡女的位置给二妹妹吧，沉鱼……沉鱼不争。"

她说这话时，两行泪如玉珠般滚落脸颊，滴到锦缎棉被上，看得凤瑾元阵阵心疼。

老太太也唉声叹气地道："你这说的是什么话？嫡女就是嫡女，哪里有换来换去的道理？"

这话一出口老太太就后悔了，就知道自己说错了，再看屋里众人，除了沉鱼和凤瑾元之外，无一不诧异地看向她，眼神里传递出来的讯息赫然就是：凤家的嫡女可不就是换来换去的吗？

老太太别过头去不看众人，沉鱼顿了一会儿，又抽泣道："父亲，沉鱼如今什么都没有了，这嫡女，不做也罢。"

"胡说！"凤瑾元大怒，"你是凤家嫡女，这一点永远都不会变！"

"可是……"

"没有可是！"凤瑾元告诫沉鱼，"你什么都没有失去。记住，从前如何，今后依然如何！所有你失去的，终究都要还回来！"

沉鱼眼中闪过一丝光亮，期盼地看着凤瑾元："那凤头金钗……"

"哼！"凤羽珩一点都没客气地发出一声冷笑，原来在这等着呢。

沉鱼的话还在继续，说得像是句句在理："人人皆知凤头金钗代表着什么，那金钗在宫里还好，可如今已到宫外，这……这让三皇子怎么想？"

她这么一说，凤瑾元也不禁思考起来。

沉鱼说得没错啊，凤头金钗代表着什么人人皆知。凤沉鱼身带凤命，这也不是什么秘密，虽说没有完全公开，但小范围内还是有不少人都心知肚明的。

如今凤头金钗问世，却落到凤羽珩的手里，这让凤家早已决定全力支持的三皇子怎么想？

凤瑾元下意识地看向凤羽珩，正对上凤羽珩那种带着嘲讽的目光也向他看来。不等他开口，凤羽珩就主动道："父亲该不会是想让我将那凤头金钗送给大姐姐吧？"

姚氏实在看不下去了，开口道："那是皇上钦赐之物，怎可转送他人？"

凤瑾元不敢瞪凤羽珩，却敢瞪姚氏："妇道人家，你懂什么？这里哪有你说话的份儿？"

"当初凤家是怎么用八抬大轿把我娘亲抬进府门的，父亲忘了吗？"凤羽珩面上那层阴森又覆了上来。

凤瑾元不敢看她，但心里却憋着气，不由得嘟囔了一句："当初是当初。"

"是吗？"凤羽珩气乐了，"看来以后父亲再说话，当时听听也就罢了，回过头来可不能当真。"

"阿珩，"老太太看不下去了，"别跟你父亲置气。"声音不大，明显没什么底气。

凤羽珩冲着老太太笑了笑："那祖母就给评评理吧。"

"评什么理？"凤瑾元坐在沉鱼床榻边，一边安慰沉鱼一边自顾自地道，"东西在你手里那就是你的，你自然可以转送旁人！"

"父亲这是要来抢了？"凤羽珩上前两步看着凤瑾元，就觉得这事儿特别好笑，"爹抢女儿的东西，真是千古奇闻啊！这么着，阿珩手里全是别人送的东西，就连住的院子都是别人送的。父亲您要是好这口儿，干脆都抢去吧！"她一边说一边又看向沉鱼："大姐姐光要个凤头钗多没意思，我那同生轩可比你这院子气派多了，你也一同抢了呗？"

"放肆！"凤瑾元气得肺都要炸了，"我怎么就生了你这么个女儿？"

"这事儿您可怪不着我。"凤羽珩挑唇冷笑，笑得凤瑾元脸涨得通红，"您当初生我下来的时候都没与我打商量，如今后悔了，能怪谁呢？"

凤瑾元别过头去，想斥凤羽珩什么话都说，话到嘴边却又咽了回去。他实在没有勇气再跟这个女儿说话，有的时候真怀疑这到底是不是他的女儿，印象中的凤羽珩根本不是这个样子。

他转而安慰沉鱼："别与她计较。你放心，是你的早晚都是你的。"

沉鱼抹着眼泪点头。

凤羽珩又道："是吗？父亲你不要后悔。"

她说完，转回身来，冲着老太太俯了俯身："阿珩在这儿不讨喜，就先回去了。祖母多注意身体，阿珩明日请安时顺道给祖母请个脉。"

老太太心里稍微宽了宽，这个孙女虽然凌厉了些，但总的来说，对她还是很好的。老太太原本喜欢沈氏送的金银珠宝，后来凤羽珩回来，渐渐地对那些东西也就淡了，开始巴望着凤羽珩能时不时给她送些奇药来。

老太太几番感慨，看着凤羽珩的背影，再看看榻上依然在抽泣的沉鱼，最后，目光落在想容身上。

可这一看就是一惊，竟不知是在何时，在想容的面上也能看到一丝与凤羽珩十分相像的神情。冰冷，无情，还有……绝望。

安氏注意到老太太在审视想容，心里微惊，轻步上前将想容挡住，隔去了老太太的目光。

想容也微垂了头去，眼中冷色更甚。她从来都知道家里人情淡漠，一次次看清，一次次失望，这一次却开始绝望了。

她从安氏背后走了出来，也冲着老太太俯了俯身，理都没理凤瑾元，追着凤羽珩的脚步就走了出去。

可还没等她走多远，就听到外头有一声大喊传了来："圣旨到！"

凤家众人大惊，凤瑾元首先站了起来，紧张地看了一眼沉鱼。

沉鱼也害怕，她在宫门外跪了一夜，天知道皇上、皇后是不是觉得不解气，又要下一道圣旨来处罚她。

"父亲……"她战战兢兢地开口，轻扯凤瑾元的衣袖，一张苍白的脸楚楚可怜。

凤瑾元拍拍她的手背："女儿放心，为父是当朝左相，皇上说什么也不会太过严苛。你且在屋里坐着，为父出去看看。"

在凤瑾元的带领下，除沉鱼之外，凤府众人都去了前院。

他们出去得晚，到时，凤羽珩已经在跟那传旨的大太监攀谈。

凤瑾元一看那太监就是一愣，章远？这道圣旨竟派了章远来传？

"章远公公也是一夜都没休息，这又赶来传旨，真是辛苦。"

"王妃太客气了，皇上有事吩咐，咱们当奴才的就是肝脑涂地也要尽忠啊！"

章远是天武帝身边一等一的太监，一般来说，没有大事他都不会亲自传旨，可今日却来了凤府，真不知这到底是一道什么样的圣旨。

凤瑾元快步上前，到了章远身边正想寒暄几句，那原本与凤羽珩有说有笑的章远突然就板起脸来，手中圣旨一抖，扬声道："凤家二小姐凤羽珩接旨！"

凤瑾元一怔，不是传给凤沉鱼的？

老太太也往凤羽珩那处看了一眼，直觉告诉她，这道圣旨一定是嘉奖，打从凤羽珩回京她就没栽过跟头，哪件事不是好事？哪个消息不是好消息？如今这又来一道圣旨，会是什么呢？

凤家众人在凤瑾元的带领下全部跪到地上，章远将圣旨展开，拿腔拿调地宣读起来。话还是那套话，程序还是那道程序，无外乎就是对昨日宫宴上凤羽珩惊艳的箭法给予认可。

但读到一半，跟在章远后面的一个侍卫模样的人就上了前来，手里托着一张弓。

"大顺国独供之宝后羿之弓，今赐凤家二小姐凤羽珩。得此弓者，可进大营，辅三军，助天子，令天下！"

众人哗然！

凤羽珩都愣了，抬起头来怔怔地看着那张弓。

黑寒古玉雕体，冰蝉做弦，上镶多色宝石，被人托在手中，通体锃亮，似有一团光雾覆在上面，看起来神圣又神秘。

"王妃，接旨接弓吧！"章远示意侍卫将那弓托到凤羽珩面前，"这是皇上钦赐，请王妃一定收好。另外，皇上还有话转告王妃：凤头金钗与后羿弓一样，乃大顺国宝，请王妃务必收好，不得转赠他人！任何人觊觎凤头金钗，与偷盗同罪。"

一道圣旨和口谕，将沉鱼想要凤头金钗的想法彻底击碎。

凤羽珩笑着将双手举过头顶，就听那侍卫沉声嘱咐了一句："王妃务必拿好。"话毕，将那张弓平放到凤羽珩的手中。

凤羽珩将后羿弓接到手里，只觉这弓奇沉无比，若非她早有准备，只怕这一下还真未必能接得住。

再抬头时，便看到那侍卫赞许的模样。她亦心中有数，知这后羿弓绝非凡物。

果然，见她将弓托在手里，章远也点了点头，松了口气的模样，而后再次扬声道："后羿弓乃大顺圣物，此弓由上古黑寒宝玉制成，重一百八十六斤，大顺开国之君以此弓箭射寇首，奠我大顺国基。自此，开国之君便有旨意传下，凡得此弓者，不论男女，可自由出入我大顺四方军营，辅将领令三军，助天子平定天下！"

凤羽珩眯着眼看章远，唇角扬着微微笑意，她似乎看到天武帝跟玄天冥两个人对着这张后羿弓贼兮兮地琢磨着送给她。

凤羽珩知道,宫宴上露的那一手三箭齐发,不论是对谁而言都是一种震慑,即便是玄天冥,也要对她再高看一眼。天武帝若真心为这儿子好,定然也会明白,只有她凤羽珩,才配得起他最疼爱的儿子。

章远的话说完,再看看凤羽珩,面带笑意地问了她一句:"王妃可都记得了?"

凤羽珩点头:"记得了,阿珩谢皇上隆恩。"她托着弓,郑重地行礼。

章远对凤羽珩的表现十分满意,再看向凤瑾元时,却看到这位左相大人阴晴不定的一张脸。

他心中暗笑,多年来一直保持中庸的左丞相,以为自己能将凤府保护得很好,却不知,皇上原本极为看重他的心,早在凤家将姚家的女儿赶下主母之位时,就已经偏移了。

"请公公到厅堂坐坐,吃杯热茶吧!"随着凤羽珩接了弓、接了旨,凤府众人也跟着起身,老太太主动向章远发出邀请,也一个劲儿地冲着凤瑾元使眼色。

其实不用老太太示意,凤瑾元当然明白要巴结章远。可这章远既然能安安稳稳跟在天武帝身边这么多年,哪里是任何大臣能轻易巴结得上的。就算是皇子,孰远孰近,人家也是分得清的。

对于老太太的邀请,章远只客气地摆摆手。"多谢老太太,咱家还要回去给圣上复命,就不过多叨扰了。哦对了——"他说着看向凤瑾元,"咱家出来的时候看到另一队宫人也正往凤府这边来,打听了一下才知是皇后娘娘派来给凤家大小姐送东西的。凤大人还是准备一下,让凤大小姐出来接旨吧。"

章远说完,冲着凤家人行了个礼,凤瑾元赶紧带着众人又回了个礼,这才将章远送出府门。还不等他回过身来去叫沉鱼,就见门前跑过来个小厮,慌里慌张地道:"老爷,有一辆宫里的马车往咱府门这边来了。"

凤瑾元赶紧吩咐下人:"快,去将大小姐搀出来。"

他不知道章远说皇后娘娘给大小姐送东西是什么意思,沉鱼昨夜犯了大错,皇后不恼怒而降罪已经是大恩,怎么还会送东西给她?

老太太也心里没底,一手抓住姚氏另一手扯住安氏,问她们:"皇后娘娘要给沉鱼送什么?"

姚氏、安氏摇摇头,齐声道:"妾身不知。"一个比一个公式化,一个比一个没有感情。

老太太又气恼又无奈,想拿这两个妾出出气,可一个是凤羽珩的亲娘,另外安氏的女儿想容又跟凤羽珩极为要好,她招惹哪个也不是。

一股火气没处发，老太太左右看看，最后呵斥一个丫鬟道："去告诉韩氏在自己院里跪着，跟大家一起接旨！"

小丫头急匆匆地跑了。凤羽珩心中暗笑，轻步走到老太太面前："祖母别动气，许是皇后娘娘觉得昨夜对大姐姐的惩罚有些重了，想送些东西补偿吧！毕竟父亲是丞相。"

老太太这才略微放下心来，可还是心慌，好歹凤羽珩能跟她说说话，她赶紧抓住凤羽珩的手，神神道道地问："能吗？宫里若真念着你父亲是丞相，之前沈氏闹的那一出，怎没见半点顾及？"再想想，又自我宽慰道："上次是云妃，这次是皇后，皇后娘娘为人向来要宽厚一些，不是云妃那个性子能比的。"说完，老太太又觉出不对，抓着凤羽珩连声道："我没有别的意思，不是说云妃不好。乖孙女，你可千万不能往心里去，千万不能生祖母的气呀！"

凤羽珩明白，这位祖母已经开始怕她了。不只是祖母怕，凤瑾元也是有点怕的，只不过到底比老太太能撑，也不忘保持着一个父亲的威严。

她不管这些，凤家人爱也好怕也好，都是他们自找的。她凤羽珩向来没有"人不犯我，我不犯人"的狗屁原则，对于这座凤府，她犯不犯人，取决于她心里痛不痛快。开心了，得出去撩个闲；不高兴了，更得出去找找碴儿排解一下。她算是看出来了，在这个家里，除去几个亲近的人之外，其他的，都不值得怜惜。

思索间，沉鱼已经被几个丫头搀扶着走了出来。那身红衣早已褪去，脸也洗过，只剩下哭肿的眼睛提醒着人们她昨夜的遭遇。

老太太想跟沉鱼说说话，毕竟那是凤家最寄予厚望的一个女儿，她疼了这么些年，如今见沉鱼这般惨状，哪有不心疼的道理。

可她手里还抓着凤羽珩，就这么放下来去关心沉鱼总觉得不太好。

就在老太太犹豫间，宫车已行至凤府门口。

两个小宫女先下了车，再一掀车帘，请出一位老嬷嬷来。

姚氏看了一眼便将那人认出，小声地跟安氏道："那是皇后娘娘身边的董嬷嬷，贴身侍候了近三十年。"

安氏明了："姐姐从前定是没少见这些宫人，怎奈如今……"

"没事。"姚氏轻笑摇头，"只要我的阿珩和子睿好，我无所谓的。"

安氏点点头："二小姐和二少爷都是有大出息的人，姐姐日后的福分不可估量。"

两人说话的工夫，那嬷嬷带着两个小宫女已经进了府门。

宫女们每人手里都托着两个盒子，那嬷嬷一脸严肃，往院中间一站，环视众人一圈，最后目光落在凤羽珩身上，耷拉着的脸总算回暖了些，带了些许笑意冲着凤羽珩点了点头，然后又把脸板了起来，扬声道："皇后娘娘有赏，凤家大小姐凤沉鱼接赏！"

虽然已经有了心理准备，可真真儿地听到让沉鱼接赏时，凤瑾元、老太太以及凤沉鱼的心还是提了起来。

其他人倒是抱着看热闹的心态跟着一起跪下来。

"皇后娘娘说了，赏点东西而已，懿旨就不必下了。"老嬷嬷一边说，一边冲着身后的两个小宫女摆摆手，"端上来吧！"

老嬷嬷看着沉鱼再道："这是两盒西疆进贡的胭脂，十分珍贵，每年宫里才得三百六十五盒。"

扑哧！

想容最先忍不住笑喷了。

安氏吓得赶紧把她的嘴巴捂住，老嬷嬷倒没说什么，却换来凤瑾元狠狠一瞪。

想容憋得脸都红了，想笑又不敢笑。一年三百六十五盒，那不就是一天一盒嘛，就这也叫珍贵？

那嬷嬷对于想容的反应似乎很满意，清了清嗓，道："说到珍贵，这种胭脂最珍贵的是它的颜色。它是一种黑胭脂，涂上了它，满面全黑，还泛着亮，很是符合凤家大小姐的喜好。传皇后娘娘口谕——"

一听这话，凤家人赶紧跪得又直了些，就听那嬷嬷继续道："凤家大小姐既然喜涂黑颜，本宫便送她西疆黑胭脂五十盒。从今往后，凤家大小姐凤沉鱼再出府门，必须以此胭脂将全面涂黑，否则按抗旨处置。凤大小姐，您可记清了？"

凤沉鱼死的心都有！

她最骄傲的就是这张脸，可以说这张脸就是她的命。她当初就是凭着这张脸被紫阳道人指定为凤命，这一生必定要母仪天下。可如今，皇后娘娘竟然要她一出门就将脸涂黑，这怎么可以？

凤沉鱼倔强之色浮上面来，委屈的目光投向凤瑾元，却发现凤瑾元只是低头跪着，看都没看她。再去瞅老太太，发现老太太也跟她父亲一样，只低头下跪，半点都不敢反抗。

她没办法，就想自己给自己辩解几句，刚一抬头，却见那老嬷嬷也正将目光往她这边投了过来，同时带着质疑的声音开口道："凤大小姐这是要抗旨不遵？"

凤沉鱼打了一个冷战，膝盖阵阵发疼，跪了一夜的伤又开始发作起来。

她无奈地垂下头，抗旨？她不敢。

"臣女遵旨，接赏。"她将手高举过头，就像之前凤羽珩面对章远那样。可惜，一个接的是大顺至宝，一个接的是五十盒黑胭脂。

两个宫女将两大箱胭脂猛地搁到沉鱼手上，看着是两大箱，但实际上里面却是小盒，再加上木盒子本身的重量，就这么都落到沉鱼手里，沉鱼就觉得胳膊一沉，差点儿脱手掉了。

老嬷嬷赶紧提醒她："大小姐可得拿好了，若是失手打翻，皇后娘娘可是要生气的。"

沉鱼只能强咬着牙将两只大盒子稳稳托住，眼里的泪水像珍珠脱线似的落下来，要多委屈有多委屈。

老嬷嬷见她已经将东西接下，这才满意地点点头，再道："既然凤大小姐已经欣喜地接了赏，老奴就回宫跟皇后娘娘复命去了。哦对了……"她说着转向凤羽珩，"皇后娘娘一直惦记着王妃，老奴临出宫时娘娘还嘱咐着一定要叮嘱王妃得空就进宫去看看，皇上和娘娘都很想您。"

凤羽珩巧笑抬头，露出两排小白牙乖巧地道："阿珩记下了，多谢娘娘挂念。"

凤家老太太习惯性地又接了句："请嬷嬷到堂厅里坐坐，喝盏热茶吧！"

那嬷嬷瞅都没瞅老太太，只一摆手，转身就往府门外走。

宫车刚刚离去，就听到沉鱼身边的丫头一声尖叫："大小姐！您怎么了？"

凤沉鱼终是坚持不住，一头栽倒在地上。

这可吓坏了老太太和凤瑾元，两人赶紧冲过去，一边一个抓着沉鱼的手，齐声叫着："沉鱼！沉鱼！"

可惜不管怎么叫，沉鱼都是死闭着眼睛，昏得彻底。

凤瑾元怒喝一声："是谁去请的大夫？怎么还不来？"

立即有个小厮跑过来，无奈地道："老爷，大夫早就来了，可这圣旨一道接一道的，那大夫就一直在府门外站着不敢进来！"

凤瑾元大怒："还不快把人给我带过来！"

"是！"小厮答应一声，赶紧跑了出去。不多时，一位老大夫拎着药箱被带上前来。

凤羽珩觉得没必要再留在这里了，于是走到姚氏身边，拉了她的手，跟老太太说了句："大姐姐生病需要静养，阿珩就不多打扰了。"她俯了俯身，拉着姚氏就走出了院子。

安氏一看这情形，赶紧道："妾身也带着三小姐一并回去了。"

老太太不想理她们，挥了挥手："都退下吧！"

安氏赶紧拉着想容也走了出去。

想容快走了几步追上凤羽珩，开口轻问："二姐姐，你一夜没回来，没出什么事吧？"

凤羽珩看出想容的面上浓浓的关心，心中便溢起一阵暖来。她虽然不喜欢这个家，但总还是有一些人会让她生出亲近。

她抬手去揉揉想容的脸蛋。"小丫头最近胖了呢！"终于展了一个十二岁女孩该有的笑，"想容放心，二姐姐没事。"

想容这才松了口气。"昨夜出宫时我说要在宫门口等等二姐姐，可父亲说什么也不让。后来回了府，父亲马上派了马车去宫门口等大姐姐。安姨娘想自己从外面再雇辆马车去接二姐姐，可是被父亲发现了，把我们都关在府里，放了话说谁也不准出去。"想容说话间，面色渐冷。略犹豫了一小会儿，才又开了口小声道："二姐姐，想容讨厌父亲。"

安氏吓得赶紧四处看了一圈，然后叮嘱道："小点声，也不看看这是什么地方，乱讲话！"

凤羽珩给了安氏一个安慰又带着谢意的笑："安姨娘放心，阿珩没什么大的本事，但护好想容还是可以的。"

安氏拧着眉心，担忧地抓起凤羽珩的手："妾身不是担心想容，是担心你。二小姐有大智慧，这个妾身知道，可再怎么样也是个未出阁的姑娘，距及笄还有两年多，这府里风云变幻，谁知道会突然冒出什么事端来，二小姐凡事要多加小心才是。"

姚氏也跟着点头："你安姨娘说得对。阿珩，你父亲这么多年的丞相也不是白做的，下次切不可与他正面相驳了。"

凤羽珩知这二人是真心为自己好，便也不多说什么，只给了她们一个安慰的笑容，拉着姚氏回了同生轩。

同生轩的下人早打听到凤羽珩回了府，清粥小菜已经备好，等她刚一回屋，清玉就将饭菜端了进来。

姚氏嘱咐她吃完饭就早点补个眠，不要再做事，见凤羽珩点了头，这才又叮嘱清玉好生看着她，然后带着自己的丫头回了院子。

清玉先给凤羽珩倒了碗清水，这才道："小姐一夜没睡，就不要吃太油腻的，清粥小菜最是养胃了。"

凤羽珩看了看清玉，不由得笑了："你在外面跑了这么久，人都清瘦了。我给你的月例银子不少吧？怎的也不吃好一点？"

清玉有些不好意思地笑了起来，一边给她布置碗筷一边说："小姐就会取笑奴婢，明明是胖了，刚来府里时做的衣裳现在都不能穿了呢。"

凤羽珩瞅了瞅她现在这一身，忽然想起个事来："自从孙嬷嬷离府，忘川又跟着子睿去了萧州，这同生轩里的事也就没个人管着。如今都过中秋了，我好像忘了给你们做新衣裳。"

清玉帮她将粥盛好，看着她喝了一口，这才又道："这些事情都不用小姐烦心，奴婢日前已经做主给同生轩的下人都添置了新衣，另外还给咱们同生轩单独立了一个账房，账目暂时由奴婢代管，想着再多观察观察外头能培养着的新人，有遇到合适的就带进府来给小姐瞧瞧。若是觉得可以，就留下来帮忙，咱们同生轩的下人是少了些。"

凤羽珩对清玉是越来越满意，这丫头不但在生意上颇有研究，心也很细。她毕竟不是土生土长的大顺人，有很多这个时代的规矩她都不懂，但清玉却是门儿清，有许多凤羽珩想不到的事清玉都能主动替她想着并着手去做，着实让她省了许多心。

"院子里的事你就看着办吧。"凤羽珩对清玉很是放心，"如今忘川在外面，黄泉那个性子我也指望不上她，你就多费点心，需要添人手你就张罗着添。只是添上来的人可一定得仔细，卖身契必须拿到手，另外官府那边备案的那一份也要查清楚。"

清玉郑重地点了点头："小姐放心，这些事情奴婢都明白。"

凤羽珩想了想，再道："留心再添两个一等丫头、四个二等丫头上来，一等的就从你在外头亲自带的人里挑吧，二等要么从下面提，要么再买来。"

她早就给清玉放了权，让清玉自己带一批识字的丫头，一边教导账房铺面上的本事，一边了解和熟悉凤府。她住在这里，身边人手总是不能少的，更何况凤羽珩的心并不只局限于这座凤府，总有一天她要做一些大事，今日培养的人，终会成为她的左膀右臂。

"奴婢记得了。"清玉将差事应下，"这两日奴婢就着手去挑，挑中的人会带到小姐跟前来，小姐再看看。"

侍候着凤羽珩吃过饭，清玉就端着托盘出了房间。黄泉刚好从外头进来，与清玉笑闹了几句就进了屋来，将一封简信递给凤羽珩："忘川的飞鸽传书。用的鸽子是王府里的，它们只认得飞回府里的路，刚刚白泽送了过来，小姐快看看。"

凤羽珩将信纸接过拆开，就看到上面忘川的字迹写道："萧州一切顺利，小姐交代的事情都已经办妥，子睿少爷很受叶山长器重，奴婢即日起身回京，小姐勿念。"

她这才放下心来，将信随手递给黄泉，黄泉看了一眼，道："萧州顺利就好。不过，小姐培养那些小丫头做什么？"

凤羽珩笑笑，黄泉的脑子总是不如忘川那样精细，练武还好，可若动起心思来，就差上一筹了。

"养一些精通医理的丫头，将来有一天，咱们将百草堂开遍整个大顺。"

黄泉咋舌："小姐，你想做生意啊？"

她失笑，道："就算是生意吧！诊病抓药是要花钱的。但是黄泉你要知道，将来有一天我们的百草堂遍布大顺的每一座州府，那你想知道什么，想掌握什么，岂不是相当于多了无数双眼睛？"

黄泉恍然大悟："小姐心思缜密，黄泉受教了。"

凤羽珩点点头，对黄泉道："安心等忘川回来，咱们的日子不愁精彩。你们跟了我，我总不会让你们失望便是。"

黄泉当然相信凤羽珩的话，来到凤府这么久，这位二小姐什么时候让她们失望过？特别是昨夜宫宴上凤羽珩那惊人的三箭，简直射进了所有人的心里。黄泉知道，若不是凤家二小姐早就与御王有了婚约，只怕今日来求亲的人要将凤府的门槛都踏平了。

凤羽珩用过饭就开始睡觉，这一觉直接把这一天都睡了过去。任凭凤家人如何为沉鱼的突然昏倒而忧心劳神，她都不闻不见，一心一意地蒙头睡大觉。

直到清晨，黄泉到床榻边将她叫醒，说了句："小姐，老太太来了。"

凤羽珩迷迷糊糊地没听明白："谁来了？"

黄泉又说了一遍："老太太，凤家老太太来同生轩了，说是一定要见小姐一面。"

"现在什么时辰了？"她揉揉眼，极不情愿地起身下地。

"寅时刚过。"黄泉也很不乐意，一边侍候凤羽珩穿衣一边埋怨，"这大清早的也不知道凤老太太抽的是什么风。"

凤羽珩撇撇嘴："管她呢，总归不是好风。但如果邪得太过分，咱们就给她竖起一堵密不透风的墙。"

她收拾完毕，在黄泉的陪同下去了堂厅。到时，守门的丫头刚好扶着老太太走了进来。

凤羽珩表示满意，她定下的规矩下人执行得还算不错。即便是凤家老太太，也没能直接就大摇大摆地从柳园那小偏门走进同生轩来。

"祖母！"不管怎样，在老太太面前，面子上的功夫还是得做的。凤羽珩快步上前将老太太从赵嬷嬷手里接了过来，瞥眼间看到赵嬷嬷一副疲惫模样，不由得暗笑。都是一把年纪的人了，谁能禁得起这样折腾呢？"这么早，祖母可是有急事？怎么不差人来叫珩？同生轩太远，祖母这样劳累万一累出个好歹来可怎么得了！"

老太太顾不上跟她寒暄，干脆点明主题："沉鱼的病总也不见好，请了好几个大夫都直摇头，该喂的药都喂了，可她还是一直昏迷着。阿珩，祖母也是没有办法，好歹都是一家人，你过去给她瞧瞧好不好？"老太太说话的语气里满带乞求。

凤羽珩面上覆了一层为难之色，看着老太太开口道："祖母，您也知道父亲对阿珩颇有偏见，诊病这种事情总有个万一，万一阿珩诊得不准或是不好，父亲怪罪下来，只怕阿珩又要被送回西北的大山里了。"

"他敢！"老太太急了，"阿珩你放心，有祖母给你做主，你父亲他不敢把你怎么样！只要你能去瞧瞧你大姐姐，即便是出了什么岔子，祖母也必定站到你这一边。"

凤羽珩面带感激："祖母待阿珩真是太好了。"

老太太抓着她的手，颤颤地道："乖孙女，你这是答应祖母了？"

凤羽珩点点头："嗯，有祖母为阿珩做主，阿珩一定好好为大姐姐诊病。"

她这话说完，眼里闪出一丝只有黄泉看得出来的狡黠。

凤羽珩伴着老太太去看沉鱼时，凤瑾元也在。而陪着凤瑾元一块在沉鱼榻前熬夜的，是金珍。

见她们来了，金珍赶紧起身行礼。老太太没心思理金珍，只问了句："沉鱼如何了？"

凤瑾元无奈地摇摇头："还是没有醒。"看了凤羽珩一眼，冷声道："你来干什么？"

她面露惊吓，往老太太身后躲了躲，怯声道："祖母。"然而，眼里哪有半点惊吓之色。

凤瑾元真想抽她一巴掌，心说你别装相了成吗？可终究是没敢。

老太太将权杖往地上一杵，怒道："是我把阿珩请来给沉鱼看病的！你有意见？"

老太太一发话，凤瑾元哪里敢有意见，再加上沉鱼这病换了几个大夫都治不好，如果凤羽珩能给瞧瞧，说不定也是条路子。

他垂下眼帘，往后退了半步，给凤羽珩让出路来。凤羽珩瞥了她爹一眼，抬步朝着沉鱼走去。

凤瑾元还是有点不放心，叮嘱了句："你可一定要看仔细了。"

她翻了个白眼："左右别人也治不好，莫不如死马当活马医。"说罢，不等她爹再出言，她的手已经搭在凤沉鱼的腕上，同时用另一只手对凤瑾元做个个噤声的动作。

凤瑾元立即住了口，眼睛死死盯着凤羽珩，那样子像是生怕她会害了沉鱼一样。

凤羽珩对这父亲越来越厌烦，掐沉鱼的脉时下意识地就用了些力。这一用力不要紧，她居然能明显感觉到沉鱼手腕一颤，像是对这力道有了回应。

她觉得十分有趣，再掐掐……嗯，更用力些，要不干脆用指甲吧！

如此折腾一番，凤羽珩算是明白了，什么叫换了几个大夫治不好？这就应了那句话——"你永远叫不醒一个装睡的人"。

沉鱼是在装病！

人家不愿意醒，自然是灌什么药都没用。

她心里有了数，面上却是抹了一层凝重之色，将沉鱼的手轻轻放了下来，掖到被子里，这才转过身，冲着老太太摇摇头："大姐姐这病……着实令人忧心啊！"

老太太和凤瑾元齐齐上前一步，凤瑾元抢着先问道："到底是什么病？"

凤羽珩叹了口气："急火攻心，有一股怨气堵在心肺里发泄不出来，直接憋坏了中枢神经，这才导致大姐姐不能转醒。"

老太太听不太懂，但好歹凤羽珩比别的大夫说得靠谱些，也直接点明了病症。要知道，之前请来的大夫说都说不清，有的甚至干脆摇摇手，一句医嘱都没留下就走了。

"还好我去叫了阿珩过来，要不然非得把沉鱼耽误了不可。"老太太对自己去叫凤羽珩这一行为十分骄傲。

凤瑾元也顾不上计较太多，直接就问凤羽珩："那该怎么治？"

凤羽珩面露为难之色。

凤瑾元急了："有话你就直说，只要能让沉鱼醒过来，你提什么条件，为父都答应你。"

"哦？"她挑眉问道，"父亲可不要把话说得太满了，万一阿珩提出要我娘亲重新坐回凤家主母的位置可怎么办？"

凤瑾元一愣，万没想到她会把话说得这么直接。一般来说，这种客气话不是应该这样接——女儿能为家里出力，是荣幸，万不敢向父亲讨要奖赏？

真是……跟这个人没法沟通了。

看着凤瑾元变幻的面色，凤羽珩就笑了："父亲莫怕，阿珩断不会提出那种要求的。别说父亲为难，就是我娘亲也不可能乐意的。"

"哼！家里事情什么时候由得她说乐不乐意了？"凤瑾元怒火又蹿了上来，"一个妾室，能被扶正是她的福分！"

"这么说，父亲是答应了？"凤羽珩眨眼看他，却看得她父亲别过头去。

"瑾元！"老太太打起圆场，"你是做父亲的，就不能跟女儿好好说话？手心手背都是肉，你疼沉鱼不假，但也不能太亏待阿珩。"她上前走了两步，抓住凤羽珩的手，道："阿珩，祖母明日大开库房，好物件、好料子任你挑选，多做几套秋装，冬装也顺便备一些。待到天气冷下来，有新来的料子也定任你先选，好吗？"

凤瑾元对这样的补偿很满意，赶紧跟着点头。

凤羽珩笑了笑，做不做主母的，不过是她说出来试探一下凤瑾元的态度罢了。姚氏的心思她明白，这些年下来，早就断了再与凤瑾元同床共枕的念想了。

她笑着点了点头："一切都听祖母的安排。"给足了老太太颜面。

老太太特别开心，她觉得在这个家里，也就自己能把这个二孙女拿捏得住。凤羽珩谁的面子都不给，却偏偏给她的，这让她的虚荣心瞬间膨胀了无数倍。

凤瑾元催促她："既然都答应了，就快说说如何能治好你大姐姐的病。"

凤羽珩点点头，面色又郑重起来，看得老太太跟凤瑾元也跟着捏了把汗。

"大姐姐这种病症十分罕见，治好治不好的关键就在于她能不能醒来。之前喂过那么多名贵药材她都没有醒，就是因为喝药对她没用。"

"那如何能让她醒？"

"下针！"凤羽珩坚定地道，"将银针刺入体内，运用捻、转、提、插等手法来刺激人体特定穴位，从而达到治疗疾病的目的。"

老太太觉得她说得十分专业，一边听一边连连点头。

凤瑾元追问了句："要在什么地方下？你刚刚说她是有怨气堵在心肺，难不成是要在心口上下针？"他有些担心道："会不会太冒险了些？"

凤羽珩摇摇头："自然不会用那么冒险的方法，俗话说十指连心，我这针只需下在手指上，便可通心连肺，让大姐姐转醒过来。"

听她如此说，凤瑾元就放心了："那你快点下针吧。"

凤羽珩转身冲着黄泉点了点头，黄泉上前两步将出来时就提在手上的药箱放到榻边的角桌上。她从里面取出一套针灸用的银针来，再吩咐黄泉："准备高度烧酒，把烛火移到这边来。"

她其实很少用这种原始的消毒方法，空间里有的是药用酒精，只是不想在众人面前展露。

老太太见她行事慎重，不由得又多了几分满意，连连夸赞："要说府里的孩子，还真就数咱们阿珩最拿得起事，也最能为家里争脸。"

凤羽珩感激地回道："多谢祖母夸赞。"却换来凤瑾元一声冷哼。

老太太赶紧瞪了凤瑾元一眼。她就不明白，这个儿子怎么就如此不待见阿珩？面子上的功夫也不肯做了吗？

却不知，在凤瑾元的心里，原本他对这个女儿有愧疚，就不愿过多面对，而现在，他几乎是惧怕的，只要能不跟凤羽珩打交道，他宁愿一辈子都不理她。

很快，黄泉以及院子里的下人们把准备工作都做好了。凤羽珩掐针消毒，终于握上凤沉鱼的手时，只觉这只原本冰凉的手心里已经渗出汗来，再仔细观察，沉鱼的眉心也轻轻地皱了起来，眉梢有僵硬的颤抖。

她心中暗笑，装病吗？我一针扎死你，看你还不起来？

经过高度烧酒消毒的银针带着一股独特的气味，能让人一闻到就会不自觉地往病症上联想。就像现代人一闻消毒水的味道就会想到去医院扎针一样，像是条件反射。

她紧握住沉鱼的手，以防止下针之后对方挣脱，心中打定主意，今日不扎个过瘾，决不罢手。

"此套针法共计七七四十九针，均在十指与掌间完成，祖母和父亲可看好了，一旦大姐姐中途转醒，必须将她按住。四十九针必须行完方可见效，不然只怕会前功尽弃。就算大姐姐暂时醒来，也会再次莫名其妙地晕迷不醒的。"

凤瑾元郑重地点头，老太太更是吩咐一个丫头："你爬到榻里去，一会儿帮着按住大小姐。"然后她与凤瑾元两人也分开两边，随时准备配合凤羽珩下针。

凤羽珩见一切就绪，嘴角泛起了一个不着痕迹的笑来，双指掐针，几乎是没有预兆地猛一下就往沉鱼右手食指指尖扎了下去。

就听原本还昏迷着的沉鱼"嗷"的一声大叫起来，挣扎着就要起身抽手。

凤羽珩紧张地嘱咐身边几人："快按住她！针法不能乱，更不能停，否则前功尽弃啊！"

老太太、凤瑾元，以及那爬到榻里的丫头齐齐出手，生生地把已经半起身的沉鱼又压了回去。

凤瑾元一边按一边道："沉鱼，你不要动！千万不要动啊！阿珩在救你的命，你再忍忍！"

老太太亦附和道："多亏了你二妹妹是神医，你晕了一天，要是没有阿珩，祖母……祖母真怕你醒不过来了呀！"

两人说话间，凤羽珩第二针又扎了下去。这一针比刚刚更加用力，半根银针都没进肉里。

沉鱼疼得哇哇大叫，叫声跟杀猪一样，整个人在榻上乱拱，老太太累出一身的汗来。

凤羽珩动作不停，手腕翻飞，银针一根接着一根地换，每换一次都会在沉鱼手上多刺一下。

渐渐地，沉鱼的叫声弱了，也没力气挣扎了。凤瑾元看着害怕，不由得怪起凤羽珩来："是不是被你扎坏了？为什么沉鱼像是又要昏迷的样子？"

凤羽珩心中冷哼一声，口中却道："父亲莫急，如果七七四十九针下完大姐姐还不好，阿珩还有一套九九八十一针的针法，可以在大姐姐另一只手上再施一次。"

一听这话，沉鱼整个人猛地一震，竟大叫道："不用！我好了！我真的好了！"

终于，七七四十九针扎完，沉鱼的汗已经将整个床榻湿透，老太太和凤瑾元以及那个丫头也累了个半死。

就见凤羽珩一边让黄泉将银针收起来，一边擦手，同时幽幽地道："这可真是怪症，若阿珩再晚一会儿下针，只怕大姐姐这辈子都醒不过来了。"

老太太一阵后怕，不由得瞪向凤瑾元："多亏我去叫了阿珩过来，再由着你请那些庸医，耽误了沉鱼，你是后悔都悔不来的。"

凤瑾元就觉得这件事情十分蹊跷，特别是沉鱼睁开眼后那种愤恨的目光，像是毒蝎一样要把凤羽珩蜇死，哪里像个昏迷刚醒的人？

他似乎明白了什么，看着沉鱼那双被扎得千疮百孔的手，他整个人就打了个冷战——莫非是沉鱼装病，而自己跟老太太都着了凤羽珩的道儿，疼苦了女儿？

凤羽珩看着凤瑾元的目光逐渐清醒，知他已想到究竟，不由得唇角上挑。这个凤家，真是越来越有趣了！

"凤羽珩！"凤瑾元咬牙切齿地看着这个女儿，恨不能亲手将她掐死，"你好狠的心！"

这话说得声小，是从牙缝里硬挤出来的。

凤羽珩张着一双灵动的眼眨巴眨巴地看着他，忽地就展了个罂粟般迷人又有毒的笑，开口道："那又如何？"

是啊！那又如何？

凤瑾元就算猜出沉鱼是在装病，可他能说破吗？沉鱼敢承认吗？

父女俩除了双双认栽，什么都做不了。沉鱼就白白挨了四十九针，表面上还得对下针之人感恩戴德，这让他们想想都怄火。

老太太在赵嬷嬷服侍下擦了把脸，然后开口道："行了。既然沉鱼已经醒了，那我就放心了。"她吩咐着屋里下人："你们帮大小姐换好衣裳，被褥也换了吧，都让汗浸湿了。沐浴就先省省，免得着了风寒。"

下人们点头应下，开始忙碌起来。

老太太再看向凤羽珩，目光中全是感激："真是辛苦阿珩了，昨儿就一夜没睡，现在就又把你叫了起来，祖母心里真是过意不去。"

凤羽珩宽慰她："祖母快别这么说，莫说病的是大姐姐，就是旁人，只要祖母一句话，阿珩都一定会出手相助的。"

老太太觉得倍儿有面子，连连道阿珩的好，然后牵着凤羽珩的手一起走出了院子。

留下凤瑾元与沉鱼父女二人时，凤瑾元特别想问问沉鱼这病是不是装的。可当他看到沉鱼那一脸愤恨之色时，便觉得也没必要再问。答案是肯定的，只是不知沉鱼为何要这样装病。

回到同生轩，黄泉一直憋着的笑终于爆发，扶着院子里一棵老树捧腹大笑。

凤羽珩耐心地等她笑完，这才开口问道："至于吗？"

黄泉用力地点头："太至于了！小姐您这招儿真损！如果王爷知道一定也会如此赞扬您的。"

凤羽珩抚额，损？这也叫赞扬？你们御王府的人赞扬真是别出心裁啊！

次日，凤羽珩一觉睡到中午。醒来时，姚氏正坐在她的榻边，手里缝着一件衣裳。

她坐起身，揉了揉眼："娘亲怎么在这里？这是在缝什么？"

姚氏笑笑："给你和子睿一人做了件底衣，还差几针就缝好了。"

"府里不是都给做够了衣裳吗？娘亲费这个事干吗？"她伸手去摸那白棉布料子，十分柔软，比府里给送来的的确要好上许多。

"这是你安姨娘特地从外头挑选来的，料子不多，只够你们三个孩子一人一件。"姚氏将手中活计放下，伸手去抚摸凤羽珩的头发，"以前在山里时吃得不好，你这头发总是又黄又稀。如今不但头发长得好了，模样竟也出落成一个美人。"

凤羽珩听出姚氏话里有话，盯着她看了一会儿，正色道："娘亲有话直说，不用这样子的。"

姚氏叹了口气，拉住她的手："阿珩，有些事娘亲是不想问的，但憋在心里实在难受，今后若有旁人问起来，也不知该怎么说……"

"娘亲是想问我何时学会的箭术吧？"她知道，宫宴上露的那一手姚氏虽然没有亲眼看到，可府中不可能没有人嚼舌根子，姚氏向来是个心事重的人，疑惑也是应该的。

她搬出一个通用的理由："波斯奇人教的。"

"真有波斯奇人吗？"姚氏干脆追问起来。

凤羽珩笑笑："娘亲，你信就有，不信就没有。我是你的女儿，总不会害你。"

姚氏看出她不愿多说，能给出这样一个理由，其实就是为了她日后在人前能有个合理的解释。

她无奈，却也不再追究，只道："我是你的娘亲，只盼着你好。"

送走姚氏，凤羽珩不得不多了几番思量。姚氏已经对她起疑，她一句"波斯奇人"骗得了别人，却骗不了与她一起生活在山村里的娘亲。今日姚氏只是问问，若今后有更多想不开的事，只怕这个结会在心里越编越大。看来，得想办法与姚氏拉开距离，送她去萧州陪子睿吧。

凤羽珩在心里打着主意，却也明白这事急不得。眼下有太多不确定的因素，首要一点她得保证姚氏的平安，离开自己的眼皮底下，这事还有待考量。

这天下午，清玉带回来一个消息："步家大丧，现在整个京城都在议论着吏部尚书步大人的丧事。"

她这才知道，吏部尚书步正风自宫宴结束后，就患上一场大病，没过多久就不治身亡了。

"丧事办得挺大吧？"她一边吃着点心一边跟清玉说话。

清玉给她倒了碗茶，点头回道："好歹是二品大员，更何况还有步贵妃的面子在，怎么可能不气派？昨天晚上奇宝斋里被人买走了一块含蝉，奴婢后来派人打听过，正是步家差人去买的。"

所谓含蝉，其实就是古代的一种陪葬品，放置于往生人的口中做压舌之用。含蝉为玉质，呈蝉形，寓意精神不死，再生复活。一般有钱人家极为讲究，步家人能到奇宝斋去买含蝉，可见对步大人的丧事是极为重视的。

"步家有没有什么动静？"如今在外走动最多的人就是清玉，凤羽珩渐渐地习惯了有事去跟清玉打听，办事就找忘川和黄泉。

"奇宝斋的伙计听到了来买含蝉的两人闲聊，好像说步家已经给远在边关的那位大将军送了信，要他回来奔丧。"

凤羽珩对这个消息很感兴趣，也很满意那位奇宝斋伙计的表现。她告诉清玉："给那听到消息的伙计二两银子作为奖励，同时你也要与他们讲清楚，听到的任何事都不要往外说，除了你我之外，任何人去打听消息都要凭着我的腰牌。"她一边说一边将前些日子进宫之前老太太特地给她和想容做的凤家腰牌递给清玉："你看清楚这个，暂时先用着，以后寻到合适的物件儿我自会换下来。"

清玉是个极聪明的丫头，凤羽珩几句话她便明了："小姐这是要培养眼线了。放心，奴婢定会叮嘱好三家铺子的人，同时也会留意专门培养合适的人安插进去。"

"如今外面的事都是你在张罗，我很放心。只是你留意过的人不只是要顾及生意，就像刚刚说的眼线一事，也是必须认真去做的。这方面的人就要挑那些头脑机灵，但相貌上却绝对不能出奇的。既不能好看，也不能难看，最好是那种混在人堆里就找不出来的大众面孔，这样才不会给人留下过深的印象，以便多次重复使用。"

清玉点头："奴婢记下了。昨日小姐提起的要添上人手一事奴婢也在挑选，明天晌午就可以带一批人进来请小姐挑选。"

"不用我挑，你直接挑好带人进府就行。我相信你。"她不愿凡事都亲力亲为，总是要给下面的人一些成长的空间，哪怕清玉挑的人并不够好，甚至是错的，那也是一种成长的经历。她将清玉等人培养起来，为的就是有一天即便她不在，她们也能为她撑起一方天空。

对于凤羽珩的信任，清玉十分感激，甚至是激动的。

她本来就不甘于只做一个侍候人的普通丫鬟，凤羽珩如此重用她，几乎可以将她的潜力完全激发出来，让她独当一面，将过去的自信完全地找了回来。

这样的主子，清玉相信，除了凤羽珩，这辈子再找不出第二个。

主仆二人又说了会儿话，清玉便离府去忙了。凤羽珩叫来黄泉，吩咐道："想办法去查步聪，消息越多越好。"

黄泉点头应下，却又提醒她道："那还是得跟殿下那头打听，或是借那边的人去查。"

凤羽珩轻叹了一声："去吧，左右我们自己目前没有人手。"

看着黄泉匆匆离去，凤羽珩不禁有些着急。在这个没有便捷通信和交通的时代，建立起一个强大的信息网是多么重要啊！

步聪，那个据说是跟她还有几分纠葛的男子就要回京了，为什么这个消息让她听了会有些心慌？

那日宫宴上听到的有关原主与步聪之前的过往，她还当是个美好的故事，甚至是带着几分八卦的心去听。可如今，直觉告诉她，步聪的回京，对于凤府或者对于她凤羽珩来说，只怕是一场劫难……

第十六章 鬼影迷踪

次日清晨，凤府女眷齐聚舒雅园给老太太请安。

沉鱼也由倚林倚月两个丫头伴着坐在侧座，茶水就摆在旁边桌上，她却肿着一只手，始终不敢端。

凤羽珩依偎在老太太脚边的软垫子上，伸手搭腕，正在给老太太诊脉。

每每这时，都是老太太觉得凤羽珩最有用的时候。家里有个孙女懂医理，总比养着客卿大夫强，省得再出之前害子睿那档子事。

"祖母身体没有大碍。"掐了一会儿脉，凤羽珩放下手来宽慰老太太，"虽然入了秋，但今年祖母的腰腿护得很好，没见大病，气脉也均顺。"

老太太听了之后心里那个舒坦，一个劲儿地夸她："还是我们阿珩最得力。"

凤羽珩却再开口告诫老太太："但要注意胆火！祖母最近动气较多，于胆火无益。"

老太太无奈地叹了一声，动气较多？不多才怪。

坐在侧座下首的韩氏翻了个小白眼，怪声怪气地开了口："府里头的事一茬儿接着一茬儿，不动气才怪。"一边说一边剜了一眼沉鱼："大小姐，您说是不是？"

沉鱼低着头，不想理她。

韩氏却不依不饶，又道："特别是大小姐那双手，更让老太太跟着上火啊！唉，要我说，人哪，可不能随随便便就来昏迷不醒那一套，搞不好到最后吃亏的就是自己。"

打从韩氏一开口，所有人就都觉得不舒服。从前的韩氏是千娇百媚的，现在的韩氏却带着那么一点接近于凤羽珩的阴阳怪气。

沉鱼被她说得心底火气腾腾地往上蹿，却又不得不死死压着，只是对于韩氏的话十分不认同："我是真的病了，韩姨娘切莫混淆是非。"

"哟？"韩氏提高了嗓门，"我说什么是非了？我什么时候说大小姐装病了？"

"你……"沉鱼觉得现在的韩氏就是个泼妇，她不想跟泼妇再多废话，于是又低下头，闭上了嘴。

韩氏看着沉鱼，冷声一笑："手被扎成了那个样子，真不知道这能不能好起来。大小姐自小便擅长琴技，如今被扎废了一只手，那苦练多年的琴，只怕也弹不得了吧？"

沉鱼的心猛地一沉，忽地抬头问："你这是什么意思？"再看向凤羽珩，"我这手不能好了？"

凤羽珩翻了个白眼："如果韩姨娘也是大夫，大姐姐就信了她吧。"

"行了。"老太太早听不下去韩氏怪腔怪调的话了，"这舒雅园要是容不下你，就滚回你的院子去。连身份都忘了，居然自称妾身都不会，我看你另有他图吧？"

韩氏再怎么大胆也不敢跟老太太对着干，别扭着低下了头，不再说话。

老太太却看着沉鱼的手，心底升起了一阵担心，不由得问凤羽珩："你大姐姐的手……"

"祖母放心，"她给了个安慰的笑，"少则半月，多则一个月，大姐姐的手就没事了。"

老太太这才松了口气，沉鱼听了也放下心来。

"沉鱼啊！"老太太道，"这次你突然发病，还真是多亏了阿珩。要没有她，只怕你到现在都没能醒过来呢。你可要好好谢谢你二妹妹。"

凤沉鱼恨得咬牙切齿，她想杀凤羽珩的心都有，怎么可能谢她？只听沉鱼道："还请祖母多为家里人考虑考虑，二妹妹毕竟才十二岁，纵是得姚老神医真传，也不过幼时几年。至于她所说的那波斯奇人，外头来的异类，不信才好，切莫过于依赖，以至于误了家里人的身子。"

她说这话时，因为硌硬凤羽珩，也没什么好语气。

老太太听了那个气啊，便贬斥道："你这是在教训我？那日你昏迷不醒，我与你父亲守了一夜，请了多少大夫来都医不醒你。我没办法了才去找你二妹妹，你也确实在她的医治下醒了过来。不知道感激也就罢了，怎的还能说出如此话来？真真是不知好歹！太不知好歹了！"

沉鱼一惊，立即意识到自己的话说重了，她恨凤羽珩不假，可如今与她说话的人是老太太，她怎么可以把脾气发在这个连父亲都要让着三分的祖母身上？

意识到这点，沉鱼赶紧起身，直往老太太面前就跪了下去："请祖母恕罪！沉鱼才醒来没几日，脑子还不是很清楚，刚刚的话实在是胡言乱语啊！"再抬头，脸上挂了两串泪痕，那小模样要多招人疼就有多招人疼，老太太哪里还会继续埋怨她？

"快起来。"老太太叹了口气，"我知道你身子刚好，不怪你。只是你二妹妹实在一片好心，你总要谢谢人家。"

凤沉鱼心中已将老太太骂了一通，只道这老太婆真是活得太久脑子糊涂了，居然被那个山里的野孩子哄得如此开心，还对她这般维护。

可老太太坚持，她也没有办法，只能憋着气，对着凤羽珩道："如此，就多谢二妹妹了。"说话时，看都没有看凤羽珩一眼。

老太太也觉得沉鱼态度不好，就准备再说她两句，却在这时，有个丫头从外面进来，手里拿了一张白色的拜帖。

赵嬷嬷赶紧上前将帖子接了过来，与那丫头说了几句，这才转过头对老太太道："是步府送来的丧帖。吏部尚书步大人大丧，咱们府上理当去人吊唁。"她一边说一边将帖子给老太太递过去。

老太太接过来，一边看一边道："是该去的。当初沈氏治丧时，步家的大儿子也是来过的。"

凤羽珩听了，便在心里合计了一番。步家的大儿子，是叫……步白棋？当年她外祖父姚显就是在给步白棋治伤时得到了她出生的消息。

"要说步家那个大儿子啊，实在是个憨厚的老实人，咱们……"老太太的话说到这里就说不下去了，声音顿住，手也抖了一下。下意识地就去看凤羽珩，只一眼，便又将目光收回。

凤羽珩觉得好笑，主动开口问去："丧帖上可是有提到阿珩了？"

老太太颇有几分尴尬地点了点头，却将手里的丧帖往回缩了缩："是啊，帖子里确实邀请了阿珩。"

"哈……"她没忍住笑出声儿来，"丧帖居然还点名？步家这是当喜事办呢？！"一般只有喜帖才会特地点名让谁同去，丧帖却是以家族为单位邀请的。

老太太也觉得步家过分了，但她所认为的过分却不是丧帖点名一事，而是那帖子上居然明晃晃地写着：请凤家庶女凤羽珩前去步府给步尚书磕头谢罪。可这话她可不敢跟凤羽珩说，天知道这二孙女会有什么反应。更何况，步尚书的死跟她们家阿珩有啥关系？

"步家真是欺人太甚！"老太太放下手中丧帖，"阿珩不必理会。"

安氏也点了点头："步尚书官职不过二品，咱们家老爷却是正一品，哪里容得他们点名要凤家的小姐去吊唁。"

姚氏也开了口，说的话比安氏专业："朝中没这个规矩。"

大家对于她二人的话都十分认同，连连跟着点头，唯有凤沉鱼拧紧了眉，犹自道："步尚书虽然官职不如父亲，可到底宫里还有位贵妃呀！"

老太太一听这话，又开始重新思量。

的确，一位尚书还左右不了丞相，但宫里的贵妃就不一样了。虽然人人皆知步尚书是因贵妃急火攻心、惊惧交加而死的，而贵妃则是被皇上亲手打伤的，并且还是因为得罪了云妃。可即便这样，宫里也始终没有传出贵妃降位的消息，似乎她的日子与从前并没有两样。如此一来，这个关系就比较微妙了。

　　老太太下意识地就向凤羽珩看去，看到的是一张自在坦然、没有半点担忧之色的脸。

　　见她看过来，凤羽珩便开了口，主动道："祖母无须忧虑，阿珩往步府去一趟便是。不管怎么说，那日步大人过世阿珩也是亲眼所见，不去吊唁一番，心里也总是别扭着的。"

　　一听她如此说，老太太立时松了口气。她还真怕这个孙女执拗起来不肯去，到时候不知道又要闹出什么乱子来。

　　"阿珩真是懂事。"她由衷地道，"如果家里的孩子都能像你这般就好了。"

　　凤羽珩扔出了这个理由，边上坐着的想容便也不能不去了，于是起身，也说了句："想容跟二姐姐是一样的想法。"

　　老太太连连点头。"那就一起去吧，祖母亲自带着你们到步府。"说着看向沉鱼，"你也一起。"

　　离了舒雅园，姚氏拉着凤羽珩快走了几步，直待与众人拉开了一定距离这才道："步家其他的人倒没什么，你也应该多少知道一些。只是步尚书唯一的儿子步白棋，多年来与你外祖家却是一直交好的。他如今是五品的户部郎中，他……"

　　凤羽珩见姚氏说得有些急，干脆把话接过来："他有一个儿子叫步聪，当年曾经让其父亲到凤府来与我求亲。"

　　姚氏点点头："你还记得？"

　　她当然不记得，都是听别人说的，不过她也不愿过多解释，只随意点点头，道："娘亲的意思我都明白。放心，阿珩既许了九皇子，断不会对他人再生情愫。"

　　姚氏微松了口气："总之你到步家说话做事都要小心谨慎，我总觉得这丧事怕是没那么简单。"

　　往步家吊唁就定在次日清早，凤羽珩早早地就穿了一身素服到舒雅园去接老太太，亲自陪着老太太往府门口走去。

　　想容也一早就等在门口，三人才一碰面，就见想容看着一个方向露出一脸惊恐的表情。

　　几人顺目去看，就见到离着老远有一道白影，像鬼一样正往这边飘过来……

老太太也被那白影吓得接连倒退两步，死抓着赵嬷嬷颤颤地问："那是……什么东西？"

想容吓得抓着凤羽珩的手都直哆嗦。

凤羽珩眯起眼，看着那个飘忽而来的"东西"，拍拍想容的手臂，再回身去告诉老太太："祖母莫怕，是大姐姐。"

老太太一听这话，赶紧揉揉眼睛仔细去看——可不嘛！一身纯白长裙，长发垂肩，鬓上还戴了朵白花。面色也憔悴不堪，苍白得可怕。

想容就不理解了："大姐姐这是干什么？"

老太太气得权杖砰砰地往地上敲："沉鱼！你穿成这个样子是要干什么去？"

沉鱼款步上前，微行了礼，这才道："孙女自然是随祖母去步家吊唁尚书大人啊！"

"谁让你穿成这样的？"

"去理丧当然要穿白色！"沉鱼答得理所当然，"那日的场面，沉鱼是亲眼看见的，这些日子只要一闭眼就能想到，心惊难耐，夜不能眠。沉鱼就想着，如果不好好吊唁下步大人，只怕……心病难去啊！"

她这么一说，老太太便不好再开口怪罪了。

老太太原本还气恼沉鱼，可一转眼就变成了同情与怜惜，不由得上前两步抓住沉鱼的手轻拍了两下："乖孙女，不怕不怕，今日过去给那步尚书上炷香就没事了，啊！"声音轻柔，真就像个慈祥的奶奶。

凤羽珩看在眼里鄙夷在心，这老太太贪财贪物，从来没个正经主意，她与凤瑾元是一条心，都巴望着沉鱼能出人头地，坐上那个她们梦寐多年的宝座去。

凤羽珩拉着想容转身往府门外走，两辆马车已经在外头等候。一辆是普通常用的车，一辆是沉鱼专用的紫檀马车。

她拉着想容坐上那辆普通的，随后，沉鱼也与老太太相扶而出，就听沉鱼向老太太发出邀请："祖母到孙女的车上坐吧。"

这本是巴结之意，可听在老太太耳朵里却特别不是滋味。她才是这个家里最尊贵的女人，凭什么这么好的马车不是她的？

可这罪她却并不归到沉鱼身上，而是在心中咒骂起了沈氏。

眼见老太太面色不好，沉鱼立即明白过来，于是一边扶着老太太一边道："这辆马车是当年母亲送给我的生辰礼物，孙女这些年一直都没怎么舍得用。一来这木料贵重，二来也总想着这等好物实在不是沉鱼小小年纪就受得起的，总想着哪一日可以送给祖母，由祖母专用才是最为得当。若祖母不嫌弃，就收下吧，今日沉鱼是沾了祖母的光才能一同乘坐呢！"

从沈氏死后，老太太已经许久没有得到实质性的好处，今日一听说沉鱼要把这辆马车送她，立马就来了精神，脸上也见了笑，褶子都堆到了一起，连声道："好！好！还是沉鱼最有孝心！"

沉鱼抿着嘴笑着低头，心里却将老太太咒骂了一番。

凤家两辆马车，载着四人一路往步府行去。

不到半个时辰，马车停住，帘子掀起时，就听到一阵嗡嗡的诵经声传来，一座比凤家还要气派的宅邸出现在眼前。

步家大丧，府门挂满白布灵幡，还请了十余名和尚诵经超度。

黄泉在扶凤羽珩时，小声在她耳边道："步家的人都在门外，像是在等人。"

凤羽珩留意观察，果然，步家一众人等都迎出府门，包括她认得的步霓裳在内，一个个神态恭敬又焦急。

不待她多做思量，凤老太太就已走上前来，身后跟着沉鱼。步家人看了她们一眼，除去一名与凤瑾元差不多年纪的男子上前两步外，其他人都带着明显的敌意。

那男子冲着凤老太太施了一礼，主动道："凤老夫人能亲自到访，实乃步家大幸。"

这话一出口，后面步家人堆里就传出几声轻哼，明显的不屑。男子面上挂不住，回身往后瞪了一眼，步家人倒是有几分怕他，一个个低下头来。

凤羽珩心里有了数，只怕这位便是与姚家有些交情的步贵妃的亲大哥、步霓裳和步聪的父亲步白棋了。

她这样想着，那步白棋正向她这边看过来，一看之下目光中生出几许感慨，却也没说什么，只点了点头，算是打了招呼。

凤羽珩行了一礼。

老太太道："步尚书去得突然，着实令人唏嘘。今日老身带着三个孙女一齐来给尚书大人上炷香，待瑾元下了朝也会往这边来的。"

步白棋赶紧躬身道谢，瞥眼看到沉鱼一身全白衣裙，特别是鬓上那朵白花，更是勾起了他对父亲的思念之情。

他重新对着沉鱼深深地鞠了一躬："多谢凤大小姐。"

沉鱼亦还了一礼，随即道："步大人客气了，这是应该的。今日步家大丧，这比任何事都重要，诸位还是请回府吧，不必劳师动众出府迎接。"

步白棋一愣，没明白沉鱼这话是什么意思，一时间怔在当场。

凤老太太也跟沉鱼一个想法，顺着接话道："对，快快回到灵堂去。"

这话刚说完，就听到步家人堆儿里传来几声嗤笑。凤老太太脸微沉，还不待发作，就听到身后大道上有个尖锐的声音喊了起来："贵妃娘娘到！"

这一下，凤羽珩和想容都乐了。

老太太和沉鱼的自作多情真是达到了一定境界啊！

众人齐转身，正对着府门前的官道，就看到自西边行来一辆气派的宫车，宫车上站着两名白衣宫女，下面还跟着个太监，刚刚那一声就是那太监喊出来的。

步家人以及前来吊唁还没能入府的众人齐齐下跪，凤老太太也拉着沉鱼跪了下来，同时向凤羽珩使了个眼色。

凤羽珩从来不会在这种形式上多做计较，便随着想容一起跪到地上，然后微抬了眼，就见那宫车停住，从里面出来的竟是一副担架，由两个大力太监从宫车上缓步抬下来。

步家人一见这场面全都黑了脸，步白棋心疼妹妹，随着众人行礼问安之后就起了身，几步奔到步白萍担架前，眼泪巴巴地道："娘娘。"

步白萍见到家人也是几番感慨，眼泪簌簌地落，只道："哥哥，是我对不起父亲。"

"别说这样的话。"步白棋打断她，"事已至此，步家谁也不怪。"

步白萍亦是一身白衣，头上还扎着孝带，可她哥哥一句"谁也不怪"却刺激到她的神经。只见她猛地扭过头，不顾身上疼痛，强咬着牙将身子撑起一点，目光直朝着凤羽珩就射了过去。

步白棋暗道不好，就要说点什么将话茬儿扯开，就听步白萍的声音已经凄厉而出："她！杀了她！杀了她！"叫得声嘶力竭。

她这一激动，牵扯着头上的伤，疼得她直冒冷汗。

"娘娘不要激动！保重身子要紧啊！"步家人齐围上来，一边劝着一边也瞪向凤羽珩。

那日宫宴的事谁都知道，起因是凤羽珩箭术赢了步霓裳，作为亲姑姑的贵妃娘娘气不过，借题发挥打了花妃，结果"吓"走了就要现身的云妃。听起来乱七八糟的关系，可归根到底，因还是在凤羽珩身上。

所以，步家人在步霓裳的添油加醋下，一致认为凤羽珩就是害死尚书大人的始作俑者。如今贵妃娘娘又被气成这样，小辈们哪里能忍得住，立即有几个十多岁的少年冲了过去就要动手去打凤羽珩。而那步霓裳也张着恶毒的眼睛对步白萍道："姑姑，祖父的仇咱们一定得报。"

那几个少年冲过来时可把凤老太太吓坏了，却又不敢上前去拦，直叫着："阿珩小心！"

凤羽珩却动都没动，只是定定地看着步白棋，眼神里带着不屑。

步白棋羞得满面通红，连声呵斥："都给我回来！你们要干什么？"

他是步尚书唯一的儿子，尚书一去，这个家里自然由他掌管，这一声力度很大，几个少年于凤羽珩面前生生止步。

就听凤羽珩扬着不高不低的声音道："听话好，听话不吃亏。我敢保证，你们这样的再来十个八个，也伤不了我分毫。"

老太太也怒了："你们步家这是要干什么？"她看向步贵妃，不解地道："敢问贵妃娘娘，步尚书的死与我们家阿珩有什么关系？"

老太太头一次用这种语气与大人物讲话，说不害怕那是吹，但还是有几分过瘾的。不是她胆子变大了，也不是她知道偏袒凤羽珩了，而是她记得这步贵妃是被皇上砸伤的。她们家阿珩可是被皇上准许叫了父皇，这样的关系下，她自然知道谁的后台更硬气。

步白萍死瞪着凤羽珩，根本就没把凤老太太放在眼里："关系？本宫说有就有！"

步霓裳也在边上帮腔："父亲，难道我们不该给祖父报仇吗？"

"哥哥！害死父亲的人就在眼前，你还在等什么？"

步白棋被这两人逼得没办法，贵妃不能骂，那就只能骂自己的女儿。他狠命地拉了步霓裳一把，直将人拉到自己身后："把你的嘴给我闭上！"

却在这时，有一个声音幽幽地传了来："是啊！尚书大人被贵妃娘娘气死了，步家若不报这个仇，尚书大人在九泉之下该如何安息啊？"

这话音一出，所有人都往凤羽珩这边看过来。只见她早已起身，从容地站着，向步贵妃直视过去，目光中竟是带了些愤愤不平之色："尚书大人半生为国，为大顺尽心尽力，到老了不但不能安享晚年，竟还被自己的女儿气死了，真是……令人唏嘘。"

她说这话时，悲戚之情溢于言表。

步家人一个个愣在当场，有一些不太明事的小孩子被凤羽珩这么一说，心里也开始合计起来。

他们根本也不明白为什么步霓裳和步贵妃要将尚书大人的死怪在凤家这个女儿身上，就像人家说的，尚书大人是被步贵妃气死的，而打伤贵妃娘娘的人是当今圣上，难不成还要他们去跟皇上评理？

眼见步家人的情绪有变，步贵妃气得五脏六腑都疼。"凤羽珩！"她几乎是从牙缝里挤出话来，"牙尖嘴利的丫头，事情究竟起因如何，你自己心里清楚！"

步霓裳也狠狠地道："你不要太嚣张！"

步白棋不敢说贵妃，只能又呵斥起自己的女儿："这里没有你说话的份儿！"

凤羽珩却冲着步霓裳和步贵妃点点头，道："还真说对了！这件事情的起因是步姑娘找我比箭术，我拒绝多次，她却始终咄咄逼人。直到我赢了箭术，贵妃娘娘心中闷着气，这才开罪花妃，惹了云妃与皇上盛怒。"她说着话，盯着步白棋，突然伸手指向贵妃和步霓裳，板起脸来正色道："罪魁祸首都在此，步大人你还等什么？"

步家人倒吸了一口气，从前只听说凤家的这个女儿是被送到山村里不闻不问的，外面都叫她山野千金。可是一场宫宴，凤羽珩的惊鸿三箭让所有人都改变了对这位山野千金的看法。特别是今日，步家人算是领教了她的语言水平，只道不愧是丞相府的女儿，气势压人，让他们连喘息都觉得压抑了。

凤羽珩的话把步白棋也堵在当场，其实他心里明白这事怪不得凤家，但让他开罪于贵妃、开罪于自己的女儿，他是办不到的啊！一时间尴尬万分，无法收场。

就在所有人都没了话，且前来吊唁被堵在府门口的人越来越多时，就听得步府门里有个苍老低沉略显沙哑却不失威严的声音传了来——"够了！"只两个字，步家人均转过身，冲着那声音传来的方向躬下身去，就连贵妃步白萍都闭了嘴，向那处看去，神色恭敬。

凤羽珩扭头去看，就见府门里踱步而出的是位老太太，年纪比她祖母大上五六岁的样子，一身全白丧服，头上缠了一圈白棉布条，面色凄哀，但眼珠子锃亮，手里也拄着根权杖，走起路来沉重有力，气势一下子就把凤老太太盖了过去。

步白棋冲着老人叫了声："母亲。"

就见步家老太太站定之后，狠狠地看了一眼凤羽珩，而后再回过眼来沉声道："今天是什么日子？步家人竟能乱成这样，你们对得起谁？"

老太太大怒，步家人谁也不敢再吱声。

凤老太太似乎被对方气势吓到，有点不太自然。凤羽珩凑到她身边小声道："祖母，您是一品大员的母亲，就算这步老太太有诰命在身，您也无须在她面前低头的。"

凤老太太一想也对，对方因为有个女儿当了贵妃，给她求了个诰命，但到底自己儿子是一品大员，比那死去的尚书高一阶呢，为何要放低姿态？

想通这一点，凤老太太的头又抬高了几分。

那步家老太太倒也不以诰命自居，主动冲着凤老太太弯了弯身："凤家能来吊唁亡夫，实乃步家之幸。"

一直没言语的贵妃步白萍终于又忍不住了，瞪着凤羽珩道："想进去吊唁可以，你给本宫跪下来，一步一头磕到灵堂！"

她说这话时用了十足的力，嗓子都喊劈了，贵妃的气势一下子摆了出来，倒也吓人。

可一步一头磕到灵堂，如此大礼，何以加在一个外姓小姑娘身上？

一时间，前来吊唁的人群里议论纷纷，均指步贵妃以势压人，步家在这件事上完全不占理。

贵妃身边的大太监突然高喝"肃静！"人群瞬间安静下来。

"凤羽珩，"步贵妃撑不住，重新躺回担架上，"本宫贵为皇妃，怎么，让你跪都跪不得吗？"

凤老太太觉得十分难做，她是长辈，看不见也就算了，但今日既然跟着来了，总不好任由着旁人欺负自家孙女。

老太太就想说几句维护的话，衣袖却突然被身边一只小手给紧紧抓住。她一扭头，见是沉鱼。

"祖母，二妹妹向来聪颖，自会有办法。您若参与进去，只怕事情又要牵扯上家族琐事了。"

老太太听了沉鱼的提醒，张开的嘴立即又闭了回去。是啊！凤羽珩什么时候吃过亏？她这时候不能说话，一说话，怕是步家更要不依不饶。

贵妃的压迫就在眼前，在场人都吊着心想看事情如何发展。步白棋万般无奈，只好轻声求助步老太太："母亲，您劝劝贵妃娘娘，今天是父亲大丧，以和为善吧！"

步老太太却将头别到了一边，理都没理步白棋。

凤羽珩却在这时上前了几步，走到步老太太面前，看了步家众人一圈，然后道："贵妃娘娘是贵人，也是长辈，让阿珩跪，那阿珩自然得跪。只是阿珩有一事不明，还想跟步大人和步老夫人讨教一二。"

步白棋赶紧道："请讲。"

凤羽珩面上浮现几分诧异："阿珩就是不明白，如果当朝丞相的亲生女儿要给二品的尚书行如此大礼，那当初我家母亲去世，步家的小辈可有一步一磕头地到凤府里的灵堂去吊唁？"

步白棋一愣，当初凤家给沈氏办丧事，步家只有他一人去了。

凤羽珩接着道："如果没有，就这样吧——来年我家母亲祭日，步大人可得记得带着孩子们一道去把欠下的头都磕了。想来我父亲宽宏大量，是不会计较那些头晚磕了一年的。"她说完，竟是抬步转身，朝着步家大门走了两步，走到直对着府门的位置停住，然后一撩裙摆，作势就要跪下。

却在这时，就在步贵妃来时的官道上，又有一辆宫车缓缓而来。

那宫车比贵妃的还要气派，有之前两个大，黄金镶玉的框架，外头竟用一种莫名的纱料做帐，将车厢全部罩了起来。那种纱呈月白色，透着月光般的神秘，让人一眼看去就不自觉地被吸引了全部神经，魂都像是掉在了那宫车上，视线根本无法移开。

此时，凤羽珩的膝盖已经弯下一半，眼瞅着就要跪到地面了。一直不言语的步老太太突然快步上前，一把将凤羽珩的胳膊拉住，阻了其下跪的势态，同时道："慢着！"

凤羽珩挑唇偏头，看步老太太时，面上现出一抹诡异神情，直看得步老太太的心狠狠地抽搐了几番。

"贵妃娘娘有旨，阿珩怎能不跪？"她悠然开口，还带了一丝笑来，"老夫人快些放手，否则贵妃娘娘怪罪下来，阿珩可担当不起。"

"凤家小姐言重了。"步老太太死抓着她的胳膊就是不让她跪，"贵妃娘娘适才不过是一句玩笑话，当不得真。"

"是吗？"凤羽珩这才站起身来，看向步府众人，再瞥了一眼那已经快到近前的宫车，最后，视线落在步白萍身上，朗声道，"步老夫人说贵妃娘娘在跟阿珩开玩笑，难不成娘娘好不容易出宫一趟，就是为了开句玩笑吗？真是奇谈！阿珩会记得将这件奇事讲给父皇和母妃，他们常居深宫，想来也没什么事可以乐和乐和，正好借此奇谈博之一笑，多谢步贵妃为父皇分忧。"

她一番话出口，步家上下人心都怦怦直跳，就连步白萍都有些后悔了。

她怎么忘了，这凤羽珩是被皇上亲口准许叫了父皇，也被那相当于皇宫一霸的云妃准许叫了母妃的人啊！

如今凤羽珩把父皇和母妃都搬了出来，步家人谁还敢多言半句？

凤老太太觉得特别过瘾！她就知道，这个二孙女从来都不会吃亏，不但不会吃亏，还特别擅长反将一军，将那些原本气焰嚣张的人统统打压下去。每一次都打得过瘾，今日也不例外。

想容也觉得她二姐姐干得太漂亮了！真是把步家的脸打得啪啪响！叫你们搬出贵妃来欺负人，我们家二姐姐有皇上和云妃，哪一个不是能要你们命的人？

却只有凤沉鱼咬着一口银牙，心中十分失望。她多希望凤羽珩能被步贵妃逼得一步一磕头地进步府里！她多希望这丫头最好半路受不了侮辱恼死在当场。对，凤羽珩死了才好，她若不死，自己将永无出头之日啊！

沉鱼的双掌在袖口里紧握成拳，目光却幽幽地对上了步霓裳。在她看来，这个步霓裳的价值可比清乐大得多了。一个清乐废了，并不代表她再找不到同党。就凭凤羽珩这种得罪人的作为，用不了多久，偌大的京城她就可以找出更多的同道中人来。

就在沉鱼看过去的同时，步霓裳也注意到了她，两人目光交错间，便已达成"敌人的敌人就是朋友"这一共识。

步老太太心中焦急，瞅了一眼已经停住的宫车，赶紧催促步白棋："快请风家贵客入府。"

"是。"步白棋刚答应了一句，却听得那已停住的宫车里传出一个阴阳怪气的声音来："珩珩，是不是有人欺负你？"

熟悉的声音让凤羽珩的唇角勾起俏皮的弧度，也让步家人的心沉到一个绝对的低度。

九皇子玄天冥，他怎么来了？

步家人从来没想过九皇子会来吊唁，因为步尚书的死与玄天冥的母妃云翩翩有着最直接的关系，谁来，他都不可能来。

可就是有人不按常理出牌，越不可能的人偏生就来了。

步白棋没办法，带着步家众人对着那辆宫车就跪了下来，他带头道："叩见御王殿下。"

宫车的帘子一掀，一辆轮椅最先出来，上面坐着的赫然是一身紫衣戴着黄金面具的玄天冥。而随在他身后下车负手而立的青衣男子，则是七皇子玄天华。

步白棋赶紧又补了句："淳王殿下千千岁。"

众人齐声跟着重复。步老太太的心提到了嗓子眼儿，直觉告诉她，这两位皇子绝不是来吊丧的。

可这时，步白棋的话已经说出了口："两位殿下能来吊唁家父，步府深感荣幸。"

就见玄天冥拧着眉毛发出了一声疑问："嗯？"

凤羽珩好笑地看着这一出，目光落在玄天冥一贯喜穿的紫色华服上。这样的打扮怎么可能是来吊唁的，看来这步家竟也跟凤沉鱼一样，就喜欢想当然。

玄天冥那一声疑问也问住了步白棋，他不明白玄天冥的意思，又不敢反问，只能垂手立在当场，一句话都说不出。

倒是玄天华给出了解释："步大人误会了，本王与九弟是要往京郊的大营去，刚好经过这里。听说弟妹跟着风家老夫人来步府吊丧，这才想着过来看看。"

步白棋一脑门子冷汗，只怪自己真是多嘴，多说多错。

玄天冥也跟着开了口，依然用那种阴阳怪气的声音道："亏得本王过来了，不然我们家珩珩还不得被你们欺负死？"他一边说一边冲凤羽珩招了招手。她走上前，将自己的小手塞到他的大手里。

玄天冥扭头问那步贵妃："步白萍，你是不是嫌这么干躺着不舒服，想闭着眼睛躺？"

凤羽珩差点儿没笑出声来，赶紧把头低下，想着好歹给步家留点面子。

闭着眼睛躺，那不就是死人嘛。

堂堂贵妃被他戗得一句话都说不出来，玄天冥却又补了句："本王可以成全你。"

步白萍吓得脸都白了，她明白，在皇帝心中，女人和儿子是不能相提并论的，特别是她们这种没有儿子的女人。

步家的人一声都不敢出，有年纪小的孩子也被大人们死死捂住嘴巴，生怕发出点声音惹恼了这尊瘟神。

可瘟神眼下根本就没工夫理他们，只顾着跟自个儿未来的媳妇说话。只是说出来的话不太招人爱听："一个二品官死了，你巴巴地来吊什么丧？"

"走走人情呗。"

"你父亲是正一品大员，当朝丞相，他跟个二品小官走什么人情？"

"不能这么说，大家是皇上的臣子，总要和睦共处嘛！"

"人都死了他跟谁共处？我看凤瑾元也是活够了。"

凤羽珩拿眼睛剜他："当着外人面说话注意点。"

"嗯，反正你们家是给足了步家面子，可他们既然给脸不要脸，那就没必要进去了。走，回去取你的后羿弓，我带你到大营里转转。"

两人看似旁若无人的对话，实际上话里却透露出了许多信息。特别是最后一句，当步家人听到后羿弓居然到了凤羽珩手里时，一个个皆倒吸了一口冷气。

步霓裳更是愤恨非常！

原来那一场比箭，让凤羽珩赢到了手的不只是一枚凤头金钗，居然还有后羿弓这等宝物。眼见步家老太太向她瞪了过来，步霓裳低下了头，她知道，自己输得太惨了。

"不了。"凤羽珩又开了口，拉着玄天冥的手臂摇了摇，"既然都来了，还是进去上炷香的好。"

"也好。"玄天冥依然不看别人，眼里只有他这个未过门的正妃，"但你若是要进去，就要拿出皇家的气度来，别给本王丢脸，更别给父皇丢脸！"

"知道。"她浅笑，乖巧地应道。

玄天冥直了直身子，伸手去揉她的头。

就听步霓裳的声音传了来："殿下不觉得凤家二小姐太嚣张了吗？"

玄天冥没与她计较，也没生气，只是反问："本王乐意把她宠成这样，怎么，你有意见？"

步霓裳面上浮现妒忌之色，眼中却带着倔强。同样是与皇子定亲的女孩，为何四皇子对她，与这九皇子对凤羽珩就差了这么多？

她不甘啊！

话说至此，玄天冥与玄天华也不准备在此处多留，两人分别又嘱咐了凤羽珩几句，这才一前一后地上了宫车。

在场所有人都跪到地上相送，直待宫车启动缓缓行走，步家人才长出了一口气。

却在这时，就听到那渐行渐远的宫车里又有玄天冥的声音飘了出来，清晰可辨："步家人，你们可要记得去凤府给那过世的大夫人磕头，从府门口一直磕到牌位前，一步都不能少。"

紧接着，玄天华那出尘的声音也传了来，竟是在告诫步霓裳："女孩子不要有太强的好胜之心，因为有的时候越是有把握的事情，越是会输得一败涂地。"

步霓裳垂下头，脑子里尽是玄天冥对凤羽珩的好，越想越觉得憋屈。

而那贵妃步白萍，早没了之前的气势，恹恹地躺在担架上，眼中一片空洞。

要说此时此刻觉得最过瘾的，当数凤老太太。原本她觉得那九皇子只是针对凤家，现在才知道，他针对的是一切对凤羽珩不好的人。步家又如何？贵妃又怎样？还不是被骂得狗血淋头！还不是被收拾得哑口无言！

她越想越觉得凤羽珩实在是给凤家争气，就想把那孩子拉过来好好安抚一番。一瞥间，却看到凤沉鱼正失魂地望着宫车远去的方向，面上竟泛起点点潮红。

她猛然想起凤瑾元曾提过沉鱼的心思，不由得沉下脸，拉扯了沉鱼一把，总算是将沉鱼的思绪拉了回来。

谁承想，步贵妃这时也注意到沉鱼了，就见她一脸琢磨之色望了好半天，才疑惑地开口："凤家人的胆子都这么大了吗？"

听她又这样说话，步老太太瞪去一眼，小声喝道："你父亲已经不在了，莫要再生事端。"

步白萍觉得委屈："母亲，这凤家的大小姐是在抗旨啊！"

一句话，所有人都愣了，谁也没明白步白萍这话是什么意思。

凤羽珩却看着那步贵妃但笑不语，打定了主意袖手旁观的表情让凤老太太心里一凉，她想起来了，皇后娘娘有懿旨在先，沉鱼只要出了府门，必须涂上那黑胭脂，可是今日……

"贵妃娘娘明鉴！"沉鱼倒也聪明，直接就跪到了地上，"沉鱼并非有意抗旨，只是今日是尚书大人的丧礼，沉鱼一身素白丧服还戴了白色鬓花，实在不宜涂抹胭脂啊！娘娘可以着人看查，沉鱼今日未施半点脂粉，是一心来为尚书大人奔丧的。"

步白萍本想再说两句，话却被步家老太太接了过来："凤家大小姐的心意老身收下了。请诸位快快入府，让白棋沏茶赔罪。"一边说一边又瞪向步白萍，目光里全是警告。

步白萍也不是傻子，自然明白什么叫作适可而止。凤家毕竟压着步家一头，就算有她这个贵妃在，可无子无女的贵妃跟宫里那些婕妤之类的有什么区别？说到底，步家如今倚仗的其实是步白棋的独子——步聪。

她无奈地躺回担架，一抬手，太监马上将她抬入府内。

凤家一行也跟着入了步府，想容走在最后面，手心里全是汗。她觉得有必要好好锻炼下自己的胆量了，特别是跟着她二姐姐出门，就没有一次是平平安安的，再这么下去，她非吓死不可。

终于进了灵堂，因为步府人全部出门去迎接贵妃，留下的都是些下人，但纸钱一直没断，烧得屋子里有一股子冥纸特有的味道。

步家人回到灵堂，把下人替换下来，凤老太太带着三位姑娘齐齐上前接香点香，再将那香插入灵前的香炉里。看似一切顺利，却在凤羽珩插那香时，突然不知从哪里蹿出来一个孩子，一下就撞到她身上。

手一抖，香掉了。

她没心思去接，眼睁睁地看着那半截香掉到地上，燃了几张纸钱，起了星点的火苗。

步家下人赶紧上前将火苗踩灭，步白棋呵斥那孩子："这是什么地方？容得你四处乱跑？"

孩子吓得哇哇大哭，凤羽珩丝毫不介意，只是道："小孩子什么都不懂，步郎中莫要怪他了吧。只是孩子一定要看住，特别是在这种地方，刚刚只是撞掉了香，若是撞翻了火盆，那可就是不得了的大事。当初我母亲的灵堂就是这样被烧毁的。唉，说起来，连尸身都烧坏了……"

"凤小姐请慎言！"步老太太怒了。

凤羽珩却笑了笑，也不辩解，只是道："好话都不好听，老夫人见谅。"

她将香重新插好，后退几步，就准备站到边上等着凤老太太张罗回去。可后退的时候，那个撞了她的小孩子却伸出了一只脚，她抬起的脚步就迟疑了下，身子微晃，就觉得胳膊被人扶了一把，然后一个带着威怒之气的声音就在头顶响了起来："小心！"

凤羽珩眉心紧拧，她辨声能力极强，但凡听过一次的声音均能准确辨认。就像这一句"小心"，她不用抬头便知对方是谁。

轻轻地将手臂抽回，微俯下身，面上表情从容淡定："阿珩见过襄王殿下。"

三皇子玄天夜！

立即，在场众人再度跪拜。

玄天夜将手臂轻抬，道了句："都起来吧！今日是步尚书大丧，这些虚礼就免了。"说着，又看向凤羽珩，"你没事吧？"

凤羽珩摇头："多谢殿下关心，没事。"

玄天夜不再多说，却主动扶了凤羽珩一把，将她让到旁边，这才走上前去为步尚书上香。

他是要做大事的人，虽说步家的态度明显不在他这里，但表面功夫总也是要做的。

凤羽珩退回到老太太身边，小声道："祖母，我们该回去了吧？"

老太太因之前玄天夜的态度有点恍神，经凤羽珩一提醒，这才反应过来："对，香也上过了，是时候回府了。"她主动与步白棋打了招呼，这才带着三个孙女走出灵堂。

今日来吊唁的人多，步家也不可能全程顾及凤家，寒暄过后便也没再多远送，只是在走至前院时，步霓裳却不知从什么地方冒了出来，将凤羽珩的脚步生生拦住。

"步小姐，"凤羽珩淡笑着看过去，她知道，有些人就是不撞南墙不回头，"可是觉得今日步家丧礼太过安生了？"

"哼！"步霓裳眼底闪过一丝狠厉，"凤羽珩你记着，早晚有一天我会把你踩在脚下，让你跪地跟我俯首称臣。"

"哟！"凤羽珩都气乐了，"敢问步家小姐，你如此说话，凭的是你那个被我父皇砸伤的姑姑，还是你未来的夫婿四皇子？如果是四皇子，我会记得把这话转告给父皇的。"

"你……"步霓裳发现，凤羽珩才一开口她就输了。且不说后面那句要告诉皇上，就是人家张口闭口地叫着父皇，就将她的气势完完全全地压了下去。同样是皇上的准儿媳，人家却被准许叫了父皇，自己呢？

步霓裳愤愤地瞪了一眼凤羽珩，满面涨红，不再说话。却在转身离去时，深深地向沉鱼递去了一个志同道合的目光。

凤老太太怒哼一声，没给那步霓裳好脸色，甚至说了句："步家的孩子就是这样的教养？"

步霓裳心里有气，可无论如何也不敢跟凤老太太发作，一旦她发作了，那便是坐实了她没有教养。她气得都快上不来气儿了，几乎是一路小跑着离开，心里却在巴望着大哥步聪赶快回来。那个从小就最疼爱她的哥哥，一定会给她做主的。

凤家出府被步霓裳耽搁了一小会儿，待终于出了府门时，那三皇子玄天夜也上好了香快步追了出来。

沉鱼低垂着头，脸颊泛了一层浅浅的绯红。她满心以为玄天夜追出来定是要与她说说话的，却不想，那人一开口便是冲着凤羽珩道："要不要本王送你回去？"

沉鱼大惊，猛抬起头去看那玄天夜，可对方的视线一直留在凤羽珩身上，看都没有看她。

老太太也觉出不对劲，疑惑地盯着玄天夜与凤羽珩二人。却见凤羽珩依然是一副惯有的淡漠神情，脸上还带着点儿像那九皇子一样的满不在乎，只对着玄天夜摇了摇头道："凤家有马车，不劳三哥费心。"

她开口一句三哥，意在提醒玄天夜二人的关系。但沉鱼却不这样认为，酸溜溜地来了一句："二妹妹与三殿下还真是亲厚呢。"

凤羽珩只觉这个姐姐实在是不知好歹，而玄天夜则递了一个带着点点厌烦与嫌弃的目光过去，气得沉鱼眼泪都含在了眼圈里，又准备用她那最招人心疼的表情去改观玄天夜的态度。

可惜，玄天夜看都没看她，只顾着跟凤羽珩说话："阿珩与本王太过见外了，左右本王回程也要经过凤府，想着捎你一道。"

凤羽珩还是摇头，表示不必。

玄天夜亦不再多求，只点了点头，向来怒气盖脸的表情里竟也带了一丝讨好似的笑意。而后又与凤老太太打了招呼，抬步离去。

凤老太太都惊呆了。在她想来，三皇子但凡与凤家人有所往来，除去凤瑾元外，就应该是沉鱼啊！怎么今日忽然就跟凤羽珩如此亲厚起来？她特别想跟凤羽珩问问究竟，可再看凤羽珩冷着的那张脸，到了嘴边的话就又咽了回去，只说了句："咱们回吧！"

话音刚落，最先有了动作的是沉鱼。就见她逃似的奔向马车，不顾丫鬟的搀扶自己就爬上去钻进了车厢。

老太太知她心情不好，也不与之计较，随后也跟着上车。

凤羽珩带着想容和丫鬟们上了另外一辆马车，回府途中想容说了句："我怎么总觉着要出事呢？"

凤羽珩笑着拍拍她的手臂，安慰道："是福不是祸，是祸躲不过。出事咱们接着就是，不要怕。"

想容点点头，心下镇定了些，可还是有些担忧："二姐姐多加小心才是。且不说步家，我总觉着大姐姐不太对劲。"

"那咱们就当看一出好戏，看她能演出多精彩的戏码来。"凤羽珩扔下这句后便不再说话。想容都能看出来的事她怎么可能没有感觉，凤沉鱼早在那日装病不醒时便已经不对劲了，今日被刺激了这么一出，只怕她所期待的好戏很快就可以拉开帷幕。

马车缓行至凤府门口，府里下人一早就在门外准备着迎接。见车停住，一窝蜂地涌向那辆紫檀马车，先将老太太扶了出来，再去接沉鱼。

凤羽珩和想容在两个丫鬟的搀扶下先后下了马车，脚刚一落地，就听到前头那辆车边上传来"啊"的一声惊叫！

想容胆小，吓得一哆嗦，随即反应过来："是大姐姐的声音。"

凤羽珩暗笑，心说：来了！

果然，随着那一声尖叫，就听还没从车厢里出来的沉鱼带着哭腔喊了起来："母亲！母亲您不要站在车前，让沉鱼下去好不好？"

想容吓得后退了两步，被凤羽珩一把拉住："别怕。"

离沉鱼最近的老太太可吓得不轻，猛地打了个激灵，大声道："休得胡言！"这一嗓子大得把她自己都惊了一下，与其说是呵斥沉鱼，倒不如说为自己壮胆。大白天里活见鬼，这叫什么事儿？

可沉鱼的叫喊声一直不断，一会儿喊母亲，一会儿又喊起祖父，嘴里说什么"沉鱼也想念祖父，沉鱼每年都会在祠堂给祖父上香，祖父您就不要再惦记家里了，家里一切都好，一切都好啊！"……

"你到底在胡说什么？"老太太真的怒了，祖父？那不就是她的夫君！都死了那么些年，怎么又提起来了？"赶快把大小姐扶下来！"

在老太太的呵斥下，丫鬟们硬着头皮把沉鱼从车厢里拽了出来。人们这才发现，沉鱼整个人竟是一副涣散、崩溃的模样！

衣裳也乱了，头发也散了，鬓上那朵白花早就不知道扔到哪儿去，甚至一只鞋子都掉了。

丫鬟赶紧用披风去捂沉鱼的脚，沉鱼却更加慌张害怕："祖父！祖父您别怪沉鱼，沉鱼也想您啊！啊！不要过来不要过来！"

随着这一声大喊，沉鱼疯了似的推开身边下人，撒腿就往院子里跑。

老太太一跺脚："快追上去看看！请大夫，赶紧请大夫！"

想容怯生生地问凤羽珩："大姐姐是不是看到了什么脏东西？"

她耸肩而笑："心里就有脏东西，眼里自然看得见。"

她刚说完话，老太太就走了过来，一脸担忧地道："阿珩，你大姐姐这是怎么啦？"

她答得干脆："中邪了。"一边说一边将目光投向凤沉鱼跑走的方向，渐渐地视线转移至跟在她身后的丫头倚月身上。那倚月刚好也回过头来看她，两人目光相碰，倚月竟一脚把自己绊了个跟头。

"哈！"她被气乐了，"祖母，大姐姐这病只怕普通的大夫医不好啊！"

老太太都被沉鱼吓糊涂了，哪里听得出凤羽珩话里有话，紧着问了句："那你能治得好吗？"

她摇头："我也就是个普通的大夫，自然是医不了的。"

"那可如何是好？那可如何是好啊！"老太太急得直抹眼泪。

赵嬷嬷在边上提醒："老太太，还是快些派人到宫门口去等老爷吧！请老爷尽快回府，商量一下给大小姐看病才是。"

老太太连连点头，吩咐着下人："你们快到宫门口去接老爷，就说家里有急事，让老爷下了朝马上就回府。"

下人们应声而去。

老太太顾不上别的，带着赵嬷嬷就追着沉鱼的脚步往府里去了。

凤羽珩拉着想容的手也进了府："走，咱们也去看看热闹。"

一行人一直追到沉鱼的院子，她们进去时，沉鱼整个人都窝在榻里，锦被蒙着头，不停地哆嗦。

老太太站在榻边不敢靠近，不停地问："沉鱼，你这到底是怎么了呀？"

过了好久，沉鱼的情绪终于稍微平稳了些，头试探着从锦被里探了出来，一副神神道道的模样，眼珠向四处张望，却不落在任何一个人身上，专挑没人的地方瞅。

老太太只觉遍体生寒，一屋子的女人让她觉得阴气太重，赶紧问了下人："去请老爷的人回没回来？"

下人无奈："老夫人，只怕现在还没到宫门呢。"

"把门窗打开！全都打开！"老太太心情烦躁，这屋里让她觉得瘆得慌。

沉鱼偏在这时又颤抖着声音说了句："我……看到母亲和祖父了。"

老太太一屁股摔到椅子上，后腰一阵酸痛。

"你说看到谁了？"

沉鱼哆哆嗦嗦地又说了句："我看到母亲和祖父了。"一边说一边又往屋子里四处张望，面上全是惊恐。"祖父说他想沉鱼，想咱们全家人。母亲说她死得冤，说她一个人在老家好孤独。"沉鱼说着就流了泪来，"祖父的样子好沧桑，沉鱼好想念祖父！呜……"

屋子里，沉鱼失声痛哭，原本被吓到的老太太也在这样的哭声中心酸起来。

凤老爷子去世十年了，沉鱼那时已经四岁，自然是有记忆的。

唉声叹气了一会儿，家里人都往这边赶了来。姚氏、安氏、韩氏以及金珍一齐进了屋。韩氏脚刚迈进屋来，声音就跟着扬起："哎哟我的大小姐！您这又怎么了呀？"

众人一阵恶寒，这韩氏自从粉黛离府之后，性情变得实在是太大了，隐隐地竟有点往沈氏当年的状态上发展。

沉鱼今日谁也不与计较，一心一意地作着她的妖，倒是很乐意有韩氏这么一个人配合她："我看到祖父了！看到母亲了！"

韩氏一哆嗦，闭口不言。

安氏皱起眉头，与姚氏对视了一眼，谁也没有说话。姚氏走到凤羽珩跟前，目光满是疑问。她拉着姚氏的手，附在耳边小声说了几句，姚氏的眉心拧得更紧了。

"大小姐是不是中邪了？"韩氏憋不住，又说了一句，倒是跟凤羽珩之前的话不谋而合。

老太太也上了心，却不知该怎么办好。

沉鱼依然在胡言乱语，一会儿叫母亲，一会儿叫祖父，闹腾得大家都跟着头疼。请来的大夫看了也没说出个究竟，只推说是一股邪火，他治不了。

老太太挥挥手将大夫打发了，托着阵阵发疼的腰唉声叹气。

姚氏背过身去，目光透过敞开的窗子往外投去，半晌，暗叹了一声，小声呢喃道："如果有可能，我真不想在这个家待下去。"

这话别人听不到，凤羽珩却是听得真切。她唇角泛笑，心情大好起来——娘亲，会有那么一天的。

"哥哥好像生病了，我看到哥哥生病了。"沉鱼的胡话又冒了出来，神情愈加激动，"祖父想我，母亲也想我。祖父，您别怪祖母不去看您，实在是府里事情多，祖母也是不得已啊！"

老太太被她喊得心慌，却也合计起来。自打进了京城，她就从未回过老家。当初凤老爷子扶灵回去都是小辈们做的，老头子该不会是在怪她吧？

沉鱼闹腾了足足两个时辰，偏又赶上今日朝中事忙，凤瑾元迟迟未回。直到沉鱼闹累了昏睡过去，他才匆匆进屋。

此时，老太太在经了两个时辰的内心挣扎后，终于做出一个决定："下月二十八是你父亲的冥寿，你张罗张罗算好日子，回凤桐县祭祖。"

老太太一句话，做了这样一个重大决定。那昏睡在床的沉鱼眉梢微动，面上浮出一丝笑意来。

当晚，倚月将院子里的下人都打发出去，独自在屋内陪着沉鱼。

沉鱼亲自在桌上摆了一个香案，又亲手插上三炷香，跪下来磕了三个头，这才道："母亲，您的仇沉鱼一定会报，哥哥也一定要从凤桐县重新回到京城来。所有我们失去的，沉鱼都会一样一样地讨要回来。母亲，您等着看吧，凤羽珩，必须得死！"

倚月将沉鱼从地上扶起，小声道："大少爷那边都已经准备好了，就等着咱们回去。"

凤沉鱼眼中厉色乍现，死死盯着倚月："如果不是为了对付凤羽珩，我一定把你打死！"

倚月吓得扑通一声就跪了下来："小姐，奴婢知错了。当初是大少爷强要了奴婢，奴婢这才……"

"行了。"沉鱼越听越烦躁，若不是沈氏死了她无依无靠，她真不想再理那个胡作非为的哥哥，"记住，你是我房里的丫头。纵是哥哥再喜欢你，只要我不点头，他也要不去。"

"奴婢知道，奴婢誓死追随小姐，一生决不背弃。"

"嗯。"沉鱼点头，伸手将倚月扶了起来，"我那大哥是个什么性子我也清楚，相信你心里也明白，那些被他收过的丫头如今成了什么模样，我不说，你也应该听说一二。所以，倚月，有我在，你才能有好日子；若没了我，你的下场定与那些丫头一般无二。"

倚月大喘了两口气，努力让心绪平复。她知道沉鱼说的都是对的，凤家大少爷是个什么德行府里人都知道，她只有背靠大小姐，才能给凤子皓一个警醒，才能保住自己的命。

倚月深深地给沉鱼行了个礼："奴婢谢小姐大恩。"

"这次的事情若是能成，我便做主，将你送给大哥做妾。"这是沉鱼对倚月的承诺。送一个丫头到凤子皓身边，又能算计了凤羽珩，这笔生意于她来说，怎么算都不吃亏。

倚月伸手入袖，拿出一只木盒来："这是步家的小姐给的。"

沉鱼看都没看就把那木盒收入了袖口，面上泛起冷笑："凤羽珩，你嚣张的下场就是引起众怒。一个清乐被毁了没关系，后面还有第二个清乐、第三个清乐，你就等着接招儿吧。"

自月夕宫宴之后的半个月，整个凤府都在为回乡祭祖做着准备，就连凤瑾元都跟朝中告了假。

月末时，清玉带着十个丫头站到凤羽珩跟前，这些丫头长相都不算出众，但穿戴整洁干净利落，看着就让人舒心。

凤羽珩对清玉挑人的眼光很是满意，便在这些丫头里挑了两个一等丫头和四个二等丫头出来。剩下的也留在同生轩，由着清玉安排。

如今的同生轩，清玉俨然一个大管事，里里外外一把抓，虽然忙了些，但她却乐在其中。

凤羽珩给那两个一等丫鬟分别赐名清兰和清霜。清霜留在了自己身边，清兰则送到了姚氏那里，顶了孙嬷嬷的位置。

她这边刚安排完，就见黄泉笑嘻嘻地跑了进来，人还没到近前声音就扬了起来，很是开心地道："小姐，您看谁回来啦！"

说着一让身，凤羽珩就看到了跟在她身后风尘仆仆的忘川。

"奴婢叩见小姐。"忘川出门有些日子，一见凤羽珩还真有点激动，特别是听了黄泉说起这段日子凤羽珩的精彩事迹，就更懊恼自己没能早些回来。她真想看看月夕宫宴上那惊鸿三箭！

"快起来！"凤羽珩起身，主动过去搀扶忘川，"一路辛苦了。"

"不辛苦。"忘川展着笑脸，连日赶路让她的脸晒得比以前黑了些。

清玉看到忘川回来也很激动，一边打着招呼，一边给新来的几个丫头做介绍。小丫头们都很聪明，见忘川与凤羽珩如此热络，心下便知这位姑娘定是主子贴心的人，于是纷纷下拜，乖巧地叫着："忘川姐姐好。"然后又冲着黄泉道："黄泉姐姐好。"

两人笑着受了她们这一礼，然后各自寒暄了几句，清玉便带着新来的丫头们去熟悉同生轩以及凤府，忘川则留下来跟凤羽珩汇报萧州那边的事。

她说："二少爷很受云麓书院的重视，山长为他办的见师礼极为隆重。咱们二少爷很争气，拜师当日便答对了山长提出的所有问题，且答得十分精彩。"

凤羽珩听了很欣慰，子睿读书并不多，但是仅有的一点功夫底子却是她和玄天冥二人手把手教出来的，特别是对于兵法的理解。她相信，同龄的孩子里，子睿绝对是佼佼者。

说过了子睿的事，忘川又告诉凤羽珩："奴婢到了萧州之后便着手寻到了一位精通医理为人又老实本分的姑娘，那姑娘名叫乐迎天，今年十七岁，在当地一间医馆里帮忙做事。奴婢借口抓药，与她结识了。她因为面上有一块胎记，所以性子有些自卑，不太爱与人接触，但对医理药理却是十分精通的。"

凤羽珩点点头："你办事我放心。"

忘川再道："奴婢与她说了我们的事，她也答应帮着培养那些小丫头。小姐给的那本册子也交给了她，她看后惊赞作书之人是奇人呢！"忘川想起那乐迎天看到那本册子时的表情，不由得对凤羽珩更加崇拜。

"那边的事你就多盯着点，必要时要往返萧州与京城，左右子睿在那边，你也有理由过去。"

忘川郑重地应下差事："奴婢明白。"

凤家出发往凤桐县去的日子，定在九月初十。从京城到凤桐县要走上近十日，若是行得慢或者中途有停留，时日便更长。

老太太准备了许多东西带着，光是那些祭祀用品，就装了足足两马车。

临出门前，所有人齐聚舒雅园听老太太叮嘱事宜。韩氏扭着帕子借着老太太停话的空当说了句："既然是回乡祭祖，人不全怎么行，四小姐也应该同去。"

老太太闷哼一声，斥道："犯错的孩子，怎么有脸去见祖先？"

"大小姐也没少犯错。"

"四小姐能跟大小姐比？"老太太的眼睛已经瞪起来了。其实她本想说"你生的庶女也敢跟嫡女比"，但一想到凤羽珩还坐在这儿，嫡庶之类的话就没好意思说出口。"再多言，你也不用去了。"

韩氏被骂得没了脾气，扭着帕子不再说话。

老太太站起身，赵嬷嬷将一件外氅给她披上，就准备张罗着众人启程。这时，一个小丫头急匆匆跑了进来，上气不接下气的，连礼都来不及行，大声道："不好了！府门被一群刁民堵起来了！"

一众人等急三火四地赶往府门时，就见门外至少有二十来人在围观叫嚷，有男有女，全部壮年，正大声叫嚷着："杀人偿命！凤家血债血还！"

凤瑾元负手立在门外，神色威严，那些闹事者倒是不敢上前，可叫喊声却此起彼伏，一直也没有停过。

最惹眼的是，就在凤家大门前的一副担架上，有一个面呈死灰状的"死人"躺在那里，破衣勉强能够遮体，草鞋都不知磨破了多少个洞。

今早往舒雅园集合是忘川伴着凤羽珩去的，这时，黄泉不知从何处跑了过来，凑到她耳边小声说了一句话："班走说，是百草堂出了事。"

凤羽珩紧拧了一下眉，一股强烈的厌烦情绪涌上心来。"知道了。"她冷声扔下一句，随即拨开人群，主动站到凤瑾元的身边。

也不知是她出现得太过突然，还是最近戾气太盛带起了一股强烈的气场，那些原本还叫嚣着的刁民在见到她之后，竟不约而同地闭上了嘴巴，一个个谨慎又带着些许恐惧向她看来。

有一个人收音晚了些，最后一句就由他口中发出来："百草堂的药丸吃死了人，凤家血债血还！"

凤羽珩目光凌厉一瞥，那人吓得即刻闭了声。

身边凤瑾元道："阿珩，是百草堂出了事情，你可得给百姓们一个交代。"

她看都没看她爹，只冷声回了句："父亲放心，阿珩自然不会给凤家的门匾上抹黑。"说着话，又上前两步，往对面闹事人群中环视一圈，挑起一边唇角冷声道："既然是百草堂出了事，你们不去围着百草堂，跑到凤府门前来干什么？"

众人你看看我，我看看你，互相推搡了半天，总算推出一个代表人物来与之对话。是个三十多岁的汉子，长得五大三粗，此时故意露出一脸凶相，逞着能上前一步，冲着凤羽珩吼道："百草堂是凤家的生意，自然是要找到凤家来说话！你既然是百草堂的掌柜，那就请你给个交代，你们卖的药丸吃死了人，这账应该怎么算？"

凤羽珩都气乐了："你怎么知道我是掌柜？我一个十二岁的姑娘家，就能撑起那么大一间铺子？"

那五大三粗的汉子明显智商不太够用，下意识地就扔出一句："东家告诉我们了！"

凤羽珩来了精神："东家是谁？"

人群里立即有人意识到说秃噜嘴了，赶紧捅了那大汉一把，大汉马上反应过来，反口道："什么东家？哪来的东家？我是说有街坊告诉我们，百草堂的掌柜就是凤家的二小姐。"

凤羽珩气乐了，也不想再跟他们计较，低头瞅了一眼那躺着的"死人"，再道："抬上你们的死者，随我到百草堂去。"说着话，又扬了声，冲着街边围得越来越多的百姓和凤家众人道："有想跟着看热闹的就一并跟去，到时候也请诸位做个见证，看看到底是真如他们所说百草堂的药丸吃死了人，还是别有用心者在借题发挥，故意生事。"

百姓中立即有人响应，叫着要一起到百草堂去。那些闹事的人倒也没什么所谓，凤家门前也闹了，到底是拿百草堂说事，人家要到那边去也不无道理。于是有两个男人上前弯了身去抬那担架。

姚氏一听说是百草堂出了乱子，心里就有些慌，这时赶紧上了前来，在凤羽珩身边小声道："干脆就在这里解决算了，凤家大门口出了事，你父亲不会坐视不理。"

凤羽珩摇摇头："娘亲，他还真就有可能会坐视不理。"

姚氏紧皱着眉，无论如何也不放心凤羽珩到百草堂去，想了想，干脆转过身冲着老太太开口道："阿珩是府里的二小姐，不管嫡出还是庶出，这件事打的都是凤家的脸。老太太就眼睁睁看着阿珩一人受委屈，被一群刁民诬陷吗？"

姚氏自打回京以来，从来没跟府里提过任何要求，也完全收起了多年以前做当家主母的气势，一向都是低眉敛目，与世无争。如今开了口，又说得这么有道理，老太太怎么可能任由凤羽珩一人过去，赶紧就顺着姚氏的话提议："咱们都跟过去，把马车也赶着，事情处理好之后立即启程。"

于是，凤家一行浩浩荡荡的队伍就跟着那群闹事的刁民往百草堂行去。

老太太跟沉鱼一起坐在那辆紫檀木马车里，一边走一边安慰着沉鱼："别着急，我相信凭你二妹妹的本事很快就能把事情解决的。"

沉鱼情神恍惚，随意点了点头，心不在焉。

老太太有点后悔跟沉鱼坐到一起，这个孙女自从中了邪，终日里不是叫着祖父就是叫着母亲，哪一个都是死人，她坐在身边都觉得瘆得慌。

却不知，沉鱼心下正犯着合计，她安排的戏码都在凤桐县，是什么人还没等出京城就能给凤羽珩下绊子呢？不过也好，不管是谁，只要能挫挫凤羽珩的锐气，她都是高兴的。

到百草堂时，掌柜王林正站在门前，看着拥上来的黑压压一片人群，王林就觉得头大。他踮起脚从人群里认出凤羽珩，赶紧小跑上前，躬身道："东家。"

凤羽珩点点头沉声道："看好铺子，不要给有心人可乘之机。"

王林郑重地答："适才黄泉姑娘提前来过，现在里里外外都有人守着，万无一失。"

她这才放下心来，快走了两步站到百草堂正门前，一转身，对上的又是那群人。

凤家人也陆陆续续从马车上下来，纷纷围在凤羽珩身边站下。

姚氏靠她最近，面色严肃，已经没了怯生生的表情，倒是一瞬间恢复了当年做凤家主母时的气度。安氏和想容也伴在她身边。想容向来胆小，不过今日却也不见害怕，倒是尽量靠近凤羽珩，与她保持同一战线。

还有金珍，虽然伴在凤瑾元身边，可人人都听得到她正轻启樱桃小口在凤瑾元耳边吹风："老爷，这可不是二小姐一个人的事，而是整个凤府的事，您可得给咱们撑腰啊！"她说话软声细语的，那个热乎劲儿跟从前的韩氏不同，毕竟是家养出来的丫头，怎么看都比花柳巷出来的韩氏上一个档次。

凤瑾元觉得金珍说得很有道理，这些刁民居然敢堵凤府的大门，真当他这个丞相是摆着好看的吗？

"阿珩你不要怕！"凤瑾元终于开了口，"不管今日定论如何，为父都会站在你这一边。"

凤羽珩笑笑："如此，就多谢父亲了。"但心里更暖的是因为姚氏、安氏、想容，也包括金珍的支持。人哪，总不能一辈子孤军奋战，也许最初并不觉得什么，但当你身边有一群人会支持你、相信你、帮助你，并且忠于你的时候，你才知道，孤身一人才是最最可悲的事。

那群刁民见已到百草堂，便将担架直接放到正门口的地面上，然后那个五大三粗的汉子又开了口："原本只是小小的风寒，买了你们百草堂的药是想治病的，谁知道一颗药丸吃下去居然吃死了人。乡亲们，你们说这百草堂是不是黑店？凤家这二小姐是不是黑心的东家？杀人该不该偿命？！"

这话本是很有煽动性的，可也许是这大汉不懂得如何运用语言艺术，一番话出口，在场众人除了他们一伙的人外，竟无一人跟着起哄。

凤羽珩耐心地待他们叫喊完，这才别过头，对着站在身侧的王林问了句："主治风寒的药丸，咱们百草堂卖多少钱一颗？"

王林是个很聪明的人，他早就看出来这位东家虽然年纪小，但从她嘴里说出来的话就没有一句是废话，哪一句都带着双关语。眼下听凤羽珩这样问了，他赶紧直了直腰板，扬起人人都听得到的声音道："百草堂主营的药丸共一十五种，全部经由坐诊大夫亲手开具药方，严明用法与用量。其中主治风寒的药丸名曰柴胡白芷解毒丸，每颗纹银二两，每方最少开出五颗方见成效。"说完，看了一眼那些闹事的人，又用白话补充了一句："也就是说，药丸一次最少要买五颗，也就是十两银子。"

他说完这番话，总算是明白凤羽珩的意思了。不由得好笑地看了一眼那死者，再看看这些闹事人群，又道："小的替东家问一句，死者生前是在何处做事？每月能拿到多少工钱？"

他这一问，围观的人群都笑了，有人不客气地喊道："十两银子，够他挣一年。"

"挣一年又怎么样？"那大汉不乐意了，"钱重要还是命重要？我们愿意用一年的工钱去买药看病，你管得着吗？"一边说一边还真从口袋里摸出一张药方来。

王林上前接过，看了一眼，点点头："的确是百草堂坐诊大夫开具的药方。"再交给伙计去对账，那伙计很快便跑了个来回，与他耳语几句，就听王林又道："出售的药丸有记载，店里伙计也记得，死者的确在昨日来百草堂买过药丸。"

"那你们还敢抵赖？"那大汉心里有了底，说话就更硬气了几分。

可凤羽珩摇头道："那也无法证明他的死因就在我百草堂的药丸上。"

"你们还讲不讲理？"大汉不干了，连带着他的同伙一起又掀起了新一轮的叫喊，"你们仗着有权有势就敢这样草菅人命？大顺朝还有没有天理王法了？今日不给个说法，我们就去跪宫门！去告御状！"

眼见起哄的人声音越来越大，沉鱼扯了扯老太太的袖子，小声道："祖母，这样闹下去凤家的名声可就全毁了。"

老太太也是这个想法，就想提醒凤瑾元想办法收场，却听凤羽珩开口说了句："来人，给诸位乡亲带路，送他们去皇宫！"

凤羽珩这一嗓子可把老太太吓得够呛，就听她冲口就道："你要干什么？"

凤羽珩顺着老太太的话往下说："自然是送他们到宫门口！不是要告御状吗？找不到路可不行。不过这尸体也给我一并抬着，我会通知下人去请宫中仵作，到底是不是药丸吃死了人，验过尸才能见分晓。"

见凤羽珩打的是这个主意，老太太略放下心来，她心知凤羽珩的药丸不会出问题，毕竟她本身就用过很多凤羽珩送的奇药，虽说没有药丸，但其他类的药效也十分显著。

老太太点点头："对，阿珩你做得很对。"

闹事的人一听说要请仵作，立马蔫了，一个望着一个，皆不知下一步该怎么办才好。

凤羽珩看着他们的模样只觉好笑，不由得道："连栽赃陷害的流程你们都搞不清楚，就敢接这种差事？"她突然提高了嗓音怒喝道："说！是谁教唆你们来凤家闹事的？"

那群人被唬得一哆嗦，那个大汉下意识地就说道："是一个姑……"

"闭嘴！你不想活命了？"旁边人狠狠地拧了他一把，出言警告。

那大汉赶紧闭嘴，不再言语。

凤羽珩从对方言语中捕捉到一丝讯息，用余光看了一眼凤沉鱼。就见对方看起来一片担忧之色，实则眼眸流露出的精光明摆着就是欢喜。

但她也在一瞬间就判断出，这一档子事，并不是沉鱼做的。

那会是谁呢？

步霓裳？

很有可能!

　　她思索间,双方就僵持在当场,凤瑾元看着烦躁,大手一挥:"如果你们不同意请仵作验尸,就抬着尸体回去吧!这件事情与百草堂无关,与我凤府也无关。再敢无理取闹,本相自会叫京兆尹来治你们聚众闹事之罪!"

　　见凤瑾元发了狠,那群闹事的刁民也害怕了。毕竟这是一朝丞相,平时他们哪能见到这么大的官?就算见到了,那也得离着老远就跪地磕头,生怕一不小心冲撞了贵人,项上人头就要不保。可今日,不但要硬着头皮冲撞,甚至还得把无名之罪强加算到凤家头上,要不是对方给的钱太多,他们是死也不敢冒这个险的。

　　事已至此,就再没退路,那粗壮汉子竟开始耍起无赖,干脆一屁股坐到地上,道:"你们不给个说法,我们就不走了!"

　　"对!不走了!"众人纷纷效仿,一时间,百草堂门前坐了一地人。

　　凤瑾元头大,问向凤羽珩:"叫官差来可好?"

　　凤羽珩却摇了摇头:"如果跟他们来硬的,只能被说成百草堂以势欺人,对凤家的名声影响太大了。"

　　凤瑾元也这样认为,可眼下这就是秀才遇到兵,有理说不清的时候啊!他实在没办法,干脆两眼一闭,什么也不管了。

　　凤羽珩心说:还能指望你什么?然后看着地上的这些刁民,冷笑着开了口:"我百草堂出售的药丸,整个大顺只此一家。之所以价钱贵,是因为小小一粒药丸,里面所含药量却是汤药的五倍有余。且药丸携带方便,比药汤更好入口,也省去煎药的麻烦,可以做到随时随地用药,即便手边没有水,药丸也可咀嚼后咽下,其内含的山楂成分有效缓解了苦涩,让服用者不会有丝毫难咽之感。"她不再理这些刁民,竟开始将药丸的好处娓娓道来。

　　那些刁民听糊涂了:"你在干什么?"

　　凤羽珩摊手:"很明显,为我的药丸做宣传。"

　　"你的药丸都吃死人了,还宣传个屁!"

　　"那是你说的。在仵作来验尸之前,我是不会承认的。"

　　一听她仍然在提仵作,地上坐着的人开始躁动了,三三两两地凑在一起小声嘀咕着什么。

　　凤羽珩也不理,再开口,却又向人们讲起百草堂的生意:"我们百草堂不只卖药材,堂内每日都有坐诊大夫,病患抓药前可由坐诊大夫免费看诊,对症抓药。特别是那位乐无忧小大夫,每月也会有两到三天亲自坐堂,专治各类疑难杂症。"

　　听她提到乐无忧,围观的百姓里有人插了话来:"那位乐大夫真是位神医啊!

我媳妇眼睛看不清楚已经五年了，找乐大夫施了几次针之后，现在看得清清楚楚，再也不模糊了。"

他带了个头，便有更多的人对乐无忧开始夸赞。

凤羽珩记得那位眼睛不好的妇人，是轻微的青光眼。

听着众人的夸赞，那些刁民不干了，直指凤羽珩："你到底在干什么？"

凤羽珩耸肩而笑："还是很明显，我在拖时辰。"

"拖时辰是为何？"

"自然是为了等人。"

"等人？"那些人害怕了，不会是已经去请仵作了吧？"你在等谁？"

"在等本王！"就听众人后方，有个清逸出尘的声音飘飘而来，也不见他多大声音，可就是能让每个人都听得清清楚楚。

一句"本王"，站着的百姓们腿都软了，扑通跪了一片。

凤家人也吃了一惊，抬头一看，迎面而来的宫车上，站着的人正是七皇子玄天华。

沉鱼眼睛一亮，随即又是一黑，原来老太太竟上前一步将她的视线死死挡住。她真有心一把将老太太推到一边儿去，手都抬起一半了，却还是生生地忍住了。

倚月在旁边小声劝她："小姐，千万不能动气。"

她大喘了两口的气，总算是止住冲动。

凤瑾元就想问问他这二女儿，到底什么时候去请的七殿下，可当他看到站在玄天华身后的黄泉时，便明白了。

他不再多想，带着凤府众人齐齐跪拜。就见宫车上的玄天华一抬手，广袖挥舞，声音也随之而来："都起吧。"

一大片谢恩的声音扬起，所有人都在用一种朝拜的目光看向玄天华，这位大顺朝最独特的男子就像下凡的神仙一样站到人群中间，即便看着那些闹事的刁民依然是和颜悦色。

"百草堂的东家是本王的弟妹，也就是御王殿下未来的正妃。今日百草堂出事，本王来此绝不是为了偏袒，而是要给这起事件做一个见证。"

见证？

人们都在纳闷，见证什么？

凤羽珩上前几步，走到玄天华的面前。一个清逸出尘，一个古灵精怪，真真是叫人赏心悦目。

"尸体印堂发青，口眼鼻均有血迹外渗，是中毒之相。"她缓缓开口，将症状如实道来。

粗壮大汉壮着胆子接了句："就是吃了药丸中的毒。"

凤羽珩没理他，只顾着跟玄天华说话："究竟是中了什么毒，只有中毒的人自己才说得清楚。但诸位乡亲执意不肯让仵作验尸，这个阿珩也能理解。毕竟验尸要解剖，对于死者来说的确是比较残忍的。"

玄天华认真听着，淡笑点头，待她说完才道："那你的意见是……"

"把人复活，让他自己说说到底吃了什么。"

凤羽珩这一语直接把在场众人都给惊崩溃了，连姚氏都一哆嗦，紧张地向她看去。

凤瑾元随即看了一眼地上的死尸，全身僵硬，都死透了，还怎么复活？

可玄天华却并不认为凤羽珩说的是大话，只见他点了点头，道："好，那就将尸体复活吧。"

人们觉得这两个人简直是疯子，死人复活，他们真的是神仙吗？

可又没有人敢出言质疑，一个是丞相的女儿，一个是皇帝的儿子，这两个人站到一处，结成了一个坚不可摧的联盟。

凤羽珩看了一眼闹事的那些刁民，冷声道："你们可有意见？"

他们能有什么意见，人是死的，这已经确定了，活这么大岁数还没听说过能把死人复活的事。

那壮汉摇摇头："没意见，你如果有本事将他复活，就让他活了之后自己说。但如果活不了呢？"

"那我就认了。"凤羽珩不愿多言，开口吩咐百草堂的伙计："把死者抬到后堂去。"再对玄天华道："请七哥到里面坐。"

玄天华点点头，又指了两个闹事者说："你们两个一并进来，与本王一起做个见证吧。"

就这样，凤羽珩带着三人一齐进了百草堂内，凤瑾元和老太太也想跟进去，却被王林带到了外堂休息："大夫治病救人，需要安静。"

凤瑾元一甩袖，嘟囔了句："事多！"实则心里十分想去看看凤羽珩到底如何能让死人复活。

然而，他不知道，让死人复活别说他看不见，就是玄天华也被拦在了后堂的一间小屋之外。"七哥莫怪，阿珩救人时不能被外人打扰。"说完，又上前一步凑近了些压低声音道，"人根本没死，我自有办法让他苏醒过来。"

玄天华终算是放下心来，淡笑着道："既如此，那本王就在这里静候佳音了。"

他都没法进，那两个闹事人自然也不敢再提要求，只能在玄天华身后老老实实地站着。只是目光时不时地就偷偷往玄天华那处瞥过去，一个实实在在的皇子就坐在近前，两人想到的是回去之后该如何向身边人吹嘘这次非凡的经历。却丝毫没有想过，一位皇子的到来对于他们来说，究竟是福是祸。

那具"尸体"早就被店伙计送到小屋里，凤羽珩掀帘进去之后，黄泉和忘川立即将房门关好，然后亲自把守在门口，别说是人，连只苍蝇都保证飞不进去。

而进了小屋的凤羽珩则快步走到那具"尸体"前，伸手握住对方手腕，意念一动，直接进了专属于她的那个药房空间。

凤羽珩怎么可能仅仅卖药。

她挑起半边唇角，笑得颇有几分玄天冥似的邪魅。

伸手探向那"尸体"的衣领子，十二岁的小姑娘就像拖小鸡一样地把一个成年男子拽动起来，径直上了二楼，在一幅人体器官解析图前停了下来。

前世，她在这药房二层辟出一个隔间，配备了一个私人的手术室，里面所有器械设备都跟现代医院里的一模一样，不管多大的手术，只要她会，都可以在这间手术室里完成。

而手里这具"尸体"……凤羽珩翻了个白眼，没死透，她一眼就看了出来，根本就没死透。

后世医学认定脑死亡才算是真正的死亡，而这种脑死的鉴定需要仪式来完成，是这个年代的大夫根本做不到的。别人探鼻息、心脏、颈动脉就断定一个人是死是活，于她看来，愚昧至极。

掀开人体器官解析图，将墙壁上的一个机关按下，一扇小门咯吱一声打开了。

凤羽珩拖着"尸体"走进去，一股消毒水的味道扑鼻而来，屋里的灯也瞬间开亮，就像知道有人要进来一样，一切全都准备就绪。

她笑笑，过久了古代的生活才知道，二十一世纪的发明创造是多么体贴人心。

将"尸体"放到手术台上，凤羽珩习惯性地换上了门口挂着的白大褂，连上心电图，备好心脏起搏器，又将洗胃的工具也放在一边。

深吸一口气，前世外科大夫的感觉又找了回来。

她静下心，查看仪表数据，各种数据显示这人果然没有脑死。凤羽珩心里便有了数，强心针打上，起搏器接上，直到人恢复心跳呼吸之后，开始清洗胃部毒药残留。

手术室的钟表时间过去整整一个小时，她抹了最后一次汗，终于完成了这次"死人复活"。

其实于她来说，这不过是抢救必备的常识，但是于古人来讲，便与"死人复活"没什么两样。凤羽珩不敢想象，如果有一天让大顺朝的人知道人体器官还可以替换时，这个世界会不会为之疯狂，抑或是……说她疯了。

她苦笑下，不再多想，洗了手，脱去白大褂，将人重新拖回空间的一层，站到进来的位置，意念一动，眨眼便回到了百草堂后面的小屋里。

在黄泉与忘川的把守下，外头一切正常。凤羽珩将救活的人放回软榻，这才转身出屋。

外头的人倒是很有耐心，许是知道"死人复活"定不是容易的事，谁也没有着急催促，就连那两个闹事者代表都老老实实地在玄天华身后站着。看到她出来，甚至还咦了一声，下意识地问道："这么快就活了？"

他们其实是不相信能救活的，人死了就是死了，这凤家二小姐又不是神仙，哪里有复活死人的本事。

但此时此刻，凤羽珩就在他们面前认认真真地点了点头，道："活了，只是麻沸散的药劲儿还没有过，需要再等上半个时辰。"

这话一出口，那两人惊得差点没坐到地上。死人复活是一回事，复活之后对他们来说意味着什么又是另外一回事。一时间，二人面面相觑，下意识地就脚步后退，想要离开这后堂到前面去跟大伙商量一下。

可还没等挪动一步，就听一直坐在那里的玄天华突然开了口，问道："你们这是要去哪里？"

那二人立在当场，留也不是，走也不是。

凤羽珩看着他们这样子，心里升起一阵鄙夷。

"不管做什么事，先摸摸自己的良心。如果钱财是要用人命去换的，我相信早晚有一天也会有另外的人用你们的命去谋财。"她话语阴森冰冷，像来自地狱的勾魂使者，把那二人听得遍体生寒。

凤羽珩却不再理他们，只看向玄天华，浅笑开口："七哥，辛苦你了。"

玄天华摇头："没什么好辛苦的。冥儿还在大营，你这边有事我自然要过来。你既叫我一声七哥，就无须再这样客气。"

两人又聊了几句，就听到百草堂的一个伙计叫她："东家，那人醒过来了。"

凤羽珩随即邀请玄天华和那两个闹事人："一起进去看看吧！"

那二人自然是不愿意进的，奈何忘川、黄泉一边一个拖着他们就往屋里走。他们想不明白何以两个娇弱的小姑娘竟会有这么大的力气，挣也挣不开，跑更跑不掉。

直到进了那间小屋，一眼就看到那原本在众人眼前已经死去的人又活生生地坐在软榻上，只是状态还不是很好，需要百草堂的伙计扶着才能勉强坐住。

凤羽珩走上前，伸手搭腕，半晌之后微点了点头，轻言细语地同那人说："已经没有大碍了，你无须担心。"

那人一脸茫然，看着凤羽珩道："他们说我原本已经死了？"

她点头："在别人看来，是的。但在我看来，你却依然活着。"

她的话那人听不懂，但却明白是这个小姑娘救了自己的命，作势就要跪地磕头，却被凤羽珩一把架住："与其在这里给我磕头，不如随我们一起到外面，把你所经历的这次事件说给所有人听。"

那人自然愿意配合，用力地点了点头，借着伙计的力气站起身来，跟着凤羽珩和玄天华就往外走。

直到众人重新站回百草堂门外，当所有人都看到原本的尸体复活时，现场安静了。

足足有半炷香的时间，一点声音都没有。

后来，也不知道是谁家的小孩突然"哇"的一声大哭起来，一边哭一边叫着："娘，我饿！"

众人被孩子逗得一阵哄笑，总算是冲淡了些"死人复活"带来的惊讶和恐惧。于是人们纷纷开始议论："居然真的活了，这凤家的二小姐是神仙吗？"

"神仙肯定不是，但神医是一定的。"

"听说她是从前姚神医的外孙女。"

"这就是百草堂真正的医术啊！以后咱们看病抓药可得记得要来百草堂。"

就这样，凤羽珩为百草堂做了一次活生生的广告。

而那些闹事的刁民在看到原本的尸体又好好地站在面前时，一个个都想着抽身离开。可还不等他们转身，后面不知从何处冒出来的官兵直接就围了上来，将那一群人一个不剩地控制得死死的。

凤羽珩上前走了两步，扬声道："说我百草堂的药丸有毒是吗？人，我给你们救活了。就请在场诸位都来听一听，到底是我百草堂的药丸有毒，还是你们的心有毒！"

她话音刚落，那被抢救过来的男人在店伙计的搀扶下往前走了几步，就见他伸出一只手，直指着那个五大三粗的汉子怒声道："就是他！是他带着一个蒙面的姑娘找到我，我正好染了风寒，他们就给了我钱让我到百草堂看病，还点明必须买这里的药丸。我照做了，药丸也吃了，他们又假装好心地给我买来包子。可是我吃了那包子之后就五脏绞痛，接下来就什么也不知道了。根本不是药丸有毒，有毒的是他和那姑娘带来的包子！"

真相一出，玄天华立即高喝一声："拿下！"

官兵们二话不说，一人一个将那群闹事者扣押在手。

都是些平民百姓，不过是见钱眼开做了蠢事，如今事情败露，哪里还有反抗的本事，一个个吓得扑通扑通跪到地上，拼命地求饶。

可惜，饶命可以，却是有条件的——

"本王问你，"玄天华看着那个大汉道，"蒙面的姑娘究竟是什么人？你若实话实说，本王饶你不死。"

大汉一脸茫然："她从来都是蒙着脸，很有钱，一出手就是给我们每人一百两银子。可我真的不知道她是谁啊！"

有人附和道："连究竟长什么样子都没看清楚。"

"是啊！"大汉说，"她头上戴着斗笠，面纱很厚，一直垂到腰际，咱们什么也看不清楚。"

玄天华无奈摇头："既如此，就只能以谋杀之罪将你们一同打入死牢了。"

他不再多说，只一扬手，无数官差齐齐动作，将一群拼命叫着饶命的刁民押着离开。

终于，百草堂门前清静下来。

凤老太太长出了一口气，心中暗道好险，却也对凤羽珩居然可以将死人救活而感到惊奇。

凤瑾元亦是如此。只道短短三年，这个女儿的医术居然可以精进到如此地步，若再给她三年，还能了得？

不待他们多做思量，就见围观的百姓突然呼啦呼啦地跪倒在地，一个个虔诚地冲着百草堂和凤羽珩所在的方向磕起头来。

凤瑾元看着这场面都觉震惊，而百姓们的呼声也在这时齐齐响起："百草堂济世救人，凤神医能肉白骨啊！凤家是我们的救星啊！"

这一番话，连带着凤家也跟着沾了光，受尽了人们的礼遇。凤老太太不由得又飘飘然起来，她就说，这个二孙女向来都是逆转乾坤的高手，怎么样，如今连带着凤家都被人称赞了。

凤羽珩笑着等人们叩拜三次，这才扬声道："快快请起，济世救人是百草堂的本分，只希望这样的事件以后不要再发生，人命关天，谁也不能拿别人的性命去谋求钱财。大顺律法不只是用来惩罚恶人，更是用来约束人心。善恶均有报，因果循环，律法自在人心。"

玄天华带头鼓起掌来，一众百姓的掌声也紧随其后。

凤沉鱼却死瞪着一双满含幽怨的眼看着这一切，她只恨那使手段的人太过愚笨，不但没能收拾了凤羽珩，还帮着她这间百草堂又博得了一个满堂彩，真不知道这是在害人还是在助人。

　　谁都没有看见，就在百草堂对面的一个角落里，有个头戴斗笠的蒙面女子正透过厚重的面纱向这边看来，眼里的幽怨比沉鱼还要深，一只扶在土墙上的手指死死地抠着砖土，指甲都渗出血来……

第十七章

归乡祭祖

百草堂一事终于圆满解决，凤瑾元也跟着松了一口气。

如今朝中形势不明，皇上对哪个皇子都有偏有向、有罚有贬，唯独宠着的九皇子还是个废人，这让大臣们私下里猜测纷纷。

而比朝中形势更不明朗的却是他凤家，两个女儿，一个嘉奖连连，一个惩罚连连，他这个做丞相的父亲都看迷糊了。不过凤瑾元向来谨慎，纵是凤羽珩得到再多奖赏，他也不希望这次事件真的闹到无法收场。凤羽珩有个无法无天的九皇子撑腰，可他凤家，却什么都没有。

凤瑾元朝着玄天华深施了一礼，道："多谢淳王、御王殿下为凤家主持公道。"

玄天华还是那副云淡风轻的模样，微一抬手："凤相请起，举手之劳而已，也是为了还弟妹一个公道。"话里话外都告诉他，人家只是过来帮凤羽珩的。

凤瑾元早就习惯了这兄弟俩对凤家的挤对方式，也不介意，又感谢了一番，才对凤羽珩道："耽搁了不少时辰，是该上路了。"

凤羽珩点点头，也对玄天华道："多谢七哥解围。阿珩今日要随家里人回凤桐县祭祖，估计最少也要一个月才能回京，待玄天冥从大营回来，还请七哥同他说一声。"

"好。"玄天华后退了两步，"路上小心，到了那边也要多保重自己。冥儿那儿我自会打招呼，你无须挂念。"

凤羽珩笑着看了他一眼，退了几步，回到老太太身边："祖母，我们走吧。"

凤家人再次拜别玄天华，陆续上了马车。

凤沉鱼却在经过玄天华身边时忽然绊了一下，身子一歪就要往玄天华身上倒去。他却突然一躲，沉鱼猝不及防，直接摔倒在地。

倚月吓得赶紧去扶，老太太也吓得够呛，连声问："有没有摔到？"

沉鱼委屈得直掉眼泪，却没了抬头去看玄天华的勇气，提起裙摆匆匆上了马车。

已经坐在车上的凤羽珩在掀帘子的工夫正好把这一切收进眼底，见玄天华往她这边看来，不由得抿嘴娇笑，笑得玄天华无奈摇头。

终于，马车缓缓启动，折腾了一上午的人们又累又乏，一个个倒在车厢里闭目浅眠，凤羽珩也不例外。

这一路倒是风平浪静，直到十二天后凤桐县近在眼前，姚氏才长出了一口气，后怕地说："我的心一直提着，生怕半路上再出点什么事。"

凤羽珩安慰她："不怕，兵来将挡。"可她心里却知道，看似平静的旅途不过是在为即将掀起的惊涛骇浪养精蓄锐。凤沉鱼费了这么大的劲才回到凤桐县，总不可能真的是为了祭祖的。

她将眼睛眯起，掀开帘子看向窗外，遥遥可见的凤桐县就像是一张已经编织好的大网，正张开怀抱等着她的到来。

马车在凤桐县界碑石前停下时，正值九月二十二这日的晌午。秋末的日头依然浓烈，凤家众人在下马车时被晃得眼睛都无法全睁开。

韩氏坐在最后一辆马车，路上晃悠得有点迷糊，一下了车，头都不抬就娇呼了一声："干吗要下车这么早？不是还没到家门口吗？"

她这一嗓子道出了所有人的心声，人人都认为马车不该在县碑处就停下来。

可是不停不行，过了石界碑，通往凤桐县就只有一条小路，如今那条小路被一群人死死堵住，别说是马车，就连单独的人想挤过去都十分困难。

姚氏盯着那些堵路的人就皱起了眉，附在凤羽珩耳边小声说："是沈家的人。"

她这才想起，凤家与沈氏都是凤桐县土生土长的家族，也正因如此，当年凤瑾元科考，沈氏才能有机会在老家照顾凤老太太。可这沈家人堵着路是何用意？

一时间，凤、沈两家在这条小路上形成了对立之势。

凤瑾元负手而立，面色阴沉地看着沈家那群人，冷声喝道："让开！"

沈家人没接话茬儿，更没让路，反而还往前又凑了几步。

凤老太太觉得这一家子人简直就是无赖："你们这是要干什么？占道为王吗？还有没有天理王法了？"

凤羽珩踱步到老太太身边，柔声说："祖母不要动气，万事以和为贵。"

她一上前，沈家人的情绪立马激动起来，就见有两名看上去有七十来岁的老者颤步上前，盯着凤羽珩就问："你就是凤家的那个丫头？"

凤羽珩反问："哪个丫头？"

却见凤沉鱼快步上前，抓着那两名老者的手眼泪一下就涌了出来："三舅祖、四舅祖，沉鱼好想你们啊！"

两个老头儿一见了沉鱼，面色立即缓和下来，一边拍着沉鱼的背一边也跟着抹眼泪。

那被叫作三舅祖的老头儿问她："你哥哥说凤家的二女儿害死了你母亲，可是这个？"

沉鱼面带惊讶："哥哥为何要这样说？二妹妹虽说平日里不与我们常走动，可害死母亲的事……这罪名也太大了，舅公万万不要乱讲。"

"哼！"那老头一声冷哼，"沉鱼你从小就是好性子，却不知人善被人欺啊！你母亲是咱们沈家那一辈唯一的女娃，就这么不明不白地死了，叫我们怎么咽得下这口气？！"

凤羽珩看着这两个老头就觉得好笑，不由得偏头问向身边的凤瑾元："父亲，沈家也有资格跟咱们凤家算账？不是说媳妇嫁进门就是婆家的人吗？为何沈家口口声声说沈氏跟我们是外人？"

不用她提醒，凤瑾元听着那话也别扭，当场就翻了脸："沈氏入了我凤家的门，是非功过自是我凤家评说。她纵是死了，凤家也按着当家主母的规格为她操办丧事，怎么，沈家这是想把沈氏从凤家祖坟里迁出去？可以，本相这就回祖宅去写一封休书，明日就可派人起坟！"

凤瑾元到底是做了多年丞相，说起话来十分压人。沈家一家商贾，怎经得起这样的恐吓？如果沈氏的棺木真被凤家起了出去，那叫什么事啊？

那两个叫得欢的老头儿当下就不再言语了。凤沉鱼却目光一凝，看着凤羽珩用轻柔好听的声音道："二妹妹快来见过三舅祖和四舅祖，他们是长辈，你该行礼问安的。"

不等凤羽珩说话，那两个老头儿却又是两声怒哼出口，其中一个指着凤羽珩道："你就在那里站着，千万不要过来给我们行礼！你的大礼咱们受不起，会折寿的。"

凤羽珩十分想笑，又觉得毕竟对方年纪大了好歹给留点面子，只好憋着。

老太太看不过去了，瞪着沈家人道："快些让开！"

沈家其中一个老头儿摇头，道："你们想进县里可以，但这个丫头和生下她的那个姨娘却进不得。"

凤羽珩"咦"了一声，问凤瑾元："凤桐县的县令是沈家人？"

凤瑾元摇头："怎么可能。"

"那为何进不进县也要他们说了算？"

这一点凤瑾元也不明白："你们沈家不要太过分了。"

"过分？"那老头儿又怒了，"我们家好好的女儿抬进你凤府，才三十多岁就办了丧事，过分的到底是谁？"

"生死由命，富贵在天，她自己身子不争气又能怪得了谁？"

"凤瑾元！"老头气得直哆嗦，"到底因为什么你自己心里清楚。今天我就把话搁在这儿，想进县，必须把那母女俩给我们留下！"

凤羽珩面上浮上一层阴森，眼中厉色乍现，看得身边的凤老太太就是一哆嗦，下意识地就往后退了两步。然后就听凤羽珩开口道："不让我和娘亲进门？好！我倒是要问，我娘亲当年是犯了七出中的哪一条？凤家有什么合理的理由将我娘亲赶下堂？沈氏妾抬妻位本就是见不得光的，你们沈家得了便宜，不老老实实找个墙角偷着乐，如今还敢如此大肆闹腾？闹垮了凤家对你们有什么好处？"

她一边说一边走上前，周身散发着一种强烈的、压迫性的气场，直逼得那两个老头儿以及沈家众人步步后退。

凤羽珩的话却还没完："你们沈家真的以为撤了京城的生意就没事了？这么些年，凤家只要想，随便动动手指就能查出你们贿赂了多少官员，送出了多少金银。沈家人是不是都活够了？想坐大牢？"

她探头过去，一双像是来自地狱的眼睛紧紧盯着一个老头儿，直把人吓得扑通一声坐到地上。

七十多岁的老胳膊老腿哪还禁得起摔，往地上这么一坐，半天没能站起来。

另外一个老头儿气得拼命跺脚，直指凤瑾元："这就是你们凤家的家教？"

回答他的人是凤老太太："我凤家怎么教女儿还轮不到你们沈家来说，要不是看在沉鱼的面上，你们沈家还能走到今天？要说法？好！子皓不是在守陵吗？让沉鱼陪他一起去守！"

老太太一句话，吓得沉鱼脸都白了，半张着嘴巴一点声音都发不出来。

沈家人也没想到凤老太太竟能说出这样的话来，一时间都没了动静，原本叫嚣着要为沈氏报仇的气焰也渐渐消了下去。

其实他们是被凤羽珩的话吓到了，沈家是商贾之家，这么些年经商下来，贿赂官员那是常有的事。特别是还做了多年皇商，与朝中大臣的金银往来更是不计其数。若真与凤家撕破了脸，一个正一品丞相想捏死一个商贾家族，那还不是轻而易举的事。

沈家人在那四舅祖的示意下让出道来，两个老头儿一个坐在地上，一个站在当场眼睁睁地看着凤家浩浩荡荡的车队进了凤桐县，最终，目光落在一直伴在凤老太太旁边的凤羽珩身上。

这个庶女才回京多久？竟能得老太太如此宠爱，眼瞅着就要威胁到沉鱼的地位，真是不能再留，不能再留啊！

过了沈家的关卡，凤家一行人很快便进了凤桐县。凤瑾元谢绝了凤桐县令的宴请，带着一家子人直奔凤家祖宅。

沈家那些人开始时默默地跟在凤家车队后面，仍是怒气冲天，但在接近凤家祖宅时却绕了道没再跟着。

凤家祖宅并不气派，古朴平实的小院落，却带着点点书香之气。

人们到时，祖宅那边已经有人站于门口等待接应，凤羽珩往那人看去，就见是个年有八十岁的老者，一身藏蓝长衫，头发眉毛胡子全部花白，却不似沈家那两个舅祖那般身形伛偻，反倒面堂红润，身材挺拔。

凤瑾元与老太太二人快步上前，对着那老者直接就跪了下来，开口道："族长。"

凤家人赶紧全部跟着跪下，齐声叫道："族长。"

凤羽珩在路上的这十几天听姚氏讲了一些关于祖宅这边的事，据说这里自从凤瑾元一脉做了京官之后，凤家族人陆陆续续都各谋高就，留下的人不多，基本全是老弱。

如今的这位族长年过八十，是凤瑾元的祖父辈，在凤家极有威望。据说是个很公正严明的人，小辈的事他基本不管，可一旦经了他的手，就没有偏袒可讲。

思索间，就听那族长说："瑾元，你是当朝丞相，按说不该向我行此大礼。但凤家族规不能破，你们是回乡祭祖的，该有的礼节便一个都不能少。"

凤瑾元道："族长说得是。"

"嗯。"那族长点了点头，"你们都起吧。"

凤瑾元最先起身，再搀扶起老太太。紧接着，凤家众人才呼呼啦啦地站了起来。

凤羽珩注意到那族长的目光似乎往她这边扫了一眼，但并未停留，转而又向沉鱼看去，也只是一眼，便又收回。最终，落在了金珍身上。

凤瑾元一下想起来，收金珍入房这个事，族里还不知道呢，赶紧解释道："是孙儿新收的妾室。"

老族长摆了摆手："这等小事无须告知族里，妾室是入不得族谱的，你自己做主便可。随我进去吧。"

他说完，犹自转身，负手踱步进了大宅。有下人引领着车夫将马车绕到宅后安顿，凤家众人便一个跟着一个地进了院子。

族人回祖宅，若是年年都回，自然规矩就少。若是像凤瑾元这样多少年都没回过一次，那说道可就多了。

都不等他们歇个脚，房间都还没分呢，就听那老族长又开口道："祠堂已开，瑾元，你扶着你母亲，还有你的正妻和嫡女随我去拜宗祠吧。"

这话一出口，沉鱼就又抹起了眼泪，委屈地道："族长，我的母亲已经过世了。"

老族长看了沉鱼一眼，不解地问凤瑾元："这是你哪个妾室生下的女儿？这样不懂规矩！"

凤瑾元一阵尴尬："这是沉鱼，并非妾室所生，而是孙儿嫡出的大女儿。"

"嫡出？"老族长看着沉鱼琢磨了半晌，"嗯，我有些印象，你的大女儿是叫凤沉鱼，可你的长女并非嫡出，次女才是啊！"说着又看向凤羽珩，冲着她招了招手："你是阿珩？来，到祖爷爷这里来。"

阿珩面上挂着盈盈笑意款步上前，冲着老族长躬身下拜："阿珩见过祖爷爷。"

老族长虚扶了她一把，道："这才是我凤家的嫡女。"

沉鱼眼里的泪一下就涌了出来，接连对着老太太和凤瑾元投去委屈的目光，可是老族长站在这里，老太太都成了小辈人，又能说什么？

凤沉鱼恨得一口银牙都要咬碎了，凤羽珩于她来说越来越碍眼，她恨不能将这人丢进深山里去喂狼。

凤瑾元知道对于祖宅里的人来说，姚氏和凤羽珩才是正妻和嫡女，老家的人都是老观念，他不愿在这种时候与族长过多计较，便对着姚氏道："走吧，你同本相一齐进去。"

姚氏默不作声。凤瑾元和老太太在前面走，她就在后面跟着，面无表情，就算是经过了老族长身边，也没有多一句言语。

几人进了祠堂，跪下之后有下人上来分香，一人三支在手，均已点燃。

有个专门负责族人祭宗祠的人唱了一阵礼，然后指挥着众人不停叩首。终于一套程序结束，老太太带头将香插入香炉，这才算正式拜完。

姚氏和凤羽珩都是按着主母和嫡女的规矩行的大礼，姚氏这一套做下来倒不觉得什么，毕竟她本就是主母，对这些事宜是熟得不能再熟；但凤羽珩就有些为难了，要不是有下人指挥着，她还真不知道该怎么做。即便这样，还是有些动作做得不够标准，惹得那唱礼的人多看了她好几眼。

她也无所谓，在香插好之后主动给族长行礼致歉："阿珩在山村住久了，大宅门里的规矩也没怎么接触，有失礼的地方，还请祖爷爷原谅。"

凤瑾元气得就想抽她一巴掌，山村、山村，到哪儿她都不忘提山村，生怕别人不知道她在山村里面住过是怎么着？

他面上的表情被凤羽珩看了个一清二楚，不由得心中暗笑。

这时候知道这种事情说出来不好听了？当初宠妾灭妻的时候想什么来着？你自己不要脸的事都做完了，还想着别人再把脸给你找回来？我不但不给你找，还得给你多撕下来几层才叫过瘾。

"今日阿珩和姚姨娘进了祠堂祭拜祖先一事，还望祖爷爷能叮嘱家人不要对外张扬吧。"凤羽珩面上浮现一丝为难之色，一边说一边扭回头去往沉鱼所在的方向看，神情紧张。

老族长十分不解："为何？"

"因为……阿珩毕竟不是真正的嫡女，姚姨娘也不是真正的主母啊！刚刚沈家人还拦在县门口喊打喊杀，如果让他们知道阿珩和姚姨娘进了祠堂而大姐姐却没进来，说不定……会下毒手的。"

"他们敢？"老族长眼睛一立，胡子都跟着翘了起来。再琢磨起凤羽珩的话，便问向老太太："你们那一支若是乱成这样，也就没有必要再回乡祭祖了！"

老太太被他吓得一哆嗦，赶紧躬身道："族长言重了，家里的事是老身没有处理好，以后不会了。"一边说一边在心里暗怪凤羽珩，只道这孙女什么时候搅局不好，偏偏要在这族长面前。这祖宅祭不祭其实无所谓，但凤老爷子的墓地还在这里啊！

凤瑾元也连声道："家里的事情劳烦您费心了，沈家不过一群乌合之众，不足为道。"

老族长点了点头，再看向院子里站着的那一群人，特别是凤沉鱼，那模样让他看着就觉得不是好事。

他活了八十多年，阅人无数，早听说凤瑾元这一支出了个身带凤命的女儿，可若是这凤沉鱼……他怎么瞅都不像。

"罢了，你们歇着吧，会有下人带你们到各自的房间。至于嫡女、庶女的事，回去你们怎么论都是自己的事，但在我这里，凤家族里只认姚氏和阿珩。"

扔下这句话，老族长抬步而去。

凤沉鱼扭过头不愿看他，心里早将这老头咒骂了无数次。

凤羽珩看着沉鱼气得那个模样就觉痛快，拉着姚氏走出祠堂，故意到她面前站下，说了句："这些日子可就委屈大姐姐了，都是族长的意思，阿珩也无能为力。"——你要是不乐意，找族长说去啊！你敢吗？

凤沉鱼能说什么？转身带着倚月走了。

老太太问了下人一句："凤子皓少爷呢？"

那下人微怔了下，认真地想了想，才回道："老太太您说的是那位守陵的少爷吗？他一直住在山上。老族长就在陵墓边给他盖了间屋子，还留了专人侍候着。"

老太太一阵心疼，不由得瞪了凤瑾元一眼。

凤瑾元也没想到老族长竟然直接把子皓赶到山上去住，可当初是他发话让子皓回来守陵的，如今那孩子真的是在守陵，他又能说什么？只好宽慰老太太说："明日一早我就上山去看看。"

下人们将众人各自引领到房间，凤羽珩先帮着姚氏安顿好，看着她躺到榻上休息，这才回到自己房间。

忘川帮着她铺好了床，黄泉也从外头接过了下人送来的午饭，道："小姐快来吃点东西垫垫肚子吧，夫人那边我看也有下人去送呢。"

凤家祖宅主人不多，下人却是不少，多半是为偶尔回来的族人预备的。

凤羽珩吃饭的时候又扫了一遍这间屋子，发现有笔墨，眼珠一转，心下便有了主意。

她起身走到摆放笔墨的桌前，两个丫头不明就里，只好跟着。就见凤羽珩撕下一张纸条，提起笔，写了一行狗爬一样的字上去。

黄泉抚额："小姐你是甩鞭子久了，字迹都退步了吗？"

她白了黄泉一眼："好好看看这字迹像谁的？"

忘川心细，去读纸上的字："'今晚子时来栖凤山'。这笔迹，这语气……凤子皓？"

凤羽珩投给了她一个赞许的目光，然后将纸条塞到忘川手里，吩咐道："找个机会丢到凤沉鱼的房间，务必让她看见。"

黄泉纳闷儿："这是为何？"

凤羽珩也不卖关子，自与她们解释："凤沉鱼费了这么大的劲把我弄回凤桐县来是为什么？你们还真以为是祭祖？"

"小姐是怀疑她跟凤子皓两人会设计陷害？"

"只是猜测。不管猜得对不对，折腾她一回对我们总也没什么影响。"

干了坏事就是心情好，凤羽珩一连吃了两碗饭，然后才躺下休息。

一个时辰后，倚月在窗前发现这张纸条，纳闷地拿给凤沉鱼："小姐你看。"

沉鱼将纸条打开，看了一眼上面的字迹，立即便确定是凤子皓所书，她吩咐倚月："点根蜡烛把这纸条烧了。"

倚月照做，却也好奇地问了一句："是大少爷送来的吗？"

沉鱼瞪了她一眼，一声冷哼，道："不是他还能有谁。今晚子时你陪我往栖凤山走一趟。"

这夜亥时将尽，凤沉鱼披了件全黑的连帽斗篷，带着丫头倚月悄悄地从侧门溜出祖宅。

两人走得万分小心，生怕被人发现，好在县里不比京城，入夜后路上根本就没人，连打更敲梆的人都没有。她们几乎是一路小跑地到了栖凤山脚下，沉鱼靠在一棵大树上呼呼直喘。

"小姐再坚持一下，进了山就好了。"倚月看着沉鱼像是再走不动的样子，有点着急。

沉鱼狠狠地瞪了她一眼，骂道："贱蹄子，别以为我不知道你在打什么主意。一会儿见了我哥哥，把你的心、嘴和眼睛都给我管严一点，否则，仔细你的皮！"

倚月一个激灵，赶紧跟她保证："奴婢只管陪着小姐，看都不会看大少爷一眼的。"

"知道自己的身份就好。"

倚月都快急哭了："小姐，奴婢不是着急见大少爷，实在是这地方不稳妥，咱们好歹先进了山再休息吧。"

沉鱼冷哼一声，倒也不再歇着，裹紧披风拔腿就往山里走。却不知，就在她们身后，还有两个人如鬼影子般跟在身后，脚步轻盈细若无声，却将沉鱼二人的行动和对话全部收入耳中眼底。

凤羽珩笑嘻嘻地挽着忘川，小声道："没想到凤子皓还收了他妹妹身边的丫头啊！"

忘川觉得她家小姐也忒八卦了，不过再想想那凤子皓的所作所为，倒也不足为奇："不是说凤子皓还睡过凤家大小姐的床榻吗？凤家的孩子还真是一个比一个奇葩。"

凤羽珩挑眉看她，忘川顿觉自己说错了话，赶紧又道："除了小姐之外。"

她这才满意地笑笑，拉着忘川继续跟踪。这时，耳边却飘来斑走似风般的一句话："别光顾着闲聊，看好脚下的路。"

凤羽珩抓狂，咬牙切齿地回他："你家主子我还没瞎到那种程度。"

忘川一味地笑，不说一句话。

而走在前面的沉鱼和倚月二人以前都没进过栖凤山，两人东绕西绕地转了好大一圈，倚月突然惊讶地叫了声："坏了！"

沉鱼吓了一跳，急忙问她："出了什么事？"

"大少爷的字条上只说约我们来山里，却没说山里什么地方啊。这栖凤山这么大，要到哪里去找他？"

沉鱼这才反应过来，倚月说得对，偌大的栖凤山，她要去哪里找凤子皓？

她看看四周，再想了想，才道："去山顶吧，听说哥哥就住在山顶的小屋里，我们去那里找他准没错。"

两人有了主意，并肩向山顶进发。后面的凤羽珩摸摸鼻子，直觉告诉她，一会儿定会有一场好戏看。

凤沉鱼只记得山顶住着凤子皓，却忽略了凤子皓为何住在山顶。

因为那儿是凤家祖坟，凤子皓是作为守陵人住下的，她们想见到凤子皓，势必就要先见到一片一片的坟包。

于是，当二人终于上了山顶时，凤羽珩和忘川二人成功地听到了沉鱼"啊"的惊声尖叫。

凤羽珩撇嘴："不就是进了坟地吗，值得这么大惊小怪？"

忘川很认真地回答她："一般来说，大家小姐在三更半夜时看到坟墓，是应该尖叫的。"

不过沉鱼的叫声并没有持续多久，倚月被吓得死死地捂住了她的嘴巴，急声道："小姐千万不能喊！这里除了大少爷还有祖宅的人啊！"

沉鱼被坟地惊出一身冷汗，又被倚月的话吓得面色惨白，倚月看了都想要别过头去。

从京城到凤桐县，凤沉鱼涂了一路的黑胭脂，终于夜晚外出时才能轻松一些。可看了她十几天黑面的倚月如今又对上一张白脸，心里总是有些别别扭扭的。

"谁在那边？"突然一个男声传来，又吓得沉鱼一哆嗦。

倚月却眼睛一亮，将那声音听了个真切，略带着点激动地说："小姐别怕，是大少爷。"

沉鱼目光往声音传来的方向投了去，果然见到凤子皓的身影正从墓地的另一侧绕到近前。

她松了一口气，一把打开倚月捂着她嘴巴的手，快步迎着凤子皓就走了去。

倚月赶紧在后面跟着，眼睛却一直瞄着越走越近的凤子皓，心里十分欢喜。

凤子皓也看清楚她二人，快走了几步急着问："你们怎么来了？事情我都安排好了，你们还来干什么？大半夜的，万一被发现，岂不是前功尽弃了？"

沉鱼一愣："不是你叫我来的吗？"

"我什么时候叫你来了？"

凤子皓的回答让凤沉鱼心里立时就凉了半截儿，被骗了？

再去看凤子皓，却见他根本没看自己，反倒是一眼精光地看着她身后的人。

沉鱼心中一动，猛地回过头，果然，倚月正一脸俏色地迎着子皓的目光，两人四目相望，好一番浓情蜜意啊！

"原来是你！"沉鱼狠狠地扔出这么一句话来，扬起手，"啪"地打了倚月一巴掌，"好你个贱婢！为了见我哥哥，居然想出这等招数半夜诓我上山！"

倚月扑通一下跪到地上，手捂着脸委屈地道："小姐息怒，真的不是奴婢啊！奴婢什么都不知道，什么都不知道呀！"

"那纸条明明就是你给我的，不是你又是谁？"她心底火气腾腾地蹿了上来，再怒转头瞪向凤子皓，"我在家里被凤羽珩欺负，老太太一门心思地向着她，给了我多少气受？好不容易把人骗回老家了，就指望你的计策能成，结果你跟这丫头居然合伙骗我？凤子皓，你对得起谁？对得起死去的母亲吗？"

凤子皓被她给骂傻了："什么叫合伙骗你？我什么时候骗你了？"他从小到大最见不得沉鱼委屈，他这个妹妹生得太美了，美到一流泪一生气，就让人忍不住地想要哄着。凤子皓上前两步就要去哄沉鱼："好妹妹，哥哥真没骗你。"

沉鱼赶紧往后退了两步。"你别过来！"她面带嫌恶地拍了拍被凤子皓碰到的衣角，"连妹妹身边的丫鬟你都要沾染，真不要脸！"

扔下这句，沉鱼转身就往山下跑。任凭凤子皓在身后喊着："沉鱼！你别跑，听哥哥说！"可也就喊了两声便不再喊了，而那倚月更是半点声音都没发出。

凤沉鱼越想越生气，她这个哥哥从小不学无术，就没干过一件正经的事，也没说过一句正经的话。父亲虽然看重她，可是对她的哥哥却是打从心里头就厌恶的。厌恶也没办法，那是他的嫡子，所以该宠着还是宠着。没想到就是这样，更把凤子皓给惯得没了边儿，现在居然把手都伸到了她的丫鬟这里，这样的哥哥要来究竟有何用？

沉鱼一边跑一边哭，却没看到，就在她才跑出没多远，倚月跟凤子皓两人就到一起了。

忘川有点不好意思地别过头，小声道："凤家大少爷这是要干什么？这可是在祖坟前啊！"

凤羽珩一声冷哼："凤子皓这种人还会管那些？"

果然让她说着了，凤子皓压根儿就没把那些个俗规俗矩的放在眼里，他从小到大都是想做什么就做什么，谁能管得了他？偏偏倚月也是个想攀高枝的，凤子皓能看上她，她哪还有推拒的道理？她做梦都想要成为凤府的大少奶奶呢！实在不行小妾她也乐意。

凤羽珩都看乐了："忘川，你说，后辈们就是这副德行，这凤家的风水还能好了？"

忘川看都不好意思看，一个劲儿地拽凤羽珩："小姐咱们回去吧。"

凤羽珩笑嘻嘻地说："别着急，再看一会儿。忘川你别总闭着眼，这种科普教育可不多见，将来你成婚嫁人要是什么都不会可不行。"

忘川被她说得面红耳赤，她实在想不明白自家小姐怎么什么话都敢往外说啊！

就在忘川执拗的工夫，忽然听到下坡的方向又传来奔跑的声音。

凤羽珩回头，就见原本已经跑开的凤沉鱼又跑了回来。她大乐："忘川忘川，快睁眼！要有好戏啦！"

忘川一听也起了兴趣，把眼睛睁开，就见凤沉鱼疯了一样冲向凤子皓和倚月，一边跑一边喊："贱人！畜生！"

凤羽珩眼尖，一眼就看到沉鱼手里拎着的一块大石头，心说这是要拼命啊！

果然，正在忘情中的凤子皓和倚月一见沉鱼返回来都吓了一跳，还不待两人有所反应，沉鱼拎着石头的手已经举了起来，照着倚月的头狠狠地砸了下去！

可怜那倚月一点声音都没发出，直接就被盛怒失态的沉鱼砸得脑袋开花，当场就没了气息。

凤羽珩一撇嘴："下手真狠啊！"

她话音刚落，凤子皓突然"啊"的一声大喊，再看去，竟是沉鱼在打死倚月之后去掐凤子皓的脖子。

"我杀了你这个畜生！"沉鱼几乎崩溃了，拼命地掐凤子皓。可到底力气不如男人，三下两下就被凤子皓推开了。

"你疯了？"凤子皓气得跳脚，不停地咳嗽，"老子宠个丫头而已，你闹腾个屁？"

"宠丫头？哈哈！"沉鱼笑得疯狂，"宠丫头宠到你妹妹身边？到这种地方来宠？凤子皓，你就是个畜生！你怎么不死了？"凤沉鱼喊得声嘶力竭，眼里迸着血丝。她就不明白，自己好好的一个姑娘，为什么会有这样的同胞哥哥？

凤子皓也气急了，冲上前来拽沉鱼的胳膊："好妹妹，我宠个丫头你生什么气？你跟哥哥说你是怎么想的，哥哥一定好好听你说话。沉鱼乖，哥哥从小就疼你，你说什么我都是听的。来，你告诉哥哥，把倚月打死了，对你有什么好处？你究竟是想要得到什么？沉鱼，你过来……"

凤子皓的老毛病又犯了，只要是好看的姑娘，哪怕是自己的亲妹妹都不想放过。

凤沉鱼今日也是发了狠，就在凤子皓凑上前来的瞬间，猛地一口咬住他的脖子，下了狠劲儿地咬，直把凤子皓咬得鲜血淋漓，哇哇大叫。

沉鱼借着这个空当匆忙爬起来，没命地往山下跑。

凤子皓在她身后怒骂："死丫头，你给我等着！早晚有一天我把你弄到手！京城第一美女？哼！就算你是全天下第一美女，也只能是我被窝子里的人！"

沉鱼越听越觉得恶心，脚步不停加快，即便跌倒也会就势往山下滚出一段距离再爬起来。她知道，她哥哥已经失去理智，如果自己不跑，一定会被他糟蹋。

"该死的！"凤子皓手捂脖子，捂出一手的血，"等老子今晚先收拾了凤羽珩那个小贱人，以后有的是工夫慢慢收拾你。凤沉鱼，你跑不出我的手掌心。"一边说一边看了一眼倚月的尸体，嫌恶地踹了一脚，又嘟囔道："幸亏老家伙派来的人今晚不在，不然少不得又是一番折腾。"他弯下腰，动手去处理倚月的尸体。

他在祖坟边上只挖了个浅坑把倚月草草埋下，然后转身走了。凤羽珩眼瞅着他埋完，将那位置记下来，叫上忘川，也下了山。

再回到祖宅房间已经过了丑时，黄泉一直在院子里等着她们，见二人回来赶紧上前探问："怎么样？"

忘川脸红了红，没吱声，倒是凤羽珩说了句："那是相当精彩。"

黄泉也不明白所谓的精彩是什么意思，但见两人平安回来，总算也松了口气。

两个丫头进了屋，点了烛火，侍候着凤羽珩洗漱，看着她睡下，这才退出房间。

凤羽珩仍然不习惯有丫头守夜，就连班走一到晚上都被她赶得远远的。

可是今晚，她有些后悔没让那两个丫头留下一个，因为才躺了没多一会儿她便觉得似乎不大对劲。好像空间中有一种东西正逐渐弥漫开来，无色无味，但却十分强烈地刺激着她的感官。

凤羽珩十分确定刚进来的时候屋子是没有问题的，更何况她带着忘川上山，黄泉一直守在院里，如果有人进屋动了手脚一定会被发现。

唯一的可能，就是东西原本就存在于卧寝中。

会是什么呢？

她偏了一下身，眩晕感匆匆来袭，一股子燥热也涌上脸来，脸颊瞬间火烫，一直烫到耳根子。

凤羽珩是医官，怎么可能不明白自己是中了什么招——烈性的春药，入鼻即有反应，药的分量大得让她这一动间便觉出有种冲动无法抑制。

她勉强睁眼，视线已经开始模糊，却还是在恍惚间一眼盯上榻边的烛台。

是了！定是蜡烛有问题。

她白天只待在外间，即便是到了晚上也因为定好了子时要外出而没有进到卧寝里面来，这几支蜡烛是适才回来的时候才第一次点的。那药遇热便会散发得更彻底，凤羽珩知道，纵然是她，也无法再继续支撑下去了。

拼着最后的一丝意志，她挪动右手抚上左腕的凤凰胎记，意念一动间，整个人从床榻上忽然消失，只留下散乱的被子和滚烫的体温。

进了空间，凤羽珩的心总算是放了下来。不管怎样，至少这里是专属于她的，她是发病也好，治病也好，都可以不被外人打扰，更不会落入对方算计的圈套。

药性越来越重，身上燥热难耐，口中干渴，凤羽珩拼命地上爬着。她记得柜台下面还有半箱矿泉水，只要有了水，把药劲儿熬过去，她就没事了。左右在这空间里也没有人来，是她避难的最佳地点。

这边凤羽珩在空间里折腾着，而在房间里，那几根被灌注药物的蜡烛燃着燃着竟拦腰折断，落地时刚好碰到床榻外边的幔帐，火苗一下就蹿了起来，也就是眨眼的工夫，从幔帐到被褥，从被褥到实木的床厢全都着了起来。

隐于暗处的班走第一时间发现不对劲，展动身形就进屋往床榻边奔去，手一伸，顺势就想把凤羽珩给捞出来，可惜，扑了空。班走不敢相信地又往床榻里捞了一次，还是什么都没有。

火苗越来越大，他顾不得被火烤，忍着皮肉上的生疼，干脆在榻里摸了一圈，待确定真的是什么都没有之后，心里"咯噔"一下。他是凤羽珩的暗卫，他的使命就是保护主子安全。他绝对可以确定凤羽珩没有走出过卧寝，可是为何榻上没有人？

火势已经大得让他没法再站在床榻边，班走失声叫了两句："主子？主子！"

第二声刚落下，房门就被人从外撞开。他回过头，不知道有多希望进来的人是凤羽珩，可惜，是黄泉和忘川。

屋里起了大火，这两个一向浅眠的丫头一发现不对劲，就赶紧冲进来，不想却只看到班走愣愣地站在屋内。火光将他的面庞映得通红，也将那一脸焦急映得出奇明显。

黄泉急了："你还愣着干什么？快把小姐救出来啊！"

忘川却已先她一步冲到榻边，根本不顾有没有着火，直接就往床榻上扑。

过了一会儿再出来，衣角都沾了火苗，头发也烧掉了几缕。黄泉赶紧过去帮她拍去身上的火，就听忘川失声道："小姐不在榻上。"

班走也跟着补了句："主子不见了。"

黄泉不解："不见了？什么叫不见了？班走你在说什么？"

班走已经从最初的惊恐中回过神来，告诉忘川和黄泉："卧寝里一起火我立即察觉，在火势还不大的时候就冲过来想要救出主子，可是床榻上根本就没有人。"

他面色阴冷，目光中泛起狠厉。居然有人能够在他的眼皮子底下将人劫走，对于一名暗卫来说，这是最大的耻辱。

"我一定会将主子找回来。"班走扔下这么一句，一闪身就消失在原地。

黄泉和忘川二人面对燃烧得越发凶猛的大火，心中焦急不差于班走。黄泉的嘴唇都哆嗦了，一个劲儿地问忘川："怎么办，咱们把王妃弄丢了，殿下还不得扒了咱们的皮啊？"

忘川头皮一阵发麻："扒皮还算轻的。"

她拉着黄泉往后退了退，火已经快烧到房门口了，院子里有更多的下人被惊醒，一个个尖叫着"走水啦！走水啦！"

黄泉气得咬牙："吵得姑奶奶烦死了！真想把她们都杀了算了！"

忘川劝她："你冷静一点，班走已经去找人了，咱们得先把火扑灭，再看看屋子里有没有什么线索留下。"

黄泉点点头。"好，那我去叫人。"说完她转身出屋，一边跑一边大喊，"快来人救火！快来人救火啊！"

忘川被呛得也待不下去，可又总是想在屋子里再搜寻一番。于是干脆撕了裙摆掩住口鼻，挑着火势小的地方又找了一遍。

可惜，直到黄泉带着一众下人前来救火，忘川还是什么线索都没有找到。

这边的大火将凤家所有人都惊醒过来，包括老族长在内，全部都集中到凤羽珩所在的院子里。姚氏急得大哭，拼了命地要往里冲，黄泉死死地拉着，不停地跟她说："小姐不在里面，夫人你千万不要冲动啊！"

可姚氏哪里听得进去："她不在里面为什么不出来见我？阿珩！阿珩你说话啊！你要急死娘亲吗？"

凤沉鱼听着她一口一个阿珩、一口一个娘亲的，心里火气就腾腾地往上蹿，可再看着那间烧得只剩灰烬的屋子时，又觉得十分痛快。

就见她唇角泛起冷笑，还带着几分得意，咬牙切齿地小声嘟囔："凤羽珩，你最好给我烧得透透的，连骨头都不要剩下。你这种人，就该死！"

"你说什么？"就在她耳边，有一个一如鬼魅般的声音响了起来。

"谁？"沉鱼大惊，猛地扭过头四下张望，"你是谁？"

那声音却总是在她别过头的工夫在她的另一边幽幽而起，是个男人，声音很轻，却又刚好足够她听得清楚："如果今天凤羽珩被这场大火烧死了，凤沉鱼，我就把你扒光了扔到京城北郊的野汉堆里去。"

沉鱼腿都抖了，不停地问着："是谁在说话？到底是谁？"

可惜，再没听到那个声音，但那人说的话却在她心里打了一个深深的烙印。

京城北郊的野汉堆，听说那里住着最下等的一群人，男的整天蹲在一处等着雇工的人上门，没有活儿的时候就在一起谈论女人。各家的老婆都在各家的茅草棚里老老实实待着，谁也不敢往男人堆儿里去。听说去年有个婆娘快要生产了，实在没办法才自己去叫自家汉子，结果才一进男人堆儿，那些渴如饿狼的男人就集体扑了上来，也不管她是不是即将临盆，按到地上就……最后，孩子被生生地憋死在肚子里，女人也没了气。

沉鱼扑通一声坐到地上，大口大口地喘着粗气。如果她被扔到那里，还不如死了算了。

"大小姐。"突然又有个声音从头顶传来，沉鱼一惊，抬头去看，竟是忘川。

也不知是不是心理作用，沉鱼总觉得忘川看向她的目光里带着探究，还带着一丝了然，一眼就窥探入心，什么都被发现了。她坐在地上往后退了退，想跟忘川拉开距离。可她退一步忘川就往前上一步，直到将沉鱼逼到背靠水井再无退路。

忘川幽幽地开口问她："您和大少爷，到底想干什么？"

沉鱼脑子"嗡"的一声就炸开了！

"大少爷"三个字一下子就将她的思绪拉回栖凤山顶的坟地边，无数画面闪现在眼前，有那一片片的墓葬，有凤子皓跟倚月的苟合，有她举起石头把倚月砸个脑浆迸裂，还有凤子皓把她压倒在地凑过来的那张恶心的脸。

凤沉鱼"啊"的一声大叫，将头抱住，脸深深地埋进膝盖里，嘴里不停地叫着："走开！走开！"

凤家人发现这边的异样纷纷上前，凤瑾元走在最前面，刚一过来，就听到忘川正在问："大小姐，您怎么啦？"

他快步上前，伸手就想把忘川推开，可惜，推了一下没推动。凤瑾元尴尬地斥她："让开！"

忘川这才退后了两步，同时也不忘提醒凤瑾元："二小姐的屋子着了火，凤相为何从头到尾都没问过一句二小姐如何了？"

凤瑾元的手刚抓到沉鱼的胳膊上，听到忘川这样说，这才反应过来，自己好像真的没有问过凤羽珩如何了。不过他也有自己的想法："你们小姐身边不是有暗卫吗？"

"可您是她的亲生父亲。"忘川紧盯着凤瑾元，一朝的丞相，居然能冷血偏心到这般境地。对亲生女儿尚且如此，更何况对一国百姓。

"你是在教训本相？"凤瑾元也怒了，"虽然你来自御王府，但也不要忘记自己的身份！到底只是个奴婢，本相的家事还不需你来操心。"

忘川泛了个冷笑于唇角，对于凤瑾元的警告根本也没当回事，她只是又看了一眼凤沉鱼，随即就转了话题："大小姐是身子不舒服吗？怎么都不见丫头在身边服侍，那位跟着大小姐一起来的倚月姑娘呢？"

沉鱼一哆嗦，猛地抬起头来看向忘川，心里不停地在思索着一个问题：难道她杀死倚月的事情败露了？沉鱼拼命地想从忘川眼里探出答案，可忘川一脸冷清，目光清澈见底，哪里容得她去窥探。

风瑾元不明究竟，也跟着问了句："你的丫头呢？"

沉鱼摇头，呼吸又急促起来："不知道，女儿不知道！父亲，女儿好怕，刚刚又看到母亲和祖父了！"

她装病装疯这么久，这一套再熟悉不过。风瑾元一听她这样说立马就闭嘴了，生怕再说了什么不该说的刺激到沉鱼的神经。

倒是忘川接了一句："大小姐放心，过几日就去栖凤山顶祭祖了。"她特地强调了"栖凤山顶"，又成功地把沉鱼吓出一个冷战。

这时，姚氏的叫声更急促起来："阿珩！阿珩你在哪里啊？"屋子里一直也没有动静，除了救火的人，根本没见到一个人从里面冲出来。姚氏苦求着黄泉："你去救救阿珩吧，你不是会武功吗？现在火也不大了，求求你救救我的阿珩……"说着话就要往地上跪。

黄泉赶紧将人扶住，再一次告诉她："小姐真的不在房间里，奴婢们已经找过了。"

"那她去了哪儿？为什么闹出这么大的动静都不回来？"

黄泉不知道该怎么答，为难地向忘川求助。

忘川也走了回来，与黄泉一起拉着姚氏，开口劝慰道："小姐有事要办，天还没黑就出去了。"再凑近姚氏耳边小声说："小姐身边带着殿下送的暗卫呢，没有事的。"

姚氏这才稍微放下心来，可还是有些不太敢相信，急着问："她是有什么事啊？"

在一旁同样焦急的安氏和想容也围了过来，安氏劝着姚氏，想容倒是拉着忘川问道："忘川姐姐，我二姐姐真的不会有事吧？"

忘川点点头："三小姐放心，没事的。"

其实她也不知道到底有没有事，这场火烧得她莫名烦躁，总有一种不太好的感觉，可当着姚氏的面又不能说。

风老太太是最后一个赶过来的。她到时，火已经扑得差不多，只是空气中弥漫着的烟味儿依然呛人，老太太才一进院就连着咳嗽了几声，再一看那被烧得只剩下框架的屋子，立时呆在了当场。

风家的老族长也站在院子里，对着那间屋子紧紧地拧起了眉。

他觉得这场火起得奇怪，风家祖宅屹立百年，从来都没起过一次火，为何这次京城那一支人回来就莫名地着了大火？耳边还有风沉鱼偶尔的尖叫，老族长看着那个坐在井边被称为凤家最美丽的孩子，总觉得她的眼神里夹杂着一丝凶残，就连她看似发病状的胡言乱语都那么虚假不堪。他不明白，看似精明的凤瑾元和凤老太太怎么可能被如此拙劣的演技给糊弄过去？

但他更气的是这座祖宅起火！

凤瑾元一支要闹要斗他都管不着，偌大京城随他们斗个你死我活与他都没有关系。但如今却祸水东引连累到祖宅这边，这就让他忍无可忍了！

"既然你祖父思念你，我就派人送你上山，亲自对着你祖父的墓碑磕上三个头，总比你终日受到惊吓来得好。"老族长盯着沉鱼，不带一丝感情地开了口。

沉鱼下意识地就又尖叫道："不要！我不要上山！我不要去坟地！不要！不要不要！"

凤瑾元死抓住她不停挥舞的双臂，沉声道："沉鱼！你清醒一点！"

老族长听着沉鱼的叫喊，不由得纳闷儿道："既然病从心头生，为何不从心头治？你们回来祭祖是为什么？不上山，不拜祖坟，何以去了这丫头的病？"

老太太这时终于缓了一些过来，见族长在说着沉鱼，赶紧打圆场道："还是等到她祖父冥寿那天全家人一同上去吧！"

族长看着老太太，不解地问："有病为何不早治？"

老太太不知该怎么答，忘川却开了口道："不如请大少爷下山，兄妹情深，大小姐许是能得些宽慰。"

"不要！"沉鱼的叫声比之前更加尖厉，"我不要见到他！我死也不要见到那个畜生！"

"不许胡说！"凤瑾元是真生气了，"为父看在你恶疾缠身才一再纵容，沉鱼你不要不知好歹！"

"就是。"一直站在一旁看热闹的韩氏也开了口，"那是你的亲哥哥，也是老爷的亲儿子，你骂他是畜生，那老爷是什么？"

"你也给我住口！"凤瑾元觉得丢死人了！当着族长的面，当着祖宅这些下人的面，他这小妾和女儿怎么都这样不省心？

"火扑灭了吗？扑灭了就回屋睡觉去！这里没你的事！"他呵斥韩氏，面上尽是厌烦，再没了从前那般疼宠。

韩氏心里委屈，眼里含泪，一扭身就走了。

一直跟在凤瑾元身后的金珍有些着急，她留意看了忘川和黄泉的神色，总觉得这里面似乎有些不大对劲。如果凤羽珩真的没事，何以这两个丫头如此慌张？

"老爷，"她轻步上前，开口柔声道，"大小姐的病左右不是一日两日能好的，不如先扶回屋里去歇着。老爷，当务之急是找找二小姐啊！"

凤瑾元当然知道应该关心凤羽珩究竟如何了，可他从心底希望这个女儿突然死掉，最好被这场火烧成灰烬，这样不知道给凤家省去了多少麻烦，他从今往后也不用再跟那九皇子打交道了。

金珍侍候了凤瑾元这么久，哪能不知道他心中所想。可是金珍可不希望凤羽珩死，只有凤羽珩在，她才能有好日子过。

于是小声提醒："二小姐是跟着家里一起出来的，若是出了事，只怕九皇子那边也不好交代。"

凤瑾元无奈地点了点头，吩咐了两个下人把沉鱼扶回屋去。看着沉鱼出了院子，他还在纳闷，为何沉鱼的贴身丫头一直不见人影？

见沉鱼走了，老族长这才又开口："瑾元，你女儿是不少，可是上了我凤家族谱的可只有阿珩一个。"

凤瑾元皱了皱眉，想反驳几句，却始终没敢。大顺朝以孝为先，如果他公然对抗族长的事情传到皇上耳朵里，那可不是什么好事。

"孙儿知道。"他恭敬地答。然后，转身再问忘川和黄泉："你家小姐到底去哪儿了？"

忘川此时也有些着急了，按说以班走的寻人手法和轻功速度，若是凤羽珩就在附近，早就应该找到了，可为何直到现在也没有半点动静？

她算过时间，从她们从栖凤山回来，一直到凤羽珩睡下，再到她跟黄泉出屋，直到起火，总共也不过半盏茶的工夫。是什么人有如此大的本事，不但在班走的眼皮子底下把本身就功夫不弱的凤羽珩劫走了，而且还能在这么短的时间内藏得天衣无缝？

忘川愣怔不语，就连凤瑾元都跟着疑惑起来，难不成凤羽珩真的被烧死了？

"忘川姑娘，"金珍着急了，"二小姐到底如何，你倒是给个话呀！"

姚氏也觉出忘川的不对劲，好不容易放下的心又提了起来，下意识地就要往那已经被烧成一片废墟的屋子里面走。

安氏和想容拉着她，也是一脸担忧。安氏见忘川不吱声，就又问黄泉："到底出了什么事？"

黄泉一跺脚："算了！就实话实说吧！"她上前一步，面对着凤瑾元大声道："我家小姐不见了。"

"什么？"所有人齐呼。连那老族长都动了气："什么时候发现的？"

"就是起火的时候。"忘川把话接过来，"丑时刚过，奴婢跟黄泉还去屋里看过小姐睡得好不好，小姐那时还好好睡在榻上，之后不过半盏茶的工夫就起了火。咱们再冲进去救人时，小姐就不见了。"

"你们确定屋子里全都找遍了？"老太太一听说凤羽珩不见了十分焦急，她这一路舟车劳顿，还指望着凤羽珩明日给她调理调理身子，怎的才一晚上，人就不见了？"每一个角落都找了吗？床榻底下有没有找过？这里是祖宅，可不是京里她自己睡觉的地方，万一是认床睡不踏实，翻到了床榻底下去可怎么办？"她还有一句话没说——那岂不是要被烧死了？

凤瑾元却觉得老太太说得有理，不由得感叹道："我那可怜的女儿啊！"

黄泉鄙视地看了凤瑾元一眼，不客气地道："凤相哭得太早了些，小姐不会那么笨的。"她家小姐的本事她心里清楚，翻下床榻还能不醒？绝对不可能。

"要我说，实在不行就报官吧！"韩氏的声音又传了来。

老太太气得大喝道："不是让你滚回去睡觉吗？你又出来干什么？"

谁知，去而又返的人不只韩氏，凤沉鱼也在这时又转了回来，接着韩氏的话茬儿说了句："不行！不能报官！"

凤沉鱼本就不想回去，虽然害怕，但她更想知道凤羽珩到底在没在屋子里。于是半路折返，却刚好听到韩氏说要报官。

不能报官！凤羽珩到底是一朝丞相的女儿，报官的话一定会严查一番，到时候很容易就把凤子皓那个笨蛋给端出来。她绝不相信凤子皓会发扬风格一个人把事扛下，指不定三言两语就把她也供了出来。不行！她绝对不可以让这件事情闹到官府去！

"父亲，"沉鱼快走两步到了凤瑾元近前，"真的不可以报官啊！"

凤瑾元看着眼前已经清醒的沉鱼，有些怔然，似乎刚刚那个坐在井边发疯的人不是他的女儿。他的女儿就应该是这样美丽倾城，知书达理。

"你说说为何不可？"凤瑾元的心情稍微好了点，凤羽珩怎样他倒不是很在意，唯独这个大女儿，是万万不敢出半点差池的。

沉鱼没有马上回他的话，而是行了个礼，为自己之前的行为解释了一番："沉鱼自打尚书大人的丧礼上回来之后，就三五不时地会思绪混乱，有的时候会生出错觉，给家里人添了不少麻烦。但这绝不是沉鱼本意，只是发病时不受控制，还望父亲原谅。"

凤瑾元一阵感慨，他这女儿国色天香，是凤家寄予厚重希望的人，他将她按着皇后的标准去培养，就是指望着有朝一日她能飞上枝头做一只真正的凤凰。可如今，沉鱼却被病魔缠身，恶疾难去，真真叫他心疼。

"父亲怎么可能会怪你。"凤瑾元长叹一声，伸手握住了沉鱼的肩，"你是父亲最骄傲的女儿，无论如何父亲也不会怪罪于你的。"

沉鱼一阵感动，眼角泛了两滴泪。她轻轻擦去，这才又接着上面的话道："如果报了官，事情就会被传开。二妹妹半夜里失踪，这样的话传了出去，叫二妹妹以后该如何做人啊！"

凤瑾元赞同地点头："还是沉鱼想得周到。"

"沉鱼是为了二妹妹的名声着想，还望父亲三思。"

老太太在一旁听了也跟着点头："沉鱼说得对，这事如果传开，阿珩的声誉必受影响。"她一边说一边看向老族长，想要得到赞同，却见那族长只一味地紧攒着眉，面色阴沉。

姚氏看着面前这些所谓的亲人，心中泛起阵阵冷意，不由得开口道："那老爷和老太太准备如何处理此事？"

凤瑾元道："我自会派人去查找。"

姚氏失望地摇头："这里不是京城，我们一路过来带的下人并不多，这凤桐县说大不大，说小可也不小，四周尽是山，以眼下凤家的人手，怎么可能找得到？"

沉鱼转过身来看向姚氏，面上又覆起了那层她一贯的菩萨模样，状似好心地劝道："姚姨娘，您总得为二妹妹的名声多想想啊！女孩子家最重要的难道不是名节吗？"

姚氏忽然就是一道厉光向凤沉鱼瞪了去，沉鱼没有防备，根本也没想到一向顺从柔弱的姚氏居然还会这样看人，不由得往后退了两步。

"最重要的是名节？"姚氏摇头质问。"对我来说，什么都不及阿珩的性命重要。更何况她只是失踪，与名节挨不上关系。除非有心人故意为之，到处去传扬一些莫须有的谣言。何况……"她转看凤瑾元，"你们什么时候在乎过阿珩的名节？"

凤瑾元大怒："姚氏！你不要不知好歹！"

金珍赶紧伸出小手帮他顺背："老爷息怒，千万不要动气啊！"

姚氏却突然笑了起来，瞪着凤瑾元道："我就是从前太知好歹了，才会落得如今的下场。"

凤瑾元有点不敢去看姚氏，真不知道这女人是不是跟凤羽珩在一起待久了，怎么性子竟也变得如此刚烈起来？

沉鱼又开始抹眼泪，委屈地说："我真的是为二妹妹着想，姚姨娘何苦动这样的气？"

老太太也觉得姚氏太过分了，不由得开口问道："那你到底是要凤家怎么做？"

姚氏答得干脆："报官！只有凤桐县的官差才最了解这边的地势，也只有凤桐县的县令手下人才最多。"

沉鱼急了，哭着叫道："那样的话二妹妹的名声可就真的毁了呀！姚姨娘，万万不可！"

凤瑾元也怒斥道："胡闹！这件事情我已经做了决定，我们凤家自己找人，绝不报官！"

姚氏也气得咬牙："同样都是女儿，就因为我姚家出事，你就这样对阿珩？若是有一天我姚家东山再起，你不要后悔！"

姚氏的话让凤家所有人都震惊异常，包括那位族长都将探究的目光投向了姚氏。他当然知道姚家出事，却没想到，一个被打压多年的姚家女儿，居然也有爆发的一天。不过再想想那个失踪了的丫头，想想她那双古灵精怪、好似对一切都了然于心的深邃的眼睛，老族长觉得，生下她的娘亲有为了女儿表露出坚强狠厉的一面，也不是不可能。

他在心里为姚氏的反抗叫好，却听到凤瑾元道："你放心，即便姚家真有那么一天，我也不会后悔今日所为。"

老族长觉得这个凤家子孙实在是让他失望至极，自己的女儿失踪了，还是在起火的时候失踪，他不但最初不急着过问，如今还不着急去找。官也不报，就指望着凤家的这点下人。他们从京城带来的下人本来就少，祖宅这边年轻的没几个，基本都是老弱，这么找能找得到人？

他长叹一声，指着凤瑾元道："我且问你，如果那孩子因你寻找不及死于非命，又该如何？"

凤瑾元眼中闪过一丝怪异的神情，有狠辣，竟也有着那么一点希望，沉寂半晌，就听他道："那便是她的命。"

凤家人倒吸一口冷气，就听那老族长道："好！很好！我凤家从来没有像你这样的后辈，朝中的丞相大人，这月二十八你们祭过祖之后就回吧，以后也不用再回来。栖凤山顶你父亲的坟墓若你想迁，就挑个日子迁走。至于你那沈家的小妾，她本就葬在凤家祖坟之外，与凤家无关。"老族长背转过身，又道："我，也不想再看到你们。"

"这……"老太太最先有了反应，赶紧往前追了两步，"就因为一个庶女，族长就要把我们逐出凤家？"

"庶女？"那族长再次提醒她，"从你们昨日入了祖宅我就说过，那孩子是凤家承认的嫡女，是入了我凤家族谱的。我并非把你们逐出凤家，族谱还在，你们依然是凤家的人。这算是我给你们留的最后一点情面，也算是成全了凤瑾元一世为官。你们好自为之。"

老族长说完，抬脚离开，再不顾老太太的叫喊，三两步就离开了院子。

老太太想让凤瑾元拿个主意，一回头，却见姚氏和安氏并肩而立，就连想容也与她们站在一起。三人的对面刚好是负手而站的凤瑾元，那架势像是要开战，特别是姚氏那依然狠厉又带着绝望的目光，看得人触目惊心。

"老爷，"半晌，安氏开口说话了，"如果有一天我的女儿也出了事，不知道老爷是不是也会这样置之不理？"

凤瑾元觉得这群女人简直蛮不讲理："我何时置之不理了？天亮就会派人去找！"

"天亮？"姚氏都气乐了，"为何不现在就去？非要等到天亮？若阿珩是被人劫持，你可知道几个时辰的工夫就能跑出多远？"

沉鱼在旁帮腔："可如今天还黑着，下人们就算出去了，也无处可寻啊！"

想容听不惯沉鱼说话，忍不住插嘴道："再无处可寻也比不寻好。"

沉鱼头一次被这个胆小的三妹妹噎住，不由得怒气蹿上心来，开口就道："有本事你出去找！"

安氏不干了："大小姐是不是觉得你的妹妹们都碍眼？三小姐若再有闪失，府里可就只剩下你一位小姐了。"

金珍这时也皱起了眉，在凤瑾元身边说了句："这火起得蹊跷啊！老爷也得严查为何屋子会起火，不然谁能睡得踏实呢？今晚是二小姐这里着了火，指不定明晚就烧到妾身的屋子了，妾身好怕。"

凤瑾元最受不得金珍这模样，一时心软起来，轻言安慰："你放心，我一定会严查此事。"

沉鱼听了却狠狠地瞪了一眼金珍，那道目光刚好被金珍迎上，不由得心下起了合计。

总这样僵着也不是事，最终，老太太挥了挥手："全都回去歇着吧！下人们这就出去，不会等到天亮。但愿阿珩那孩子吉人自有天相，会平安回来。"

人们这才散去，连忘川和黄泉也没有留下，扶着姚氏回了她的房间。

老太太最后一个离开，却是对凤瑾元说了句："我是希望阿珩能找回来的，我也希望我的孙女们都能平平安安。但你是一家之主，你既然做了决定我自然是听你的，但也不能太过了。一是，脸面上过不去；二是，京里那边你可得想好了，阿珩身边的两个丫头可不是闹着玩的，一旦今夜的事传到御王耳朵里，下场，不用我说你也应该清楚。"

凤瑾元感激地看了一眼老太太："多谢母亲体谅，儿子心里有数。"

老太太点点头，转过身由赵嬷嬷扶着往院子外面走，边走边道："儿子大了，总有自己的主意。你的孩子将来也一样，我希望你到老的时候，不要像我这般觉得力不从心。姚氏说得对，万一有朝一日姚家东山再起，你是后悔都来不及的。"

凤瑾元紧锁着眉，没有言语。其实姚氏说那话时他也合计过，且不说皇上对姚家的态度从子睿进了云麓书院以及准许姚家子孙参加科考时就开始扭转，单是那九皇子对凤羽珩的那份心，只要他愿意，让皇上赦免一个姚家还不是一句话的事。可刚刚的局面已经僵在那里，他若不继续强硬，这张脸往哪儿放啊！

他思索半晌，微抬了头，对着空气叫了声："暗卫！"

眼前一道人影闪过，一名黑衣暗卫站在凤瑾元面前。

"可有发现什么动静？"他问。

那暗卫答："二小姐身边的暗卫也在寻找，但至今都没有找到，好像……二小姐是突然失踪的。"

暗卫带来的消息让凤瑾元锁紧了眉头，凤羽珩身边的暗卫是九皇子的，如果他都没有找到那说明什么？凤瑾元不由得将目光投向那间被烧毁了的屋子，难不成真被烧死在里面了？

不会！他自顾自地摇摇头，如果凤羽珩真这样轻易地就死去，也就不会让他如此烦心了。

"盯着那边的动静。"凤瑾元吩咐那暗卫，"你们也给我找，活要见人，死要见尸。"

暗卫一抱拳，闪身不见。

凤瑾元一人站在原地，却越想越觉得事有蹊跷。就如金珍所说的，这场大火着得奇怪，他也不相信无缘无故的凤家祖宅就会起火。再想想，似乎今夜的沉鱼也十分反常。

但他倒是宁愿凤羽珩真的被这一场大火烧死，虽然跟九皇子那里没法交代，但失火这种事也不是他能控制得了的，到时候把责任都推给凤羽珩，就当是她自己不小心动了明火，才造成这起事故……

大不了先在皇上那边打个招呼，毕竟他手里还握着一张底牌——每年入了冬，大顺北边冬灾都很严重，他今年可是提前做了准备，不但与各地米商都打好了招呼，关于城防建设方面也想了不少主意。到时候只要把这些说给皇上听，毕竟国事为重社稷为先，量那九皇子也不敢乱来。

凤瑾元打着如此主意，又有些开始期待凤羽珩彻底失踪或死亡。

而此时，姚氏房间里，安氏和想容依伴在她身边，忘川正拼命地拉着黄泉，就听黄泉一边往外冲一边叫道："别拦着我！让我杀了那凤沉鱼！不管小姐有没有事，我都得把那女人杀了才能解气。"

忘川无奈地拽着她："黄泉你听着，咱们不可以乱！咱们一乱，小姐就更没法子找到了。眼下我们找不到人，班走也找不到人，如果凤家再只顾着凤沉鱼而放弃寻找，那小姐可就更危险了呀！"

黄泉气得直掉眼泪："那凤沉鱼一天到晚装神弄鬼的，死乞白赖把咱们诓到这凤桐县来，她怎么可能真的中了邪？你们不是跟踪她去栖凤山了吗？有没有发现什么？"

忘川摇摇头。她不会瞒着黄泉，但也不想在姚氏、安氏和想容的面前把栖凤山上发生的一切说出来，便只告诉黄泉："没有什么，她只是上山去见了凤子皓。"

姚氏也劝黄泉："先别急着找人算账。你们好好想一想，除了凤家的人，阿珩还跟谁有仇？阿珩既然是失踪的，那很有可能就是被人劫走，能做到悄无声息劫走一个大活人，想必也不是普通人能做得到的。"

黄泉终于冷静下来，与忘川对视了一眼，忘川开始给众人做起了分析："要说除了凤家，还有沈家。刚进凤桐县的情景大家也都看到了，沈家是恨二小姐恨得紧的。"

黄泉补充道："还有清乐和步家，也是仇人。"

安氏想了想，道："定安王一家应该没有这个本事了，爵位都被削了，他们哪来的能耐和胆子再害一个丞相府的小姐？再说，清乐那样子也出不了门。"

黄泉却不怎么赞同："安姨娘可还记得百草堂那件事？那伙刁民不是说怂恿他们诬陷二小姐的，正是一个头戴斗笠的女子吗？"

听黄泉这么一说，安氏心下也犯了合计。但姚氏却摇头道："我也不认为是清乐干的，她本就光了头，再戴着斗笠出来害人，那不是此地无银吗？那姑娘虽说不是很聪明，却也不至于笨到这种地步。"

黄泉没了主意，又看向忘川，忘川再道："据我们之前对定安王府的了解，那清乐郡主的手还伸不了这么长，夫人分析得对，应该不是。"

想容这时突然道："步家有贵妃撑腰，还有个做大将军的儿子，那个步霓裳打从见了面就一直跟二姐姐对着来，这事儿八成与步家有关。"

姚氏点头："有可能，步家从来都心高气傲，步尚书大丧刚过，还不足百天，步家火气难消，做出极端的事也是有可能的。"

忘川轻叹一声，劝着姚氏："夫人先不要想太多。小姐身边有殿下送的暗卫，如今那暗卫已经在查找了，我这边也会即刻送信给殿下，让殿下尽快往凤桐县赶。"

姚氏有些过意不去："总是麻烦王爷，真是……"

"夫人别说见外的话。"黄泉把话接了过来，"二小姐还要麻烦王爷一辈子呢，王爷乐意的。"

安氏也劝她："姐姐宽心吧，有九殿下在，二小姐一定不会有事的。"

姚氏点点头，心里还是焦急，当下却也没有别的办法。

忘川、黄泉二人服侍着姚氏睡下，这才跟着安氏和想容一并退出房间。

送走安氏和想容，两人回了自己屋里，黄泉这才追问："到底山上发生了什么事？"

忘川便将栖凤山上看到的事情讲给黄泉听，听得黄泉又有想去杀了凤沉鱼的冲动。总算理智还在，她提醒忘川："得去山上看看，如果这事真是他们做的，凤子皓那边肯定会有动静。"

"班走一定早就去了。咱们如今要做的就是照顾好夫人，小姐那边已经这样了，可千万别让夫人再出点什么事。再有……"忘川面上浮现一片悲凄之色，继续道，"待再见到王爷，只怕你我二人再加上班走……都要自刎谢罪了。"

黄泉微怔，随即想起御王府的规矩，不由得也沉下脸来。是啊，九殿下向来赏罚分明，今日在她们的眼皮子底下把王妃弄丢了，哪里还有脸见殿下。

两人沉默了一会儿都不出声，大约一个时辰之后，班走回来了。还是那鬼魅一样的身影飘进屋里，却掠起了一阵冷风。忘川知道，这是班走也乱了阵脚，轻功用得都有失水准了。

"有消息吗？"黄泉急着问了句。

班走摇了摇头："没有。整个凤桐县我已经翻了个底儿朝天，就连栖凤山脉都看过了，什么线索都没有。"

"凤子皓那边呢？"

"一直在睡觉，没什么动静。"班走抹了一把汗，"我已经给殿下飞鸽传书，这边的事我们三人只怕谁都跑不了了。"对于御王府的惩罚，三人心知肚明。

忘川却道："只怕殿下已经在来的路上了。凭咱们殿下的脾气，小姐离开京城这么久他不可能待得住，一定是一早就追来了。咱们……再等几日就可以……"

"如果小姐还在，一定会为我们求情的。"黄泉眼中闪着希望，"所以，咱们努力把小姐找出来吧！只要小姐找到了，咱们就不用以死谢罪了。"

这边的三人在想着无尽的办法去寻找凤羽珩，而凤瑾元那边，暗卫却捧着一只鸽子站在他的面前："这是二小姐身边的暗卫放过去的信鸽，被属下截住了。"

凤瑾元满意地点了点头，伸手将信鸽接过，熟练地解下鸽子腿上绑着的一张字条，只看了一眼，便闷哼一声："还要叫御王来凤桐县？他们想得美！"他一把将鸽子掐死，冷冷地吩咐着暗卫："这件事情绝对不能传回京里，特别是不能让九皇子和七皇子知道。即日起，但凡那边的信鸽，一律截下！"

　　"属下遵命。"

第十八章

凤鸣朝阳

　　这一晚，凤家祖宅无一人得以安眠。空气中依然弥漫着浓烈的火烧的味道，似在提醒人们在那一场大火中，有一个凤家的孩子，消失得无影无踪。

　　终于天亮，一些半夜就出去寻找凤羽珩的下人陆续回来，凤瑾元又换上了另外一拨人继续去找，看起来也算是尽心尽力。

　　姚氏就坐在自己的房间里，动也不动，早饭都是下人端到屋里来用的。安氏和想容也张罗着自己随身带的丫鬟婆子一起上街去寻，大家都只有一个目标，就是找到凤羽珩。

　　老太太默默地张罗着安排五天后上山祭祖的事，提也不提凤羽珩，只是看着来来回回跑出去打探消息的人时，目光里有那么一点点的担忧。

　　下午，在老太太的召集下，所有人齐聚。沉鱼一直伴在她的身边，像只乖巧的小猫一样，一会儿递一盏茶，一会儿又帮老太太捏捏肩。老太太有些心烦意乱，觉得沉鱼捏得不好，干脆推开她：“你到一边歇着就好，这种事情不需你来做。”说着，又冲金珍招了招手：“你来帮我捏。”

　　沉鱼被老太太推得一个趔趄，眼中厉光乍现，瞬间便又平复过来。有个小丫头上前将沉鱼扶住，再送她到座位上。

　　在沉鱼要往椅子上坐时，就听那丫头附在她耳边小声说了句：“那药蜡的效果，大小姐可还满意？”

　　沉鱼大惊，扭过头就要去看那丫头，可惜，小丫头在扶着她坐下之后马上就转了身，端着托盘退到了屋外。

　　这时，金珍顺从地上前将沉鱼换下，一双小手在老太太肩头上下翻动，捏得老太太心里总算舒坦了些。

　　“五日后，咱们全家上山祭祖。”终于，在最后一个进来的姚氏坐下之后，老太太开口说起了正事，“该准备的都已经准备得差不多了，就是你们几个孩子，总也要为你们祖父尽点孝心。"她一边说一边看向想容，昨天夜里这个三孙女跟她的姨娘还有姚氏站在一起与凤瑾元形成对立时，老太太就觉得十分碍眼。在她心里，想容从来都是胆小的，却不知是在何时，这些孩子都不再是她印象中的模样。"想容，去下人房里领一沓纸钱，亲自给你祖父折上二百个元宝。"

想容听得直皱眉。她在外头找凤羽珩找了一上午，晌午饭都没顾上吃，就准备待会儿继续出去找呢，可老太太明知如此还派了这个活儿，就意味着她根本没有工夫再出去找凤羽珩了。

想容觉得十分委屈，却又不敢忤逆老太太的意愿，只能不甘心地点了点头："孙女知道了。"

安氏无奈地轻叹了下，也没说什么。毕竟她只是凤瑾元的妾，妾生的女儿，在这个家里是根本没有地位的。

"还有一件要事，"老太太再度开口道，"一会儿我便会差人去将子皓叫回来。祭祖那日全家人是要一起上山的，你们这些日子也都好好准备准备，没事就不要总往外跑了。"

她这句话一出口，就迎来了姚氏一道凌厉的目光。

老太太下意识地别过头去，不敢也没脸与姚氏的目光碰撞。

她没有办法，凤瑾元摆明了要保沉鱼。在这两个孙女之间，其实她的心是有点偏向凤羽珩的；但再加上一个亲生儿子，于她而言，就又另当别论了。到底凤家还是要靠凤瑾元来撑着，孙女，不过是暂时养在家里的娇客，总有一天是要出嫁的。

凤子皓在傍晚时回到祖宅，一回来就赶过去给老太太和凤瑾元磕头。

当时沉鱼也在，也不知是她心理作用还是怎的，就觉得凤子皓看向她的目光里充满了淫秽意味。

她恶心地别过头去，却听得凤子皓说："许久不见妹妹，甚是想念，妹妹一切可好？"

凤沉鱼白了他一眼，只发出一声"哼！"

老太太皱起眉："你哥哥同你说话，怎的是这个态度？"自打出了凤羽珩的事，老太太便不愿给沉鱼多好的脸色。

沉鱼没办法，只得硬着头皮回了声："一切都好，多谢哥哥挂念。"

"妹妹好我就放心了。如今母亲不在了，只有妹妹是我身边最亲近的人，妹妹可万万不能因为哥哥终日在这边守陵而与我疏远了呀！"

沉鱼心里阵阵翻滚，她真想拿起一把刀来把凤子皓捅死，可在凤瑾元和老太面前，还是得有个乖巧的模样。

于是强忍着恶心又回话道："怎么会呢，沉鱼也很想哥哥。"

凤瑾元点点头："嗯，一家人就是要这样。你们是同胞亲兄妹，还有谁能比你们更亲？"

"父亲说得是。"凤子皓咧着嘴笑开了，"沉鱼是子皓身边最亲的人。"

这话听在凤瑾元和老太太耳朵里，只觉得他们兄妹感情好，心里很是舒畅。却只有沉鱼明白凤子皓这一语双关的话到底是什么意思，心中怨恨更甚。

老太太冲着凤子皓招手："来，到祖母身边来，让祖母看看……怎么瘦成这样了？"

凤子皓倒是也会讨可怜，缠着老太太就开始诉苦，说他在山上过得如何如何不好，祖宅这边的人如何如何监管着他，说得老太太一个劲儿地心疼。

凤瑾元也是有些心疼的，虽然嘴上说着"就应该给你点教训，否则你还真就不知道天高地厚了"，但还是做了决定，这次祭祖之后就将凤子皓一并带回京城去。

晚饭后，金珍借口遛弯消食，带着满喜在祖宅里闲逛开来。她的本意是溜到忘川黄泉那边问问情况，可才绕过一个小院，就听到前面似乎一阵奇怪又熟悉的声音。

她拉着满喜站住脚，躲在一棵老树后面往声音传来的方向看去，就见一块假山后头好像有片片衣角不停闪现。

满喜指了指边上一处视线正佳的位置示意金珍过去，两人才一换地方，便将假山后面的情景看了个真切——竟是凤子皓搂着一个祖宅这边的丫头正在卿卿我我，一双不老实的大手都伸到了小丫头的脖领子里。

金珍瞬间想起自己当初与那李柱也有过此番行为，不由得面颊泛了热。她深知凤子皓的德行，走到哪儿都缺不了女人，只当他是色心又起，便也没多想，拉着满喜就要离开。却在这时，忽然听到凤子皓说了一句话："这次的事情你干得不错，又是药又是火，要的就是这种双重保障。"

两人一下就愣住了，相互对视一眼，刚抬起的步子就又收了回来。

随即，那丫头的声音也传了来："大少爷不是说那位二小姐是个厉害角色吗？光下药怎么行，万一药不死呢！这样多痛快，就算药不死，一把火也能把她给烧死。"

"可我听说她还是失踪了。"凤子皓手下略使了力气，捏得那丫头一阵娇喘。

"你轻点儿！弄疼人家了。什么失踪啊，说得好听，要我说根本就是被烧死在屋子里了，烧成了灰，自然什么都找不见。"

凤子皓色心大起，手下又多了几番花样，口中也不停赞道："要不怎么说你最聪明，我也觉得她是被烧死了。"

小丫头嘻嘻笑了一阵，又卖乖地说："做那种蜡烛可费事了，药又那么少，费了我好大的工夫。"

"我那妹妹特地找快马送过来的药，肯定是极为稀缺的。"他边说边感叹，"这个沉鱼还真是能弄到好东西啊！哎？你说那药性极烈吗？"他眼里闪过一丝精光，似想到了什么。

"极烈。"对这一点，那丫头十分肯定，"不但烈，而且成分还很纯。我做蜡烛时不小心沾上了一点，就难受得不行。要不是那天正好大少爷回来……"

"怪不得你那日如此贪欢。"凤子皓色眯眯成了一条缝，开始动手剥除那丫头的衣裳。

那丫头显然还有些事情不太明白，紧着问凤子皓："不知道大小姐为何要到这边来解决了她？在京城里不行吗？"

凤子皓冷哼道："你懂什么？凤羽珩那院子比牢笼还严实，谁进得去？不把她诓出来如何行事呢？"

"奴婢这次办的事，大少爷满不满意？"小丫头说话间，目中春光流动，整个人已经与凤子皓紧紧贴到一起。

凤子皓连连点头："满意，太满意了！如果这次我能顺利回京，一定将你一并带回，到时候抬为贵妾，以谢你助我之恩。"

两人再不言语，纠缠在一起起云雨之事。

满喜看得面红耳赤，别过头去不想再瞅。

金珍也觉得再没什么可以听的，拉着满喜回了房间。

二人回房后着实缓了好一会儿才算是回过神来，满喜恨得跺脚："大少爷在京里就不老实，没想到回了祖宅这边还是收不了本性。"

金珍冷哼一声。"有什么样的娘就能生出什么样的儿子，狗改不了吃屎。满喜，"她吩咐道，"你想办法去找忘川，把刚刚的事情说给她们听。记得一定要告诉她，药是大小姐给的，同谋的丫头你也记好了，一并讲给忘川。"

满喜点点头，急匆匆地出了屋。

大约半个时辰不到，满喜就回来了，告诉金珍："已经讲给忘川姑娘听了，忘川姑娘让你今夜想办法把老爷引到大小姐的院子里去，最好能把全府人都折腾起来。"

金珍不解："为何？"

满喜摇头："我也不知道，总之照做就对了。"

这夜，忘川施展轻功，偷偷潜入那与凤子皓苟合的丫鬟房内。

忘川料定以这丫头的本性，遇到那样纯烈的药不可能自己不留着一点，更何况她还尝到过一次甜头，就更没有理由全部做成蜡烛。

果然，不到半炷香的工夫，忘川便在屋内的柜子上边摸到了一个小小的纸包，放在鼻子下略闻了下，立即腾起一阵燥热。她吓得不再敢闻那药，便知自己是找对了东西，赶紧退了出来。她并没有回自己房间，而是奔着沉鱼的屋里去了。

她到时，沉鱼还没有睡下，屋里红烛还燃着，人坐在窗边，也不知道在想些什么。

忘川从后窗进来，看着那背影心中就泛起冷笑。

凤沉鱼，害人之心不可有，你不知道吗？如今我把同样的手段还给你，能不能躲得过此劫就看你的造化了。

忘川将那装药的纸包打开，只用指甲捏了一小点粉末，手指轻轻一弹，原本粉末状的药物竟被她直接就弹到屋内正燃着的红烛上。

她闪身而出，看都没看屋里的变化，只有余光中依然燃着的烛火告诉她，凤沉鱼中招了。

而就在忘川偷了药再往沉鱼这边来的过程中，凤子皓屋里竟收到了一张字条，上面写着四个字：找你有事。落款是：沉鱼。

字条是黄泉写的，黄泉根本没有凤羽珩那般本事能模仿出沉鱼的字迹。但她却知道，凤子皓是个白痴，什么字在他眼里都是一样的。特别是沉鱼的邀请，他根本都不会考虑是真是假，也一定会巴巴地赶去赴约。

但是黄泉也万万没想到，这张放在屋里的字条并没有被凤子皓看到，而是到了院里一名小厮的手里。

果然，忘川回来的路上看到一个鬼鬼祟祟的身影正往沉鱼的院子里摸去。她唇角泛起无声的笑，凤沉鱼，今夜，你是逃不掉的。

的确，凤沉鱼是逃不掉的！

忘川弹出的那一小点药粉遇了蜡烛后立即散开，无色无味的药钻进了凤沉鱼的鼻子。

彼时，她刚刚将窗子关起，就准备吹了烛灯躺到榻上睡觉，可是不知怎的竟莫名心慌，就好像有大事将发生一样，且这大事还是对她极其不利之事。

她睡不着，也越发害怕，心里头似乎又有烈焰升腾……

这时，房门突然开了。

门外，年轻男子探头探脑地摸了进来，却在看到沉鱼的一瞬间，彻底惊呆了！

国色天香，这四个字到底代表着什么，他从来都不曾知道，但今天他总算是开眼了！他本以为凤沉鱼是要找凤子皓商量什么重要的事情，凤子皓没在房里，他是凤子皓院里的小厮，就想来向大小姐汇报，也趁机与她说上几句话。只是和仙女一样的大小姐近距离说上几句话，就够他吹半辈子的牛。

一路上，他做过很多假设，怎么跟大小姐说话，如何讨大小姐欢喜。可是万万没想到，大小姐的屋子里竟是这般场景。

此时，药效不但影响了凤沉鱼，也快速地影响着这个小厮。

小厮渐渐迷失自我，向凤沉鱼靠近。

很快，他就觉得自己不需要客气，毕竟是凤沉鱼主动的，凤沉鱼的手都缠上他的脖子了，他还等什么？

翻云覆雨之时，谁也没有注意，床榻里面竟又被人扔了个什么东西进来；更没有发现，凤子皓突然来找凤沉鱼。他进门的时候还在说话，大声叫着妹妹。

可是凤子皓一进屋就蒙了，这场面直接把他看傻了。

迷药的成分还在，凤子皓被迷药和感观双重刺激着，脚步也朝着凤沉鱼迈了过去。

就在他已经走到凤沉鱼身边时，突然，房门再一次被人从外"砰"的一声推开，随即传来一个女声喊道："大小姐您怎么了？是不是发病了？"

说话间，金珍直接就闯了进来，跟在她身后的凤瑾元也急着问道："这到底是怎么了？沉……"话还没说完，后半句就被生生地憋回了肚子里。凤瑾元差点儿没把自己的舌头给咬了，愣愣地看着眼前这一幅画面，就觉得脑子嗡嗡地开始鸣响。

他闭上眼，死也不敢相信自己看到的事实。

耳边金珍的声音又响了起来，打着战，显然也是受到了极大的惊吓："老爷……老爷，这……这是怎么回事啊？"

金珍嘴上这样说着，心里却是痛快异常。只心道那忘川、黄泉二人可真狠啊！堂堂凤家大小姐就这么废了。要知道，这可是凤家寄予了厚望的孩子，出了这一档子事，还不知道凤瑾元和老太太会气成什么样呢！

凤瑾元哪里知道是怎么回事，本来睡得好好的，金珍突然惊醒，捂着心口就说心慌。凤家祖宅没有大夫，这县城的半夜也根本请不到大夫，偏偏懂医术的凤羽珩又失踪了，凤瑾元没办法，就想到沉鱼患的也是心病，来之前给她带了不少药，便说来这边跟沉鱼拿一些。

谁知一进了院子就听到了奇怪的声音，金珍担心沉鱼有事，拉着他快跑了进来，就让他看到了眼前这一幕。

凤瑾元觉得，可能是凤家的风水出问题了，再不就是凤沉鱼中邪了，不然怎么会干出这档子事？

两人站在屋里发呆，金珍眼尖，透过凤子皓、凤沉鱼和那个小厮，又看到了里面似乎还躺着个人。她心中一动，莫名地就有点害怕，虽然凤瑾元就站在她身边，可还是控制不住地遍体生寒。

金珍想出去，她忽然就生出了一种再也不想留在这屋里的冲动。但又想到忘川那边的嘱咐，除了让她把凤瑾元引过来之外，还让她想办法引了所有凤家人到这屋里来。第二件事她还没办呢，保不齐里面躺着的那个人就是留给她的契机。

她硬着头皮往前走去，边走边道："妾身去把他们分开。"却还没等走到近前，床榻里面的那个人终于被金珍看了个真切。就听她"啊"的一声尖叫，在静寂的夜里，如利箭般划破长空，惊了整座祖宅。

凤瑾元大步上前一把将就要晕坐在地上的金珍扶住，就见金珍伸出手哆哆嗦嗦地往榻里指去，嘴里不停地叫着："鬼！有鬼！"

随着她的惊叫，凤子皓忽然也有些清醒。朝着凤沉鱼伸出去的手缩了回来，愣愣地看着眼前这一幕，一时间竟忘了自己应该做什么。

凤瑾元这一看也惊呆了，一个大男人竟被吓在当场，嘴半张着，合都合不上。

也不知过了多久，凤家人一个接着一个地进了屋来。所有人都被这场面惊呆了，无一例外。特别是看到那个"鬼"，更是全部发出惊叫。

这么多人惊声尖叫，倒是把凤瑾元叫回神了。他猛地一激灵，就觉得刚刚好像是失魂了，竟完全不知道自己在做什么。

眼下全家人都到了，全都看见凤沉鱼跟那名小厮的所作所为了。

但是却有人故意引导，大声喊了一句："大少爷！大小姐！你们在干什么？"

他推开金珍，直奔着床榻就大步过去，到了近前，一伸手，直接把凤子皓拽了过来！

"畜生！"他一个巴掌就甩了过去，直打得凤子皓瞬间清醒。刚想开口叫一声父亲，却见他的父亲一脸狰狞，竟是发了狠，直推着自己拼命地往前冲。

凤子皓也不知道凤瑾元要把他推到哪里，脚步不自觉地后退，却发现速度竟越来越快，突然"砰"的一下，他后脑一阵剧痛，好像有温热的东西流了下来，流到他肩，他的背，一直到大腿。终于，凤子皓双眼开始模糊。凤瑾元却在这时将人往前一提，再蓄了一次力，又把他用力往后面一撞。这一下，凤子皓彻底失去了知觉。

凤家人又一次惊叫，就听韩氏道："大少爷……他死了？"

同样赶过来的老族长阴沉着脸上前，弯了身伸手往凤子皓的颈动脉上一搭，没多一会儿就直起身来，冲着韩氏点了点头："的确是死了。"

凤家人倒吸一口冷气，就连姚氏都难以置信地看向凤瑾元。

他竟然杀了自己的亲生儿子？

可再想想，这样的儿子不该杀吗？

答案自然是该杀。

老太太又开始喘起粗气，一下比一下重，眼瞅着就要晕过去了。

赵嬷嬷迅速在她身上摸出凤羽珩给的那瓶药来，倒出一点给老太太塞到嘴里，再等了一会儿，这才见老太太回过魂来。

"我凤家到底是造了什么孽啊！"老太太滑向地面，失声痛哭，"到底是造了什么孽啊！"

凤瑾元又回过身去处理那名小厮，他抓住小厮的头发直接把人往地面撞去。一下，两下，三下……终于，小厮咽气了。

凤瑾元此刻也清醒了些，看着地上躺着的凤子皓，他心中没有一点怜惜。

凤子皓虽衣冠整齐，但就凭他在这间屋子里却没有阻止那个小厮与沉鱼，就该死！

何况他还看到了凤子皓伸出了手！

这个儿子毁了沉鱼，就相当于毁了凤家一个母仪天下的希望，这样的人，他怎么还能任其活在世上！

安氏看着床榻上的沉鱼，怎么瞅都觉得不太对劲。可沉鱼再不对劲也抵不过榻上的另一个"人"，她强忍着胃里翻腾着的恶心，开口道："那具尸体……好像……是大小姐身边的丫头，倚月。"

人们这才想起来，倚月自从昨夜着火之后就再没见人影，可是床榻上的这个……

"倚月那丫头的左边脖子上有块胎记。"安氏提醒着众人。

大家这才反应过来去看，可不是吗，那具尸体左脖子上的确有一块跟倚月一样的胎记。

凤瑾元气得又一把将沉鱼给扯了下来，老太太怕他再把沉鱼也给打死了，赶紧喊了句："那是沉鱼！"

凤瑾元当然知道是沉鱼，他没想杀了这丫头，但心里有气却不能不出。拽着胳膊将人拉起来后，他抬手照着沉鱼的脸蛋左右开弓，"啪啪啪"就是几个巴掌甩了下去。

忘川弹出去的药粉并不多，凤瑾元和金珍进来时又敞开了门，空气中早就没有残留的药物。而沉鱼的药效也差不多散了，再被凤瑾元这么一打，彻底地清醒了过来。

才一清醒就觉得脸颊生疼，再看到面前正怒目而视的父亲，沉鱼有点蒙了：

"父亲，这……这是怎么了？"

她四下看看，却发现凤家所有人都在屋子里，老族长也在。只不过那老头儿把头别了过去，故意不看自己。

沉鱼纳闷儿："为何都在这里？这到底是发生了什么事情？你们为什么都围着我，我怎么了？"感观一点点恢复，她开始觉得手臂有些疼痛，不由得娇声道："父亲，你抓疼沉鱼了。"

凤瑾元怎会管她疼不疼，扬起手"啪啪"又是两巴掌扇了过去，口中还骂道："小畜生！我真是白养你了！"话毕，猛地一甩，沉鱼惊叫着又被甩回床榻边。

她是跌过去的，倒向床榻时，正好看到上面躺着的尸体。那尸体脖间的胎记让她一下就认了出来，下意识地就大叫："她怎么会在这里？她不是死了吗？为什么会在这里？为什么会在我的榻上？"

沉鱼叫得几近崩溃，头脑晃动间，一眼又瞄到另外一摊血迹，以及倒在血泊之中的凤子皓和那个小厮，她一下就惊呆了……

好像有一些零星的记忆浮上心头，像梦，又不是梦，可若不是梦，她……

太可怕了，梦里的事情实在太可怕了，她怎么会做那样可怕的梦？

沉鱼下意识地就低头去看自己，这一看不要紧，身上的无数红痕提醒着她那个可怕的梦其实不是梦，而是实实在在地发生过……

她完全无法接受这个事实，双手抱头，一声尖厉的嘶吼之后，没命地往外跑。

老太太吓得赶紧大叫："快把她给我拉住！"然后推着身边的赵嬷嬷："找衣裳！快找衣裳！"

赵嬷嬷上哪儿去找衣裳，无奈之下只好把自己的外衫脱下来，见下人将沉鱼抓住，赶紧上前把她裹了起来。

沉鱼全身都哆嗦，这回可不是装的了，是真的发疯，一边抖着一边嘴里不停地叫道："杀了他！杀了那个人！快！杀了他！"

韩氏看着沉鱼这模样只觉心中痛快，凤沉鱼的遭殃让她又看到了粉黛的希望。她瞅瞅边上被安氏捂住眼睛的想容，又觉得这丫头也是十分碍眼。如果想容也出了事，凤家到时候就只剩下粉黛一位小姐，是嫡是庶又有什么关系呢？

"哎哟！"韩氏扬了个长音，怪腔怪调地开了口，"人早都已经杀完了，再杀就是鞭尸了。啧啧，大小姐，没看出来啊，您平时端着一副菩萨模样，可私底下竟是这么豪放。这该不是第一次了吧？我记得那年大少爷就爬过你的床榻，都睡到枕头边儿了。"

"你胡说！"沉鱼抬手就要去打韩氏，却被韩氏灵巧地躲过。就见沉鱼转过脸冲着凤瑾元大叫："父亲，沉鱼是清白的！是清白的呀！"

众人都翻起白眼了，还清白？所有人眼睁睁看着的，还清白什么！

凤瑾元从来也没有这么生气过，他甚至生出一丝绝望。他冷冷地看着凤沉鱼，在考虑，这个女儿到底还有没有价值。

这就是凤瑾元，他其实并不是宠爱沉鱼，他宠爱的只是沉鱼从小就被认为的那个凤命。这凤命如果换在旁的女儿身上，也是一样的。

凤沉鱼太了解她的父亲了，就在凤瑾元眼里流露出来的那丝绝望被她发现之际，她脑中就闪过两个字："完了！"

不！

她拼命地摇头，口中大叫："不！父亲你不能放弃我！我是你的沉鱼，是你最宠爱的女儿，将来是要做皇后的呀！父亲！女儿保证，做了皇后一定力保凤家，凤家到时候要风得风，要雨得雨！"

"住口！"老太太越看沉鱼越觉得恶心，"你胡说什么疯话？哪来的皇后？皇后还在宫里好好地坐着呢！"

"是以后！"沉鱼完全听不明白老太太的话，不停地解释，"我是说以后！以后我当皇后，三皇子是皇帝！凤家马上就要大富大贵了！只要老皇上一死，这天下就是我们凤家的了！"

砰！

盛怒的凤瑾元几步上前，一脚就踹在沉鱼的心口上："一派胡言！"

沉鱼被他踹出去老远，一口血就喷了出来，她强迫着不让自己昏过去。昏过去就是死，她如今残花败柳，凤家定是不会再怜惜她了。

沉鱼努力地让神志保持清醒，一抬头，刚好视线对上正伴在姚氏身边往这里看过来的忘川。打了一个激灵，她似乎想起好像出事之前自己突然就神志不清、全身燥热，那种感觉就好像是被人下了药，以至于那个小厮碰她时，她还觉得十分清凉。

她意识到不对劲，猛地站起身来，踉跄着几步就冲到忘川身边，伸手就抓住忘川衣领："是凤羽珩对不对？一定是凤羽珩回来了！她来找我报仇？哈哈哈哈！凤羽珩，那药本来是送给她的，她怎么没烧死在那场大火里？凤羽珩！你给我出来！出来！"

沉鱼疯了一样在屋子里乱喊，忘川倒是真的希望她能把凤羽珩给喊出来，可惜，哪里有人现身。

姚氏却听出门道，厉声问凤沉鱼："你说什么药？你给阿珩下了什么药？"

"就是跟我吃的一样的药！"沉鱼声嘶力竭，"药本来是给她吃的，是谁送到了我的房间？父亲，我是被人下了药啊！"

想容实在忍不住了，开口大声道："大姐姐你都承认了给二姐姐下药，为什么还倒打一耙？你到底把二姐姐给弄到哪儿去了？"

可惜，沉鱼却不再回她的话，只跌坐在地上，失声痛哭。

安氏看着凤瑾元，无奈地说了句："老爷，您不觉得对二小姐太过亏欠了吗？"

金珍抹了一把眼泪，也跟着道："二小姐真是太可怜了。"

"可怜？"沉鱼又尖叫起来，"她哪里有我可怜？她是该死的人！我呢？"

韩氏看好戏一样看着沉鱼耍闹的这一出，挑了挑唇角，不怕事儿大地道："唉！要我说，凤家八成是中了邪，再不就是遭报应了。想想也是，以前赶走一个二小姐去山里，结果怎么样？人家回来就是为了报仇的。后来，你们又赶了四小姐去京郊的庄子，如今怎么样？报应又来了吧？"

老太太一权杖就抢了过去，直打得韩氏"嗷嗷"直叫："打我干什么？我说得不对吗？如今大小姐废了，二小姐八成是死了，我的粉黛为什么就不能回来？你们想想清楚，凤家已经没有几个小姐了！"

韩氏的话让老太太和凤瑾元都起了深思。

是啊！凤家已经没有几个小姐了，不但没有几个小姐，连嫡长子也死于非命。

老太太看着凤子皓倒在血泊中的尸体，老泪纵横，不由得恨起沉鱼来。"你存着害人之心，到头来却害了自己不说，还把你哥哥也害死了。凤沉鱼，你哪里是凤命，我看你才是凤家的克星！"老太太狠狠地瞪着沉鱼，声声控诉，"我的亲孙子就这样被你害死了，凤沉鱼，你就不该活在这个世上！什么凤命？什么皇后？凤家为了你失去了多少？你害死子皓，也害得阿珩不知所终，凤家没有你这样的女儿！"

凤瑾元走过去搀扶老太太："母亲莫要动气，小心身子。"

"我怎么能不动气？"老太太看着凤瑾元，"我原本就不赞成你们培养沉鱼，可当初那沈氏三五不时就把紫阳道人的话搬出来劝说，我是见你上了心，这才跟着点头的。如今可好，瑾元我问你，这样的一个女儿你把她嫁给三皇子，到底是要成全凤家还是要毁了凤家？凤家就要大难临头了，就要大难临头了呀！"

凤瑾元自然明白这个道理，他刚才真有冲动想一巴掌把沉鱼也打死算了。可他手都抬起来了，却还是没能打下去。他心里总存着一丝期望，这事只有凤家人知道，如果他们不说，是不是就相当于没有发生过？至于沉鱼不再是处子之身的事，日后想个办法蒙混过去，也不是不可能的。

沉鱼看出凤瑾元面上浮现的怜惜，心里又起了一丝希望，赶紧扑到他脚边跪下来苦苦哀求："父亲！这不是沉鱼本意，是那个人，是那个人硬闯进来的呀！沉鱼是被害的呀！呜……父亲一定要给沉鱼做主，沉鱼被害苦了呀！"

凤瑾元心里还在思量，没有马上回答。

老族长终是看不下去了，长叹一声，道："我给你们两天时间，两天后请立即离开凤家祖宅，也不必再上山祭拜。从今往后，凤桐县的凤家与你们再无瓜葛。你们……好自为之吧！"

又是一句好自为之，老族长头也不回地离开。

这一次，老太太都没脸再去求了，还说上山祭祖，她如今有什么脸面去见凤老爷子？

"来人！"终于，凤瑾元开腔了，"把倚月和这个奴才的尸体拖出去烧了。大少爷的尸体装棺，埋到栖凤山祖坟之外。今日之事所有人都给本相烂到肚子里，谁若往外说一个字，休怪本相无情！"

一句话，算是给了沉鱼一条活路。

姚氏拧着眉看他，目光中尽是审视。

凤瑾元别过头去不看姚氏，再一招手，叫出暗卫来："看好大小姐，不许她离开你们视线半步！"

"是！"暗卫一动，直接站到凤沉鱼的身后。

沉鱼哪里还能管得了暗卫看不看着她，只要给她一条活路，让她做什么都是愿意的。

老太太听着凤瑾元的安排，心里却渐渐凉了。忍了老半天，有句话终于还是问出口："那阿珩呢？你另外一个女儿，还找不找？"

凤瑾元道："再找两日，若找不到，按死亡处置。"

"凤瑾元！"姚氏气得咬牙切齿，"你不是人！"

凤瑾元紧锁着眉心，又跟暗卫吩咐了句："将姚氏一并看管起来！"

忘川、黄泉立时上前一步，齐声道："谁敢？"

凤瑾元大怒："我凤家的事，何时轮得到两个外来的丫头插手？"

忘川、黄泉二人哪里会怕他？盯着凤瑾元，就好像看傻子一样看了好久，然后就听忘川道："凤家的事奴婢们可管不着，但夫人是未来王妃的娘亲，奴婢们必须得管。更何况，凤相，确定你这暗卫有本事管我们这边的事？"她瞪了那站在沉鱼身后的暗卫一眼。

那暗卫随着忘川的话低下头去，他的确没本事管，单单这两个姑娘就已经十分棘手了，更何况还有一个更恐怖的暗卫班走。

凤瑾元也知忘川所言并非托大，只是面子上实在过不去，于是盯着姚氏道："说到底，你还是我凤家的妾，该如何自处，你自己好好思量思量。"

他怒哼一声，不再言语。下人们出来进去地整理房间，沉鱼还跪在地上，不停地抽泣。

就在这时，金珍目光一瞥间，看到门外有个丫头鬼头鬼脑地正往屋里瞧着。她一眼就把那丫头认了出来，赶紧伸手指向门外，大叫："抓住她！快抓住她！"

人们不知道金珍这话是什么意思，但黄泉却第一时间动了起来，一个闪身就将那丫头死握在手，再一用力，一把推进房间内。

这丫头不是别人，正是与凤子皓合谋害凤羽珩的人。

她被黄泉这么一推，正好推到还没有装棺的凤子皓尸体前，小丫头一对上凤子皓的脸，吓得"啊"的一声昏了过去。

老太太怒瞪着这丫头，问向金珍："这人是谁？"

金珍一个激灵，刚才光顾着喊抓人，忘了她应该对这一出事保持什么都不知道的立场。还好她足够聪明，马上就找到了理由："这丫头在门外偷偷摸摸地看，如果不抓起来，万一到处去乱说，凤家岂不是要被她害惨了？"

老太太点点头："你做得对。"

凤瑾元没心思跟个丫头再多费口舌，大手一挥："既然没安好心，就不必再醒过来了。"说着，冲暗卫使了个眼色，那暗卫身形一动，眨眼就蹿到丫头近前。也没见他如何动作，小丫头的就已经没了气息。

想容吓得直哆嗦，这一晚见了太多血腥，她到底只是个十岁的孩子，被这场面吓得腿都软了。

安氏也看不下去了，拉着想容跟老太太说："三小姐还小，见不得这样的场面，妾身先带着三小姐回去了。"

老太太摆摆手："去吧！你们都去吧！"

安氏看了姚氏一眼，给了个安慰的眼神，带着想容走了。

忘川扶着姚氏，低声道："夫人，别再指望凤相，殿下应该就快到了。"

姚氏的心总算也安下一些，可还是有一股火气无处发泄。她看着凤瑾元，冷冷地问他："大少爷和大小姐以毒药谋害阿珩，这事，你怎么说？"

凤瑾元心中一阵烦躁，不由得大吼起来："你还想怎样？他们两个一个死了、一个残了，姚氏，你个毒妇到底是想怎样？"

"好，我是毒妇。"姚氏定定地看着凤瑾元，"我只是想知道你的二女儿到底被你的大女儿怎么了，就这样你便说我是毒妇？”她上前几步，额头几乎碰到凤瑾元的鼻尖儿，“你记着，早晚有一天，你会来求我！”她话说完，一转身：“我们走！”忘川、黄泉立即跟着，临走还不忘白了凤瑾元一眼。

凤瑾元气得大吼：“死了你的心！本相这辈子也不会求你一句！”

韩氏却忽然掩着口咯咯地笑了起来，一边笑一边往外走，过了门槛后扔下一句：“姚家有个神医！”

这话像一根钉子一样钉进凤瑾元的脑子里。他怎么忘了，姚显是神医，他留沉鱼不死，不就是还对她抱有最后一线希望吗？这一线希望能不能成，除去他的周旋与运作之外，还必须得倚仗一位好大夫。

而这天底下最好的大夫是谁？

是凤羽珩的外公、姚氏的父亲——姚显。

凤瑾元眉心突突地跳，目光往姚氏离去的方向看过去，直到这时他才明白，姚氏说的那句“早晚有一天你会来求我”是什么意思。

在屋里收拾残局的下人都是从京城跟着来的，虽然一个个的心里也打着鼓，但主子的话却不能不听。

倚月和那个小丫头的尸体处理起来还好些，当他们要去抬凤子皓时，老太太突然大叫起来：“别动！”

凤瑾元吓了一跳，赶紧上前劝她：“母亲，先给他装棺。”

“棺呢？”老太太瞪着凤瑾元，“不把棺木抬来，子皓要放哪里装？瑾元，你的儿子做了错事，是该打，是该杀，可是你就不心疼吗？”她看着这个儿子，就觉得不知从何时起，她儿子的心肠竟然变得这么硬了。“你心里真的没有一丁点儿的愧疚吗？如果从小到大你能好好教导他，子皓何至于变成这样？”

原本怔怔地跪在地上的凤沉鱼突然抬起头看向老太太，一张惨白的脸上嵌着空洞的大眼，眼窝深陷，像是鬼魂。

老太太愣了下，有点不敢看沉鱼的眼睛。沉鱼却在这时开口问了她一句：“你是在为凤子皓叫屈？”

凤瑾元一皱眉，呵斥她：“别说了！”

沉鱼的话却压不住，干脆在地上跪爬了几步到老太太面前，眼里的泪大滴大滴地往下滚落：“为什么要替他叫屈？他死得冤吗？那个奴才你们不认得吗？那是凤子皓院子里的奴才，他的奴才为什么会出现在我的房里，你们都不查吗？从我小时候你们就告诉我我是凤命，将来是要做皇后的！我不可以先有自己喜欢的人，我必须得看家里最终选择扶持谁。说到底我就是枚棋子，你们需要我落在哪儿，我就必须得落在哪儿。可是如今，我落在凤子皓手里了！他不但毁了我，他还毁了凤家多少年的希望！老太太，你居然在为这样的人叫屈？"

"你……"老太太看着沉鱼，火气也蹿了上来，竟突然伸出手去掐沉鱼的脖子，直把沉鱼掐得不停咳嗽也不见她停手。凤瑾元示意赵嬷嬷拉着点，可老太太气火攻心，哪里那么容易就放开，就听沉鱼一边咳嗽，老太太一边说道："凤子皓是我的孙子，那才是将来要为凤家传宗接代延续香火的人！你不过一个丫头片子，纵然是有凤命，如果家里不帮衬着，你也什么都不是！害了你二妹妹，如今又来害你亲哥哥！凤沉鱼，你就跟你那个死去的沈氏一样可恶！一样令人恶心！"

老太太终于说累了也掐累了，用力把沉鱼往后一推，自己也坐到了地上。

赵嬷嬷用力扶着老太太，自己也累得满头大汗。好在老太太算是清醒，还记得提醒凤瑾元："既然你做了决定，我便不再多说，只是如何封住这悠悠众口，你总得想个万全的法子。另外，子皓的棺木一定要选上好的，就算入不得祖坟，总也得挨着你父亲近一点儿，他在世时最疼爱子皓了。"

凤瑾元郑重地点了点头，嘱咐赵嬷嬷："快些把老太太扶回去。"

赵嬷嬷答应着，赶紧就扶着老太太走了。

屋里就剩下金珍还陪在他身边，凤瑾元看了看她，叹了口气道："还好你今晚头疼到了这边来，要不然还指不定出什么样的事呢。"

金珍也是一脸凄哀之色，心里就不停祈祷着，凤羽珩千万不要也中了这种药啊！

"你也先回去吧。"他拍拍金珍的肩头，"头还疼不疼？"

金珍摇头："家里出了这么大的事，妾身怎么可能再用头疼这样的小毛病来分老爷的心呢，老爷放心，妾身没事的。"

凤瑾元感叹："就只有你是最懂事的。去吧，回去歇着。"

终于，金珍也离开了，凤瑾元指挥下人："将大少爷的尸体抬到耳房安放，天一亮就去买棺木。记着，今夜之事谁要敢往外透露一个字，休怪本相把事情做绝。"

下人们都是在凤府里做事多年的，哪里能不懂这点规矩。虽然今夜的事的确是千古奇闻，但侯门深宅的，什么怪事没有，人们早已从最初的震惊中恢复回来，一个个恭敬地答道："老爷，奴婢、奴才们什么都没看见。"

凤瑾元表示很满意。

直待屋子里收拾完毕，凤瑾元这才将目光重新投向凤沉鱼。

她还跌坐在地面，保持着被老太太推倒的姿势一动不动，一双眼里早已没了昔日神采，整个人看起来跟个活死人差不多。

凤瑾元微闭了眼，他多希望今夜之事是一场梦，那样他就不会失去一个儿子，也不会白废了一个女儿。可惜，这一双儿女咎由自取啊！

"为父这些年下来，没少教导你。"他悠悠开口，细数着这些年的琐事，"从四书五经到琴棋书画，你不说样样精通，却也不是常人可比的。但为何一遇了事就如此不堪一击？"他实在不能理解，继续道："沉鱼啊沉鱼，你的脑子就只有这些吗？你母亲在时常夸你聪明，为父也以为你很聪明，但怎么聪明反被聪明误了？"

沉鱼抬起头，空洞的双眼看向凤瑾元，哑着嗓子开口道："我只是想杀了凤羽珩。"

"糊涂！"凤瑾元猛地一甩袖子，指着沉鱼道，"你是瓷器，你用自己的身子跟她一只破瓦罐硬碰？你是真傻还是假傻？为父培养你这么些年，为的是什么你心里清楚。怎么凤羽珩一回府就能把你逼成这个样子？你不理她不行吗？她有自己的院子，离着你八丈远，你们完全可以相安无事，你何苦非得和她对着干？"凤瑾元都快被沉鱼气死了。

沉鱼也不明白为什么，她最初是看凤羽珩不顺眼的，但是后来有一段日子她也是像凤瑾元说的那样，不想再去理凤羽珩，但那丫头好像会主动找上门来。

"父亲……"沉鱼终于又流下泪来，她明白了，既然父亲饶她不死，就说明对她还抱有一线希望，如今追究谁对谁错已经没有意义了，面前的父亲是主宰她生死和命运的人。她一把抱住凤瑾元的腿苦苦哀求："女儿错了，女儿真的知道错了……求父亲救救女儿，女儿不想就这样被凤家放弃啊！"

凤瑾元看着这个寄予了最大希望的女儿，心中一阵沉浮。他心里明白，今晚这事一定是有人暗中做了手脚，沉鱼下给凤羽珩的药不知为何反倒害了她自己，至于凤子皓院里的小厮又为何三更半夜的突然来到沉鱼的房间，真相已经无从得知了。

但是这里面肯定是有问题的，而这问题，十有八九跑不出那黄泉和忘川两个丫头。

可即便那样又能如何呢？沉鱼害人在先，人家只不过是以其人之道还治其人之身。再退一步讲，就算对方没理，他又能把那两个丫头怎么样？人家把话说得明明白白，不服就打，你的暗卫打得过我们吗？

凤瑾元只觉头疼，腿动了动，摆脱沉鱼的拖拽："这几日你不要出屋，我会安排尽快回京城。你就给我安安稳稳地待着，即便回了京城也不得随意出府。外面的事为父会想办法安排，你与三皇子的婚事也得尽快订下，有些事情……必须加快脚步了。"

"可是……"沉鱼一听还是要与三皇子订婚，不由得害怕起来，"如今女儿……"

凤瑾元当然明白她说的是什么意思，不再是处子之身，将来嫁过去岂不是要出事吗？

"这些不用你考虑，"他定了定神，道，"为父自有安排。"

次日清晨，栖凤山上，有一队骑兵护着一辆宽敞马车悄悄潜入凤桐县境内。

骑兵八人一入栖凤山的范围，其中一人立即将手圈成哨子状放在嘴边，打了一声婉转又响亮的哨响来。

随即，骑兵与那马车停在原地，不多时，就见一个黑影一闪而过，在马车面前停了下来，俯身下跪，沉声道："属下班走，叩见殿下。"

马车车帘一掀，里面坐着两个人，一个紫衣，一个青衣，一个戴着黄金面具邪魅阴森，一个容貌出尘飘然若仙。赫然是九皇子玄天冥与七皇子玄天华。

班走跪于马车前，一副做了错事随君处置的模样。

玄天冥看着班走，目光里透着死神一样的冰冷。

"你的飞鸽传书被凤瑾元截了两次。"他终于开口，却直指班走的失误。

班走跪在地上不敢言语。

玄天冥又道："第三次本王收到时，还差二十里地就到凤桐县了。"

班走额上渐渐冒出了汗。

"本王问你，你家主子人呢？"

深秋时节，班走一滴汗"啪嗒"一声落进了地里。

"属下无能。"他真的尽力了，找了这么多天，凤羽珩却一点影子都没有。

"该当何罪？"

"死。"

玄天冥再不作声，班走等了一会儿，面上渐渐浮现绝望。

"属下拜别殿下。"他一个头磕到地上，再起来时，翻手成掌，照着自己的脑门儿就拍了下去，直逼心脉。

却在掌落之前的最后一刹那，突然手腕一麻，再使不上一点力气，人却随着惯性往后倒了下去。

班走心里一惊，随即一喜，赶紧爬起来重新跪好，喘着粗气道："属下谢殿下不杀之恩。"

玄天冥不愿理他，在旁的玄天华却开了口，问那班走："你都找过了哪些地方？"

班走答："方圆五十里，全部搜过。"

玄天华起身站到车前，环看了下四周，再道："这栖凤山脉地势险要，若有心之人藏身于此，也不是不可能。"

班走无奈地说："黄泉与忘川二人还要照顾着姚夫人，只属下一个人在搜寻，有些地方……自是无法全部找遍。"

啪!

玄天冥又一鞭子甩过来："那你还敢说全部搜过?"

"属下该死!"

谁也没看到,黄金面具下面的脸逐渐狰狞起来。他原以为凤羽珩就算被劫持,有班走在,最多两日光景怎么也该有点线索。可如今看来,这事大有蹊跷啊!

玄天冥很快冷静下来,沉声吩咐:"你留下与本王在栖凤山里继续找人。"再看向玄天华,道:"七哥,今天夜里往凤家祖宅去一趟吧,把那间烧毁的屋子再好好找找。我坐着轮椅,行动总是不便的。"

玄天华点头:"放心,入夜我便过去看看。"

这一整天,玄天冥这一伙人就在栖凤山脉搜寻开来。忘川和黄泉也被班走通知来此,见了玄天冥却只得一句话:"若是人找不到,就把你们扔到天台上去喂雕。"

此时此刻,昏迷在药房空间的凤羽珩终于悠悠转醒,随着视线的逐渐恢复,记忆也跟随而来。她强撑着起身,身子一晃,差点又倒下去。

凤羽珩终于硬靠着自己的意志撑过来了,但即便醒来,身体也弱得很。一步三晃地走到楼梯边,凤羽珩咬着牙上了二楼,累得满头大汗。

她顾不上别的,直奔着手术室就跌撞进去,从抽屉里翻到了一支针剂,努力让自己静下心来,稳稳地给自己来了一针静脉注射,再到药房柜台里翻出两片清脑片吞下,这才重新坐回地面,大口大口地喘起粗气来。

太危险了,她至今想想都觉后怕。

那些烈性又纯粹的药,如果吸得再多一点,只怕她这一睡就再也无法醒来,又或者干脆没睡呢,就已经全身血脉爆裂而亡。

能给她下这么狠的药,究竟恨她有多深?

凤羽珩不知道此时外界过了多久,但这药性如此猛烈,想要过了劲儿,至少也得个两三天光景。不由得担心起来,班走他们若找不到她,该有多着急?姚氏会不会急疯了?凤家该如何处置她?算失踪还是死亡?

正想着,就听到外界好像有声音传来。她凝神仔细去听,似乎是有人的脚步,还有翻找的声音。

凤羽珩不知道外头已经烧没了,却知道自己如今在药房二楼,如果就这样出空间,如今这身体条件只怕撑不住会从半空摔到地面。

于是咬着牙又爬回一楼,就准备估算一下屋子的大小,再回忆下有没有掩体能让她现身的。却在这时,外头那个在翻找的脚步突然就停了下来,就在她身边不远站住脚，然后，有一个轻若出尘的声音呢喃道："凤羽珩，你到底在哪儿？"

她心中一动，立即将声音的主人分辨出来。

七皇子玄天华，那个救过她一次、被她叫作七哥的人！

他怎么来了？

凤羽珩心思一动，立即意识到外头很有可能出了大事，不然就算玄天冥和玄天华追到凤桐县来，也不该是玄天华以这种方式进入她的房间，又说出这么一句话。

就在她愣神的工夫，外头那人好像走开了，脚步越来越远，很快就要听不到了。

凤羽珩有些着急，再不顾其他，意念一动直接就出了空间。

随即，一股子浓烈的熏烤味道扑鼻而来，她看到的并不是祖宅分给她住的那个房间，而是一片焦煳一片漆黑。

她人还趴在地上，一抬头，刚好能看到前面有个青衣背影正拔步前行，凤羽珩虚弱地喊了声："七哥！"

那身影立时停下，再回头时，纵是那样淡然若仙轻逸出尘的人，面上也出现了满满的惊讶。

"七哥！"她再叫了一句，嗓子却已近沙哑。

玄天华赶紧朝她这边走回来，几步就到近前，然后弯下身，一把将她从地上捞起。

凤羽珩身子打晃根本就站不住，就那么瘫软地倚在玄天华的怀里，有一种劫后余生的感慨。

"阿珩以为，再也见不到你们了。"她这话说完，又是一阵眩晕袭上头来，眼一闭，再度昏厥。

玄天华看着怀里的这个丫头，阵阵心疼泛起，不由得抬手抚上她散在前额的发，竟在她的眼角抹出了一滴泪痕。

他一怔，记忆中这个小女孩从来都是聪慧又带着点狡黠的，即便有再大的事摊在她的头上，也从未见她哭过，何以今日竟流下泪来？

玄天华其实很想知道凤羽珩到底藏在什么地方，为何他刚刚完整地翻遍了这里的每一个角落，就连凤家祖宅的其他屋子都找过了也没瞧见她半个人影？偏偏就在他转身离去时，这丫头叫了一声七哥。就这一声，竟叫出了他心底从来对任何人都不曾有过的怜惜。

"别怕。"他轻声开口，将怀里的女孩打着横抱了起来，"七哥送你回家。"

凤羽珩也不知道自己这一觉睡了多久，总之醒来时，是在一个特别舒适的怀抱里，暖暖的，有一只大手还在她背上一下一下地轻拍着，拍得她都不想睁眼。

"你再这么睡，饿也把自己饿死了。"头顶一个声音传来，带着戏谑，甚至还轻笑了两声。

凤羽珩气得抬手就要去打他，手腕却被人家一把握住："谋杀亲夫啊！"

她憋屈地抬头，正对上那副黄金面具下深邃的双眸。他唇角勾起的弧度就像初遇时那样，刚好符合她苛刻的审美观，特别是眉心那朵紫莲，更映入她的心里，生了根，一生都无法拔除。

"玄天冥……"她开口，嗓音还带着点点的哑，听起来却十分好听，"玄天冥，你怎么才来呢？"鼻子一酸，很没出息地就掉了两串泪来。

玄天冥愣了，他从没看过凤羽珩哭，这个丫头不管在什么时候都是坚强的，他曾一度认为这世上没什么事情会让这丫头害怕。再加上她一身好功夫、好医术，背后又有他在撑腰，能被谁欺负了去？

可是这一次，凤羽珩却哭了。

他心疼地把她的小脸儿捧住，精心擦去她脸颊的泪痕，就像在看一样珍宝似的，目光温柔，小心翼翼。

谁知，手心里的珍宝被他捧着看了一会儿，他便开始纳闷儿，这丫头怎么只哭了一下就不哭了，也不向他诉苦，正准备问问她受了什么委屈，然后就听到凤羽珩死盯着他来了一句："你再不给我吃的，我就要饿死了。"

玄天冥无语。

敢情是饿哭的？

这死丫头还有没有点出息了？

定神看了看，凤羽珩才发现她竟是在一辆马车上，这马车极大，像是一个将近十平方米的房间。外头赶车人挥鞭的响声分着两个节奏，应该是双人在赶车，而拉车的马至少有四匹。

再扭头看看，原来在玄天冥的身侧还坐着一人，正是把她从烧毁的屋子里捡回来的玄天华。

凤羽珩冲着玄天华展了一个灿烂的笑脸，然后说："谢谢七哥，你又救了阿珩一次。"

玄天华笑了，那笑就像和煦的春风，在这秋冬交替的季节里为整个车厢都覆了一层暖意。

"再走不到半个时辰就能到镇上，班走已经先去买吃的了，一会儿就能送回来。"玄天华一边说话一边将一盘糕点递到凤羽珩面前，"你先吃些垫垫肚子吧！"

玄天冥替她将盘子接过，苦笑着说："从你失踪那日算起，这都第五天了，怪不得要饿。"

"这么久了？"凤羽珩愣了一下，"那我娘呢？"

"放心。"他拍拍她的头，随手捏了块点心塞到她嘴里，"有忘川和黄泉看着，量你那个爹也兴不起什么风浪。"

"只是你最好帮那两个丫头还有班走求求情。"玄天华笑道，"冥儿要砍了他们每人一条胳膊呢。"

凤羽珩抚额："这样暴力不好。"

"他们没有保护好你。"

"是我自己藏起来的，他们当然找不到。"

这是玄天华最关心的话题，不由得开口问道："你到底藏到了哪里？"

凤羽珩眨眨眼："七哥，你帮我求求他不要砍忘川他们的胳膊，我就告诉你。"

玄天冥伸手捏她的脸："学会跟我讲条件了？"

她嘻嘻地笑着，捏得一点都不疼，倒是带着点点暧昧，很贴心。"真的不怪他们，你不要生气了吧！"再看着玄天华道："凤家祖宅的床榻底下有暗阁，我发现蜡烛有问题之后就翻下床藏到里面了，然后就晕了过去。醒来就听到七哥说话，这才爬出来的。"

玄天华看着她，但笑不语。

凤家祖宅的床榻底下哪来的暗阁？他亲自搜寻过的地方还能不知道吗？他只是不愿说穿，既然这个丫头想要保留一点自己的小秘密，那便由着她吧！他只叹怪不得一向任性妄为的玄天冥会如此宠着这个丫头，原来真心去疼宠一个人，竟是这样美好的感觉。

"如果暗卫都像他们那般，我还要来何用？"玄天冥对这件事十分上心，"要不我给你换换人吧，让白泽跟着你怎么样？"

车厢外，白泽挑了帘子的一角探进头来："主子，属下都没能把您平安带出西北的大山，哪有能耐保护王妃啊！"

凤羽珩跟着点头："对，这种笨蛋暗卫我才不要呢。"

白泽冲着凤羽珩挥了挥拳，帘子瞬间又放下了。

"玄天冥！"凤羽珩干脆板起脸来，"我说我喜欢忘川、黄泉整日围在我身边，喜欢班走跟我斗嘴，你这是非要把我喜欢的人从我身边赶走吗？我还没嫁给你呢你就这么霸道？那我不嫁了！你都收回去好了。"

玄天冥挑眉，小丫头翻脸了？当他会怕她？

"……那就听你的吧！"他还真的怕她。

一旁坐着的玄天华再也忍不住，轻笑出声，然后冲着凤羽珩点了点头，眼中尽是赞许的目光。

不多时，外头班走的声音响起："殿下，吃的买回来了。"

凤羽珩眼一亮，抢着开口道："快！快拿进来！饿死我了！"

外头的人微微一怔，随即掀了帘子就进入车厢。看到凤羽珩的那一刻，向来冷血冷心冷情的班走，竟瞬间鼻子阵阵发酸。他将手里几大包吃的往桌上一放，再退后几步，扑通一声就跪了下来："属下失职，请主子责罚。"

凤羽珩看向班走，只觉这小子几天不见瘦得特别明显，人也黑了许多，头发都没那么整齐了，好像瞬间就开始苍老。

她开口道："班走，你抬头。"

班走怔了下，不肯照做。

凤羽珩有些生气了："你既然叫我主子，为何我让你抬个头你都不肯？"

班走有些犹豫，过了半晌，总算是把头抬了起来。

凤羽珩清楚地看到，在他的脸上平白地多出了一道疤痕。那疤明显是新伤，足有两寸长，伤口还没凝固，皮肉外翻着，渗着血水，看起来触目惊心。

凤羽珩也愣了，看了好半天才又问他："是什么人居然可以伤到你？"

班走低头不语。

玄天冥将小丫头拉回自己怀里，一边给她将吃的东西拆包，一边道："是他自己划的，他说这次的事你若不肯原谅，他与忘川、黄泉三人便以死谢罪。你若肯原谅，这道疤就是他自己给自己的教训。"

"你傻吗？"凤羽珩都无语了，"是不是你们男人都喜欢玩这一套？遇着什么事就拿个刀子往自己身上划，很有意思？"

玄天冥撇嘴："那肯定没意思。"

"没意思还划？"

"他傻呗。"

一王一妃一问一答，却忽然听那班走吸了一下鼻子。然后别过头去，抬手迅速地往脸上抹了一把。

凤羽珩心下泛起感慨，曾几何时，这是一个多么骄傲的暗卫，她还从来没看到过哪个人能成为班走的对手。有他在身边，她不管去任何地方都会觉得安全。他经常会与她斗嘴，时不时地还取笑她两句，可是凤羽珩知道，班走是真的对她很好，真的用着全心去保护她。如果没有班走在，单是普度寺那次，她就已经有危险了。

"班走，"她开口叫他，"这次的事不怪你，是我自己躲了起来不想被人发现，你不需要伤害自己，更不需要放弃性命。忘川和黄泉也是一样。身体发肤受之父母，哪怕你们的父母都已经不在了，你们也不该如此轻贱自己的性命。人人都是平等的，不管是君王还是百姓，只要不触犯法律，这个世上就不该有人主宰其他人的性命。我不管这样的理论在别的地方行不行得通，但至少你们跟着我，在我这里就是这样算的。更何况，我把你和黄泉、忘川当亲人，而不是下人。"

她一番话，不但说得班走一阵茫然，也让玄天冥玄天华二人起了一阵深思。

人人都是平等的？

怎么可能！这与他们从小到大接受的思想完全不同。

这个天下就是要分等级的，不然怎么会有王权？怎么会有贫富贵贱？

班走更是不敢认同她的话，但心下却涌起万分感动，重重地一个头磕到地上，道："多谢主子不杀之恩。"

凤羽珩无奈地轻叹了口气，要跟封建体制下的贵族们谈平等，实在是太难了。

"快起来吧。"她对班走说，"我现在手边没什么药品，等回了京城我亲自给你治治脸上的疤，尽量少留些伤痕。"

班走挠挠头，不好意思地道："不用的，我反正几乎不在人前出现，没人看我。"

凤羽珩摇头："早晚要给你娶媳妇的。"

班走惊得张大了嘴巴。

就连玄天冥都无奈地问她："跟着你还有这样好的待遇？"

她用力地点头。"有的有的，不但要娶媳妇，还要给发红包。那什么……"她把自己的头捧住，"还是让我先吃点东西吧，再饿下去我又要晕倒了。"

玄天冥宠溺地看着她狼吞虎咽，时不时递一口水，再帮她擦一下唇角。

凤羽珩一直也没问这马车是要往哪个方向走，只记得之前好像有说是回京城，至于是不是回京，她一点都不关心。有玄天冥在，无论什么地方，她便只管跟着，无须多费一点心思，他都能安排得妥妥当当。

她知道，这便是信任，这便是安心。

凤羽珩体力流失太大，吃完饭便又睡了。蒙眬中就听到玄天冥似乎在跟班走说着什么，听不太清，再醒来时，却是被外头的吵闹声惊醒的。

睁开眼，人还是在玄天冥的怀里，车帘子没有掀开，外头正有一人扯着嗓子对着马车大叫："九殿下，步聪只问您一句话，阿珩真的被烧死在凤桐县了吗？"

凤羽珩眉心拧了一下，步聪？

玄天冥感受到她的情绪，头没低，手指却准确地抚上她的眉心，轻轻地将那个结给舒展开，然后就听他对着车厢外扬声道："你听到什么就是什么。若是不信，就自己去查，本王没义务做你的信使。"

车外的人大怒，猛的一声吼，就像野兽般，惊得四下鸟飞兽走。

凤羽珩诧异地看向玄天冥，她死了？

玄天冥给了她一个宽慰的笑，将人扶起来坐在自己身边，又对外头的人说："你有这大喊大叫的工夫，不如亲自往凤桐县那边去看看。本王才从那边回来，啧啧，凤家对那个二女儿可真是太不上心了。"

"九殿下就这样放过凤家？"步聪绝不相信堂堂九皇子被人烧死了未婚妻还能这般淡定。

"本王放不放过凤家，那是本王自己的事，还轮不到你来质问。步聪，让开，再废话本王便让骑兵和这马车踩着你前行。"

"你敢？"

"哼！"玄天冥都乐了，"本王有什么不敢的？还有，本王倒是想问问，御王妃遇害身亡，你急个什么劲儿？步家的人不是还口口声声要将尚书的死怪在御王妃头上吗？怎么，才多少天的工夫，就转了风向了？"

步聪被他堵得哑口无言。

"行了。"玄天冥最后一句话扔下，"路，本王已经给你指了，怎么走就是你的事了。白泽，我们走。"

外头的白泽答应了一声，一甩鞭子，驾着马车就往前冲了去。

就听外头一阵鬼叫，虽然是马车冲撞了步聪带来的人，但却没听到步聪再说一句话。

凤羽珩很想掀开车窗的帘子看看那步聪长成什么样，却又觉得有玄天冥在不太好，纵是心里着急，也只能作罢。

倒是玄天华主动开了口，解了她另一个疑惑："这一路我们放了消息出去，说是凤家的二女儿在回乡祭祖时，被烧死在祖宅。"

"为什么？"她不解，"我分明还活着。"

"可是除了我们，还有谁知道你还活着呢？"玄天冥冲她眨眨眼，"有的时候就是要置之死地而后生，才知道有心之人在这种时候会做出什么样的反应。"

玄天华接话道："比如说凤家准备如何收场，比如说步聪会被激怒到什么份儿上，再比如说……"

"总得让你那个父亲得到些教训，也给他找些麻烦。"玄天冥把话接过来，"另外，你大难不死，父皇总不好一点也不表示。"

凤羽珩撇嘴："你这是连自己的爹都一并算计进去了。"

玄天冥不置可否："有何不可？"

凤羽珩说："其实皇上已经做了不少表示，给了我凤头金钗，还给了我后羿弓。虽然我明白这也是他对我的考验，看我到底有没有能耐将这两样东西保住，但我认为是可以的，我相信自己能保得住，所以那便是皇上给我的恩典。"

玄天冥点头："你能这样想自然是好事，那两样东西自然也可以牵出有心之人来，看着吧，往后的日子会越来越精彩。"

玄天华看着他二人说话，唇角不自觉地就泛起笑意，却又不免有些忧心，幽幽地道："步聪握着东边的兵权，看似步家依然威风，但实际上并不是好事。或许，那正是步家今后招来灭族之祸的源头。"

玄天冥的马车走了多日，很快便接近京城。而与此同时，凤家的车队也在其后缓缓地朝着京城的方向行进着。

之所以行得慢，是因为打着大丧，整个车队的所有马车都被白棉布铺盖着，就连马匹都戴着白布扎成的大花，下人们挑着幡，一路上扬撒着纸钱，凄凄哀哀，令人唏嘘。

姚氏在黄泉和忘川两人的陪伴下坐在马车里，对着白布车帘子起了冷笑："一个畜生都不如的儿子，还有什么可祭奠的。"

黄泉撇撇嘴："人家可是说还有二小姐的份儿呢，都不怕二小姐将来活活把他们都掐死。"

姚氏心里又是"咯噔"一下，赶紧又问了句："你们真的确定阿珩没死吗？"

忘川笑着拍拍她的手背："夫人放心，这真的不是哄您。班走亲自递回的消息，二小姐如今在九殿下的马车里，七殿下也在，算算日子，应该快到京城了。"

姚氏长出了一口气："这样我就放心了。还是九殿下有本事，咱们找了这些天都没能把人找到，他一来，阿珩就平安了。"

黄泉笑嘻嘻地说："人家是找自个儿的媳妇，当然更上心一些。"

姚氏也被她逗笑了，只叹："当年我还是凤家主母时，总算也为我的女儿做了点事。"

忘川同她说："小姐随殿下回京是秘事，对外只宣称二小姐与凤家大少爷都在大火中烧死了，夫人在人前可还是得装着点儿，咱们得帮小姐把这一出戏唱圆满了。"

姚氏点头："我懂，我们……"她话还没说完，马车就猛地停住了，好在走得慢，车里的人都没受到太大惊吓，却也都犯起了糊涂。"外面什么声音？"姚氏皱着眉挑起车帘去看，"好像有人来了。"

忘川陪在姚氏身边，黄泉倒是起身出了车厢，不一会儿又探头进来，同她们说："有人拦了路。"

姚氏顺着车窗看去也看出点门道，指着前头的一个人对忘川道："不知道你认不认得步家的人，你看那个像不像步聪？"

忘川常年跟在玄天冥身边，自然是晓得步聪这个人的，虽说多年没见了，但印象总也还在。

她只看了一眼便点了点头："没错，就是步聪。"

这边两人刚将步聪认出来，就见那步聪竟二话不说打马向前，直奔着凤家的车队就冲了过来。

看到的人下意识地齐声惊呼，可步聪动作不停，竟是扛起手中长枪，对着他面前的一辆马车就挑了去。

步聪是武将，又是有名的大力士，他的这杆长枪据说曾经挑起过八百斤重的大石，眼前的马车在他眼里形同无物，竟没见他费多大力气，轻轻一挑，车厢的顶盖便被瞬间掀翻。

这是凤瑾元的马车，他早得到消息知道拦路人是那步聪，本意是躲在车里不愿去见，可却没想到，突然之间头顶便一阵冷风刮过，再抬头去看，竟只见朗朗青天，车厢的顶盖早就飞了。

"凤相，还不出来吗？"步聪一声怒吼，一如林中走兽，"要不要本将军把你这车全都拆了？"

凤瑾元气得火冒三丈，一弯身从马车里出来，指着那步聪道："自称本将军？那你可还记得本相是朝中正一品大员？步聪，你这是要造反不成？"

一句造反，给步聪安了个极大的罪名。

可步聪根本就不在意这个。"你爱怎么说就怎么说。凤瑾元，本将军今日来此就是要看看，你死了女儿有没有悲伤？"他一边说一边摇头，"可惜，你的儿子也死了，你面上的悲伤是在祭奠你的儿子，与阿珩无关。"

凤瑾元脸都气青了，特别是在听明白这步聪居然是在为凤羽珩抱不平后，更加憋闷。

"步聪，你这是在管我凤府的家事？谁给你的权力？"

到底是秀才遇到兵有理说不清，步聪的长枪还正对着凤瑾元的脑门儿，不过一臂的距离，这让凤瑾元无论如何也没办法忽视那杆长枪给他造成的压力。心里纵是有气，再狠的话也不太能说得上来。

但他不说并不代表步聪也不说，就听那人又道："凤瑾元，你可别让我知道阿珩是冤死的，否则我步聪拼着造反，也要带兵把你的丞相府平了！"

说罢，竟收起长枪高举右手，就在凤瑾元诧异之际，步聪身后跟着的数十名将士居然齐齐举弓，上满了弦，箭头纷纷对准了凤家的车队。

后面有女眷的尖叫声响起，一拨接着一拨，就连凤瑾元都哆嗦了。

"你……你到底要干什么？"

步聪冷声一笑："我若说谋杀朝廷命官，你信吗？"

凤瑾元倒吸一口冷气，弓箭都对准了，他还有什么不信的？多年前的往事匆匆记起，当年凤羽珩才六岁，是他捧在手心里的宝贝嫡女。步聪央着家里上门求亲，被他冷言相拒……

"步聪，"他面上戾色缓解了些，"我知道你对阿珩的心意。可祖宅失火，这是谁也不能预料的事啊！不只是阿珩，就连我的长子子皓也死在那场大火里，这又怎能是我所愿？"

步聪看着他那一脸虚伪，只觉得恶心："我真不明白，阿珩那样好的女子，怎么会是你这种人生出来的？姚家那样好的女儿，怎么会嫁进你凤府的大门？"

他话说完，竟是喘息的机会都不给，高举着的右手突然放下，身后那些拉满了弦的将士齐齐将箭羽放出，每一支都射向凤家的车队。

凤瑾元吓得脸都白了，身后的尖叫声也达到了一个新的高度。

他心说，完了。

却只听无数"砰砰砰"的声音传来，并未听到女眷们中箭的叫喊。壮着胆扭头去看，这才发现，原来所有的箭支都射到了车厢的框架上，每辆马车上都有，并没有一支射到人，连坐在车外的下人都是平安的。

凤瑾元这才松了口气，看来步聪不过就是吓吓他，并不敢真的动手。

箭都射完，步聪不再说话，只打马上前，从一辆马车上拽下一截白布条来扎在腰间，他说："算是我送阿珩一场。"

而后再一挥手，带着整个队伍反身离去。

凤瑾元的心总算是放回了肚里，赶紧下了车去看老太太有没有受到惊吓。

掀开车帘时，就见老太太一手扶着窗框一手捻着念珠，紧闭着眼正在车里不停地叨咕着："阿弥陀佛。"

凤瑾元松了口气："母亲，没吓着吧？"

老太太停下念佛，把眼缓缓睁开，没回答凤瑾元的话，却反问了他一句："外人都如此有情有义，作为父亲，你呢？"

凤瑾元被老太太问得哑口无言，却又有几分不甘，他也认为老太太偏向了阿珩一些，便沉下脸说了句："儿子也很心疼子皓。"说罢，放下车帘，走了。

凤家的队伍继续前行，凤瑾元坐到了金珍的马车上。金珍因为凤羽珩的事面色一直都不太好看，惨白惨白的，凤瑾元只当她是被家里的事情吓的，也没多想什么。

整个凤家他都下了封口令，这样的命令他不怕家里人不听，因为一旦传出去，凤家败，他们也一样得跟着受牵连。就连幸灾乐祸的韩氏也知深浅，闭了嘴什么也不敢再提。

凤家人的速度比玄天冥慢了一半还多，还没等凤家走过全程的一半，玄天冥的队伍就已经进了京城。

马车直奔皇宫，到宫门口换乘小轿辇，往天武帝的昭合殿走去。

他们进宫时刚好是傍晚，天武帝正在昭合殿思量着要不要再到月寒宫去碰碰钉子。他认为，月夕那晚云妃都出来了，就说明那女人的心思已经转活，如果自己再努努力，没准儿可以见她一面。

一旁侍候着的章远就看着天武帝在大殿里来来回回地走啊走，看得眼都快花了，不由得开口道："皇上啊！您要是想去月寒宫咱们就赶紧去，晚了云妃娘娘该歇下了。"

"她歇这么早干什么？"天武帝翻了个白眼，自问自答，"也是，她从来都不想着还要等等朕，没什么事可不就得早早睡下。走！咱们过去看看！"

话音未落，就准备带着章远再往月寒宫去一趟，此时外头有个小太监小跑着进来，跪地报奏："皇上，御王殿下和淳王殿下来了。"

天武帝气得胡子都立起来了："两个小崽子！早不来晚不来，偏偏这时候来！"可说归说，却还是反身走回龙椅上，挥了挥手，跟那太监说："让他们进来吧！"

章远耸耸肩，倒是松了口气，看来今晚不用到月寒宫去碰钉子了。不过再一转念，最近似乎听说凤家的二女儿在凤桐县祖宅里被一场大火烧死了，那二女儿正是御王殿下未过门的王妃，就连皇上也十分器重，不但赏凤头金钗，还钦赐了后羿弓。他见过凤羽珩，灵气十足的一个小姑娘，如果就这么被大火烧死实在是可惜。

"听说冥儿和华儿出远门了？"天武帝的声音传来，是问章远。

章远赶紧回道："是离了京，但具体往哪边去，奴才不知。"

正说着话，殿外的人已经进来了，就听玄天冥人没进殿声音先扬了起来："我就是往凤桐县走了一趟。"

话音刚落，就见一个素衣女子推着玄天冥的轮椅，与玄天华二人并肩走进殿来。

天武帝眯着眼看向那女子，心中起了与章远一样的想法——好像听说这丫头被大火烧死了？

　　"叩见父皇。"玄天华与凤羽珩二人双双跪地，就只有玄天冥依然坐在轮椅上，只说了声："阿珩替我多拜一拜。"

　　天武帝闷哼一声。"行了，净整些没用的。"一抬手，玄天华带着凤羽珩起了身来，"阿珩走到哪儿你就跟到哪儿，还有没有点出息？"天武帝瞪了玄天冥一眼，然后看向凤羽珩，足看了有半炷香的工夫，这才问了句："听说，你死了？"

　　凤羽珩笑笑："是。死了，又活了。"

图书在版编目（CIP）数据

神医嫡女. 2 / 杨十六著. -- 杭州：浙江人民出版
社, 2024.7
　　ISBN 978-7-213-11442-7

　　Ⅰ.①神… Ⅱ.①杨… Ⅲ.①长篇小说－中国－当代
Ⅳ.①I247.5

　　中国国家版本馆CIP数据核字(2024)第070975号

神医嫡女. 2

SHENYI DINÜ. 2

杨十六　著

出版发行	浙江人民出版社（杭州市拱墅区环城北路177号　邮编　310006）	
责任编辑	徐　婷	
责任校对	杨　帆　姚建国	
封面设计	VIOLET	
电脑制版	刘珍珍	
印　　刷	河北鹏润印刷有限公司	
开　　本	700毫米×980毫米　1 / 16	
印　　张	20	
字　　数	367千字	
版　　次	2024年7月第1版	
印　　次	2024年7月第1次印刷	
书　　号	ISBN 978-7-213-11442-7	
定　　价	49.80元	

如发现印装质量问题，影响阅读，请与市场部联系调换。
质量投诉电话：010-82069336